一人孤独な塔の中で
リリアは願った。
「もし生まれ変わるのなら、
魔女の知識を持ったまま
生まれ変わりたい。
今度はこんなひとりぼっちで
苦しむことがないよう、
最初から幸せな場所に」

カイル
辺境伯アーレンス家の三男。
家の事情で学園卒業後の行く当てがなかったところを拾われ、
ソフィアの護衛騎士となる。
ソフィア
王太子の娘でユーギニス国の第一王女。
虐げられて育つが、
九歳の時に魔女の前世を思い出し、
王宮を出て行こうと決意する。

ヘリング
ユーギニス国王。
強面な見た目とは裏腹に、
孫娘のソフィアに甘い一面も。
クリス
バルテン公爵家の長男。
クールな性格だが、面倒見が良い。
カイルとは学園の同級生で
一緒に護衛騎士となる。
イライザ
公爵となった第三王子の娘。
従妹であるソフィアを
疎ましく思い虐げていた。

Contents

ハズレ姫は意外と愛されている？ 上

～前世は孤独な魔女でしたが、二度目の人生はちょっと周りが過保護なようです～

Hazurehime ha igaito aisareteiru?

gacchi

Illust. 珠梨やすゆき

characters

ソフィア・ユーギニス

ユーギニス国王太子の一人娘で第一王女。「ハズレ姫」と呼ばれ虐げられていたが、魔女だった前世を思い出し人生が一変する。

カイル・アーレンス

辺境伯アーレンス家の三男。学園に首席入学するほどの能力の持ち主。
ソフィアの護衛騎士となり少々過保護な一面も。

クリス・バルテン

バルテン公爵家の長男。カイルと共にソフィアの護衛騎士となる。
中性的な美貌と優秀さを兼ね備えたクールな人物。

イライザ・モーリア

公爵になった第三王子の娘。王族ではないため王位継承権はないが、自分がお姫さまだと思い込み、王女であるソフィアを疎んでいる。

ヘリング・ユーギニス

ユーギニス国王。
ソフィアとイライザの祖父。

ハイネス・ココディア

隣国ココディアの第三王子。
ソフィアにとっては母方の従兄にあたる。

アンナ・アーレンス

辺境伯の長女でカイルの異母妹。
甘やかされて育ったため、わがままで傲慢な性格。

ダグラス・テイラー

テイラー侯爵家の一人息子で
ソフィアの同級生。
非常に優秀で誠実な人物。

第一章　思い出した

暗かった部屋がだんだんと明るくなっていく。小さな塔の部屋に二つの窓から光が差し込んで、朝になったことを教えてくれる。

重い頭を押さえて硬い寝台から起き上がり、動けるようになるまでじっと待つ。年老いた身体《からだ》はあちこちがきしんで、すぐには動いてくれない。完全に日が昇った頃になって、ゆっくりと立ち上がった。

昨日の夜に乾燥豆を水に浸しておいた鍋を、そのまま火にかける。沸騰したらとろ火にして軟らかくなるまで煮込む。鍋から聞こえるコトコトという音が部屋に響いて、私以外のものが出す音に少しだけほっとする。

ここ数日はどれだけ軟らかく煮ても喉を通らなくて、煮汁を冷まして飲むのが精いっぱいだった。

鍋が煮えるまではすることもなく、机の上の魔術式が書かれた紙を手に取って、上に溜《た》まっていた埃《ほこり》を払う。もうしばらく新しい魔術式は作っていない。紙の束を机に戻したら、端のほうでかさりと音がして手紙が床に落ちた。

拾い上げたら幼馴染《おさななじみ》の第一王子ニコラ様がくれた手紙だった。国王になったらもう個人的な手紙は出せなくなるからと、即位する少し前に送ってくれたもの。色あせてしまった封筒には王家の紋章が入っている。便箋を取り出して読むと、少し斜めになっている几帳面《きちょうめん》そうな文字が並ぶ。

「リリア、君を犠牲にしてすまない」

謝らなくていいのに。私が塔にいるのはニコラ様のせいじゃない。陛下が魔女を使うと決めたことにニコラ様が反対したのは知っている。優しいニコラ様は誰かを犠牲にするなんて耐えられなかったのだと思う。

それでも、この国を守るためには犠牲が必要だった。魔女が、私たちが犠牲じゃないなんて綺麗《きれい》ごとは言わない。犠牲にならなければこの国を守ることはできなかった、ただそれだけのことだ。

そのニコラ様も数年前に亡くなり、息子が国王になっていると聞いた。私がこの塔に入ってから、もう五十年。それだけの年月が過ぎてしまっている。

私はいつまでこの塔にいるのだろう。若い時は魔術式を考えていれば一人でも楽しかった。今は年老いてしまって何もする気になれず、魔力の限界が近づいているのを感じる。

朝起きるのがつらくて、寝ているのもつらくて、起きていてもすることがないのがつらくて。ただ時間が過ぎるのを待っている。

時折食料を運んでくる商人夫婦が来た時はうれしいが、帰ればよけいに孤独を感じてしまう。誰の声も聞こえず、私の声を届ける相手もいない。朝も夜も、挨拶すらできない。このまま、朝になっても目が覚めなければいい。そんなことを思い始めて、もうどのくらいになる?

今日はいつも以上に身体が重いな。まだ昼過ぎだというのに目の前が見えないほど暗い。違う……暗いんじゃない、私の目が開けられないのか。身体の中の魔力が尽きて、力が抜けていくのを感じる。あぁ、もう目を開けなくてもいいのかな。終わらせても許されるのかな。……最後の望みを叶《かな》えてもらえるのだろうか。

もし生まれ変わるのなら、私が生きた証《あかし》を持ったままでいたい。試すことすらできなかった新しい魔術式……忘れたくないな。あんなに一生懸命研究したのに、無かったことになるなんて嫌だ。

このまま魔女の知識を持ったまま生まれ変わりたい。今度はこんなひとりぼっちで苦しむことがないように、最初から幸せな場所に。

あぁ、声が聞きたいな。誰でもいいから、そばにいてくれたらいいのに……。

◇◇◇◇

寝起きの気分は最悪だった。あのまま死ねなかったのかと絶望しそうになる。今度こそ解放されると思ったのに。重い身体を起こすと、寝台が大きいことに気がつく。いつもの寝台じゃない？

「ここ、どこ？」

ここはあの塔の部屋じゃない。寝台しか置かれていない部屋だが、天井が高い。どこか大きな建物の中にある部屋。

ぐるぐると私の記憶が混ざるように、少しずつ今の自分のことを思い出す。

そうだ。今の私はソフィア・ユーギニス。ユーギニス国の第一王女だ。王太子の一人娘で、この国の陛下の孫。

昨日、九歳になったばかりのはず。確認するように両手を出すと、思ったよりも小さい手が見えた。所々赤くなってかさついている。……あかぎれ？　どうして王女の手があかぎれしている？

寝台から下りようとすると身体のあちこちが痛い。

これはなぜ？　……これまでソフィアがされた仕打ちを思い出して身体が強張《こわば》る。その後で湧き上がるのは理不尽なことに対する怒り。

ここは腐っている。このままここにいたら殺されるだろう。どうする？　せっかく生まれ変わったというのに、すぐに死んでしまうのは嫌だ。かといって、王宮から逃げ出したら探されてしまう。王女なのだから、魔力の登録くらいしてあるはずだ。追われるのはめんどうだな。

少し待遇を変えられるか頑張ってみようか。逃げるのはそれからでも遅くない。

◇◇

これからのことを考えていたら、不機嫌そうな中年女性の使用人に起こされ、無理やり着替えさせられてどこかへ連れて行かれる。そういえば、今日は陛下との面会の日だった。少し冷えた謁見室に案内されると使用人はどこかに行ってしまった。

周りには誰もいない。廊下に近衛騎士《このえきし》が数名立っているが、それだけだ。しばらく待っても誰も来ない、この謁見室の中央にポツンと立っていた。

もういいかと帰りたくなるけれど、ここで待ち続けなければいけない。祖父でもあるユーギニス国王へリングに面会するために。

面会は毎月行われるもので、王女である私が恙無《つつがな》く生活できているかを陛下が確認するものだ。王妃がいないためにこの国を一人で支えている陛下は、王族と関わる時間も月に一度しか取れない。こうして一人ずつ呼び出して問題が無いか確認し、夕食を共にする。

ふと見ると謁見室の壁には大きな姿見。映っているのはぶかぶかのドレスを着た痩せっぽっちな女の子。銀髪であるはずなのにパサついて白く見えるし、ぱっちりとした青目は落ちくぼんでしまっている。

私はこの国の第一王女であり、王位継承権は第二位。王太子であるお父様の次に身分が高い。それなのに、ずっと心の中にあるのは劣等感。どうせ誰からも愛されていないというあきらめ。

ついさきほど、前世の記憶を取りもどすまではそれがソフィアの認識だった。

ソフィア王女はハズレ姫、役に立たない姫、わがままで王女教育も受けていない、陛下も孫として扱っていない、そんな評判だった。私自身そう思っていたのは仕方ないと思う。九歳になるまで何の教育もされず閉じ込められるように育てられてきたのだから。

幼い心を守ろうとしても簡単に傷つけられ、その傷が癒える前にまた傷つけられる。自分なんて必要ないと思い込んでしまうのも無理はなかった。

だが、今の私は違う。二百年前に亡くなった魔女、リリアの記憶を取り戻していた。ソフィアがどれだけ理不尽な目に遭わされてきたのか、思い出せば腹立たしい。今日も随分待たされるなと思っていると、ようやく陛下が謁見室に入ってきた。

銀色の髪に真っ青な目。色だけなら私と同じだが、眉間にしわが寄っていつも不機嫌そうに見える。剣を持って戦えそうなたくましい身体は、実際に戦争に赴き戦った経験があるはずだが、もう高齢に差しかかる年齢だ。

陛下に付き添うように入ってきたのは侍従長で医師でもあるレンキン先生と近衛騎士隊長のオイゲン。その後からぽっちゃりした身体を揺らすように入ってきたのは女官長。数名の女官と近衛騎士が全員謁見室に入り、陛下が王座に座る。

少しだけ左足を後ろに下げ、身体を低くするように深く頭を下げる。その姿勢を保ったまま、声がかかるのを待った。

「ソフィア、顔を上げなさい」

「はい」

王女だというのに臣下の礼をしていたのにはわけがある。ここに最初に案内してきた使用人がこうしろと言ったからだ。本来、同じ王族である私は頭を下げる必要はなく、両手を交差して胸に当てる。これは心からの敬意を表すもので、頭を下げないのは王族だからだ。それなのに私に臣下の礼をさせたというのは、お前は王族ではないということになる。

陛下も初めは怪訝《けげん》な顔をしていたが、その時に女官長から何かをささやかれうなずき、それ以降はこのままになっている。

「何か問題はなかったか？」

いつもならここで「ありません」と答えて謁見は終わる。ほんの一分もかからない。謁見するまでかなり待たされるのに、その一言だけで帰される。陛下と呼ばされているのも、孫として扱わせないという周りの思惑が見える。

だからこそ、あえて言わせてもらう。

「お祖父様《じいさま》、抱っこしてください！」

「……は？」

「だから、抱っこしてください！」

突然の申し出に陛下だけでなく、謁見室にいたすべての者が目を見開いている。

今まで「ありません」の一言以外話すことのなかった王女が、強面《こわもて》の陛下相手に抱っこを求めたのだから……驚くのも無理はない。

それでも、じっと陛下を見つめていると、動揺しながらも答えてくれた。

「……ち、近くに来なさい」

「はい！」

女官たちが止めようとするのも無視して、陛下のすぐ前まで行くと両手を上に伸ばす。

王座から立ち上がっていた陛下の視線が少しだけさまよったが、決意したように私の両脇に手を入れて抱き上げる。

この身体は九歳とは思えないほど軽い。だぶだぶのドレスの上からはわからないかもしれないけれど、限界までやせ細っている。

陛下はもっと重いと思っていたのか、抱き上げたら勢いが良すぎたようで後ろにふらついた。その勢いに便乗して陛下の首に腕を回し抱き着いて、小声でお願いする。

「人払いをお願いします」

「……っ」

驚いたとは思うが、顔色を変えずに周りに指示を出したのはすごいと思う。九歳ではあるが、見た目は七歳にも満たないような幼い孫が人払いをお願いしたのだ。私の願いを聞いて人払いしてくれるかは賭けだった。

陛下が手で払う真似《まね》をすると、謁見室の中にいた者たちは外に出て行った。

だが、それでも数名が残っている。あぁ、これじゃ意味が無い、そう思って、「女官長も外に出してください」とお願いを追加する。

陛下は私の声は無かったかのように無表情でもう一度手で払う真似をする。どうやら回数で誰を残すかという指示をしているようだ。

「陛下、わたくしもですか!?」

なぜと言いたそうな顔でここに残ろうとした女官長に、陛下は無表情なままあっさりと、

「王太子と王太子妃に届けるものがあったのを思い出した。執務室に取りに行ってすぐさま届けてくれ」と言い出す。

本当にそんな用事があったのか今思いついたのかはわからないが、それでも女官長は謁見室から出て行くのを渋った。

「それは後から参りますわ」

「……今すぐだ」

「え？」

「今すぐ、と言ったのが聞こえなかったのか？」

「はい！」

あきらかに不機嫌になった声の陛下に念を押され、さすがに女官長は出て行った。忌々しいといった感じで私をにらみつけていくのは忘れなかったようだが……。

広い謁見室には陛下と立場上離れることのできない者が二人。いつもそばにいる細身で柔和な表情をしている金髪緑目のレンキン先生と陛下よりも筋骨隆々な銀髪紫目のオイゲン。これ以上人払いすることは難しいのだが、この二人は大丈夫なはずだと息を吐いた。

「さて……ソフィア。お前がめずらしくこのようなことを言い出すのだから、何か問題があったということなのだろう？　何があった？」

「何があったというか、問題しかありません」

「どういうことだ？」

「まずは……私を見てください」

抱き上げられていたのを下ろしてもらって、その場で着ていたドレスを脱ぐ。

ぶかぶかのドレスの下から現れたのは折れそうなほど限界まで細くなった手足。浮き上がっているあばら骨に膨らんだ腹部。身体中にあざがあり、肌はカサカサで指にはあかぎれが見える。どう考えても栄養失調な上に虐待を受けている身体だ。

三人が息をのんで目を見張った。青ざめていく顔を見て、知らなかったのはわかるけれど、どうしてこうなるまで誰も気がつかなかったというのだ。

少なくとも月に一度は会っているのに、毎回同じドレスだということに気がつかないのか。ドレスの中はわからなくても、銀髪なのにパサついて白髪《しらが》のようになっている髪。青い目が落ちくぼむほどにやせ細って、顔色が悪いことを見ていないのか。

ここまで放置されていたとは、あきれてものが言えないほどだ。

「……どういうことだ。レンキン、ソフィアを診てくれ！」

「っは、はい！」

慌てて近づいてきたレンキン先生が痛ましいものを見るように診察し始める。

私の背中を見た瞬間、はっという声が漏れた。そこには大きなあざがあるはずだから。

「……姫様、この背中のあざはどうしました？」

「昨日の夕方、廊下を歩いていたら侍女に突き飛ばされて、踏まれました」

「なんということを！」

あざの箇所《かしょ》や状態をカルテに書き込んで、終わるとドレスを着させてくれる。

痛くないように丁寧に着せてくれるあたり、とても優しいおじいちゃん先生だと思う。きっと本当に私の状況を知らなかったんだ。だって、レンキン先生は陛下のそばから離れない。噂話《うわさばなし》を陛下のそばでするような愚か者はいないから聞くこともない。それは近衛騎士長のオイゲンも同じだろうと思う。

「これはどういうことなんだ……ソフィア。お前にいったい何が起きている？」

同情するような目で聞いてくる陛下に、一応は愛情があったのかと思う。

ここでどうでもいいという反応をするのなら、すぐにでも王宮から出る許可をもらおうと考えていた。だが、この反応なら改善するかどうか試してみてもいい。ダメだったら、その時は王宮から出て行けばいいのだから。

「説明するのは簡単ですが、証明できません」

「何？　どういうことだ？」

「ですから、私が置かれている状況は説明できます。ですが、証明するのは難しいので、監視をつけてほしいのです」

「監視を？　お前に？」

「ええ。できるかぎり他の者には見えないように監視を」

陛下がつけた監視だとわかっていたら、誰も手を出してこない。そうなれば証明することもできなくなる。それをわかったのか、陛下が深く息を吐いてうなずいた。

「わかった……だが、監視をつける前に説明してくれ。何があった？」

「まず、私の普段の生活は知っていますか？」

「もう九歳だから、王女教育を受けているだろう？　お前が七歳の時に教師をつけたはずだ」

「いいえ。王女教育は受けていません。教師は三日でいなくなりました」

「いなくなった？　それは全員か？」

「ええ、全員です」

語学、歴史、地理、王政、礼儀作法やダンス、楽器までありとあらゆる教師が用意されていた。だが、教えてもらえたのは三日だけ。その後は「ハズレ王女に教師など税の無駄使いだ」と来なくなってしまった。

「では、普段は何をして過ごしていた？」

「掃除と洗濯などです」

「は？」

「使用人が来ないので、部屋の掃除や洗濯だけでなく、浴室や手洗いに使う水も井戸まで汲《く》みに行っていました」

「水瓶《みずがめ》の水までか!?」

驚くのは無理もない。水瓶の水は水属性を使える使用人が補充するものであって、水を運んできて入れるものではない。そんな重労働をする必要なんてまったくないのに、それを強いられていたのだから。

「ええ。最初は水だけは用意されていたのですけどね。用意されなくなったので、自分で水を汲みに行っています。湯を沸かすこともできないので、湯あみはせず布を浸して絞ったもので身体を拭いています」

「「……」」

「このドレスは一枚しかないので、普段着ることはできません。他の服は無いので、いなくなった使用人が置いていった私服を着ています。シーツも一枚しかないので、汚れたと思ったら洗濯して干すのですが、乾くまで見ていないと濡《ぬ》らされたり泥がついていたり、床に落とされていたりするので……それだけで一日が終わります」

本当にありとあらゆる嫌がらせをされていた。ここまでよく九歳の少女が耐えていたものだと思う。前世の私も忍耐強いとは言われていたし、多少のことでは動じない自信がある。それでも、どこか他人のような視点でこれまでのソフィアを思い返すと、よく投げ出さずにいられたと思う。幼くても王族としての責任感は持っていたようだ。

「痩せているのは労働のせいか？」

「それは食事のせいですね。食事は一日一度、野菜の葉クズが少し入ったスープと、乾いて固くなったパンが一つ。この食事ですら出てこない日もあります」

「……まさか……まさか、そんな目に遭っていたとは。いつからだ」

「おそらく、生まれてからずっとじゃないでしょうか？」

「っ!!」

驚きと怒りの表情で顔色が赤黒くなっていく陛下に、身体は大丈夫かと心配になる。ここで興奮しすぎて倒れたりしたら、私が殺したことになりかねない。

「あとは、いろいろと問題はありますが、人が関わっているものは証拠が無いと話しても意味がありません。私がそう言ったからといって簡単に処罰できないでしょうから。だから私を監視してほしいのです。一か月ほど様子を見て、改善できるかどうか判断してもらえますか？」

「お前は……そんな状態で一か月も我慢できるのか？」

「今さらじゃないですか？」

「……そうか。儂《わし》との食事会の時は食べてなかったようだが、あれは好き嫌いではなかったのか？」

そういえば、それもあったか。

面会の日は必ず食事会が行われる。陛下と王太子と王太子妃、公爵である第三王子とその妻、そして従姉《いとこ》のイライザも来る。私の席は必ず陛下から一番遠い席にされ、隣はイライザだ。豪華な食事が並ぶ中、私が一口でも食べることは無い。なぜなら……。

「あれは食べられるものではありません。すべてが腐っていました」

「お前のものだけ別なものが出ているということか？」

「そうだと思います。わざわざ緑や黄色になった肉を用意したのかと呆《あき》れますが、私のものだけ別に作ってあるのでしょう。粗末なモノだったり、虫が入っていたりするのはいいのですが、さすがにあれは食べられません。寝込んでも誰も面倒を見てくれませんし、医師も呼んでもらえませんから。自分の身を守るのは自分しかいません」

「はぁぁぁぁ。わかった。すぐに監視をつける。一か月と言わず、証拠がそろったと思ったらすぐに言いなさい。無理に今の生活を続けなくていい……お前は儂の孫なんだ。抱っこと言われ、驚いたがうれしかった。お祖父様と初めて呼ばれたのも、それが人払いをさせるための手段なのだとわかっているが、できれば今後もお祖父様と呼んでくれないだろうか？」

「いいのですか？」

思わず首をかしげてしまうが、うれしそうに笑ってうなずいてくれる。意外と……好かれているのかもしれない？　ほとんど交流したことも無いし、前世を思い出すまでのソフィアは陛下を怖がっていたように思う。おそらく使用人たちに悪意をぶつけられた結果だろう。幼い頭では理解しきれないことでも、悪いことを言われているというのはなんとなくわかるものだ。

「ところで、女官長を排除したのはどうしてだ？」

「あぁ、それも監視してもらえるとわかると思いますが、私への嫌がらせを直接指示しているのは女官長だと思っています」

「なんだと？」

記憶が戻ってから、誰がこの状況を作り出したのか考えていた。黒幕がいるとしても、王宮内で権力を持っている者が協力者だと。今までされてきたことを思い出し、それが女官長だと思い当たった。

「そうじゃないとおかしいです。私、一応は王女なのに、西宮の端の部屋に住んでいます。本来なら本宮に住むはずですよね？」

「あ、ああ！　なぜ西宮などに。あんな場所、お前が住むようなところではない」

それもよく知っている。老朽化でもうほとんど使われていない西宮の、しかも北側の奥にある部屋。風通しも日当たりも悪い、じめじめして絨毯《じゅうたん》すら敷かれていない暗い部屋。あんな場所に王女がいるなんて、誰も思っていないだろう。しかも私の近くには一部の使用人しか来られないようになっているようだ。来るのは古参の意地悪な使用人、女官長の指示を素直に聞く者ばかりになっている。

「こんな嫌がらせは私の部屋を移動させる権限を持っている者でなければ無理です。それに一介の使用人たちが私に嫌がらせするって命がけじゃないですか？　王女にこんな真似して、見つかったら生家まで責任を負うことになります。よほど権力ある人が指示していなければ、こうなりません」

「それがすべて女官長の仕業《しわざ》だと？」

「いいえ、女官長に命令しているのはエドガー叔父様とイライザだと思っています。女官長は叔父様の愛人なので指示に従っているのでしょう」

「それは……どうしてそれを知っている？」

お祖父様の反応を見ると、女官長が叔父様の愛人だというのは知っていた感じかな。いくらなんでもそのくらい情報が入ってくるか。結婚もせずに仕事を続けてきた女官長は長年叔父様の愛人をしている。仕事に関しては問題ないという評判だったけれど、優秀だからこそ私のことを隠し通せたのだろう。お祖父様が驚いているのは、子どもの私がなぜ知っているのかってことなんだと思う。

「洗濯する時に聞こえてくるのです。使用人たちはいろいろと見ているようで噂話をしていました。女官長だけじゃなく、叔父様が手を出した女官と侍女、二十人以上知っていますよ？」

「はぁぁぁ……そういうことか」

洗濯をする使用人は、下級の使用人たちだ。責任ある仕事は任されず、雑務だけをしている。

そのぶん口も軽く、噂話ばかりしている。誰が手をつけられた、愛人同士で争っていた、なんて話はよくある話題だった。

ボロボロの私服を着て洗濯場に行っている私は、使用人の子どもだと思われている。機嫌が悪い時には邪魔にされて嫌がらせもされるが、普段はいても気にされないために噂を聞くのに困らない。聞いていた当時はあまりよくわかっていなかったけれど、思い返せばけっこう重要な情報も含まれていた。だからこそ、今の状況を客観的に見えているのかもしれない。

「わかった。証明しなければ処罰できないというのも納得した。だが、本当に無理はしないでほしい。監視だけでなく護衛もすぐにつける。困ったら助けてと言いなさい。姿を現すように言っておくから」

「わかりました。ありがとうございます。あぁ、おそらく女官長が戻ってきたらしつこく聞かれると思います。抱っこしたら眠そうにしていたから部屋に戻したとでも言っておいてください。まともな話はしなかったと」

「……わかった。では、気をつけて戻りなさい」

「はい」

今度は頭を下げずに胸に両手を当ててから謁見室から出る。その時、お祖父様がふっと笑った気がした。

廊下に出て歩き出すと、私の後を追いかけてくる気配を感じる。これが話していた監視の人かな。ありがたいことに複数人つけてくれたようだ。

先の廊下から女官長の声が聞こえ、会わないように違う道へと方向を変える。少し遠回りになるが仕方ない。監視がついたのなら女官長と会って罵られてもいいとは思ったが、今すぐ揉《も》めるのは面倒くさい。

　この身体は疲れやすくて歩くのもつらい。夕方にはまた食事会で呼び出されるだろうから、それまでだけでも休みたい。


　部屋に戻って寝台に倒れこんだ……と思ったら乱暴に起こされた。窓の外を見たら暗くなっていて、もう食事会の時間になったようだ。疲れすぎて夢も見ずに寝ていたらしい。

　月に一度、お祖父様との面会と食事会の時だけは、使用人たちも私を呼びに来ないわけにはいかない。高齢男性の使用人は寝台を蹴って私を起こしたようだ。驚くことに、こんな風に起こされるのもいつも通り。これも監視から報告がされるだろう。

　まだ寝ていたかったと思いながら、使用人の後をついて食事会の場に行く。大柄な使用人がすたすたと歩くのを小走りで追いかける。私に気をつかってゆっくり歩くことはない。何とかついていき、息が切れそうな頃に食事会の場所に着いたが、そこにはもうすでに全員がそろって座っていた。

　お祖父様が一番奥に、その次にお父様とお母様が座っている。どちらも金髪で整った顔立ちをしていて、遠くから見ればお似合いの夫婦だが、二人が話しているのは見たことが無い。

　その隣に公爵のエドガー叔父様と夫人、夫人の隣にイライザが座っている。親子三人とも栗色《くりいろ》の髪でふくよかな体型と見た目が似ている。

　私が最後に来たのを見て、エドガー叔父様が大声で文句を言い始めた。

「父上を待たせるとは何事だ！　ソフィア、お前はいつからそのように偉くなったのだ。わがままも大概にせい」

「はい」

これもいつものことなので、素直に返事をして末席のイライザの隣に座る。わざと遅れるように迎えに来るのだから、飽きた茶番だ。私が怒られたのを見て、イライザがくすりと笑った後ではしゃいだ声を出す。

「お父様《とうさま》、そんなに怒らないで。ソフィアはまだ小さいのだもの。食事に遅れるのも仕方ないわ。ね、早く食事にしましょう？」

「あぁ、そうだな」

はたから見たら、ハズレ姫を庇《かば》う優しいイライザ姫に見えるのだろう。だが、本当は早く腐った食事を出して、私に嫌がらせしたいだけだ。

運ばれてくる食事はいつも通り、すべて腐った食材で作られている。毎回、腐った食材を用意するのも大変だろうし、腐った食材を調理するなんて料理人も嫌だろうに。運ばれてすぐに臭《にお》う食事を見て、早く帰って寝たくなる。美味《おい》しそうなソースがかけられていても、その下の肉や野菜は色が変わるほど腐っていた。今日はどれくらいの時間で終わるかな。ぼんやりと料理をながめ一口も食べない私を見て公爵夫人が眉をひそめる。

「ソフィア様、好き嫌いが多いのは存じていますが、少しは召し上がってみませんか？」

人の良さそうな顔でにっこり笑って勧めてくれるが、公爵夫人もこの食事がおかしいのはわかるだろう。どうしたって臭いはごまかせない。二つ隣に座っているのに気がつかないとしたら鼻がおかしい。ついでに言うと、おそらく両親も気がついているだろうけれど、私が食べないとわかっているから黙っているのだと思う。

弟夫妻と話すとろくなことが無いと思っての行動らしいが、自分が良ければそれでいいと思っているあたり、お祖父様が国王を代替わりできないのも仕方ないと思う。こんな二人に国を任せたらあっという間に滅びてしまいそうだ。

「体調が悪くて眠いのです。とても食べられそうにありません」

「あら、とても美味しいわよ！　食べたら元気になると思うわ！　ね！」

隣からしつこく勧めてくるイライザに少しだけ嫌がらせし返そうかと思う。一か月しかないのだから効率よく証拠を集めたい。そのためには反撃してみてもいいかもしれない。

「そう？　そんなに美味しいっていうなら、全部イライザにあげるわ」

「え！　そんなのいらないわよ！　……あ」

しまったという顔をするが、それは一瞬だけだった。

「これはソフィアのために用意してくれたものなのよ？　食べなきゃ料理人が悲しむわ。せっかく作ってくれたのに」

思わず本音で嫌がってしまったのをまずいと思ったのか、イライザはにっこり笑って言いなおした。二つ年上だが、こういう立ち回りの良さには感心する。だからこそ、今までイライザがしてきた嫌がらせはバレていないのだろう。

「そうね。残念だとは思うけど体調が悪いの。一口も食べられそうになくて。だから、イライザが食べてくれたら料理人が喜ぶと思ったの。これ全部あげるわ。美味しいのでしょう?」

「えぇ……さすがに私は遠慮するわ。自分の分があるもの……」

顔が引きつりそうになっているのを見て、耐えきれずに笑ってしまう。それが見えたのか、イライザが怒ったのがわかる。この分なら後で文句を言いに来るだろう。うまくいった。

「そんなに食べないなんて、毒が入っているとでも思っているのか! 食事会を開いている父上に失礼だぞ!」

私の態度にイラついたのかエドガー叔父様が大声で威嚇してくる。第三王子だが、側妃から産まれているからお父様とは異母兄弟になる。栗色の髪と茶目ででっぷりとした腹。いつもにやりと笑っている品のない顔で、よく何人も愛人が作れるものだと思う。金髪紫目のお父様とフリッツ叔父様とは、兄弟なのにまったく似ていない。

性格も合わないようで、エドガー叔父様に関わりたくないお父様とお母様は、何も聞かなかったようにこちらを見ない。仕方ないと、エドガー叔父様が文句を言い続けているのを反論せずに黙って聞いていた。何を言われても食べる気はないし、ここで殴ってくるようならもうけものだ。もっと怒ってくれないかなと思っていたら、お祖父様に止められた。

「……ソフィアは体調が悪いようだ。今すぐ戻って休んでいい」

「父上!?」

「儂が呼んだのだから、儂が許可して帰すことに何か問題があるのか?」

「そんなことだからソフィアはわがまま姫だと言われているのです! ちゃんと躾《しつ》けないとつけあ

がります！」

「ほほう。つけあがる、か。何か勘違いしていないか？　エドガー」

「私が勘違いですか？」

「お前よりもソフィアのほうが身分は上だ。お前には王位継承権はないが、ソフィアにはある。王族であるソフィアに臣下であるお前が躾けるだなど……言えるわけがない」

「父上!?　ですが、私は叔父ですよ！」

「だからなんだ。公爵になった時点でお前はもう王族ではない。王位継承順位は王太子のダニエルの次がソフィア、その次に第二王子のフリッツ、フリッツの子に続くのだ。お前やお前たち家族はただの公爵家であって、身分の差ははっきりしている。それなのにつけあがるだの躾けるだの言っているほうが問題だ。わきまえるんだな、エドガー。反省しないようなら、お前たちはもう食事会に呼ばない」

「「「……………」」」

王族ではないとはっきり言われ、エドガー叔父様の顔色が怒りでどす黒くなる。その隣で公爵夫人もイライザも目を吊《つ》り上《あ》げた。それでもお祖父様の言っていることは正しい。違うと思っていたとしても、言い返すことはできないだろう。

お祖父様が一喝したことで食事会はそのまま続いている。三人とも静かに食べているが、怒りがおさまっていないのがわかる。お祖父様……もしかしてわざと三人を怒らせた？　まぁ、そのほうがこちらとしても助かるけれど。何も気がつかなかったふりをして部屋に戻ろう。

「お祖父様、申し訳ありません。体調が悪いので、先に部屋に戻ってもいいですか？」

「あぁ、いいぞ。ちゃんと休め。わかったな？」

「はい、ありがとうございます」

エドガー叔父様たちの顔は見ないように退席する。ここまで私を連れてきた使用人はもうすでにどこかに行ってしまっている。本来なら私が部屋に戻る時には何人かが付き添わなければならない。いつもお祖父様が退室した後に戻るから放置されていたけれど。使用人たちがおろおろしている中、いつも通り一人で部屋まで戻った。


「どういうことなのよ！」

思ったよりも早く来たと思ったが、どうやらイライザだけ退席してきたようだ。私も先に退席しますとでも言って出てきたのかもしれない。私の部屋のドアを蹴るように開けて入ってくると、ツカツカと靴の音を鳴らして近づいてくる。

「どういうこと、とは」

「なんでお祖父様なんて呼んでいるのよ！」

「あぁ、それね。今日の面会でお祖父様からそう呼ぶように言われたのよ」

「嘘《うそ》よ！　だって、私には陛下と呼ぶようにって!!」

「それはだって、イライザは王族じゃないもの」

私の肩を何度も強く押して怒鳴るイライザに、私よりも二つ上だし背も高いし成長も早いようなのに、どうして身分の差を理解できないのか不思議に思う。それなりに令嬢としての教育は受けているはずなのに。

私が反抗するのが気に入らないイライザは、私に投げつけるものを探している。前にも何度か物をぶつけられたことがあるが、今この部屋には物がない。物が無ければイライザが投げることもできないようだ。

あぁ、そうか。数少ないけど部屋にあった物はそうやって壊されたから無いのか。イライザは自分が悪いのに、投げるものが無いことにも文句を言い出した。

報告のために監視している者たちも驚いているだろうな。人前ではあんなにも性格良さそうにふるまっているのに。どう考えても今のイライザに貴族令嬢としての気品というものは感じられない。

「いいこと!? あなたは王女かもしれないけれど、ハズレ王女なの！ 美しくないし、髪もぼさぼさ、骨みたいな身体で、何一つ知識だってない。そんなあなたが女王になれると思っているわけ？なれるわけないじゃない！」

「…………」

そう言っているイライザが女王になれるとも思えないのだけど。感情のままに怒っているイライザは醜く顔をゆがませている。

王族特有である私の銀髪《ぎんぱつ》青目と違って、イライザのくすんだ栗色の髪と茶色の目は下位貴族や平民に近い色だ。ふっくらしているので胸は大きく育つかもしれないけれど、そんなことで有利になるとは思えない。

お祖父様はイライザも孫として可愛《かわい》がりたいだろうけど、イライザの態度を許していたら大変なことになる。報告を聞いてどう思うだろうか……。

「ちょっと、聞いてるの!?」

ざばぁっと頭の上から水をかけられて、目が覚めた。ぼーっとしていて、あまりイライザの話を聞いていなかった。一枚しかないドレスがずぶぬれになって、床までびしょびしょになっている。

この部屋には絨毯が敷かれていないから濡れた床はそのままにしておけば乾くけど。

どうしよう。ドレスを洗濯するのは無理だよね。洗濯場に持ち込んだら、盗んだのかと誤解されてしまう。

「冷たい……」

「ふふっ。いい気味よ」

「……今日、体調悪いって言ったから、後でレンキン先生が診察に来るかもしれないのに」

「っ!! そういうことは早く言いなさいよ！ いい？ これはあんたが自分でドジって水をかぶったんだからね!? 言いつけるんじゃないわよ！ わかったわね！」

そう言い残すとバタバタと部屋から出て行った。

やれやれと思いながらドレスを脱いで、髪と身体を布で拭いて普段着ているよれよれの服に着替える。言ってみただけでレンキン先生が来るわけないし寝てしまおう。濡れてしまったドレスのことは明日考えよう。

エドガー叔父様たちもレンキン先生が来るってイライザから聞いたら来ないだろう。だって蹴飛ばした痕でも残って見られたらまずいもんね。

念のため、部屋に鍵をかけて寝台にもぐりこむ。明日から証拠が集まるまでどのくらいかかるか。いろいろあって疲れていた身体は、今度もすぐに眠りに落ちた。


目が覚めたら、カーテンのない部屋はまぶしいほどに明るくなっていた。一度伸びをしてから起きると昨日濡れたまま脱いで置いておいたドレスが乾かされ、綺麗な状態でクローゼットに戻されていた。どうやらお祖父様がつけてくれた監視の誰かが魔術を使えるようだ。

考えてみたら人に見られないで監視して護衛するって、魔術以外はありえなかった。この一か月は魔術を使う気はなかったけれど、うっかり使うことが無くて良かった。いくらなんでも私が急に魔術を使えるようになっているのは怪しすぎる。

いつものように昼近くになって使用人がドアを蹴とばしながら入ってくる。私には何も言わず、スープとパンが載ったトレイを荒々しく寝台の上に置いて、そのまま礼もせずに出て行く。

食べようと思ったが、どうやら今日の食事は腐っている。昨日の食事会でやり込めた仕返しだろうか。スープはおかしな臭いがするし、パンはカビて緑色に変色していた。さすがにこれは食べられない。だけど、このまま置いていたら食事を残したと責められてしまう。仕方なく捨てるために廊下へ出る。西宮の外側は荒れ放題の草むらで人が通ることは無い。二階の窓からスープを流し、パンは遠くに放り投げた。

窓を閉めて戻ったら、部屋の中にテーブルとイスが置かれていた。テーブルには小さな籠が載っている。籠の中を見ると焼き菓子とミルクの瓶が入っていた。一緒に小さな木のコップも入れてある。食べていいということなんだろうけど、これもお祖父様の指示なのだろうか。

魔力の動きでどこに人がいるのかはわかるけれど、今は何もできない九歳の王女だ。天井のあたりをきょろきょろと探すように見て、小さな声で話しかけた。

「もしかして、私に用意してくれたの？」

その声にコツンと音が返ってきた。それがなんだかうれしくて笑ってしまう。こんな些細《ささい》なことがうれしいほど、人と接していなかったのだから。

「ねぇ、挨拶したいの。降りて来れる？」

そう言ったら、部屋の中に三人が降りてきた。体格のいい男性が一人と、少年だと思われるのが二人。三人とも覆面をしているから、顔は見えない。

「三人が私の監視をしてくれるの？」

「いや、五人いるよ。今は三人だけ」

体格のいい男性が答えるかと思ったら、答えたのは少年のほうだった。澄んだ声、澄んだ魔力。三人ともかなりの魔力量で、特に少年二人は王族に匹敵するほどの力を持っているように見える。こんな優秀な人たちを監視につけてくれるとは思わなかった。

「俺たちは影と呼ばれるものです。五人が交代で姫様を監視することになっています」

次に答えたのはもう一人の少年だった。こちらの少年のほうが背が高い。魔力もこの少年が一番多い。さきほどの籠についていた魔力はこの少年のものらしい。

「そう、これから一か月よろしくね。あと、食事を用意してくれてありがとう」

それには返事がなく三人でぺこりと頭を下げて、また天井へと戻っていった。こんな瞬時に転移できるとは、この時代の魔術はかなり進歩しているのかもしれない。

わくわくした気持ちを抑え、籠の中から焼き菓子とミルクを取り出す。焼き菓子はサクサクして、いくらでも食べられそうだった。それでも普段食事をしていないこの身体では、三枚食べてミルクをコップ一杯飲んだらお腹《なか》がいっぱいになった。この籠を誰かに見つかったらまずいと思い、寝台の後ろに隠す。残りはお腹が空いた時にまた食べよう。

そろそろ掃除をして、洗濯に行く時間だ。床のほこりを集めてから捨て、寝台のシーツをはがして洗濯場に向かう。

王宮の奥側にある洗濯場はいつものように下級使用人たちが洗濯物を広げていた。

大きなシーツを広げて洗うと怒られるから、小さくたたんで足で踏むようにして洗う。あかぎれが手だけじゃなく足にもあったのはこのせいかと思う。王族用の高級な洗剤は使えない。他の洗濯に使った残りの洗剤を使って、何度も足で踏む。水が冷たいし、刺激のある洗剤が足に染みてくる。痛みをこらえ何度も踏んでいると、後ろからバシャーンと水をかけられた。

「いつまで洗ってんだい！　邪魔だからさっさとどきな！」

他の洗い場もあるし、私がいなくなってもたいして変わりはしない。それでも私がシーツだけ洗っているのが目障りなんだろう。下級使用人たちはたくさんの洗濯物を抱えているから。

まだ洗剤がついているシーツを拾って、水で流しに行く。何度も重い水を運び泡を流していく。

その間も濡れた服は冷えて身体の熱を奪っていく。今日はこのままシーツを干すのは無理なようだ。仕方なく濡れたシーツを絞って、そのまま部屋に戻る。

部屋に入ると濡れた服を脱いで、服を着替える。使用人の残した服は子ども用ではなく、長い部分ははさみで切っているだけだ。さすがにこの服では廊下も歩けないなと思いながら、シーツと濡れた服をテーブルに置いた。

次の瞬間、ふわっとした魔力に気がついた時にはシーツと服は乾いてたたまれてあった。

「あ、ありがとう」

お礼を言ったら、また天井でコツンと音がした。どうやらお祖父様はかなり過保護な人をつけてくれたらしい。一か月の間、この調子で監視する人が耐えられるのか心配になる。子どもの虐待は見ている側にも相当つらいものがあるだろうなと思いながら、残しておいた焼き菓子をかじった。

一日に二度も食事をするのは初めてかもしれない。思わずそう呟《つぶや》いてしまったら、どこかでカタンと音がした。

一週間後、また洗濯場にシーツを洗いに来た時、端のほうで洗っていたら私を目《め》の敵《かたき》にしている使用人に怒鳴られた。中年の痩せた女でいつも怒っている使用人だ。普段より機嫌が悪い時だったようで、怒鳴られるだけでは終わらなかった。

小さい洗濯板を投げつけられ、さすがにこれは痛いだろうと覚悟したのに、洗濯板は私にぶつかることなく下に落ちた。今のは防御されてる？

どうやら監視人さんが魔術で防御してくれたようだ。他からは私に洗濯板がぶつかったように見えたようで、少し離れた場所にいた人が助けに入ってきた。

「こんな小さな子にぶつけるなんて。こっちにおいで。一緒に洗濯しよう?」

見たことのない若い女の使用人だった。さすがに同じ使用人が間に入ったのが気まずいのか、私に洗濯板を投げてきた使用人はふんっと鼻を鳴らしてどこかに行ってしまう。

「助けてくれてありがとう」

「いいのよ。大丈夫? ぶつかったとこ痛くない?」

「うん、大丈夫」

心配してくれた女性は下級使用人には見えなかった。所作が綺麗で、髪も手入れされている。あかぎれしている手も、長年水仕事をしているようではない。日に透ける薄茶色の髪は平民でもあえるが、緑色の瞳は貴族の血を引いている証拠だ。没落した家の貴族令嬢とかだろうか。

王宮の仕事は下級使用人でも貴族の紹介状が無ければ勤められない。エリーと名乗ったこの使用人のことが気になったけれど、今の自分ではどうすることもできないと思い、黙ってシーツを洗った。

エリーも何も言わずに洗濯を続けている。黙々と洗濯する水音が聞こえる中、少し離れた場所にいた使用人たちが話しているのが聞こえた。

「そういえば、先週のこと聞いた? 食事会の後、女官長の機嫌悪かったらしいわね」

「聞いたわ〜。公爵が違う愛人のところに行っちゃったんでしょう?」

「そうそう。最近はあまり女官長のところへは寄らないそうね」

「じゃあ、女官長の時代も終わりかもね。イライザ姫が正式に王太子様の養女になったら、公爵も後見として王宮に住むことになるのかしら」

「そうなんじゃないの？　今だって、月の半分は王宮にいるようなものだし。愛人の部屋を渡り歩いて、だけど！」

「あのハズレ姫と違ってイライザ姫はお優しくて優秀だって話だけど、公爵には似なくて良かったわよね〜」

「ねぇ、本当にハズレ姫じゃなくてイライザ姫が跡を継ぐことになるの？」

「ええ、そうだって話よ。ハズレ姫はわがままばかりで使用人にも乱暴するから、昔からいる厳しい使用人しか近寄れないって話だし、王女教育も嫌がってさぼってばかりだって。代わりにイライザ姫が王女教育と同じものを公爵家で受けられているって」

「そうなんだ！　じゃあ、もう決定なのね」

あぁ、私につけた王女教育の教師たち、どうしたのかと思っていた。辞めさせたらお祖父様に報告が行くだろうし、予算とかもあるだろうし、どうごまかしたのかと思っていたんだよね。そのままイライザの教師にしてしまったのか。あれ、これって横領になる？　王女の費用から出されているはずだもんね。監視さん報告してくれるかな。

「イライザ姫が継ぐのはうれしいけど、それで公爵がまた王宮内に愛人増やすのはちょっとどうかな。揉めごとが増えるのは困るのよねぇ。あぁ、ほら、エリーは気をつけなさいよ。気に入った使用人はどんな手を使ってでも愛人にするって話だから」

「……ええ、気をつけます」

愛人にされるかもと言われたエリーは青ざめていた。確かにこれだけ綺麗なら叔父様に気に入られるに違いない。公爵の愛人になって裕福に暮らすことを望む者もいるだろうけど、エリーはそうじゃないようだ。どうにかしてあげられないかなと思いながら部屋に戻った。


過保護な監視人さんとの生活も二週間が過ぎていた。

洗濯しに行けばずぶぬれになって帰ってくるし、水汲《みずく》みに行けば途中で見知らぬ使用人に突き飛ばされる。食事は半分くらいの確率で届かないか、届いても腐っている。

今までと違っていろんな場所に行って、何かあれば言い返したりもしている。わざとそういう行動をしているのだから当然なのだけど、圧倒的に危ない目に遭うことが増えていた。

だが、イライザやエドガー叔父様たちと会うのは月に一度の食事会がある時だけだ。次に会う時には何か仕掛けて証拠を示したいと思っていたが、その前に女官長をどうにかしたかった。どうやったら引っ張り出せるか考え、女官長のいる本宮に向かうことにした。

お祖父様に私の行動を制限されたことは無い。王女である私は本来は本宮に住むはずで、その本宮にある図書室に行くこと自体は問題ない。本来ならば、だけど。

女官長は私がお祖父様の近くに寄るのを避けたいようだった。ならば本宮でうろついていることがわかれば気になるだろう。

教育係が三日で来なくなったために、私は字が読めないことになっている。誰も教えていないのだからそう思われるのも当然。字が読めない私が図書室に行こうとしたら、誰かしら止めに来る。だけど、私の行動を制限できる使用人はいるだろうか。人目につかないこの西宮と違って、本宮には人が多い。大っぴらに私を突き飛ばしたりすることはできないはずだし、顔が知られている本宮で王女に命令できる者はいない。だからこそ、何かあれば女官長が出てくるはずだ。

監視人さんが届けてくれた小さなパンケーキを食べ、月に一度しか着ない謁見用のドレスに着替える。準備ができたら天井に向かって今日の予定を告げる。監視しやすいように、その日の予定をあらかじめ教えることにしていた。

「今日は本宮の図書室に向かいます。危なくなったら助けを呼ぶわ。よろしくね」

コツンと返事が来たのを聞いて、部屋から出る。私が謁見でもないのに本宮に向かっていることに気がついた使用人が、血相を変えてどこかに走っていく。

この連絡が女官長に行けば出てくるだろう。ゆっくりと図書室へと向かう。

図書室は謁見室よりも向こう側にある。早く来てくれないかなと思いながら歩いたが、なかなか出てきてくれない。とうとう図書室に着いてしまったため、仕方なく中に入った。

思ったよりも広い図書室だった。各領地の資料や歴史書だけでなく、魔術書まで収められている。魔術書を読みたい欲求を抑え、初めに読むべきは国史の本だ。亡くなってからの二百年、この国はどう変わったのか知りたかった。そして、それを知ることが王女である私を知ることにつながるはずだ。

ユーギニス国は海と山に囲まれ、北側のチュルニア国、西側のココディア国と隣り合っている。ユーギニスは平地が多く、食料を栽培するのに適している土地だが、ココディアは山岳地帯にありいつも食糧難に陥っている。

そのため、ユーギニスの国史はココディアとの戦争史のようなものだ。ぺらぺらとめくって近年の歴史の頁《ページ》を開く。

先代国王は優れていたが身体が弱く、王弟が騎士団を率いることで平和を維持していた。だが、王弟が戦死し、その数年後には先代国王も病死、お祖父様が即位した時にはまだ十五歳だった。それでもココディアとの戦争は続き、両国とも国を維持できなくなる寸前になって同盟が結ばれ、その和平の証としてお母様がココディアから嫁いできている。

……私が嫌われる理由の一つはそれかもしれない。敵国だったココディアの公爵家の二女《じじょ》。金髪緑目のお母様は人形のように美しいが、孤立しているのはわかる。夫であるお父様でさえ口をきかないのだから、周りからどう扱われているかは想像できる。ココディアの血を引く私が王女でいることを認めない貴族は多そうだ。これは思ったよりも厄介な状況かもしれない。

そんなことを思いながら読み進めていると、急に本を奪われた。

「え？」

驚いて顔を上げると本を取り上げたのはイライザだった。なぜこんなところにイライザが？　お祖父様の食事会の日でも無いのに、どうしてイライザが王宮にいるんだろう。そう思ったのも一瞬で、パシッと頬を叩《たた》かれる。

イライザもまだ十一歳の子どもではあるが、体格が違いすぎる。栄養失調で成長が遅れている私の身体では耐えきれずに床へと倒れた。

「なんであんたがこんなところにいるのよ！　字も読めないくせに生意気なのよ！」

「……どうして？」

「何よ。言い返す気？」

「どうしてイライザがここにいるの？」

転がされた床から立ち上がると、すぐに突き飛ばされる。後ろ向きに転んだせいでお尻を強く打った。あまりの痛みに涙が出そうになる。

「は？　私がここにいる理由？　そんなのいらないわよ。ここは全部私のものになるんだから。あんたと違って私は愛されている姫だもの！」

甲高《かんだか》い声でイライザが叫ぶけれど、その内容には首をかしげたくなる。王位継承権は無いってお祖父様にはっきり言われたというのに。

でも、そういえば使用人たちが噂していた。お父様の養女にして、イライザが女王になるって。だけど、私がダメだったとしても、第二王子であるフリッツ叔父様の子エディとエミリアがいる。どう考えてもイライザが継ぐというのは無理だとしか思えない。

「イライザは王族じゃないわ。無理よ」

「そんなのどうでもいいのよ！」

「だって、王族じゃないってお祖父様に言われてたのに。どうして自分のものになるなんて思ってるの？」

再度言い返したのが気に入らないのか、今度は座っていた状態から蹴り倒された。イライザの靴は硬くて、蹴られたふとももがひどく痛む。床に倒れたまま起き上がれないでいると、イライザ以外の声がした。

「あらあら。みっともないわねぇ。こんなできそこないのハズレが王女だなんて、ありえないわ。ねぇ、イライザ様？」

「ええ、ありえないわ。こんなハズレが王族だなんて。早くこいつをどうにかしてよ！」

「大丈夫ですから、そんなに心配なさらないで？　陛下だってすぐにイライザ様のほうが優秀だとわかります」

この嫌味な口調はと思って顔を上げたら、やはり女官長だった。ぽっちゃりとした身体を揺らして、こちらへ向かってくる。使用人から報告を受けて図書室へ来たのだろう。

女官長が来てくれたらいいと思っていたが、イライザまで来るとは思わなかった。だけど、これならエドガー叔父様の指示で私を虐《しいた》げていたことの証言をとれるかもしれない。二人ともちょうどよく罠《わな》にかかったとは思ったが、あまりの痛さに起き上がれない。床に転がったまま女官長をにらみつけてみたが、あまり効果は無さそうだ。ツンとした表情のまま見下ろされている。

「ねぇ、もう待てないんだけど。こいつ、陛下をお祖父様だなんて呼んでいたのよ」

「それは……確かに。この前の面会では私を追い出したりして。おかしいですわね」

「でしょう？　今すぐ何とかしてよ」

「……わかりました。少し痛い目にあわせたらおとなしくなるでしょう」

図書室の中を見渡したら誰もいない。管理している使用人がいるはずなのに、気配も無かった。もしかして私に乱暴してもいいように人払いした？

「……女官長、あなたそんなことを言っていいと思っているの？　私は王女なのよ？　王女にこんなことしてただで済むと思っているの？」

「あら。王女様なら王女様らしくしたらどうなのかしら。そんな風にみじめに床に這《は》いつくばって、みっともない」

「王女である私よりも公爵令嬢のイライザを選ぶの？　女官長も処罰されていいというのね？」

最後の確認と思って告げたら、大笑いで返される。

「あなたの証言なんて誰も聞かないわ。私は女官長として陛下の信頼を勝ち取っているのだから。それに、何があったとしても公爵様がうまくごまかしてくれるわ。今までだってこの王宮は公爵様が動かしてきたのだから。ハズレ姫に何があっても事故で終わるの。ほらほら。早く頭を下げて謝ったら？」

これだけ証拠を取れたなら、もういいだろう。いい加減、痛みで意識を保つのも難しくなってきた。

女官長が私の身体を踏みつけようと足を上げたのがわかった。イライザでもこれだけ痛いのに、女官長に踏まれたら折れるかもしれない。もうこれ以上は無理だと思い、かすれた声で助けを呼んだ。

「……監視人さん、助けて」

その言葉で天井や図書室の奥から人が飛び込んできた。数人はそのまま女官長とイライザに向かって行く。急に現れた者たちに驚いた二人は、慌てて逃げるように図書室の外に出ようとしたが取り押さえられる。

図書室の奥から現れたうちの一人、覚えのある魔力が私に近づいてくる。転がったまま動けない私のところに跪《ひざまず》いたと思ったら、優しく包むように抱き上げてくれる。

「姫様……もう、大丈夫ですよ」

それが背の高い少年だというのがわかり、安心したら気が遠くなっていった。

◇　◇

息苦しさを感じて目を開けたら、レンキン先生が心配そうに私を見ていた。

「……ん？」

「気がつかれましたか……無茶をしすぎです、姫様」

「レンキン先生？」

「目を覚ましたのか！」

同じ部屋にいたのか、お祖父様の声がした。すぐに私が寝ている横にお祖父様が現れて、手を握られる。壊れそうなものを扱うようにそっと握られた手からお祖父様の温かさが伝わってくる。

「……私、どうしたのですか？」

どうしてここに寝かされているんだろう。倒れたのだとは思うけど、その前は何していた？　怒りで我を忘れるイライザと女官長の顔が浮かんで、そういえばと思い出す。

「大丈夫だ。もう心配することは何もないんだ。女官長をはじめとしたお前に嫌がらせをしていた者はすべて捕らえた。証拠も十分集まったし、何より女官長はお前に危害を加えようとした。地下《ちか》牢《ろう》に入れて取り調べを続けている。……お前は二日間も目を覚まさずにいたのだよ」

「二日も？」

「そうだ。ここは本宮に用意したお前の部屋だ。儂の部屋のすぐ近くにある。護衛もつけたから、もうお前が心配することはないよ」

護衛……あの時助けてくれた監視人さんたちかな。お礼を言いたいけれど、まだ起き上がれそうになかった。

「お前につける侍女も用意した。来なさい」

「「はい」」

栗色の髪に琥珀色《こはくいろ》の目をした、そっくりな顔の侍女が二人、お祖父様の後ろに立った。

お母様と同じ年頃の侍女ということは長年ここに勤めているのだろうけど、私は見たことがない。本宮だけで仕事をしていた侍女なのかもしれない。二人は私の顔を見て、にっこりと笑った。同情するでもなく、見定めるわけでもなく、自然な笑顔だった。

私の評判の悪さは聞いているだろうに、そういった悪感情は無いように見える。

「リサと申します」「ユナと申します」

「この二人は儂付きの侍女の娘たちだ。しっかり教育されているから安心していい。専属侍女はまたちゃんと選ぶことになるが、とりあえずこの二人はお前につけておく」

お祖父様付きの侍女の娘ならば間違いないだろう。本来ならお父様かお母様につくべきなのかもしれないけれど。

「ありがとうございます」

「うむ。まずは休め……詳しい話はそれからだ」

「はい」

レンキン先生の話だと、イライザに蹴られたふともは骨にひびが入っていたそうだ。痛みのために気を失った後、怪我《けが》のせいで発熱したのだろうと。私の身体は小さいし体力がないために強い薬は使えない。治癒をかけて骨はくっつけてあるけれど、魔術で完全に戻すことはできない。まずはじっくり休んで、元の身体に戻すように頑張りましょうとのことだった。

イライザは、エドガー叔父様たちはどうなったんだろう。気になったけれど、私が元気にならないうちは話してくれないようだった。

リサとユナに世話をされ少しずつ食事をとるようになり、起き上がってソファに座れるようになるまで二週間近くかかった。ようやく一人で部屋の中を歩き回れるほどに回復すると、お祖父様が私を訪ねてきた。レンキン先生とオイゲンも後から部屋に入ってくる。

「おお。歩けるようになったんだな。良かった」

「はい。もう痛みもないですし、大丈夫です」

「うん、うん。今日はお前に護衛たちを紹介しようと思ってな」

「護衛ですか？」

監視人さんのことかな。この部屋で寝たきりになっている時も、監視人さんたちの気配は感じていた。ずっと交代で私を守ってくれているのが感じられて、安心していた。

「入ってこい」

今日は天井から降りてくるのではなく、ちゃんと部屋のドアを開けて入ってくる。覆面で体格のいい男性が三人とあの時の少年二人が入ってくる。

「覆面の三人は影と呼ばれる者たちだ。この三人は今後もお前の護衛としてつかせる。左から順にユン、イル、ダナだ」

お祖父様が名を呼ぶと一人ずつぺこりと頭を下げた。あの時挨拶した影はダナという名らしい。魔力で違いがわかるからいいけれど、覆面は外してくれないようだ。

「それで、この二人はお前の専属護衛騎士になる。まだ学園に在学中だが、卒業後に正式に任命することになるだろう。二人とも自分で名乗れるな？」

二人とも覆面を外していたのは影ではなく護衛騎士になるからのようだ。同じ年頃の少年が二人。どちらも恐ろしいほどに整った顔立ちだが、印象が違っている。

一人目の少年が前に出ると名乗り始める。銀髪緑目、王族に近い高位貴族の色を持つ少年だった。

髪を耳のあたりで短くしていなければ、少女に見えるほど中性的な感じに見える。微笑《ほほえ》んだら可愛らしいだろうと思ったが、にこりともしない。

「俺はクリス・バルテンと申します」

クリス・バルテン。バルテンの名は聞き覚えがあった。バルテン家は確か……。

「クリスは公爵家の出なの？」

クリスの家を確認しようと口にしたら、お祖父様をはじめ、その場にいた全員が驚いたのがわかった。

「ソフィア、お前、王女教育は受けていなかったな？」

「はい。三日で教師が来なくなってしまいましたから」

「それなのに、この国の貴族の名を覚えているのか？」

「ええ、おそらく大体の貴族の家名は覚えていると思います。下級使用人たちは貴族の噂話をよくしていますから」

洗濯している間に聞いた噂で覚えたと知って、お祖父様の顔がひくりと歪《ゆが》んだ。……言ったらまずいことだっただろうか。

九歳とはいえ、私の見た目は七歳程度の身体だ。噂を聞いて家名を覚えたということが信じられないのだろうか？　下級使用人の噂が品のいいものではないことを心配したのかも？

「まぁ、いい。これからは王女教育も始まる。家名を覚えているのはいいことだ」

「はい。それで、クリスは公爵家なのに、私の護衛騎士になるのですか？」

「あぁ、大丈夫だ」

それならいいけど、普通は公爵家の者が護衛騎士にはならないと思う。

クリスを見ると表情は変わっていないけれど、なんとなく家のことは聞かれたくないという感じがする。これは事情を聞くとしても仲良くなってからかな……。

「もう一人の護衛騎士さんは最初にミルクをくれた監視人さん？　いつもコツンって返事もくれてありがとう」

もう一人の護衛騎士はクリスと同じくらいの少年で、こちらも細身だが鍛えられているのか野生の動物のような雰囲気がする。茶髪紫目はめずらしくない色だけど違和感を覚えた。ぼんやりと重なって見えるのは魔力で色を変えているから？　平凡な色に変えるというのはどういう理由があるんだろう。

「カイル・アーレンスです。返事というか、あれくらいしかできなかったですが……」

アーレンス家と聞いて、色を変えている理由がわかった。アーレンス家の者は黒髪黒目だからユーギニス国では目立ってしまう。

「カイルはアーレンス家の出身？　辺境伯だよね？　アーレンスの人はあまり他家に出ないと聞いていたけれど、領地に帰らなくてもいいの？」

あまり突っ込んで聞くのもどうかと思うけれど、このくらいの疑問は聞いてもいいんじゃないかと思う。

アーレンス辺境伯領地はもともとユーギニス国とは別の国だったこともあり、あまり王家に仕えるといった感じではない。それに、これほどまで腕のいい魔術師だったら、アーレンスから出したくないんじゃないかな。仲良くなった後で領地に帰りますなんて言われたら嫌だなぁと思ってしまったのだ。

だって、返事をくれたのはカイルだけだったから。

前世を思い出してしまったせいか、誰とも会話しない生活というのは結構つらかった。その中でコツンと返事をくれるカイルは心の支えでもあったのだ。

じっと見つめていたら、少しだけ表情が暗くなったけれど、ちゃんと見つめ返して返事をくれる。

「俺は辺境伯の三男です。上二人が領地に残っています。それに父が再婚して、俺の下に四男と長女もいます。……なんというか、領地に帰っても居場所がないんですよ」

「……カイル、一人だったの？」

「はい」

そっか。わかってしまった。カイルが返事をくれたのは、無視されることのつらさを知っていたからだ。きっとアーレンスにはカイルの居場所がなかったから、カイルの腕の良さを知ったお祖父様が私の専属護衛にしたんだろう。

「カイル……ずっと領地に帰らないで私のそばに居てくれる？」

「ずっと、ですか？」

「うん。ずっと。そうしたら私さみしくない」

暗に今までさみしかったと告げると、誰もが目を伏せた。報告書で私の生活がどれほど虐げられていたかわかったはずで、幼い子どもが誰にも甘えられずに育ったのを知ったからだろう。

「わかりました。……姫様、俺をずっとそばに置いてください」

「ホント？　ずっといてくれる？」

「はい」

「良かった！　お祖父様、いいですよね？」

一応はお祖父様の許可が必要だったことを思い出し、振り返った。

お祖父様とレンキン先生、オイゲンがボロボロと泣いているのを見てぎょっとする。

「え？　え？」

「……すまなかった。お前があんな目にあっていたのに気がつかず……。もう、二度とそんなことは起きない。お前はハズレ姫じゃない。儂の大事な大事な孫姫だ。早く元気になって、王女教育を始めよう。なに……噂話だけで家名を覚え、エドガーたちの企《たくら》みを見抜いたお前だ。立派な王女になる。儂の跡を継ぐのはソフィア、お前だよ」

お祖父様に抱き上げられたと思ったら、ぎゅうっと抱きしめられた。優しい家族のぬくもりを感じ、私もお祖父様に抱き着いた。頭の中は魔女だった前世があるといっても、身体は九歳の子どもだ。うれしくて自然に涙がこぼれた。

「お祖父様、大好きです！」

「うん、うん。儂もだ」

残念ながら私が落ち着くのを待って、お祖父様は文官たちに仕事があると連れて行かれてしまった。忙しい執務の合間をぬって会いに来てくれたのだから仕方ない。

「またすぐに会いに来る」

「はい」

名残惜しそうに出て行くお祖父様を見送ると、ユナがお茶を淹《い》れてくれた。

「ありがとう、ユナ。ちょうど喉が渇いていたの」

「はい。他に必要な物があったらおっしゃってください」

にこりと笑うとユナとリサは部屋から下がった。私に与えられた部屋は広く、扉を開けて入ってくると両側に侍女待機室と護衛待機室がある。専属侍女と専属護衛騎士が私から離れることなくそばにつけるように、私室の中に待機室が設けられている。リサとユナは私が呼ばない時には侍女待機室にいるようだ。それでも何か欲しいと言い出す前に現れるのだから、さすがお祖父様付きに教育された侍女だと思う。

今までは護衛待機室には誰もいなかった。廊下に近衛騎士が何人も立っていたし、天井には監視人さんたちがいたので十分だと思っていた。必要ない部屋だと思っていたけれど、今後はクリスとカイルが使うことになる。

ユナはクリスとカイルにもお茶を出していったため、二人も向かい側のソファに座ってお茶を飲んでいる。普通の護衛騎士が一緒にソファに座るようなことはない。公爵家と辺境伯家出身の護衛騎士というだけあって、護衛のためだけにつけたのではなさそうだ。お父様の子が私だけということは、私が次の王太子になる可能性が高い。将来の側近、世話役の侍従も兼ねているのかもしれない。

「二人とも、今日からずっと一緒にいてくれるのよね？　よろしくね。私には敬語じゃなくていいわ。こんな子どもを敬うのは難しいでしょう？」

「……いえ、そういうわけ」

「いいじゃん。俺はそうさせてもらうよ」「おい、クリス。いいのかよ」

「いいだろう？　別に無理に敬語使ったって、この姫さんは気に入らないと思うぞ」

「その通りよ。いつかは敬うのに見合うだけのものを手に入れたいとは思うけど、今は何もできない子どもだもの。護衛騎士というよりは、そうね。親戚のお兄ちゃんたちだと思うことにする」

「こんな子どもらしくない妹ねぇ。ま、いいか。よろしくな、姫さん」

「……よろしく」

あっさり納得したクリスと渋々といった感じのカイル。特にクリスは私に対してというより、王家を敬っていない感じだった。それがわかっているのに建前だけ敬う姿勢を見せられても仕方ない。

「それで、あの後どうなったのか教えてもらってもいい？　お祖父様から許可が出ないの？」

あの後イライザたちがどうなったのか、リサとユナに聞いてもやんわりとはぐらかされてしまう。この二人ならどうだろうかと聞いてみると、意外にも答えてくれるようだ。

「陛下から、姫様が聞くなら答えてもいいと言われている」

「まぁ、簡単に言ったら、公爵家は王都からの追放だね」

「追放？　イライザも？」

「あぁ、王領の一つだったハンベル領はわかる？」

王領のハンベル領……うーん、聞き覚えはあるな。なんだっけ。ああ、そうだ。没落した子爵家の領地だ。

「王都から離れた場所にある元子爵領地？」

なんとか思い出して聞くと、二人とも驚いた顔になる。

「ホントに記憶力半端ないね。そう、その元子爵領地。北西にあって、冷害の影響を受けやすい場所なんだ。税を何年も納められなくて、結局領地を返上したんだ。そこを公爵が治めることになった」

「エドガー叔父様って領地なかったよね？」

それって罰になるのかと首をかしげると、なぜかほっとしたようにカイルが教えてくれる。

……私だって知らないことあるよ？

「公爵は王族を抜ける時に、生涯公爵として手当金を受け取ることを決められていた。それを破棄され、今後はその領地で納められた税金のみで生活することになった。貧しい領地の税金なんてたかが知れている。もう贅沢《ぜいたく》はできない」

「あぁ、そういうことなんだ。もうお祖父様からお金をもらえないんだ」

元王子としての品格を保つために国から予算が出ていたはずだ。王太子、第二王子ほどではないけれど、それなりに裕福に暮らせるだけのお金。その上、私の予算も勝手に使っていたはずだから、かなり贅沢な暮らしをしていたと思う。それが無くなったら、派手好きな夫人のドレス代とか出せないだろうなぁ。

「それだけじゃなく、爵位も一代公爵になった。イライザ嬢は公爵を継げない。どこかの貴族に嫁がなければ平民になる」

「ええ!? 貴族と結婚できなければ平民? イライザが?」

あのイライザが平民になって暮らしていけるわけがない。かといって、エドガー叔父様の力が弱くなってしまえば嫁ぎ先を探すのは難しくなる。

「まだ十一歳だということで減刑されたが、王族に暴力をふるったんだ。二十回のむち打ちと食事を一か月一食にする刑を受けた後ハンベル領に送られる。公爵と公爵夫人はむち打ちが五十回に増やされ、財産は没収された。ハンベル領に送られた後は一生王都には戻れない。イライザ嬢は学園があるからその時は戻ってくるだろうけど、それまでは王都に近づくことすらできない」

「そっか……」

被害を受けたのが私だから厳しい刑だと思うけど、イライザが子どもだとしても軽い刑にしたら王族を軽視していることになってしまう。

むち打ちと食事抜きか。甘やかされて育ったイライザにはきついだろうな。

「納得できなければもっと厳しい罰にすると陛下が」

「ううん、それでいい。反省はしないとは思うけど、もう関わらないのならそれでいいよ。あ、女官長たちは?」

「女官長はすぐに平民落ち、むち打ちの上で王都から出された。女官長の生家の侯爵家は子爵家に。領地も半分没収。女官長だけでなく一族の長である侯爵も予算の件で絡んでたんだ。文官と女官を輩出することで有名な家だったからな。この件だけじゃなく、公爵と手を組んでいろいろとやってたらしい。女官長だけじゃなく、かなりの者が平民落ちして王都から追放になってる。残った子爵家は関わっていなかった分家の者が継いだよ」

「そうなんだ。他にもいろいろやってたんだ。それじゃ平民落ちも仕方ないね」

教師の件とか、女官長だけで手配できるとは思えなかったけれど、一族で王宮に仕えていたのなら可能だ。王宮の人員、総入れ替えになってないよね？　お祖父様がやたら忙しそうなのが気になる。

「王宮に勤める人、足りなくなったりしてない？」

「大丈夫。すっきりした感じだよ。余計なことする馬鹿がいなくなったおかげで仕事ははかどってるらしい」

「そっか。ならいいや」

ぬるくなったお茶を飲み干したら、リサがすぐにお代わりを持ってきてくれた。話しているうちに小腹がすいたと思っていたのもわかっているのか、ユナが焼き菓子も一緒に置いてくれる。

すぐに一枚とって齧《かじ》りつくと、カイルが笑ったのがわかった。

「カイル、なんで笑ったの？」

「……いや、姫様、その焼き菓子好きなんだなって思って」

「あぁ、うん。美味しいよね。細かいナッツがのってサクッとしているのが好き」

そういえば最初の籠に入っていた焼き菓子もこんな感じだった。なんだかすごく懐かしく感じる。ちょっと前の出来事なのに。

「ねぇ、王女教育っていつから始まるの？」

「本格的な王女教育は姫様がもう少し元気になってからになると思う」

「ねぇ、王女教育と一緒に魔術も覚えたい！　二人が教えてくれる？」

あの頃の魔術とどのくらい変わったのか知りたいし、急に私が魔術を使えるようになったらおかしい。この二人に習っていれば、私が魔術を使っても不思議じゃなくなる。

そう思ってお願いしたら、クリスとカイルだけじゃなく、リサとユナにも変な顔をされる。

「……え？　私、おかしなこと言った？」

「姫さん、魔力なしの判定だったよな？」

魔力なしの判定！　嘘だ！　え？　本当にと思って身体の中の魔力を探る。……うん、ある。おそらく一度も使っていないけれど、間違いなくある。なんで魔力なしの判定？　というか、魔力鑑定なんて受けた記憶ない。

「あのね……どうして魔力なしって言われているのかわからないけど、私に魔力あるよ？　だって、クリスとカイルの魔力わかるもん」

「「は？」」

どういうことだとクリスとカイルが顔を見合わす。それを見たリサがはっとした顔になる。

「クリス様、カイル様、もしかしたら魔力なしの判定も公爵の嘘かもしれません」

「あぁ、そういうことか！　あれもハズレ姫だっていうことにするための嘘なのか」

「これは、早いとこ陛下に報告して鑑定したほうがいい。え、というか魔力があるのわかるってどういうことなんだ？」

魔力を感知できる能力は全く無いわけではないがめずらしい。だけど、これから魔術を使えるようになっていくためには、隠すほうがめんどくさい。全属性使えるんだから、こんなとこで出し惜しみしている暇はない。

「うーんとね、見えるの。たとえば、今日の天井にいる影さんはダナね。ね、そうでしょう？」

天井に向かって言うと、ガタンと音がした。慌てたダナが何かに足をぶつけたようだ。

「大丈夫？　何かにぶつけた？」

「……大丈夫です」

低い声が天井から聞こえる。もう会話してもいいらしい。思わず笑顔になる。

「驚いた。姫さん、魔力が見えるのか。というか、魔力で人を判別できるのか？」

「うん、できるよ。ユンとイルの魔力もわかる。だからカイルと会った時に言ったでしょ？　返事してくれてありがとうって」

「あぁ、そういえばそうか。じゃあ、早いうちに監視の判別がついていたんだ」

「うん。カイルはいつも心配してくれてたよね。怪我も治してくれた。クリスはね、ちょっと遠くから見守ってくれてる感じだった。だけど、防御したり壊されたものを直してくれたのはクリスだよね？」

過保護なのはカイルだけど、クリスが優しくないわけじゃない。そっけない感じはするけど、ちゃんと優しい。そう伝えたら二人とも黙り込んでしまった。

「……では、陛下にお伝えして鑑定をいたしましょう。魔力があることがわかれば、魔術を習う許可も下りるはずですから」

「本当？　じゃあ、お願いね、ユナ」

「……私たちの区別がつくのも魔力で見ていたからですか？」

「ん？　ユナとリサはよく見ると顔が違うよ？　ユナはウサギっぽいし、リサはリスっぽい。なんとなくだけど」

ユナとリサはクリスとカイルほど魔力はない。だから魔力で見るよりも顔で判断したほうが早い。最初は似ていると思ったけど、今は間違えるようなことはない。

「そうでしたか」

にこりと笑ってユナは部屋から出て行く。すぐにお祖父様に報告に行ってくれたようだ。

部屋に残っているリサも笑っているけど、やっぱり笑い方が少し違う。

「早く魔術習いたいな」

そう言ったら、クリスに落ち着くようにと言われ頭を撫《な》でられた。それがなんだか本当に妹扱いされているようで、くすぐったい気持ちになった。

第二章 カイル・アーレンス

コンコンとノックされてすぐに使用人が部屋に入って来た。いつものことなので驚きはしない。というよりも、小さくて古い離れだから、使用人が来たのは振動でわかっていた。

「カイル様、食事をお持ちしました」

「うん、ありがとう」

一応は礼を言ったけど、使用人はそれに答えず食事を置くとすぐに部屋から出て行く。もう昼の時間か。

運ばれてきた食事をただ黙々と口に入れる。お腹はふくれるけれど、少しだけ何か物足りない。食べ終わった食器は部屋の外へと出しておけば、次の食事を運んできた時に下げてくれる。

午後はまた本を読んで過ごそうと、近くに置いてあった本の山から取ろうとして気がついた。しまった。昨夜のうちに資料室まで本を取りに行くはずだったのに忘れていた。持ち出してきた本は全部読み切ってしまい、途方に暮れそうになる。

まだ昼を過ぎたばかり。こんな明るい時間に本宅に行ったら誰かに見つかってしまうかもしれない。どうしようか迷った結果、こっそり取りに行くことにした。今日の夜中に取りに行ったとしても人に会わない保証はない。だとしたら、今日これから何もせずに過ごすのは無意味だ。誰かに会ってしまったら、急いで立ち去ることにしよう。

小さな離れから顔を出して中庭をのぞくと人の気配はない。そういえば父様《とうさま》と一《いち》の兄様《にいさま》は騎士団の訓練に行くと使用人が話していた。おそらく使用人たちも一緒について行っているはずだ。

今なら大丈夫だろう。中庭を走り抜け本宅の裏口から入ると、玄関のほうで使用人が話しているのが聞こえる。バタバタして忙しそうだ。誰かがこちらに来る前に終わらせようと資料室へと入る。

資料室に入ると閉め切った部屋の匂いがする。壁際には積み上げられた古い本。アーレンスがチュルニア国だった頃の本だから誰も読まない。読む価値はないが、捨てるのももったいないと置きっぱなしにされているものだ。そこから数冊抱えるように持ち、すぐに離れへと戻る。

あと少しで離れに着くというところで、後ろから突き飛ばされて前のめりになる。危なく本を抱えたまま転ぶところだった。

振り返ったら、俺よりも頭一つくらい大きい黒髪の少年が立っている。

「お前さえいなかったら母様《かあさま》は生きてたんだ」

「……」

あぁ、二《に》の兄様《にいさま》だったのか。久しぶりに見たと思ったらまたそれか。何も言い返さずに離れに帰ろうとしたら、数歩進んだところで石をぶつけられた。大き目の石がこめかみにあたって、そこからたらりと血が流れるのがわかった。

「ちっ」

さすがに血を流す俺を見てまずいと思ったのか、二の兄様がどこかに行く。石を投げつけられたのは初めてで呆然《ぼうぜん》としていたら、中庭に子どもを抱いて出てきたのは義母様《かあさま》だった。

「……どうして外に出ているの！　早く離れに戻りなさい！　その色……本当に気味が悪い」

怪我をしているというのに心配されることも無く、離れの外に出ていたことを非難される。胸に抱かれている子どもは、少し前に産まれたという異母弟だと思うが初めて見た。これ以上何か言われる前にと急いで離れに入る。

部屋に戻ったところで治療する薬もない。手のひらを当てて魔力を流すと少しして血が止まった。見よう見まねで覚えたものだから怪我を完全に治すことはできない。ちゃんとした魔術を習えればいいのだが、その許可が下りない。

アーレンスに生まれた者は必ず剣を習うのに、俺にはその許可も下りない。産まれてからずっと、この離れから出てはいけないと言われていた。さすがに家庭教師はつけられたが、読み書きができるようになると来なくなってしまった。仕方なくこっそり資料室から本を運び出し、一日中読んで過ごしている。

食事を運んでくれる使用人はそっけないが意地悪はされない。だが、家族は俺の顔を見ただけで罵ってくる。できる限り顔を合わせないように離れで過ごし、学園に入る十五歳まで俺はただ息をひそめるようにして生きていた。

◇◇

学園に通うことになり、アーレンスから初めて外に出る。馬車に乗るのも初めてで、王都までの旅はいつも俺に食事を運んでいた使用人が一人ついてきた。学園に入学するにあたって、これからのことを説明される。

学園はこの国の貴族家に生まれた令息令嬢が通うものだが、アーレンスは本家の者のみが通うことになっている。十五歳になって入学し、問題がなければ三年で卒業する。教室は成績順でAからCの三教室に分けられる。王都に行ったらまずはその試験を受けなくてはいけない。

この説明だけを聞けば俺はアーレンスの本家の者として認められ、学園に通うことになったと喜べはいいのだろうが、使用人の顔は暗い。おそらく、学園を卒業してもアーレンスには戻れないということなんだろう。父様は俺を追い出すのにちょうどいい理由だとでも思ったのか。

この国は十二歳で仮成人となり、平民であれば働き始める。貴族は学園に入る十五歳で公の場に出席することを許される。正式な成人は十六歳だが、学園に入ることで親は子を育てる義務はなくなる。これからは俺一人で何とかしろと言うことかと覚悟を決めた。

入学試験のために学園が始まる三か月前に王都に着いたが、試験が終わった後は寮に入るまでの間、近くの宿にこもる。王都についてきた使用人はここでアーレンスに戻った。これでもう誰の手も借りれない。まだ他の者がいない早い時期に寮に入り、準備もないまま学園生活が始まった。

学園が始まると俺はすぐに有名になった。ただでさえ目立つ容姿に、首席入学。それだけでなく入学時に魔力鑑定され、全属性使える上に魔力量が人の数倍あった。だが、俺は何一つ魔術を使えないし、剣術も完全に素人だった。そんな俺を不憫《ふびん》に思ったのか、いや、面白いと思ったのか魔術教師のライン先生が面倒を見てくれた。

毎日毎日、寮の門限ぎりぎりまで個人演習場で修行する。ライン先生の指導は本当に厳しくて、少しでも魔術の発動が遅れると剣が飛んでくる。それを剣で受け止めて、すぐに魔術を発動させて反撃しないと叩きのめされて終わる。死ぬほどきつい修行に耐える目的なんて無かったけれど、誰かに必要だと言ってほしかった。もしかしたら、俺が役に立つとわかったら、アーレンスに帰って来いと言ってもらえるかもしれない。そんな淡い期待を捨てられなかった。

◇　◇

学園で三学年に上がり進路を決める時期になっても、父様から迎えをやるから帰ってこいという手紙は来なかった。ほんの少しだけあった期待が裏切られ、もうアーレンスには帰らないと決めた。

卒業後は貴族をやめて冒険者になろうと思い始めた頃、ライン先生から誘いを受けた。まだ在学中ではあるが研修という形で王宮で働いてみないか、できれば卒業後もそのまま働いてほしいと。誰かに必要とされたのは初めてで、迷ったけれど話を受けることにした。

ライン先生が誘ったのは俺だけじゃなく、同じA教室のクリスもだった。隣の席にいても話したことはあまりなかったが、クリスは優秀なのにいつも一人でいた。俺と少し似ている、そう思っていたからか、一緒に働くのも悪くないと思った。

ライン先生に連れられ王宮に向かい、陛下に謁見して俺たちの仕事がわかった。

「孫娘のソフィアが公務を始める十二歳になったら、専属護衛騎士をつけることになる。クリスとカイルはその時まで影について学べ。今年ソフィアは九歳になる。十二歳になるまでの間は影について修行し、専属護衛騎士となった際には二人でソフィアの隣に立ってもらう」

「「はっ」」

三年間修行して王女の専属護衛騎士に。おそらくこれ以上ない名誉なのだろうけど、面倒なことになったと思った。ハズレ姫、それが王女の評判だったからだ。

わがままで乱暴で、使用人たちの言うことは全く聞かない。すぐに暴れて物を壊すために、予算が追いつかない。ドレスを作っても気に入らないと、すぐに違うドレスを作らせる。王女教育は嫌がって全く受けようとしない。あんな王女が将来の女王になれるわけがない。なったらこの国は終わるとまで言われていた。

「あーあ。まいったな。あの有名なハズレ姫の護衛か。まぁ、三年後の話だし、影の修行は面白そうだからとりあえず受けるけど、カイルはどうする？」

「……受けるよ」

今さらこの話を断ったとしても行き場所なんて無い。だったら、クリスが言ったように影の修行も面白そうだ。学園に在学中ではあるが、俺とクリスはほとんどの演習授業を免除されている。どうしても受けなくてはいけない授業がある日だけ学園に行き、残りは影について修行をする。

そんな生活が半年続いた頃、急に呼び出されたと思ったら、意外な任務につくことになった。

「急にどうしたんですか？」

「いいから、黙って聞いていろ」

訓練中だったのに急に呼ばれて謁見室の天井裏に連れて行かれた。何が起きたのかと天井から謁見をのぞくと、小さな女の子がいた。ぶかぶかのドレスで、骨だけのような細さの腕、落ちくぼんだ目。パサパサになった髪に生気のない顔色。すぐにでも死んでしまいそうな小さな女の子がそこにいた。

「……あれは？」

「王女ソフィア様だ。これから常時監視体制に入る。カイルとクリスはダナについていけ」

「「はっ」」

あれが……あれが王女？　嘘だろう？　クリスを見たら、クリスも目を見開いて驚いている。どこがわがままな姫に見えるんだ？　好き勝手してる？　そんなわけない。今にも倒れそうじゃないか。

どこに行くんだろうと思って天井伝いに追って行くと、西宮の端の部屋に着いた。こんな場所に何の用がと思ったら、小さな部屋に入り寝台の上に転がると寝てしまう。何が起きている？

監視対象が寝たからか、ここでようやくダナから謁見であったことを説明された。

がりがりに痩せた栄養失調の身体にたくさんの虐待されたあざ。王女なのに西宮の部屋に押し込められ、食事も満足にとれていない。ドレスは陛下に会う時だけの一枚だけ。洗濯も掃除も水汲みさえも一人でやっている。とても信じられない。

そう思ったら、「だから証拠を俺たちが確認するんだ」。

は？　九歳の少女が考えることか？　逆に怪しくないか？　思わずそう考えてしまったことをすぐに反省した。使用人の男が王女の寝台を蹴とばして起こしたのを見たからだ。

ありえない。王女にそんな真似するなんて死にたいのか？　しかも、王女自体がそれを怒りもせずに受け入れている。まさか慣れているというのか？　こんな状況を？

それからは驚きの連続だった。

陛下との食事会だというのにすべてが腐った食材でできている食事。それを食べるように強要する公爵一家。追いかけてきてまで王女に乱暴し、水をかけたイライザ嬢。

嘘だろう？　あれが本当に公爵令嬢なのか？　国民を愛する心優しい公爵令嬢という評判はどこから来たんだ。醜く歪んだ顔で王女を罵っているのを見て、もうその頃には何も疑わなかった。公爵家が王女のあの悪評を作り上げたのだと。

怒ることも無く濡れたドレスを脱いで古びた服に着替え、何も食べていないのに寝台に入った王女を見て心が痛んだ。俺は離れに押し込められていたけれど、何も食べずに寝るようなことは無かった。

こんな幼い王女が、こんな小さな身体で孤独に耐えている。今まで嘘に騙《だま》され、ハズレ姫だと思っていた自分をこれ以上なく恥じた。王女を知りもせず、専属護衛の話を面倒なことになったと思っていた。俺は王女を虐げる側にいたんだ。知らなかったから仕方ないとは思えない。

「なぁ、クリス。あれは本当に王女なんだよな？」

「俺も驚いたが、俺たちが監視に入るということはそうなんだろう」

「あんな生活をずっと続けてきたって……」

「使用人が一人も来なかったな。普通なら寝る前に身支度を整えに来るはずなのに」

「……俺は噂を信じて、ハズレ姫だなんて思っていた」

「それは俺も同じだ。とにかく、陛下からの指示は監視よりも護衛を優先しろとのことだ。明日から、俺たちが守るしかない」

「そうだな。俺たちが守らないと……」

王女が寝ている間に仮眠をしなければいけなかったのに、目を閉じても眠くならなかった。


次の日、やっと届いた食事が腐っていたのを何も言わずに捨てているのを見て、我慢できなかった。テーブルと椅子を用意し、小さな籠に焼き菓子とミルク瓶を入れて置いた。許可なくやってしまったことを怒られるかもしれないとは思ったが、考えるよりも先に身体が動いていた。一緒に監視していたクリスとダナも何も言わなかった。

王女は籠を見つけ、中に食料が入っていることを知ると驚いた顔をした。何を思ったのか天井を見上げ、キョロキョロしたと思ったら話しかけられた。

動揺したのもあったが無言でいることができず、天井裏を一度叩いた。コツン。その音が聞こえたのか、王女がにっこり笑った。弱々しい笑顔だったけれど、笑ってくれたのがうれしかった。

そのせいで予定外に王女に挨拶することになったけれど、陛下からの指示通りなら俺たちは王女の護衛騎士になる。挨拶しても問題は無いはずだ。

使用人に見られたらまずいからとすぐに天井裏に戻ったが、王女はうれしそうに食事を始める。焼き菓子を一つつまんで、おそるおそるカリッと噛《か》んだ。美味しかったのか、顔を崩してへにゃりと笑った。この国は陛下のおかげで安定している。王都では平民でもお菓子を買って食べられるほどに生活は豊かだ。その陛下の孫である王女が、初めてお菓子を食べたような反応だった。

それからの監視は我慢の連続だった。

洗濯に行けば水をかけられ、突き飛ばされ、濡れたまま戻る。部屋着はボロボロで、こんな服は平民だって着ない。食べ残した焼き菓子を隠しているから何をするのかと思えば、夜になってうれしそうに食べ始めた。食事が来ないことに文句を言うどころか食べ残しを喜んで食べている姿に、王女がどうしてこんな目に遭わなくてはいけないんだと、つい怒りで手にしていた覆面を自分の足に叩きつけた。暗くなった部屋で寂しそうに眠る王女を放っておけなくて、こっそりと天井裏から部屋に下りて、あかぎれの手を握って治癒をかけた。見た目よりももっと細くて小さな手だった。

王女が助けを呼ぶまでは出て行けないとわかっていたが、イライザ嬢に蹴り倒されてたのを見て頭に血が上った。これは任務だとなんとか耐えようとしたが、もう我慢できなかった。女官長に踏みつけられそうになって、出て行こうとした時だった。

か細い声だったけれど、助けを呼ぶ声が俺の耳にはまっすぐに届いた。もう我慢しなくていい。王女を助けてもいい。ほっとしたのを通り越して、歓喜するほどの気持ちだった。

痛みのせいか気を失いかけてぐったりしている王女のもとへと急ぐ。抱き上げた後、知らない奴に抱き上げられて不安がるかもしれないと思い声をかけた。俺のことはわからないだろうけど、もう大丈夫だと安心してほしかった。

「……たすけて……くれた」

意識が無くなる前にかすかにつぶやいて、口のはしが緩んだように見えた。どうやら理解してくれたようだ。

これまで監視してきてわかったけれど、王女は恐ろしく賢い。自分の行動が周りにどのように影響するか考えて動いている。これほど賢いからこそ、今までつぶされずに生きてこられたのか。

それでも抱き上げた王女は見た目以上に軽くて。発熱し始めている身体を包み込むように抱き上げ、レンキン医師のところへ急いだ。

レンキン医師の診断結果はふとももの骨にひびが入り、長年の栄養失調も重なって、かなり危険な状態だった。

「カイル、普段から姫様に治癒魔術をかけていたな？」

「はい。申し訳ありません」

勝手なことをして怒られるかと思ったが、逆に褒められた。

「助かったよ。それが無かったらもっとひどいことになっていただろう。何度も治癒魔術をかけていたのなら、カイルがかけるのが一番効果的だろう。骨にひびが入っている。完全に戻りはしないだろうがつけてくれ」

「わかりました」

怒られなかったことにほっとしながらも、俺が王女に治癒魔術をかけ続けていたせいで、レンキン医師の邪魔をしたことに気が付いた。治癒魔術は人によって異なる。俺の影響下にいる間は他の治癒を受けることができない。

最後まで面倒を見れば許してもらえるだろうか。寝台に横たわる王女は熱と痛みのせいで苦しそうだった。早く治りますように、そう願いながら治癒を始めた。

しばらくして王女の寝息が楽になったのを確認してから、監視の仕事に戻った。

それから俺とクリスは姫様の専属護衛騎士として認められたが、まず困ったのは姫様がわがままを言わないことだった。わがままどころか、愚痴一つ言ってくれない。

大人びた言動で、俺たちよりも落ち着いているが、まだ九歳の少女だ。何も言わないから平気かと安心していると限界まで何も言わない。気を失ったように倒れたと思えば寝ていたりする。

「……なぁ、クリス。子どもってこんなに無理するものなのか？」

「そんなわけないだろう。俺は弟を育てたからわかるが、別の生き物だ。眠くなればぐずり始めるし、本を読ませたら飽きて遊び出す」

「そうだよなぁ。……今までわがままどころか話す相手もいなかったから、言えないのかもしれない」

「その可能性が高いな。俺たちがちゃんと見ていないと……死ぬかもしれない」

疲れたのなら疲れたと、眠くなったのなら眠いと言ってほしいと、何度お願いしても姫様は困った顔をするだけ。自分でもどうしていいのかわかっていないようだった。

そのため俺とクリスは必要以上に過保護にならざるを得なかった。

「ほら、姫さん休むよ。本を置いて」

「え？　まだ読み終わってないのに？」

「少し休憩してからな。ほら、お茶飲んで」

「うん、わかった。ねぇ、いつからちゃんとした勉強始まるの？」

「もうちょっと姫様の食べる量が増えてからだな」

「わかった。頑張るね」

「頑張るようなことじゃないから、食べたいものを食べたいだけ食べればいいんだ」

「……うん？」

好きなものすらわからない姫様に、どうやったらわがままを言わせられるか、それが難しかった。


姫様の王女教育は体調が回復してから始められた。開始時期が二年半も遅れていたが、そのことはあまり心配していなかった。だが、ハズレ姫の悪評を信じている教師たちは、再び王宮で姫様に教えることを不満に思っていた。

それも実際に教え始めてからはあっという間に考えを変えたようだった。

「ソフィア王女は他の令嬢とは比べ物になりません！　いえ、どの令息たち、王太子様に教えた時ですら、これほどまで早く習得されることはありませんでした！」

何人もの教師が同じことを口にし褒めたたえる。それを聞いた陛下は喜んで姫様を抱き上げていた。

「お前なら大丈夫だと思っていたが、想像以上だ。無理しなくてもいいんだぞ？」

「ふふふ。無理なんてしていません。どの勉強も難しいけれど楽しいです！」

ようやく孫として接するようになった陛下は、毎日のように姫様に会いに来ていた。

教師から五年かかる王女教育を二年かからないで終わりそうだと報告され、うちのソフィアはすごいと厳《いか》つい顔をゆるめてうれしそうに笑った。

姫様も陛下に褒められると喜んでいて、その時だけは普通の祖父と孫に見えていた。

一方で、教師たちに心を開いていないようだった。自分を見捨てた者、そう考えているようだった。

教師たちはイライザ嬢の教師だった時に、姫様をハズレ姫だと思って蔑んでいたことには間違いない。公爵に騙されていた教師たちが一方的に悪いわけではないが、今さら大事にされても信じることができないのだろうと思った。表面上は微笑んで教師の授業を受けているし、もしわからないことがあれば積極的に質問している。

ただ、いつもの姫様を知る俺たちから見れば、微笑んでいても警戒しているのが手に取るようにわかった。信用できるのは陛下とレンキン医師とオイゲン近衛騎士隊長。女官長が辞めた後、復職した元女官長のミラン。侍女のリサとユナ。影のイル、ユン、ダナ。そして俺とクリス。

その他はどうしても警戒してしまうようで、新しく使用人を増やすこともできなかった。特に女官は近づかせることも難しく、新しい侍女にも笑顔を見せることはしなかった。

今まで虐げられていた傷が姫様の心の奥底に残っていると感じた。陛下も無理をさせることはないと、最低限の人間しか近づかせないこととなった。

姫様の魔力鑑定の結果は全属性だった。それだけなら俺とクリスも同じだから驚くほどではないが、魔力量を鑑定できなかった。幼いから魔力が微量で鑑定できないということはあっても、多すぎるから鑑定しきれなかったというのは初めてのことだったようだ。これは騒ぎになるからと陛下が緘口令《かんこうれい》を出したので、知っているのは姫様と直接かかわる者たちだけの秘密になった。

そのため教師に任せることはできないと、魔術は俺とクリスが交代で教えることになったが、これもあっという間に上達していく。一度教えれば同じように使いこなしてみせる。下手すれば俺たちが知らない魔術へと変えてしまうことすらあった。

これが本物の天才というやつなのかと思う。

俺もクリスも学園では天才扱いだったが、どちらかといえば努力して身につけたほうだ。姫様は天才な上に努力する、どう考えても別格だった。

「……私のこと、変だと思う？」

ある時、あまりのすごさに黙っていたら、心配そうに俺を見上げてきた。その目に不安が宿っているのを見て、すぐに姫様を抱き上げた。

「これは変じゃない。すごいっていうんだ。いいか、遠慮なんかするなよ？　俺とクリスが持っているもの、知っている知識は全部姫様に渡す。それが姫様を守る力になるんだ。俺たちが努力してきたのは、この時のためだったと思うよ。好きなだけ吸収しろ。いいな？」

「うん！」

不安が無くなって、ますます姫様の魔術の腕は磨かれていった。それでいい。もし万が一、何かあったとしたら、もっと身を守るすべを教えておけばよかったと後悔するだろうから。

俺とクリスは姫様に教える日以外は交代で学園に向かいライン先生から修行を受けていた。一つでも多く教えられる魔術が増えるようにと。気がついたら俺とクリスの魔術の腕も上達していた。ライン先生に、「もう教えることはないから、後は自分で修行するんだな」と言われるようになったのは、護衛騎士として過ごすようになって三年目のことだった。まだ完全に成長しきれていはいないが、もうすぐ十二歳になる姫様は小柄ながら健康な身体になっていた。

第三章 変わっていく関係

「おい……姫様。おーい。そろそろ起きろ」

「んぅうう。眠いぃ。あとちょっと寝る」

「だめだって。そう言って昨日も後悔してただろう」

「カイルのいじわるぅ……もうちょっと寝たいのに」

「いいのか？　今日の朝食はじゃがいものポタージュあるぞ？　またお代わりする時間が無いって悲しむなよ？」

「……おきる」

仕方なく起きて寝台から出ると、カイルがほっとした顔になる。支度部屋へ行こうとすると、カイルに抱き上げられて連れて行かれる。寝ぼけて足がふらついていたのかもしれない。

多分、またリサとユナに起こされても起きなくて、カイルの出番になったんだろうな。本当なら護衛騎士が寝台まで起こしに来ることなんて無いんだけど。

悪いとは思うけど、成長期なのか眠くて仕方ない。どうしても起きないと最後の手段としてクリスかカイルが起こしに来る。この二人は私が起きるコツのようなものをわかっているらしい。

王女らしい生活になって、三食食べて魔力を使うようになってから、身体が急に成長し始めた。

おそらく私の魔力が身体の活動を停止させていたのではないかって、診察したレンキン先生が言っていた。栄養が全然足りていなかったから、死なないように成長しないでいたんだって。

それほどまで追い詰められていたとは気がつかなかったけれど、その後の急成長で納得してしまった。

急激な成長には睡眠が必要なようで、おかげで朝起きるのがすっごくつらい。何も無ければずっと寝ていたいくらい眠い。だけど、成長期だからお腹もすっごく減る。お腹が減るから何を食べても美味しく感じるのだけど、特に朝食で出されるじゃがいものポタージュがお気に入りで、お代わり三回したいくらい好き。王女教育の時間は決められているから、お代わりするためには早く準備をして食事をしなければいけない。

着替えが終わって私室の中にある食事室に入ると、カイルも一緒に席に着く。私が食事を一人で取らないようにと、必ずクリスかカイルがついていてくれる。一緒に食事してくれる人がいるのがうれしくて、いつも食べすぎてしまう気がする。

「ほら、冷めないうちに食べよう」

「うん！　あぁ、今日のパン、クロワッサンだ！　うれしい」

この前クロワッサンを出された時にすごく美味しくて、また食べたいと言ったのを料理長は覚えていてくれたようだ。パンは手で小さくちぎって食べるのが正しいのだけど、クロワッサンなら齧りついてもいいかな。パクリ。うーん！　サクサクして美味しい！

「ソフィア、足をバタバタしない。美味しいのはわかったから」

「うん、ごめんなさい。落ち着いて食べる」
さすがにみっともなかったのかカイルに叱られる。クリスとカイルは護衛騎士とは言われている
ものの、十二歳になるまでは王女教育を受けるだけで公務に出ていないから、あまり騎士の仕事っ
て感じではない。私が朝起きてから寝るまで、ずっと面倒を見てくれている。
親戚のお兄ちゃんだと思うことにするとは言ったけれど、なんとなくカイルはお父さんでクリス
はお母さんのように感じる。心配性のお父さんと口うるさいけど面倒見のいいお母さんって感じ。
言ったら多分クリスに怒られるから言わないけど。
「おはよう、姫さん。朝ごはん終わった？」
「あ、クリスおはよう。もう行かなきゃいけない時間？」
朝の修行を終えたクリスが食事室に入ってくる。修行の後で湯あみをしてきたのか、まだ髪が濡
れていた。
「うん、そろそろ準備して」
「はーい」
もう一度リサに身だしなみを整えてもらってから、クリスとカイルを連れて本宮の応接室へと向
かう。
今日の授業は隣国ココディア語。同盟国の言葉を覚えるのは王族として当然のことであり、私に
とってはお母様の母国の言葉でもある。といっても、お母様と話したことはない。ここ本宮にも二
人の私室があるけれど、お父様は王太子の執務室がある東宮に、お母様は出産のために建てられた

離宮《りきゅう》にそのまま住んでいる。

私が九歳まで西宮にいたことすら気がつかない両親ということは、そういうことなんだろうとは思っていたが、予想以上に接することなく過ごしている。月に一度の食事会で顔を見るくらいで、挨拶すらしたことが無かった。そういう関係なのだとわかっているので気にしないけれど。

語学を習う時は一日その言葉だけで過ごす。つまり、昼食とお茶の時間もその国のマナーを含めて覚えることになる。午後のお茶の時間が終わるまで授業は続き、夕方になってようやく解放された。勉強するのは嫌いじゃないし、語学を身につけるのは大事だと思っている。それでも魔術の授業のように楽しいとは思えない。王女教育は二年もせずに終わって、今は王太子教育と呼ばれるものに変わっている。その分、難しいことも増えてしまっていた。

「ねぇ、ちょっとだけ中庭の端に行って、魔術の練習してもいい？」

「ちょっとだけって言って、この間は帰りたがらなかっただろう？」

「今日はちゃんと時間通りに帰るから！」

「……約束守りなよ？」

なんだかんだいって甘いクリスが許してくれると、三人で中庭の奥に向かう。

あまり目立つところで練習すると、私の魔力量とかがバレてしまう危険がある。そのため人気《ひとけ》のないところを探して練習していた。

「……！　！」

「！　！　…………！」「……はなして！　！」

何か声がするなと思ったら、女性の叫ぶような声が聞こえた。離して？　誰か襲われている？　足早にそちらに向かうと、女官の服装の若い女性が、文官の服装の中年男性に腕をつかまれていた。男性が女性に無理やり迫っているように見える。

「そこで何をしている！」

カイルが咎《とが》めると男性は驚いた顔で手を離した。女性は手を離されてほっとした後、カイルを見て動きが止まる。もしかしてカイルの知り合い？

「……これはこれは。少し恋人と痴話げんかしていただけで、お騒がせして申し訳ありません。すぐに立ち去りますので、ご容赦ください」

止めに入ったのが私たちだと気がつくと、男性は質問したカイルに説明した後、私に向かって深く頭を下げた。それに少しだけ嫌そうな顔した女性も、私がいることに気がついたのか、私へと向き直り深く頭を下げた。

……この女性見覚えがある。あ、エリーだ。女性が以前に洗濯場で私を助けてくれたエリーだと気がついて、この男性が言っていることが嘘だと感じた。エリーがこんな場所で恋人と痴話げんかするような人には思えなかった。今は女官補助の仕事をしているはずだ。女官とは制服のリボンの色が違うので女官補助だということがわかる。

「そこの女官補助の者。顔をあげて？」

エリーにだけ顔を上げていいと許可を出すと、男性の身体がピクリと動いた。やましいことあるんだろうなぁ。エリーは自分だけ許可されたことに驚いたように顔をあげた。そして、不安そうな目をして助けを求めるようにカイルを見る。やっぱり知り合いなんだ。

「いくつか質問をさせて？」

「……はい」

「ここには何の用事で来たの？」

「東宮から本宮へ書類を届けに行った帰りでした」

「そう。この男性は恋人？」

「いいえ、違います」

「……！」

男性が何か言いたそうな雰囲気だったが、顔を上げる許可を出していない。

「そう。文官も顔をあげていいわ。何か行き違いがあったようだけど、恋人でもないのに仕事中のものをこんなところに連れてくるのはダメよ。今後はそのようなことが無いように。カイル、その女官補助を東宮まで送り届けて」

「…………わかりました」

不満そうな顔したカイルだったが、エリーはカイルに送られることがわかって、ほっとした顔になった。カイルが先を歩くとエリーが後をついていく。その二人が並ぶ後ろ姿を見て、なぜか苦しくて目をそらす。

男性が何か言い訳をしようとしていたようだけど、それはほっといてクリスを連れて本宮へと道を戻る。イルとダナが護衛でついてきているようだから、少しの間くらいカイルが抜けても安全面での問題はない。

はぁぁ。今日は魔術の練習はできないようだ。がっかりだけど、エリーを助けられたのなら良かったことにしよう。

「ねぇ、姫さん。なんでエリー嬢をカイルに送らせたの？」

「エリーのこと知ってるって、やっぱり知り合いなんだ？　二人とも？」

「学園の同級生だよ。卒業して以来会ってなかったけど。姫さんの監視してた時に洗濯しているのを見て驚いた」

「そっか」

学園の同級生なのは後から調べさせたから知っていた。でもクリスもカイルもあまり友達がいないようだったから、学園の同級生でも知っているのかわからなかった。

だけど、あの時。カイルが止めに入った一瞬、エリーがカイルを見ていた。知らない人に助けられたという表情じゃなかった。その後もエリーはカイルにすがるような目をしていた。二人の間には何かあるのかな。もしかしたら昔の恋人とかなのかなって、ちょっと思った。

「で、どういうつもりで送らせたんだ？」

「エリーにね、洗濯場で助けてもらったけど、私がエリーを助けるのはあれが精いっぱいだったの。下級使用人から女官補助の仕事に変えることくらいしかできなかった」

女官になるのは貴族の後ろ盾の署名が必要になる。女官が何かしたらその貴族が責任を持つというもので、署名をもらうのは難しいことらしい。

まぁそうだよね。もし署名した女官がお祖父様の命を狙ったりしたら、その貴族も処罰される。知らない人間の後ろ盾になろうだなんて貴族はいないと思う。

だから、エリーは女官ではなく女官補助にしかなれない。何年勤めても、貴族の後ろ盾がなければ女官にはなれない。女官と女官補助では仕事内容だけでなく、給金と身分の差がはっきりしている。文官も同じで、あの男性はきちんとした文官だった。エリーより身分は上になる。……無理やり連れて行かれても、断れなかったんだろうなぁ。

そう考えたら、カイルに助けてほしがっているエリーのことを、何とかしてあげたくなった。多分、エリーはカイルと話をしたいんじゃないかと思った。そんなことを説明するとクリスは変な顔をしている。

「俺さ、姫さんはカイルを手放さないと思ってたよ。ずっと自分のそばに置いて、誰とも結婚させないのかと思ってた」

「それは……」

「そこまで考えてなかったって顔だな」

「うん。カイル、結婚したら離れちゃう？」

「どうだろうな」

カイルとエリーがもしうまくいったら、私から離れちゃうのかな。エリーは美人だし、優しいし、大人だし。カイルと結婚したら、エリーは貴族の後ろ盾ができて女官にもなれる。喜ばしいことばかりだけど……カイルがそばに居なくなったらどうしよう。カイルの幸せを私は祝福できるのかな……。

「とりあえず、部屋に帰ろう?」

「……うん」

心配したのかクリスが頭を撫でてくる。こんな風にカイルが撫でてくれることも無くなっちゃうのかな。……今さらながら、自分のしたことに後悔する。カイルがいなくなったらどうしよう。


私室に戻ると、すぐにユナがお茶の準備を始める。良い匂いがすると思ったら、アップルパイも用意されていた。さっくりとしたパイ生地にフォークを入れると、中から半分煮崩れてトロっとした林檎《りんご》が出てくる。私が食べるからかスパイスは入れられていないけれど、その分バターの風味が感じられて美味しい。

食べ終わると、またすぐに何か足りないと感じる。お茶を飲みながらぼんやりしていると、クリスが向かい側のソファに座った。

「そんなに心配しなくてもすぐに戻って来るよ」

「え?」

「カイルがいないのが気になるんだろう?そんなにぼんやりしているのはめずらしい」

「……戻って来るかなぁ」

私が命令して行かせたのに、どうしてこんなに不安になっているんだろう。クリスとカイルはもう二十代だから結婚していてもおかしくないのに、考えたことも無かった。いつも一緒にいてくれるから、恋人とつきあうことになったら離れてしまうこともわかっていなかった。

お茶を飲み干した後もティーカップを握り締めていたら、クリスは小さくため息をつく。

「まぁ、こればかりは俺が言っても無理か。ほら、戻って来たよ」

クリスが言うのと同時にカイルが部屋に入ってくる。息を切らしているのは、急いで戻って来たから？どうして怖い顔しているんだろうと思ったら、すぐに私のソファへと近づいてきて隣に座る。

「おい、クリス！　姫様に何があったんだ！」

私の両頬を押さえて顔を確認するようにされ、カイルの真剣な顔を見る。私を心配してくれているる？

「あー、うん。カイル、ちょっと質問してもいい？」

「なんだよ」

カイルはイラついたままクリスに答えたけれど、クリスの口調はのんびりしたまま変わらない。

それでもクリスが真面目な顔をしているからふざけているわけではないとわかる。

「カイルはエリー嬢とつきあうことになった？」

「は？　つきあうわけないだろう？」

「だよね。ほら、姫さん、大丈夫だよ。安心しなよ」

「は……？」

ほっとしていると、カイルが首をかしげている。カイルにしてみたら私がどうして心配していたのかわからないだろう。

「姫様、どういうことだ？　なんで俺とエリー嬢がつきあうと思ったんだ？」

「……だって、二人は知り合いっぽかったし、なんだかエリーはカイルに助けてほしそうな顔してたから」

「確かに、あの男を追い払うまで偽の恋人になってほしいとは言われた。だけど、すぐに断ったよ」

「え？　断っちゃったの？　なんで？」

そんな風に困っているエリーに頼まれたら優しいカイルは断らないのかと思っていた。エリーのことを助けなくていいのかな。私が注意したから仕事中に連れて行かれることはもうないと思うけれど、仕事時間外はわからない。そう思っていたのに、カイルは私の頭を撫でて大丈夫だよと言った。

「俺が守るのは姫様だけだ。エリー嬢を守るつもりはない。そう言って断ってきた。約束しただろう。俺はずっと姫様のそばにいるって」

「うぅぅ。だけど、恋人が欲しいとか思わないの……？」

「思わないな。なんだ、そういう心配してたのか。大丈夫だよ。俺はそんなものよりも姫様のほうが大事なんだ。そんな変な心配するなよ」

私が心配していたことが全部わかって安心したのか、カイルが声を上げて笑う。

本当にエリーとつきあいたい気持ちは無いんだ。ほっとしていいのかわからないけれど、カイルが恋人よりも私のほうが大事だって言ってくれたことがうれしくて、カイルの腕に抱き着いた。

◇　◇

あと数日で十二歳となる頃、謁見室に来るようにとお祖父様に呼び出された。

何の話だろうかとクリスとカイルを連れてすぐに向かう。ここ数日間、王宮内は騒がしかった。近衛騎士が行き交い何事かと思ったが、私には教えてもらえなかった。

いつものように私室で会うのではなく謁見室に呼び出されたということは、祖父としてではなく国王としての呼び出しだろうと思った。

何かあったことは間違いない。一人で受け止められることかどうかわからず、クリスとカイルも同席させた。お祖父様も二人が後ろにいるのを見ても咎めることなく入室を許可する。

「お呼びですか？」

「……あぁ。ソフィア、まだ子どものお前に聞かせていいのか迷うところではあるが、お前ならばすべてを知った上で判断できるだろうと思う」

「ここ数日間、王宮内が騒がしかったことと関係していますか？」

「そうだ。覚悟して聞いてほしい」

数日ぶりで会ったお祖父様は顔色が悪かった。本当は私に聞かせたくないんだと思うけれど、そうもいっていられない状況になったのだと感じた。

「イディア妃が。お前の母親がココディアに帰国した」

「は？」

お母様がココディア国に帰った？　王太子妃なのに？　まさか……。

「……もしかして、お父様とは離縁したのですか？」

「そうだ」

ココディア国から友好の証として嫁いできたお母様が離縁？　確かに夫婦仲は悪かったけれど、それだけで離縁できるものだろうか。二国間の問題となるのに、お祖父様が離縁を許可するなんて。

「きっかけはダニエルの愛人だった。大きな商会を持つ伯爵家の娘だったのだが、イディア妃がいるために側妃《そくひ》にも公妾《こうしょう》にもできなかった」

あぁ、それはそうだろう。通常でも側妃を娶《めと》るにも公妾にするにも正妃の許可がいる。特にこの結婚は特別なものだったため王太子の妃は一人だけという約束で嫁いできている。それなのに側妃だなんて言われても納得しないだろう。

「そのダニエルの愛人が妊娠したそうだ」

「え？」

「もちろん、ダニエルの子ではない」

「それは安心しました。それではその愛人の子は他の方との？」

王太子妃であるお母様との間に私が産まれている。それだけでなく、第二王子であるフリッツ叔父様には、エディとエミリアがいる。これ以上、王族を増やす必要はない。

二年ほど前、お父様に愛人ができたということは噂で知っていた。お父様が公にできないような愛人を持つことを許されているのだとしたら、その前に子ができなくなるように手を打たれているだろうと思っていた。だから、子ができたと言われて驚いたのだが、お父様の子ではないのなら問題は無い。

「……ソフィア、そこまで聡《さと》いのも考えものだぞ。まぁ、今さらだな。ダニエルは子ができないようにしてある。だが、ダニエル自身はそのことを知らない。儂の指示だったからな」

「そうなのですか。では、そのお腹の子は自分の子だと思っているのですね？」

「あぁ、それだけならまだ良かった。ダニエルに真実を告げて別れさせればいいと思っていたんだが、その愛人は自分が王太子妃になりたかったようなんだ」

「え？　無理ですよね？　伯爵家の出では王太子妃には……。あぁ、それで妊娠したのですね。でも、お母様はそんな理由で離縁を？」

伯爵令嬢でも側妃になることはできるが、正妃である王太子妃になることはできない。ただ特例はある。王太子に妃がいない状態で子を産んだ時は王太子妃として認められる。だが、お父様にはもうすでにお母様が正妃として嫁いでいる。お母様がいるかぎり王太子妃にはなれないし、妃はお母様一人と決められているので側妃にすらなれない。たとえ本当にお父様の子であったとしても産んだ子は王族だとは認められない。お母様が離縁しなければその伯爵令嬢は認められない存在のままだったのに、どうして離縁したのだろうか。

「……その愛人が、イディア妃の命を狙ったらしい」

「え？」

「商会の娘だと言っただろう。イディア妃が好んで使う香油の販売元だったらしい。その香油に毒が仕込んであった。だが、亡くなったのはイディア妃ではなくイディア妃の愛人だった」

「…………」

お父様に愛人がいたのは知っていたけど、お母様にも……。

「ココディアからついてきていた護衛騎士だ。ずっと愛人関係だったのかもしれないが、離宮には影をつけていなかった。ダニエルとはもう無理だろうと思っていたからな。せめて好きに過ごしてほしいとソフィアが生まれた後は自由にさせていた」

「……お母様はもうココディアに帰ってしまったのですか？」

「ああ。その亡くなった愛人をココディアに埋葬してやりたいと。こちらとしても命を狙われたから離縁したいと申し出られたら止める理由もない。イディア妃が亡くなったとしたらココディアと戦争になりかねん。今なら離縁してもお前がいるし、同盟には問題ないと判断して許可を出した。イディア妃は離縁の手続きをして、そのまま帰っていったよ」

「そうですか」

もう二度と会わないかもしれないというのに、お別れもできなかった。お母様にとって、私は存在していないものなのかもしれない。愛している護衛騎士ではなく、仕方なくお父様と結婚してできた子。私に無関心だったのもそれが理由なのかもしれない。

「ダニエルの愛人をすぐに捕まえ処刑しようとしたのだが、ダニエルに止められた。愛人を処刑するなら王太子の座を降りると」

「……は？　意味がわかりません。そのような理由で処刑を止めたとしたら、逆に私情で処刑をやめさせるような者は、王太子にふさわしくないと思います」

あまり話をしたことも無いが、王太子が愚かだという評価を聞いたことは無かった。物静かな人、わがままを言わない人、そんな印象だったのに。本当は愚かだったのか、それともそれほどまでに愛人のことが大事だったのか。

「儂もそう思う。あれはもう駄目だ。ソフィア、十六歳になったらお前を王太子に指名する。ダニエルはそれまで塔に幽閉する。希望通り、その愛人とともに。ついでに愛人の腹の子の父親だと思われる側近たちも一緒にな」

父親だと思われる側近たち……愛人の浮気相手は一人じゃないってことか。その辺は私が詳しく聞くと怒られそうだからやめておこう。

「お父様は病気で療養するということですね。わかりました」

「それともう一つ。ダニエルの仕事をお前が引き継ぐことになる。教師たちから聞いたが、王太子教育も問題なく進んでいるし、王太子の仕事を任せても大丈夫だろうと。ダニエルに任せていた仕事はそれほど多くはない。やれそうか？」

「わかりました、やってみます」

来月から公務が始まる予定ではあったが、孤児院の訪問とか実務を伴わないものだった。それなのに王太子代理になるとは。自信はないが、お父様がいなくなるのであれば私がやるしかない。

「あぁ、頼んだ。クリスとカイルに手伝ってもらって構わない。二人は将来の側近となる者たちだ。

今は護衛騎士だけどな」

「わかりました」

二人に手伝ってもらっていいと言われて、急に肩の荷が軽くなった気がした。後ろを見たらクリスとカイルが静かにうなずいていた。

一人なら難しいかもしれないけれど、三人なら大丈夫。ほっとして私室へと戻った。

◇◇

十二歳となって、初めて王太子代理として仕事をする日、東宮に足を踏み入れる。東宮は文官と女官が仕事をする場なのだが、お父様が住んでいたように半分は居住するための部屋にもなっていて、使用人の寮としても使われている。

東宮に入るのは初めてで少し緊張する。クリスとカイルを連れて中に入ると、廊下ですれ違う文官が驚いたようにさっと避けて礼をする。そのぎこちなさに苦笑いしてしまいそうになった。きっと、ハズレ姫が来たと思って嫌がっているんだろうな。仕事をめちゃくちゃにされるかもしれないと思っていそうな気がする。あまり目立たないように大人しくしていようと思いながら、二階の奥にある王太子室に着く。王太子室では一人の文官が私たちを待っていた。

「ソフィア王太子代理様、お待ちしていました。王太子室付きの文官、デイビット・ボルツと申します」

挨拶をして出迎えてくれた金髪青目の男性は王太子室付きの文官だった。まっすぐな長い髪を一つに結び、銀縁の眼鏡をかけている。ボルツ家は確か伯爵家だった。まだ若いが、王太子室付きになるくらいだから優秀なのだろう。

「ソフィアよ。よろしくね、デイビット。ところで、あなた一人なの？」

それなりに広い部屋に大きな机が三つ。これはおそらく私とクリスとカイルの机だ。そして、部屋の隅に文官用の机が一つ。デイビット以外の文官はいないということ？

「えっとですね、正直にお答えしたほうがよろしいですか？」

「ええ、何か事情があるのなら、そのまま話してくれる？」

私が怒るとでも思っているのか、デイビットは言いにくそうに話し始める。

「……ちょうど三年ほど前になりますが、急に文官と女官が大量に辞めました。特に偉い方たちがごっそりといなくなりまして、その影響もあってそれ以降も辞めるものが続出しました」

「あぁ、あれか」

納得したようにクリスがつぶやく。三年前？と思っていたら、カイルにささやかれた。

「イライザと女官長の一件だろう」

「ああ！　あの時の」

デイビットが言いにくそうにしていたのは私が関係するからか。おそらく一緒に働くことになるデイビットにはある程度事情が説明されている。

「その時に王太子室付きの文官もほとんどがいなくなりました。残るのは王太子様と側近の三名のみ。これでは仕事にならないと数名の文官が選ばれたのですが、すぐに異動願いを出してしまい……その後も何名か配属されたそうなのですが、私がここに配属になった半年前には誰も残っていませんでした」

「ええ？　誰も残っていなかった？」

王太子室というのは優秀なものが選ばれて入る部署だと思うのだけど、違うのだろうか？

「そして先月、王太子様が病気で療養することになり、側近の三名も辞めたと聞いています」

「それでデイビットだけになっているのね」

「はい……」

申し訳なさそうにしているけれど、デイビットは巻き込まれただけだよね。あれ？　王太子室の文官が一人だけっていうことは。

「じゃあ、デイビットが王太子室長なのね？」

「え！」

「だって、一人しかいないのでしょう？」

「……そういうことになりますね」

「うん、これからよろしくね。まずはデイビットに説明してもらわないと仕事できないと思うし」

「はぁ……わかりました」

最初から疲れてしまっているようなデイビットに申し訳ないと思いながら、自分の机に座る。身体の大きさにちょっと合っていないけれど、仕方ない。

王太子教育は受けていても、ちゃんとした仕事をするのは初めてだ。緊張しながらデイビットの説明を聞き、一日を終える。終わった頃にはもう夕方になっていた。

「じゃあ、また明日よろしくね」

「え？　あ、はい。よろしくお願いします」

なぜか驚いたデイビットに首をかしげながら部屋を出る。また文官と女官に驚かれながら本宮まで帰った。

「さすがに疲れたんじゃないか？」

「うん、慣れるまでは疲れるかもしれないね。でも、デイビットの説明がわかりやすかったから、明日から実際に仕事始められると思う」

「そっか。無理はするなよ」

「うん、大丈夫」

三日もするとデイビットに聞かなくても書類を読めるようになり、一週間もすれば問題点もわかり始めてきた。部屋の隅で一生懸命仕事をしているデイビットには悪いけれど、少し手を止めてもらう。

「デイビット、聞きたいことがあるんだけど」

「はい、なんでしょうか？」

「この半年間、ほとんどの仕事をデイビットが一人でやっていたんじゃないの？」

「え……」

以前の書類を見るとほとんどの書類がデイビットの字に見える。お父様の字は決裁の署名だけ。他の側近の字は見当たらない。

「お父様は王太子の決裁が必要なもの、領地からの予算請求とかの書類の署名しかしていないんじゃない？　しかも、内容も確認せずに署名だけしている。王太子の署名が必要のない書類はすべてデイビットが一人でやっていた。違う？」

「……いいえ、その通りです」

なるほど。王太子室付きになった文官たちがすぐに異動願いを出すはずだ。何か問題があったら自分のせいにされかねないもの。

「わかったわ。では、デイビット。王太子の決裁が必要な書類以外の仕事は、クリスとカイルにも振り分けて」

「え？　よろしいのですか？」

「あのね、今は王太子の仕事の半分も任されていない状況でしょ？　お父様に大事な仕事は任せていなかったってお祖父様が言っていたし。でも、私が王太子代理になったから、王太子がやるはずの仕事は全部任されるようになると思うわ。今のままで続けるのは無理よ」

「王太子の仕事を全部任される？　本当ですか？」

「そうなるはずだけど。ねぇ？」

私が言っても説得力無いかと思い、クリスとカイルに聞くと大きくうなずく。

「おそらく姫さんが慣れた頃に増やされるだろう。早ければ来週にでも」

「ああ、俺もそう思う。もうすでに今ある仕事は覚えたんだろう？　すぐに他の仕事も来ると思う。デイビットは真面目で優秀だと思うが、さすがにこれ以上仕事を抱えるのは無理なんじゃないか？」

「はぁ……そうですね。これ以上は無理だと思います」

「だったら、すぐに振り分けてくれ」

「わかりました。よろしくお願いします」

一応は納得したのか、クリスとカイルに書類を渡している。しばらく一緒に働いていればそのうち馴染《なじ》んでくれると思うけれど、時間はかかりそうだ。

その二日後、お祖父様から大量の仕事が任されることがわかり、デイビットが呆然としていた。私たちはわかっていたことだけど、デイビットには予想外のことだから仕方ない。

「デイビット、お前だけでやるわけじゃないから」

「ほら、姫さんの手が空いているぞ。仕事持って行け！」

「は、っはい！」

悩む暇もないほど忙しくなり、いつの間にか連携が取れるようになっていく。ひと月もたたないうちにデイビットが一緒に仕事をするのが当たり前になり、ようやく休憩時間をとれるようになった。

「ねぇ、最初の頃、デイビットにまた明日って言ったら、なんで驚いていたの？」

「あぁ、あれはですねぇ。王太子様は週に一度来ればいいほうだったからです」

「は？」

「なので、ソフィア様もそんな感じなのかと思っていまして。また明日と言われて、次の日も仕事に来ることに驚いていたんです」

呆れてしまう。書類を見ないで決裁していたこともそうだけど、まさか仕事に来るのが週に一度だけだったなんて。同じ東宮に住んでいたくせに、何をしていたんだろう……って、だから愛人さんがいたのか。本来の仕事をちゃんとしていたら、忙しくてそんな暇なかっただろうに。

第四章　学園の始まり

十五歳の春。もうすぐ学園の入学という時期に、朝食を食べていたらお祖父様から呼び出しを受けた。貴族の謁見が始まる時間の少し前に私だけで謁見室に来るようにと。

謁見室に呼び出される時って、たいてい良いことじゃない。だから少し身構えてしまっても仕方ないと思う。めずらしく一人で来るようにと言われたのも理由がわからない。クリスとカイルをそばから離さないようにと言ったのはお祖父様なのに。二人も私だけが呼ばれたのが気になるのか、謁見室の外で待つからと心配そうな顔して言った。


指定された時間通りに謁見室に入ると、いつも以上に眉間にしわをよせたお祖父様と苦笑いのレンキン先生とオイゲンが待っていた。天井裏にはいつも通り影の三人が控えているようだし、クリスとカイルにだけ聞かせたくない話なのかもしれない。

「お祖父様、待たせてしまいましたか？　ごめんなさい」

「あぁ、大丈夫、時間通りだ」

あまりにも不機嫌そうな顔をしているから時間に遅れてしまったのかと思ったが、そうではないようだ。普段は感じられない緊張感に姿勢を正す。お祖父様の顔つきが一層厳ついものになる。少しだけ沈黙した後、お祖父様の低い声が響いた。

「ソフィア、今日呼んだのは大事な話がある。もうすぐ学園の入学だな？」

「はい」

「そして、お前が十六歳になれば王太子の指名をすることになる」

「はい」

学園に入学して、誕生日を迎えて十六歳になったら王太子の指名を受ける。そのことは以前に言われているし、もうすでに王太子代理の仕事をしているのだから問題はない。今さら何の確認なんだろうと思っていると、お祖父様はますます渋い顔になっている。何か重要なことを言われるのだと覚悟して待っていたら、言われたのは予想外のことだった。

「……王配という言葉を知っているか？」

「おうはい？」

「お前は国王ではなく、女王になる。その違いはわかるか？」

「違い、ですか？」

国王と女王の違いなんて、そんなものあっただろうか？　というよりも、この国で女王になったことがあるのは二人だけ。それもかなりずっと昔のことで、それほど資料は残っていない。何かあったかなと首をかしげていたら、ぼそぼそとお祖父様が教えてくれる。

「王配とは、女王の配偶者のことを言う。儂で言うと妃なのだが、妃とは役目が違う」

「役目ですか？」

「妃は子を産むのが仕事だ。だが、ソフィアの場合、子を産むのはソフィア自身だ」

「……それはそうですね」

私が子を産む。考えたことは無かったが、言われてみればそうだった。私が誰かに子を産んでもらうことはできない。私が女王になれば、私が産む子が次の王になる。

「子を産んでいる間、女王は王政に関わることが難しくなる。それを代わりにするのが王配の仕事だ。王配はお前と子を作るだけでなく、お前の代わりに王となれるものを選ばなくてはいけない」

「私の代わりに王となれるものを……」

そうか。私が女王としての仕事ができない間、代わりに王の仕事をできるものを選ばなくてはいけないのか。ぼんやりとしか考えていなかった未来が、急に目の前に現れた気がした。……私、誰かと結婚しなきゃいけないんだ。

「そこで……王配は最低でも三人必要になる」

「え？　ええ!?」

「お前は三人と結婚しなくてはいけないんだ」

聞き間違いじゃなかった。三人と結婚する？　私が？　あまりのことに呆然としていると、レンキン先生が心配そうな顔でお祖父様に声をかけた。

「陛下、姫様が驚いています。今、何も聞こえていませんよ？」

「あ、そうか？」

どうやら、私が驚いている間に説明は続いていたらしい。レンキン先生が言う通り、何も聞こえていなかった。私が女王になって王配を必要とする、私が子を産むの時点でもう頭がいっぱいになりそうだったのに、三人と結婚しなければならないなんて。

「もう一度説明するぞ？　わからないことがあれば聞くように」

「……はい」

聞いていなかった私のために、お祖父様とレンキン先生がゆっくりと説明をしてくれる。

王配は女王が妊娠出産などで王政に関われない間、代わりに王となって国を動かす。その時に王配が一人だと国を乗っ取られてしまう危険もある。三人というのは、王配同士が揉めた時にもう一人が止められるように決められたものだという。元は王族派、貴族派、中立派から一人ずつ選んだそうだが、今は特に派閥はないので気にしなくていい。

話を聞けば、王配が三人必要だというのは理解できる。ただ、それを受け入れるのが自分でなければだけど。

「それほど悩まなくていい。お前のそばにはもう二人の王配候補がいるだろう」

「王配候補。もしかして、クリスとカイルですか？」

「そうだ。クリスとカイルはもともとお前の王配候補として選んだものだ」

公爵令息のクリスと辺境伯令息のカイル。高位貴族の二人が護衛騎士になっていた本当の理由はこれだったのか。今でも私の仕事を補佐してくれている。女王になった後も王配として支えてもらうことになる？

「血筋、才能、性格、学園にいる間にそれらを見て、王配にふさわしいものがいたら声をかけるように言ってあった。今のところ、声をかけたのはクリスとカイルだけのようだがな」

「そういうわけでしたか。クリスとカイルはこのことを知っているんですか？」

「いや、知らせておらん。あくまで候補として用意しただけだ。王配にするかどうかはソフィアが決めることだ。女王となった時に、最後まで自分のそばにいさせるものたちだ。信じられるものを選びなさい」

「最後まで私のそばに……」

「ただ、王太子の指名の時には、最低でも一人は婚約者を決めておかなければいけない。女王になる時には三人いなければいけない。少しずつ考えておくように」

「わかりました」

「……急がなくてもいい。ちゃんと信じられるものを見つけなさい」

「はい」

うなずいたら、大きなお祖父様に包み込まれるように抱きしめられる。何度も頭や背中を撫でて、そんなに心配するなと言われたけれど、きっとお祖父様が心配なんだろうなと思いながら抱きしめ返した。

「大丈夫です。ちゃんとお祖父様みたいにこの国を大事に思う人を選びます」

「そうか」

もう一度ぎゅうっと抱きしめたら、いつも通りの私に戻る。これ以上心配させるわけにはいかない。

私室に戻ろうと謁見室から出たら、廊下でクリスとカイルが待っていた。何も言わずに私の隣に来て一緒に歩く。謁見室に入らなくても、会話はある程度聞こえていたはずだ。だけど、二人とも何も聞こうとはしなかった。

◇　◇

「ソフィア様、今日は昼すぎに侍女見習いが挨拶に来る予定です」

「新しい侍女見習い？」

「はい」

私はリサとユナがいてくれればいいけど、王太子の仕事もしている私の侍女が二人だけというのは、どう考えても少なすぎる。リサとユナが有能だから今まで何とかなってきたのだろうけど、さすがに学園に入るようになると手が足りなくなるのかもしれない。

侍女見習いか……最初から敵意が無い人だといいな。本宮でも東宮でも、何度か会っていれば敵意は無くなっていくけれど、最初にハズレ姫かっていう蔑みを隠すように顔を作られるのが、何度経験しても嫌な気持ちになる。

そこまでして無理に私の世話をしなくてもいいよって思ってしまって、専属侍女を増やすことなく過ごしてきた。ため息をつくとカイルとクリスが心配するから、それ以上は考えるのをやめた。まずは会ってみて判断しよう。

昼過ぎになって、紹介された侍女見習いを見て、一瞬動きが止まる。柔らかそうな栗色の髪に琥珀色の目。見慣れた色……。

「リサ、ユナ、この子は身内？」

「そうです。姪《めい》のルリです。ルリ、自分で挨拶しなさい」

「はい！　ルリ・クレメントです。ソフィア様と一緒に学園に通い、侍女見習いとしてつくことになります」

「一緒に学園に？」

「はい！」

元気よく答え、にっこり笑う顔はリサとユナにそっくりだ。もっとも年齢が違うので間違えるようなことはないけれど、母娘《おやこ》だと言われても納得するくらい似ている。

「クレメント一族はクレメント侯爵とクレメント伯爵がいるのよね？　ルリはどちらの家の子？」

「ルリは弟のクレメント伯爵の娘です」

クレメント侯爵家は四人兄弟で、長男が侯爵家、次男が伯爵家を継いでいる。リサとユナは真ん中の双子の姉妹だ。クレメント一族は透き通るような琥珀色の目をしていて、お日様のような色でとても綺麗だと思う。

リサとユナの母親はお祖父様付きの侍女でお父様たちの乳母でもある。その息子たちも文官としてお祖父様の下で働いている。ルリが私の学友として選ばれるのもわかる。

「学園に護衛騎士は連れていけますが、私たちがついていくのは難しく、学生であるルリであれば授業中もお側《そば》にいることができます。今は見習いですが、卒業後はそのまま専属侍女として雇う予定です」

「そっか。学園にリサとユナを連れて行くわけにはいかないんだね。わかった。ルリ、学園ではよろしくね？」

「かしこまりました」

にっこり笑ってお辞儀するルリに嫌悪感は見えない。少なくともハズレ姫だと思われていることは無さそうでほっとする。もっとも、リサとユナの身内であればしっかりと教育されているはずだ。

クリスとカイルは護衛としてついてきてくれるけど、教室内で一緒に授業を受けることはできない。今まで貴族令嬢と関わっていないため、一人でいることになると思っていたけれど、ルリが一緒にいてくれるのであればその心配も無くなった。

◇◇

学園に通い始める日、朝食をしっかりとって準備を終え、クリスとカイル、そしてルリを一緒の馬車に乗せて学園に向かうと、まだ慣れないのかルリの動きがぎこちない。

「ルリ、緊張してる？」

「はい！　あ！　いいえ、大丈夫です！」

「そんなに頑張っていると疲れちゃうわよ？　自然にしてっていうのは無理だろうけど、もう少し力を抜いても大丈夫よ。私、自分のことは自分でできるから、ルリがなんでもやろうと思わなくていいわ」

「ソフィア様、それでは私の仕事がありません！」

「困ったら助けてくれればいいの。頼りにしているから」

「わかりました！　任せてください！」

ルリに無理をしないでほしかったけれど、どうやら緊張しているというよりやる気に満ち溢《みあふ》れているらしい。私は一人でも大丈夫だから放っておいてくれてもいいのだけど、それではルリの仕事を奪ってしまうことになる。まぁ、無理していないのなら頑張ってもらえばいいかと思い直した。

王宮からそれほど遠くない場所に学園はあり、貴族たちが出入りする門とは別に、王家用の門が用意されている。これは優遇というよりも、王族の馬車が来たら貴族は避けなければいけなくなるので、最初から入り口を分けたほうが混乱しなくて済むということらしい。そのため、少しも待つことなく学園の敷地《しきち》内に入って、校舎に一番近い位置で止まった。

今週は午前中の授業だけで終わる予定になっている。少しだけ緊張して馬車から降りると、あちこちから視線を感じる。

銀髪は日に当たるときらめいて目立ってしまう。この学園の令嬢で銀髪は私しかいないため、髪を見ただけで王女だと気がつかれることになる。それはわかっていたことだけど……嫌な感じがする。視線を向けると目をそらされた後、ちらちらとこちらをうかがっている。どう考えても歓迎されていない。ため息をつきそうになったら、クリスの舌打ちが聞こえた。

「……クリス」

「あぁ、悪い。こうなるかもと予想しておくべきだった」

「気にしないわ」

まぁ、ハズレ姫の評判はかなり広まっているだろうし、学生たちがそれを信じていてもおかしくない。

「ソフィア様、教室は向こうです」

「うん、案内してくれる？」

「はい！」

ルリがいるから孤独になることも無いし、特別に他の令嬢と交流が必要だというわけでもない。気持ちを切り替えて教室へと向かう。

ルリの案内で教室に入るとまだ誰も来ていなかった。教室中には机と椅子が綺麗に並べられている。この教室は十二人のようだ。

「入学前の試験の結果で成績順に教室は分けられています。このA教室は十二人、B教室とC教室は十五人です。ソフィア様は次席でしたので、この席になります」

机が三つ並べてある前列の真ん中に座ると、すぐ右隣にルリが座る。ん？ と思って見たら、ルリはいたずらが成功したような顔で笑う。

「頑張って三席を勝ち取りました！ リサ姉様《ねえさま》とユナ姉様が優秀なソフィア様につくのであれば、成績上位でなければならないと言うものですから」

「そんなこと言ってたの？　まぁ、確かに教室が違ったら大変よね？」

違う教室から休み時間ごとお世話しに来るのはさすがに大変だろうと思う。それでも伯爵令嬢のルリが、令息たちを押しのけて三席を取るというのは並大抵のことでは無い。リサとユナも優秀だからルリも優秀なんだろうとは思ってはいたが、ここまでとは思っていなかった。

「言われても三席を取るのは難しかったでしょう。頑張ったのね」

「はい！　頑張りました！　ですが、首席と次席のお二人とはずいぶん点差があったそうです。三席を死守するということで許してください」

「ん？　そうなの？　首席の子はまだ来ていないようね。あぁ、あの人かな」

ちょうど教室に入ってきた短めの銀髪を見て、あの人かなと感じる。王家の色である銀髪だから高位貴族だろうということだけでなく、魔力の強さを感じる。姿勢よく自分の席に向かって歩いてきたと思ったら、私が隣の席に座っているのに気がついて、席に座らずに深く臣下の礼をする。まさかこんな風に礼をされると思わなくて驚いてしまう。

「顔を上げてくれる？」

「はっ」

顔を上げたのはいいけれど、こうやって敬われるとは思わなかった。

「ダグラス・テイラーと申します」

王族が降嫁したこともあるテイラー侯爵家の一人息子だったはず。柔らかな紫目がまっすぐに私を見ている。誠実、真面目、そんな印象の顔つきだ。ハズレ姫だと蔑まれるかもしれないとは思っていたけれど、こういうのは予想していなかった。

「あのね、せっかく学園に通うのだから、同じ学生として接してほしいな。それにダグラスは首席なのでしょう？　これからライバルとして一緒に学んでくれるとうれしいわ。ソフィアと呼んでくれる？」

「……よろしいので？」

「うん。ついでに普通に話してくれる？　いちいち敬われるのは少し疲れるの。ごめんなさいね？あまり王女らしくないから」

「……そういうことなら。あまり王女らしく無いとは聞いていたが、俺は別な意味で王女らしくないと思っていた。今回はたまたま俺が首席だったが、ソフィア様は一点減点されただけ。それも一単語が古語だっただけで、厳密に言えば間違いじゃないそうだ。これほどまで勉強してきている王女はいないんじゃないか？」

どうやら私が次席だったことで評価してくれたらしい。満点取って首席になったダグラスだからこそ、あの試験で満点近くとる難しさがわかるのだろう。

「褒めてくれてありがとう。それでも満点取ったダグラスはすごいわ。次の試験は負けないように頑張るからね」

「あぁ、俺も負けないように頑張るよ」

爽やかに笑ったダグラスがうれしくて立ち上がり右手を差し出すと、驚いた顔をしたがすぐに手を差し出してくる。ぎゅっと握手を交わすと、後ろから拗《す》ねた声が聞こえた。

「……うぅ。私も負けません……」

「あぁ、ごめんね。ルリも一緒に頑張ろうね」

「ええと、三席のルリ・クレメントだろうか？　お前の成績もすごかったって聞いているよ。一緒に頑張ろうな」

「はい！」

機嫌が直ったルリに安心して席に座る。授業が始まる時間が近づき、廊下で騒いでいた令息や令嬢たちが次々に教室に入ってくる。前列の三人が座って待っていることに少し焦った者もいたようだ。後ろのほうからささやき声が聞こえてくる。

「うわ。もう成績上位者座ってるよ。やっぱり首席はダグラスか。本の虫で変わり者だもんな」

「……っていうか、なんで次席に王女が座ってるんだよ。この学園で成績ってごまかせるんだっけ？　がっかりだよ」

「ホントだよなぁ。俺たち頑張ってA教室に入ったのに、こんなことされちゃたまんないよ。王女の隣、あれ侍女見習いってやつだろ。いいよなぁ、成績無視してA教室の前列かよ」

あぁ、そういう風に思われるのか。ダグラスがちゃんと評価してくれたからいい気になっていたけれど、他から見たらやっぱりそういう風に見えるんだなぁ。私の評判のせいで頑張ったルリまでそういう風に思われるなんて悲しくなる。

護衛として来ているクリスとカイルは教室には入らずに廊下で待機している。何かあればすぐに教室に入ってくることになるから、教室での会話は聞こえているはずだ。怒ってなきゃいいけど……。ルリが心配そうにこちらを見てくるから、気にしないように後で言っておこう。ルリが頑張ったの、私たちは知っているから大丈夫だって。そう思っていたら、左隣から低い声が響いた。

「本当にくだらないな。俺たち前列がどれだけ勉強してこの席に座っていると思っているんだ。中途半端な勉強で満足してきたやつらが勝手に決めつけるなよ」

「え？」

見たらダグラスが後ろの席にいる令息たちに向かって言い返していた。言い返された令息たちはまさか言い返されると思っていなかったという顔で、ぽかんとしている。その間もダグラスの言葉は続く。

「この学園は王族だろうと成績を変えることはしない。王太子様が学生だった時も、前列には一度も座っていない。第三王子だった公爵はC教室のままだった。ソフィア様がこの席に座っているのは実力だ」

「……いや、だって……信じられるかよ、そんなの」

「そのうち嫌でも実力差がわかるだろうよ。その時に自分の言った言葉を後悔すればいい」

そう言い切ってダグラスは前を向いた。お礼を言おうかと思ったが、すぐに教師が教室に入ってきて会話することなく授業が始まった。

おそらくダグラスが言った言葉は後ろの令息たちには届いていない。今も不満そうな気配がしている。それでも、私のために言い返してくれたダグラスがうれしかった。

◇◇

学園が始まって二週目。午前授業だった慣らし期間が終わり、今日から一日授業になる。午前の授業が終わったところでダグラスに声をかけた。

「ダグラスも一緒に個室で昼食を取らない？」

「俺も一緒でいいのか？」

「うん、せっかく仲良くなれたんだし、一緒に食べようよ」

この一週間でダグラスとはすっかり仲良くなっていた。というよりも、私を庇った発言をしたせいで、ダグラスはA教室の他の令息たちとは話さなくなっていた。その責任を感じてというのも少しあるが、隣ということで課題を一緒にやることも多い。そうしてわかったのは、ダグラスは努力というものを評価する人間のようだ。身分や貴族としての立場というものを無視するわけではないが、その上で努力や人間性というものをよく見ている。王女という立場をわかっていながら、それでも勉強する学生として見てくれるダグラスは貴重な友人になっていた。

昼食はクリスとカイルも一緒に食事を取るため、王族用の個室を使うことになっていた。普通は護衛が一緒に食事をすることはない。だが、個室であれば他から見えない。どうせならと、その個室での食事にダグラスも誘ってみた。

食堂に入ると学生たちががやがやと食事を楽しんでいる。広い食堂の奥に個室があるため、学生たちの横を通り過ぎていく。ふと、誰かの視線を感じた。そちらを見ようとしたら、すっとカイルが私の横に立つ。大きなカイルの身体に隠れて向こう側は全く見えない。

「カイル？」

「個室はあっちだ」

何やら意図的なものを感じたが、カイルに言われるままに奥へと進む。少しだけ泣いているような声が聞こえたような気がしたが、すぐに聞こえなくなる。個室に入って席に座ると、クリスとカイルが目くばせをしていた。

「……カイル。さっきのは何があったの？」

「食堂にアレがいた」

「アレ？」

何のことだろうと思っていると、クリスが大きなため息をついた。

「姫さん、忘れているならそのままにしてやりたいが、そういうわけにもいかないらしい。あそこにいたのはイライザだよ」

「あぁ……そういえば。イライザも学園にいるんだ」

そういえば二つ上のイライザは三学年にいるはずだ。あれからもう六年もたっているから、すっかり存在を忘れていた。

甲高い声を思い出すとざわりと嫌な気持ちがよみがえる。最後に会った時の蹴られたふとももをなんとなくさわってしまう。もう痛みもないし、カイルに治してもらったのに……。

「大丈夫だ、心配するな。ちゃんと守るから」

カイルの大きな手で背中を撫でられ、ゆっくりと深呼吸する。落ち着くとルリの心配そうな顔とダグラスの渋い顔が目に入った。あぁ、二人も一緒にいるんだった。ちゃんとしないと。

「姫さん、無理しなくていい。ルリはもちろん、ダグラスにも知っておいてもらいたい。今日、この後イライザのことを聞くために人を呼んでいる。そろそろ来るだろう」

クリスの言葉通り、すぐにドアがノックされた。

「入れ」

ドアを開けて入ってきたのは、金髪を一つに結んだ学生だった。私に気がつくとぺこりと頭を下げた。あまり頭を下げ慣れていない感じがする。動きがぎこちない。まだ学生なら仕方ないのかもしれないけれど。

「顔を上げて」

「はい」

やはり見たことのない令息だ。私より少し年上だろうか。誰だろうと思っていたら、クリスがため息をつきながら紹介してくれる。

「姫さん、えっと……こいつは弟のデニスだ」

「え？　そうなの？」

思わずまじまじと見てしまう。クリスの弟ということならバルテン公爵家の者か。公爵令息であれば頭を下げ慣れていないというのもわかる。言われてみれば眉と鼻筋が似ているけど、金髪緑目のデニスは身体が大きい。筋肉がしっかりついているのか肩幅が広くて腕も太い。すらっとした少年のようなクリスとは体型が全く違っている。

「デニス・バルテンと申します。三年A教室です」

「そうなんだ。先輩なんだね」

三年ということはもう休み時間は終わっている。この学園は半刻《はんとき》ずつ昼休み時間がずれる。一学年が休み時間に入ると三学年は終わりになる。さっきイライザがいたのも不思議だったが、授業をさぼっているのかもしれない。

「ここにデニスを呼んだのは、話を聞くためだ。あぁ、その前に簡単に事情を説明しておく」

侍女見習いのルリはリサとユナから聞いてわかっているだろうが、ダグラスとデニスはイライザのことを知らない。私がハズレ姫と呼ばれている理由、幼い頃どんなふうに育ったのか、公爵が王都から追放された罪などをクリスが淡々と説明する。説明すればするほど、ダグラスとデニスの眉間のしわが深くなっていく。

「えっと、クリス、その辺でもう説明はいいんじゃないかな」

「いや、まだ全然だろう？」

「でも、デニスの話を聞いたほうがいいんじゃないの？　そのために授業を休ませてまで呼んだんだよね？」

「……まぁ、それもそうか。というわけで、デニス。報告してくれ」

視線が集まったデニスは、少し緊張したように口を開いた。

「イライザ嬢の行動は……確かにおかしいとは思っていましたが、事情を知って納得しました。あれは放っておくとまずいです」

「まずいとは？」

「まず、自分たちがハンベル領に追放されたのは王女のせいだと言っていました。幼い頃から王女はわがままで乱暴で金遣いが荒くて、イライザ嬢は従姉として心配していた。このまま好き勝手させてはいけないと姪をいさめようとした公爵に、怒った王女が陛下に嘘を吹き込んで処罰させたと」

「「は？」」

クリスとカイルの声がかぶった。怒りが抑えられないのか、二人の魔力がぶわっとあふれ出している。それに影響されたのかルリとデニスの顔色が悪い。魔力の差があればあるほどその力に押され、威圧を感じてしまう。さすがにダグラスは大丈夫そうだが、それでも嫌そうな顔をしている。

「クリス、カイル、まずは落ち着いて話を聞こう？」

「ああ」「わかったよ……」

「……さきほど、食堂で見かけましたが、イライザ嬢は泣いていました。従姉なのに声をかけてもくれないと。やはり嫌われているんだわと泣いて、周りの令息たちが慰めていましたね」

「あぁ、さっきのってそういうことだったんだ……。周りの令息って？」

「イライザ嬢と同じB教室の令息たちです。基本的に周りに令嬢はいません。一緒にいるのは令息だけです。……あぁ、そういえば。辺境伯のイリアもいました」

「辺境伯って……」

それってカイルの弟ってこと？　カイルを見たら、額に手を当てている。どうやら弟がイライザの近くにいると知らなかったらしい。話を聞いたクリスも考え込むように唸《うな》ってつぶやいた。

「まいったな……そういうことか。だから学園での姫さんへの視線が厳しいと思った。対策はこれから考えないといけないが、デニス、今後も報告を頼む」

「わかりました。何かおかしな動きがあればすぐに連絡します」

「ああ」

ぺこりと頭を下げると、デニスは個室から出て行った。残った私たちは重い空気に包まれている。

「……ごめんね、ダグラス。変なことに巻き込んで」

「いやいい。事情が知れてよかった。それにこの件はソフィア様が悪いんじゃないだろう。一週間同じ教室で授業を受けていただけでも、ソフィア様がハズレ姫なんかじゃないのはわかる。それなのに、あの悪評。おかしいとは思っていた。……何かあれば俺が言い返す。教室の中じゃ護衛はつけないから」

「ありがとう……」

「ダグラス、手に余るようなことがあればすぐに呼んでくれ。必ず近くに待機しているし、何かあれば駆けつける」

「そうだよ、ダグラスの気持ちはありがたいが、俺たちもすぐ近くにいる。一人で何とかしようと思っても限りがあるだろう。姫様を守ってくれると言うなら、俺たちと一緒に守ってくれ」

「わかりました」

よくわからないうちにダグラスも私を守る側についてくれたようだ。

クリスとカイルと三人でうなずいているのに、慌てたようにルリも声を上げる。

「私も！　私も姫様を守ります！」

「あぁ、わかっているよ」

ちょっと呆れたようにダグラスに言われ、ルリは拗ねたような顔になる。さっきまでの重い空気がどこかに行ってしまったようで、つい笑ってしまう。

「あぁ、ごめんね。笑っちゃって。みんなが守ってくれるっていうのがうれしくて」

「いや、姫様は笑っていればいい。ほら、食事にしよう。食べないと時間になってしまうぞ？」

「うん」

少し冷めてしまった食事だったけれど、なんだか胸があたたかくていっぱいだった。昼休憩がもうすぐ終わる頃、個室を出たら食堂にイライザはいなかった。

私が入学する前の二年間で、この学園はイライザの嘘が信じられてしまっている。これからその嘘をどうやって消していくのか……何も思いつかない。それでも、隣を歩くルリとダグラスを見て、負ける気はしなかった。

◇　◇

昼を挟んで午後の授業まで受けるとさすがに少し疲れた。初めての一日授業にまだ身体が慣れていない。これも毎日授業を受けていけば慣れていくだろう。

帰りの馬車の中、クリスとカイルは考え事をしているようで難しい顔をしている。おそらくイライザのことをどう対応しようか悩んでいるのかもしれない。

それにしても、ハンベル領に追放されてもイライザの考えは変わらなかったんだ。どうして王族から外れているのに、自分が女王になれると思っているんだろう。

「ねぇ、クリス、カイル。わからないんだよね。どうしてイライザはあんな風に女王になるのが自分だと思っているの？」

「それは……」

「誰かがイライザにそういうように話して思い込ませているの？」

「思い込ませているというか、そうだな。ちゃんと最初から説明したほうが早いだろう。王太子と王太子妃の仲が良くなかったのはわかるな？」

「うん。お父様とお母様は仲悪かったよね。よく私が産まれたなと思うくらい」

ほとんど目も合わせないくらいだったと思う。月に一度のお祖父様の食事会でも会話も無く、終わればすぐに部屋から出て行ってしまう。結婚してからずっとそんな感じだと聞いている。

「王太子夫妻が姫さんを産んだのは結婚から五年も後のことだった。その前に第三王子が学園の卒業前に恋人を妊娠させたことで、卒業と同時に結婚してイライザが産まれている」

「あぁ、そうだよね。イライザのほうが二つ上だもんね」

「普通は王太子の子が産まれるまでは下の王子は子を作らないようにするんだ。王位継承順位というものがあるからな。だが、この時のイライザの出生は一部から歓迎された。王太子夫妻の仲の悪さはもうどうにもならない状態だったらしい。そのため、イライザを王太子の養女にしたらどうかという案も検討された」

「え？　お父様の養女にっていう話、本当にあったんだ？」

あの噂は公爵とイライザが勝手に広めたのかと思っていた。まさか私が産まれる前からある話だとは思わなかった。

「ただ、第三王子は評判が悪く、結婚した伯爵令嬢も評判が悪くて。イライザが本当に第三王子の子かどうかもわからなかった」

「え？　そうなの？」

派手なドレスを好む公爵夫人という印象ではあるが、そういう人だとは思わなかった。でも、だから公爵が愛人をたくさん作っても怒らなかったのかもしれない。

「議論はされても養女にという結論が出ずに一年が過ぎた頃、王太子妃が妊娠したことでその話は無くなった。王太子妃が子を産むなら養女なんて必要なくなるから」

「それもそうだね……よく私が産まれたと思うけど」

「陛下が王太子に子ができない限り自由にはさせないと言ったらしい。王太子妃も子ができない限り監視下で生活しなければいけない。さすがに嫌になったんだろう。姫さんに言うことでは無いが……」

「いやいいよ、大丈夫。お父様たちの仲が悪かったのはよく知ってるから。私が産まれたのは愛だとかそういうものじゃないのはわかってる」

「……それならいいけど、それで姫さんが産まれたんだが、魔力なしという判定が広まると再度イライザを養女にという話は出てきた。まぁ、これは公爵がイライザを養女にするために姫さんを貶《おとし》める目的で嘘を広めたんだと思うが、その効果はあった。再び議論が始まって、それでも結論が出ないうちに、今度は第二王子の子が産まれた。しかも王子だ。それでイライザを養女にっていう話は完全に無くなった。はずなんだ。それでも一度は娘が女王になるかもしれないと思った公爵が、あきらめきれずハズレ姫と交換するという案を思いついたんだろうな」

「なるほどね。今はフリッツ叔父様にはエディだけじゃなく、エミリアもいるし。イライザが継ぐことはありえないよね。一度養女になれるかもって思ってしまったから、あきらめきれないってことかな。女王になるはずの私よりも優れていればイライザが女王になるかもって？　あきらめていないのはイライザだけ？　エドガー叔父様も？」

「いや、イライザだけだと思う」

「ふうん……」

あのギラギラした感じのエドガー叔父様が、追放されて素直にあきらめるとは思っていなかったけれど、王都に来ることは許可されていないと言っていたし、無理だと思ったのかな。

王宮に着いたら王太子の仕事が待っている。疲れているけど、やらなければいけないことは多い。

……王宮に着くまで少し寝ようかな。

ウトウトし始めたら隣の席がルリからカイルに代わった。馬車内にぶつけないようにするためなのか、カイルに横抱きにされる。腕の中に包み込まれるようにされ、カイルの胸に顔をよせた。

少しだけ休んだら頑張るから……そう言ったら、背中を優しく撫でられ夢の中に落ちていった。


馬車が王宮に着いた後、いつも通り東宮で王太子決裁の書類を確認していると、書類を受け取りに来たデイビットに小さな声で聞かれる。

「あの……クリス様はどうしたんですか？　何かありました？」

「あぁ、うん。ちょっとね……」

いつもならクリスが書類分けをしてから私の決裁に回してくるのだが、今日のクリスはソファに座ったまま考え込んで動かない。おそらく学園での私の悪評をなんとかしようと考えているんだろう。

カイルは王宮に着いてすぐにお祖父様に報告に行っている。カイルの弟がイライザのそばに居ることで問題が起きるかもしれないからだ。

しばらくクリスはこの状態かもしれないと思い、デイビットに今日あったことを話す。学園で広まっているだろう私の悪評についても説明すると、いつも穏やかなデイビットの表情が曇り出す。

「どうかした？」

「いえ……私も最初はその悪評を信じていましたので」

「え？　そうだったんだ。まぁ、それは仕方ないよね。東宮の人はみんなそう思っていたんだろうし。でも、今のデイビットはそんな風に思っていないでしょう？」

「それはもう。ソフィア様と一緒に仕事していればわかります。どれだけソフィア様が誠実にこの国の民に向き合って……あぁ、そうです！」

突然大きな声を出したデイビットにクリスも驚いてこちらを見た。物静かなデイビットがこんな風に大声を出すなんてめずらしい。

「何？　どうしたの？」

「ソフィア様、クリス様、その悩みはすぐに解決できますよ！」

「え？　どういうこと？」

「すみません、ちょっとだけ仕事を中断しますが、いいですよね？　クリス様がこの状態でいるほうが仕事が進みませんから」

「あぁ、うん。そうだよね。でも、何をするの？」

「すぐに戻ります。後で説明しますね！」

バタバタと部屋から出て行ったデイビットを私とクリスが見送る。デイビットが何をしようとしているのかはわからないけれど、私の悪評をどうにかしようとしてくれているのはわかる。

十数分後戻ってきたデイビットは廊下から私を呼んだ。

「廊下にお呼びするなんて申し訳ないのですが、思ったよりも人数が多かったものですから……」

「え？」

廊下に出てみると、文官と女官がずらりと並んでいる。二列になって整列しているようだが、これはいったい？

「東宮で働く文官と女官で学園に子どもを通わせている者を呼びました」

「子どもたちが学園に？」

「えぇ、ちょっと見ていてください」

何をするんだろうと思って見ていると、デイビットは全員が整列している前に歩いて行く。真ん中あたりで向き合うと、全員に聞こえるように大きな声で話し始める。

「仕事を途中で抜けてきてもらってすまない。だが、重要なことなのでよく聞いてもらいたい。ソフィア様が学園に入学したのは皆知っていると思うが、実は学園ではソフィア様の悪評が信じられているそうだ。覚えがあるはずだ。ソフィア様が王太子代理として東宮に来るとわかった時、我々はハズレ姫が来るのだと信じ切っていた。そうだろう？」

ハズレ姫とはっきり言ったことで文官と女官たちがざわつきだす。だが、皆心当たりがあるのか、ばつが悪い顔をしている。

「今、学園で同じことが起きている。そうだ。あなた方の子どもたちが信じ切ってしまっている」

「あぁ、そんな」とか「そういえば……」なんて声があちこちから聞こえてくる。学園で悪評が広まっていることに、王宮で働くものが気がつくのは難しいだろう。

自分たちの子どもが悪評を信じている、もしかしたらそのことで不敬なことを言っているかもしれない、そのことに気がついたのか顔色が悪くなっていく。

「王宮での仕事について他で話してはいけないことになっている。皆それを守っていたためにこのようなことが起きたのだろう。確かに仕事について話してはいけないと規定がされている。だが、ソフィア様がいかに誠実で仕事熱心なのか、使用人に対してもわがままを言わずお優しい方だということは、家族に話してはいけないという規定はないはずだ。そうですよね、ソフィア様？」

　話している途中で急に私に話を振られ、驚きながらも考える。

「え？　私のことを話してはいけないという規定は……無いかも？」

　クリスに確認すると、少し悩むようにした後でうなずく。

「そうだな。王女の人柄を褒めてはいけないという規定はない」

「聞いた通りだ。家でソフィア様を褒めたたえても規定違反にはならない。学園での間違った噂を正すことは、この国を正すことにつながるだろう。それがわかったら解散して仕事に戻ってくれ。以上だ」

　私がいたことに気がついた文官と女官たちは、私に向かって深く一礼して仕事へ戻っていく。私たちも部屋に戻ると、クリスが満面の笑みでデイビットの肩を叩いた。

「デイビット、よくやってくれた！」

「ええ、あのままクリス様が悩み続けていられると仕事がはかどりませんからね」

「はは。すまない。今から頑張るよ」

「デイビット、さっきのはどういうこと？」

「私たち東宮で働く者たちは、ソフィア様の悪評が嘘だということがわかっています。そのことを学園に通う子どもに伝えることができれば、噂は落ち着くと思ったんです。実際に王太子代理の仕事をしている王女を知っていれば、あんな悪評は嘘だとわかります。それを親から伝えられて信じない子は少ないでしょう。学園でも本当の王女のことが広まっていけば、噂なんてすぐに消えると思いますよ」

「あ、ありがとう！」

「いいえ。私も最初は悪評を信じていた側ですからね。少しでも罪滅ぼしになればと思いまして。さ、仕事しましょうか？　明日もソフィア様は学園ですから、早く終わらせましょう」

「ええ！」


「かなり周りも落ち着いてきたな」

「本当ね。最初の頃の刺さるような視線はなんだったのかと思うくらい」

「まぁ、ソフィア様を見ていたらアレが嘘だっていうのはわかるしな。王宮に勤めている親から聞いた者たちが他の学生にも伝えたんだろう。周りがすべてそう思っていれば悪口を言っていても気にならないだろうが、そう思っていない者の前で悪口を言うのは躊躇《ためら》われる」

「あぁ、そういう効果もあるのね。確かにみんなが思っていれば悪口は言いやすくなるわ。逆の場合は悪口言っても責められるのは自分だもの」

悪評を信じる人の数が減っていくにつれて、人前で私の悪口を言いにくくなったのだろう。A教室の片隅に令息たちがかたまって居心地悪そうにしているのが見える。

「あいつらは最初にソフィア様の悪口を言ってしまっているから、今さらそうじゃないとわかっても、意固地になっているんだろう。来年はA教室から落ちるかもしれないな」

「え？　どうして？」

不敬かもしれないが、私の悪口を言っただけで教室を落されるようなことは無いと思う。そう思って首をかしげたら、ダグラスが言っているのはそういう話じゃなかった。

「こういうと怒られるかもしれないけど、この年代の令息令嬢ってやる気があまりなかったんだ。ちょうど親が王太子たち王子三人と同世代だっただろう？　三人の王子、特に第三王子の成績はひどかったんだ。それなのに、結局は公爵になってふんぞり返っていた。努力しても身分の差は変わらない、何をしても上にはいけない、そう思っていた親が多いんだ」

「あの叔父様と一緒に学園に通っていたならそう思うよね。エドガー叔父様ってC教室でも最後の方だったって。勉強せずに遊び歩いていたとは聞いているわ」

「そういうこと。で、王太子もA教室だけどやる気なかったっていう話は伝わってきたし、真面目に勉強しても意味がないと思っていたものが多かったんだ。だけど、ここ最近変わってきた。王宮でも実力さえあれば採用されるようになってきている。疑問に思っていたけど、ソフィア様に会ってわかった。今は王太子代理としてソフィア様が東宮にいるんだろう？　ソフィア様自身が努力する人間だという影響が大きいんだと思う。そのことがここ最近学園にも伝わってきているんだ。成績さえよければ下位貴族でも文官として採用されるらしいって。今まで努力しないでB教室あたりにいた奴が、目の色変えて勉強している。だから、いつまでもひねくれてソフィア様を認められずにいるあいつらは、来年はB教室に落ちることになるだろうな」

「そっか。そんな理由があったんだ。まぁ、ちゃんと才能ある人が努力しようと思ってくれたのなら良かった。そうだね、今の文官と女官はちゃんと実力で採用してもらってる。私はまだ未熟で一人でできることが少ないから、ちゃんと仕事してくれる人に支えてもらわないとダメだもの」

「ソフィア様なら一人でもできるだろうけど、今のままでいいと思うよ」

「そうならいいな」

ダグラスと話していたら次の授業の準備をしていたルリが声をかけてくる。

「ソフィア様、次は魔術演習の授業です。演習場は少し遠くにあるので、もう行きましょう」

「わかったわ」

学園に入学して三週間。ようやく魔術演習の授業が始まる。始まるのが遅いのは、魔力鑑定を受けたことのない学生が少なくないからだ。地方には鑑定士がいないため、この学園に入学して初めて鑑定を受けるという学生も多い。その結果がわかるまで演習できないので、他の授業よりも遅く始まることになる。

「ライン先生って、クリスとカイルの師匠なんだよね？」

振り返ってカイルに聞くと黙ってうなずく。護衛任務中だからか、学園ではあまり会話をしてくれない。それに少し寂しさも感じるけれど、人前だから仕方ないとあきらめた。

クリスは今日は王宮に残って仕事をしてもらっている。影のイルとダナがついているし、安全面の問題はないけれど、クリスとカイルがそろっていないとなんだか変な感じがする。

「これでA教室の全員か？　そろっているな？」

演習場に来たライン先生はひょろりとした長身の男性だった。

こげ茶と金が交ざったまだらの髪に緑色の瞳。静かに話すのに演習場に響くような不思議な声の持ち主だった。

「この授業では魔術を基本から教え演習していくことになるが、ダグラス・テイラー。ソフィア・ユーギニス。ルリ・クレメント。この三名は次回から授業に出席しなくてかまわない。個人演習場があるから、そちらを使って自習してくれ」

「え？」

「悪いが、その三名は他の者とできることが違いすぎる。基本から教えていく必要がある者と一緒にはできない。自分の魔術を磨く時間に使ってくれ」

「……わかりました」

「問題ありません」

「私もですか？　わ、わかりました」

クリスとカイルの師匠だというライン先生に教えてもらうのを期待していた分がっかりした気持ちになる。ダグラスは顔色を変えずに返事をしていたが、ルリは自分も免除になると思っていなかったようで驚いている。仕方ないから、クリスとカイルから教えてもらう時間にしようかな。そう思って移動しようとした時だった。

「んん？　なんだぁ？　お前たち不満そうだなぁ。何か思うことがあるのなら言っていいぞ？」

ライン先生が話しかけた相手は、私の文句を言っていた令息たちだった。

「……いや、だって……ソフィア王女は魔力なしだって」

「魔力が無いから授業が受けられないなら、最初からそう言えばいいのにって……」

「本当は魔術が使えないからなのに、……そういう風にごまかすのは良くないと」

「ダグラスはわかるけど、他の二人は免除するのずるいと思って……」

どうやら魔術の演習が受けられないから免除にしてもらったと思っているようだ。ハズレ姫は魔力なしという噂を信じているのであれば、そう思ったとしても不思議ではない。どう言ったら誤解だと伝わるかと思っていたら、ライン先生が私を見てにやりと笑った。

「そうかぁ。ソフィア王女は自分たちよりも劣っている。そう思っているから、演習の免除は許せない、そう言いたいんだな。どうしようか〜これをわからせるには〜そうだな〜。よし、模擬戦をしてみよう！」

「はい？」

「ソフィア王女、模擬戦は慣れているだろう？　こいつらも一回戦ってみたら、それで納得するだろうし」

「それはそうかもしれませんが……わかりました」

誤解を解くためにはそれが早いかと思い了承すると、ライン先生は令息たちに向かってとんでもないことを言い出した。

「よし、じゃあ、ソフィア王女対君たち全員ね」

「「「はぁ⁉」」」

「さぁ、準備して〜十秒後に始めるよ〜」

え？　もう始めるの？　しかも全員と？　カイルがライン先生のことを厳しいと言っていた意味がわかる気がする。一人ずつなら丁寧に相手もできるけど、四人一緒にとなるとそうもいかない。仕方ないなと思い、令息たちと向かい合った。

「始め！」

「あ？」「ええ!?」「うわっ！」「嘘だろう！」

令息たちから驚いた声が上がる。

いちいち相手していられないから、一人ずつ円柱型の結界に閉じ込めてみた。中から攻撃魔術を使えば自分に跳ね返ってくる。

一人目は雷で攻撃する前に消えてしまったようで、結界の中で呆然としている。片手を上げて雷を放出させようとしていたようだが、そのままでは精度が低すぎて近くにいた味方にぶつけていた可能性が高い。

二人目は水流で私を押しのけようとしていたようで、結界の中に水があふれ胸の辺りまでつかっていた。それだけの量を一度に出せるのはさすがA教室とも言えるが、もし成功していたらかなりの衝撃なのだけど、わかっているのだろうか。

三人目は炎で攻撃しようとしていたために髪が焼けて大変なことになっている。模擬戦とはいえ、炎が当たっていたとしたら、軽いやけどではすまない。これは模擬戦の範囲を超えている。

四人目は光の矢を打ったのか、跳ね返って来た矢を避《よ》けようとして避けきれずに腕をかすったよ

うだ。光を矢の形に打てるのは何度も練習してきたからなのだろうが、もし私に刺さったとしたらどれだけ被害があるか想像できているんだろうか。

令息たちを結界で囲むか、自分の周りを結界で防御するか迷ったが、これで正解だったようだ。

さすがA教室の者と思われる高度な魔術ばかりだったが、不安定で暴発しかねないものだった。結界で囲んでなかったら他の者に被害が出たかもしれない。どうやら基本をおろそかにして気に入った魔術ばかり練習してきたように思う。ライン先生が基本から教えていく必要があると言ったのはそういうことだろう。

「あーもう。手加減されてこれでは相手にならないな。もう少し楽しめると思ったんだが、まぁ仕方ない。お前たちもこれでわかっただろう？　差がありすぎるから同じ授業は受けられないって。ソフィア王女、結界を解いてくれるか？」

「わかりました」

四人の結界を解くと、全員がその場に崩れ落ちるように座り込む。さすがに矢で腕を怪我した令息はそのままにできず、治癒をかけてあげる。完全にはふさがれないが、痛みは無くなるはずだ。

「……あ。…………ありがとうございます」

治されたことがわかったのか、令息は恥ずかしそうにうつむく。それを面白そうに見ていたライン先生の目が、四人を前にして鋭いものに変わる。

「お前ら魔力なしだと思っていたソフィア王女にそれを向けて、本当に魔力なしだったとしたらどうなったと思っているんだ？　相手は魔力なしだと思っていたのに、自分が使える術の中で殺傷能力の高いものを選んだな？」

「「「…………」」」

「魔力なしの令嬢にそれを向けたらどうなるか。わかっていて魔術を使ったんだとしたら最低だ」

「「「……」」」

「この三年間、まずは魔術を使うということがどういうことか、きっちりわからせるからな。間違った使い方をするような奴は俺が矯正してやる。全員わかったな？」

四人の令息たち以外にもライン先生の怖さが伝わったのか、全員が黙ってうなずいている。

あーこれは。他の子たちを勉強させるために使われたかな。そう思っていると、ライン先生が私に目くばせしてくる。

「お前らはもう行っていいぞ～」

「はーい」

使われたことがわかっても、なんとなく憎めない。不思議な魅力の先生だなぁと思いながら個人演習場に向かう。

「……授業が免除だと言われたり急な模擬戦で驚いたけど、これでもうA教室の者はソフィア様がハズレ姫だなんて思わないだろう。もしかしたら、あの先生これを狙ったのか？」

ダグラスがそうつぶやいていたけれど、それを聞いたカイルは苦笑いで何も答えなかった。

◇　◇

学園での生活も三か月が過ぎ、授業にも慣れてきた。周りからの視線もほとんど感じなくなり、ダグラスとルリと過ごす毎日を楽しめるようになっていた。

「あぁ、そっち見ないでいいよ。行こう」

「あ、うん」

こんな風にカイルとクリスだけでなく、ダグラスも先に気がついて私を違う道へと連れて行く。大抵、その直後にイライザの甲高い声だけは聞こえてくるが、すぐに離れてしまうために何を言っているのかまでは聞こえない。

「しかし懲りないな、イライザ嬢も。もうほとんどの者はイライザ嬢の話を聞かなくなったというのに」

「そうなんだ。でも、イライザと一緒にいる友人は多いのでしょう？」

毎度のことに呆れてきているダグラスの言葉にそう返すと、少しだけカイルの顔が曇る。カイルが取り巻きに弟がいると謝ってきたけれど、そんなことはカイルのせいじゃないと思う。アーレンスで居場所が無かったカイルが、そんなことで責任を感じる必要は無いし、一度も話したことがないというその弟に文句を言いたくなる。

「友人というか、イライザ嬢の周りにいるのは令息だけだから恋人になりたくてそばに居るんだろう」

「イライザをお嫁さんにほしいってこと？」

「え？　嫁？　イライザ嬢が公爵を継ぐんじゃないの？　一人娘なんだろう？」

「あのね、エドガー叔父様が王宮で問題を起こしたせいで、公爵じゃなく一代公爵になっているの。イライザは公爵を継げないから嫁がないと平民になるんだよね」

「え？　本当に？　じゃあ、きっとそのことを令息たちは知らないんだと思う。イライザ嬢のそばにいる令息たちは嫡男じゃないんだ。二男《じなん》とか三男ばかりだから、実家の爵位を継げない。イライザ嬢の婿になりたくてそばにいるんだろう」

「ええ？　そうなの？」

本当に？　と思ってクリスとカイルを見たら、無言でうなずかれる。そっか、二人はこのことに気がついていたんだ。

「このことを令息たちに教えたらどうなるんだろうか」

「イライザとは学園を卒業したらもう会わないと思うから、下手に関わって揉めるのも嫌なんだよね」

「じゃあ、もう関わらないでおこう」

揉めごとは避けたい私と、勉強を邪魔しそうなことは嫌うダグラス。関わらないでおこうと意見が一致し、今まで以上にイライザを避けることになった。

そうして避け続けて一か月が過ぎた頃、お祖父様に謁見室へと呼び出された。また何かあったのだろうと思っていくと、やはり渋い顔をしている。

「どうしました？」

「ココディアから書簡が届いた。第三王子を学園に編入させてほしいと」

「第三王子ですか？」

隣国ココディアはお父様よりも少し年上の陛下が正妃と側妃を一人ずつ娶り、三人の王子と二人の王女がいる。正妃はお母様の姉なので、正妃から産まれた王子二人と王女一人は私の従兄弟《いとこ》になる。第三王子は正妃から産まれた三番目で、確か私の二つ上だったはずだ。

「急に学園に編入なんて、どうしてでしょうか？」

それほどこの国の学園に特別なものはないし、外交を担うというのなら自国の学園を卒業した後で問題ないはずだ。実際にフリッツ叔父様は学園を卒業した後でココディアに行っている。

「実は少し前にソフィアとの婚約を打診されて断った」

「え？」

「どうもココディアは誤解しているようで、ソフィアと結婚したものが国王になると思っているようだ。そのため、その婚約は受け入れられないと断ったのだが……。おそらく実際に会ってソフィアに承諾させればいいと思っているんだろう」

「えぇぇ。私と結婚したとしても王配の一人になるだけですよね？　しかも他国の王子だとしたら、王政に関わらせることもできませんし」

「そうだ。いくらなんでも他国生まれの王子を王政に関わらせるのは無理だ。王配として子の父親にということなら考えられるが、わざわざ他国の血を入れる必要もない。ソフィア自身がココディアの血を引いているのだからな。これ以上の和平も必要ない。だから断るしかない」

「ですよねぇ」

わざわざ留学してきて私に会ったところで、私が王子に求婚されて受け入れるのは想像できない。ものすごく優秀な王子だったとしても仕事を手伝ってもらえないのなら意味が無いし。

王族が留学してくるとなると、それなりに相手しなきゃいけないんだろうか。ちょっとそれは面倒かもしれない。

「第三王子は学園の三学年に編入になる。三学年にはバルテン公爵家の二男がいるだろう。第三王子の相手はそいつに任せることにする。ただ、気をつけなさい。ソフィア、これを渡しておく」

「はい？」

お祖父様から渡されたのは、銀色のネックレスだった。雫型《しずくがた》の青貴石がつけられたネックレスは、何らかの魔力を感じる。これはただの飾りではない？

「本当なら王太子になる時に渡すものだ。他国では魅了の効果がある魔術具を身に着けている王族もいる。それを着けていると、その効果を弾《はじ》いてくれる。その上、逆に作用するから、魅了をかけられると嫌いになる効果があるんだ」

「魅了を逆に作用させるんですか？　それはすごいですね」

二百年前にはなかった効果に驚いてネックレスを見る。私が亡くなった後、何度も戦争が起きていた。その間に王族を操るような魔術具も生み出され、それに対抗するものが作られて来たんだろう。ネックレスをつけると、ほわっと温かみを感じる。自分を守ってくれるものだと思うと、よけいにそう感じるのかもしれない。

「第三王子は来週から通い始めるそうだ。学園で会うこともあるだろうが、特に気をつかう必要はない。こちらが下手に出る理由は何もないからな。もし、戦争になったとしても大丈夫だ。あんな形でイディア妃が離縁して帰ったことで、戦争が起きてもいいようにこの数年間準備してきている。ココディアから輸入している魔石は、数年間購入しなくても済むように買いだめしている。それにフリッツがココディアに代わる産出国を見つけてくれている。嫌なことを我慢する必要はない。ソフィア、もうすぐお前は正式に王太子になる。そのことをわかっていなさい」

「はい、お祖父様」

戦争になっても大丈夫。平和を望むお祖父様からその言葉が出るということは、第三王子との婚約話はかなり強引に持ちかけられたんだろう。学園で会ったら何を言われるのか。少なくとも友人として仲良くはなれそうにないと思った。

お祖父様との話が終わり、謁見室から出るとクリスが廊下で待っていた。クリスの心配そうな顔を見て、緊張していた気持ちが少し緩む。

「大丈夫か？」

「……うーん。ねぇ、クリス。部屋に戻る前に少し散歩してもいい？」

「ん？　あぁ、まだ夕食の時間には早いし、少しならいいよ」

夕暮れが近づき、人が少なくなった廊下を二人で歩いていく。少し離れて影のユンとダナがついてくるのが気配でわかる。中庭から出て、城壁に近い場所まで歩いていく。王都の街並みが見えるテラスまで来て、置いてあったベンチに座る。

「こんな場所まで来るなんて、どうかしたのか？　陛下との話は何だったんだ？」

「うん。ちょっと待って。ユン、ダナ、少し結界を張るけど心配しないで。ちょっとクリスに話があるだけだから」

「え？　ちょっと、どういうことだ？」

慌てるクリスをよそに、私とクリスを中心に大きな半球型の結界を張る。外から見えているだろうが、会話は聞こえなくなる。影に聞かれて困ることがあるかどうかはわからない。それでもクリスの個人的な話にふれてしまう可能性があるからには、誰にも聞かれない状況にするべきだと思った。

「ねぇ、クリス。クリスが私の護衛騎士として選ばれたのは、私の王配候補だからって知ってた？」

「……あぁ、わかってたよ。俺とカイルは王配候補として選ばれたんだろうと。だから、最初は姫さんが大人になる前に護衛騎士を辞めるつもりだった」

「え？」

「本当は姫さんが十二歳になるまで護衛騎士になる予定じゃなかったんだ。それまでは影について修行することになっていた。修行が終わって姫さんの専属護衛騎士になったとしても、王配候補として選ばれる前に辞めて逃げ出せばいいと思っていた。影で修行すれば、逃げ出せるだけの力もつくだろうって」

「どうして？　私の王配候補になるのが嫌だった？」

「姫さんの王配候補になるのが嫌だったわけじゃない。そう考えていたのは姫さんに会う前だったからな。なぁ、俺のことを見て、おかしいと感じないか？」

「おかしい？　それって外見のこと？　クリスは綺麗よね？　私よりよっぽど美人だと思うわ」

今年二十七になるはずのクリスだが、出会った時と外見はあまり変わりない。同じように少年の身体だったカイルが、青年になるにつれて筋肉がついてたくましくなったのに対して、クリスはずっと中性的なままで今でも少女にも見える。

「俺は男性として機能しないんだ。つまり、子が作れない。王配にはなれない」

あまりの告白に何も言えなくなる。男性として機能しない？　だからずっと少年のような身体のまま？　弟のデニスとは全く体格が違っていたのはそういうことだったんだ。

「俺が嫡男なのに公爵家から出されたのもそういうこと。普通の貴族の嫡男は大人の身体になったら閨《ねや》の相手がつくんだ。子作りができなければ家は存続できないから、大事なことなんだ。だけど、俺はそういうことに興味を持てなかった。学園に入る少し前、閨をする様子がない俺に、父上があきらめたんだ。お前は出来損ないだから、公爵家はデニスが継ぐと」

絞り出されるようなクリスの声が、まるでクリス自身を傷つけているように思えた。話さなくていいと言ってあげたいけれど、聞かなければいけない。聞いて、この先に進まなければいけないと感じた。

「子が作れない俺はいらないものとされた。最初は不貞腐《ふてくさ》れて、学園でも頑張る気になんてならなかった。だけど、同じように家からいらないものとされているカイルが頑張っているのを見て、このままじゃいけないって気がついた。このまま公爵家に捨てられる前に俺が公爵家を捨ててやると思った。そのために必死で努力し始めた。まぁ、最後までカイルには勝てなくて次席で卒業だったけど」

カイルが首席でクリスが次席だったというのは知っていた。学園にいた頃はクリスとカイルは話してなかったと聞いていたのに、クリスがそんな風にカイルを意識していたとは思わなかった。

カイルには勝てなかったと話すクリスは少し楽しげだ。きっとそのこと自体はいい思い出だと思っているのかもしれない。だけど、すぐに表情は戻り、つらそうな顔になる。

「学園での成績がいいことを知って、父上は俺を捨てるのが惜しくなったんだろう。デニスの補佐にまわれと言われたが公爵家に使われるのは嫌だった。ライン先生から王宮で働かないかと言われ、すぐに飛びついた。公爵家を出れるなら何でも良かったんだ。それがソフィア王女の王配候補だとわかって、逃げなきゃいけないと思った」

「子を作れないから？」

「そうだ。俺は出来損ないだから。王配になってもそういう意味では役に立たない」

言えたことですっきりしたのか、だからわかっただろう？　と微笑まれる。すべてをあきらめたのか、何一つ持たずにどこかに旅立ってしまいそうだと感じる。クリスはもしかしたら、私が王配を決める時期になったら、私から離れるつもりでいたのかもしれない。

確かに王配の役割を考えたら、子を作れないクリスは選ぶべきではないのかもしれない。クリス自身がそう考えることも理解できる。

……だけど、女王になるのは私だ。私にとって、王配に求めるものはそんなことじゃない。お祖父様とも約束した。私が欲しいのはクリスだ。クリスが抱えている悩みを軽視するわけじゃないけれど、私にはだからなんだと思ってしまう。これがわがままだとしたら、わがままなハズレ姫だと思われてもいい。私から視線をそらしたままのクリスの両頬をはさむように持って、無理やり私へと顔を向けさせた。

「それでも、王配になってほしい。クリスに」

「は？　……今、俺の話を聞いただろう？」

私の答えが予想外だったクリスは驚いた顔を隠そうとしない。ずっと一緒にいたけれど、まだ見たことがない表情があったんだ。

クリスが家のことで何かあるのはわかっていた。いつか聞く日が来るだろうと思って、何も聞かなかった。確かにクリスの話を聞いて驚いたし、そのことで苦しんできたのはわかる。だけど本当のクリスを知って、それでも私はクリスにいてほしいと願う。

「うん。聞いた。確かに王配に求められるのはそういうことかもしれない。でも、お祖父様は最後まで私のそばに居る相手だから、信じられる人にしなさいって言った。私はお祖父様のようにこの国を大事に思う人を選ぶって約束した。クリスとカイルを選ばなかったら、私は後悔する」

「いや、でも俺なんか選ばなくても他にいるだろう。俺は王配になる価値が無い」

「じゃあ、もし、私に子ができなかったとしたら、私には価値が無いの？」

「は？」

思わぬ質問をされたのか、口を開けたまま止まっているクリスに立てかけるように続ける。

「私の価値は、子を産めなかったら無意味になってしまうようなもの？」

「そんなわけないだろう。どれだけ姫さんがすごいか、まだわかっていないのかよ。姫さんほど才能もあって努力する令嬢なんて、どこ探してもいないぞ。子が産めないとしても、姫さんは姫さんの価値があるだろう」

「そうでしょう？　だから、私はクリスがそんなことで価値が無くなるなんて思わないわ」

自分の言ったことがそのまま返ってきて、しまったという顔になるが、自分のことは自分が一番見えないのかもしれない。

「クリスがどれほど努力して知識と強さを身につけたのか、私は九歳から見てきているの。それ以前から努力し続けてきたのも知っている。顔には出さないけれど、大変だったのはわかるわ」

「いや、だけど」

「私が子を産まなくても王族は存続できる。エディとエミリアがいるもの。それに、ココディアの血が入っている私の子が継ぐのが最善だとは思えない」

「姫さん……それって」

ココディアと関係が悪化する可能性がある以上、考えないわけにはいかなかった。戦争になった場合、私の血が邪魔になることがありえる。戦争にならなかったとしてもココディアの血を持つ私が王になれば、何かと口出しされ要求されることになる。それに応える気はないが、その影響は私の子孫へも続くことになる。

「今後もココディアといい関係が続くかわからない。その時、他国の血が混ざっている私が王でいることが問題になるかもしれない。だから、私は子を産もうとは思わない。王配として必要なのは私が女王となった時に支え、一緒にこの国を守る人なの。お願い、クリス。私と一緒にこの国を守って。最後まで私のそばにいてほしい」

この国の平和はお祖父様が作り上げたものだ。平民が飢えず、安心して生活していける国を守りたい。クリスとカイル以上にこの想《おも》いをわかってくれる人はいないと思う。信じている、二人を。だから、最後まで私と一緒に生きてほしい。

「ずっと一緒にいて欲しい。クリスとカイルに。王配になって、私を支えてほしい。だめ？」

「……後悔しないのか？」

「しないよ？　私のそばにいたらクリスは後悔する？」

「……しない。俺とカイルで姫さんを守るって約束した。最後までそばにいて守るよ」

「うん！」

うれしくて抱き着いたら、そのまま抱き上げてくれた。少年のような身体といっても、私よりはるかに大きい。

「なぁ、それでも約束してくれ。ちゃんと好きな人ができたら、子を産むことも考えるんだ。俺は性的な欲求そのものがわからない。姫さんをそういう対象に思うことはない。だから、姫さんが好きな人と一緒になってもずっとそばにいられる。子を産んでも離れていったりしない。それを覚えていてくれ」

「私もよくわからない。私が誰かを好きになる日が来るのかな」

前世でも誰かを好きになることなんて無かった。幼馴染だったニコラ王子を大事に思う気持ちはあったけれど、私は国を守る魔女として最後まで生きた。……今も、好き、という気持ちはよくわからない。幸せになりたいと思って転生したのに、やっぱり国を守りたいという気持ちが強い。生まれ変わっても、自分は自分でしかないんだとあきらめかけていた。

「きっと来るよ。その時は隠さないで教えてくれ」

「ん。わかった。その時は教えるね」

「よし、夕食の時間になりそうだから戻ろう」

結界を解いたら、すぐ近くまでカイルが迎えに来ていた。帰りが遅いから心配していたようだ。

「遅いから心配した。何かあったのか？」

「うん。クリスと話をしていたの。カイルともゆっくり話したいことがあるんだけど、明日にしようか。もう夕食の時間だし、お腹すいちゃった」

「話か……わかった。明日は休みだし、どこか行くか？」

「うん！」

◇　◇

久しぶりに学園と王太子代理の仕事の休みが重なり、朝も起きてからゆっくりと過ごしていた。カイルとは昼前から出かける予定にしていたので、リサとユナがその準備をしてくれている。

来週からココディアの第三王子が学園に来ることになっている。おそらく無理やりにでも私と婚約しようとするだろう。第三王子から直接申し込まれたとなれば、それなりに正当な理由がなければ即座に断ることはできない。だから、学園で第三王子と会う前に、クリスとカイルと婚約して王配予定者にしようと考えていた。

正式な公表はまだできなくても、陛下から許可が下りれば二人の身分は準王族となる。ただの護衛騎士では第三王子を止めに入った時に不敬になることもあるが、私の王配予定者として止めるのであれば不敬にはならない。そこまで考えてクリスに話をしたのだった。

もちろん、それだけで決めたわけじゃない。お祖父様に王配を決めるように言われてからずっと考えていた結果だ。クリスとカイル以上に信じられる人はいないと。

王配は最低でも三人必要になるので、もう一人探さなければいけないが、自分が国王になると信じている第三王子は、自分の他に王配がいるとわかればあきらめるだろう。

「準備はできたそうだ。行こうか」

「うん」

昼前になり、カイルが迎えに来てくれた。

少しだけ表情が硬い気がするのは、私の話が何か気がついている？

こうして二人だけで出かけるのは初めてかもしれない。カイルが用意した馬に抱きかかえられるように横座りで乗る。カイルが支えてくれるので怖くないが、馬に乗るのも久しぶりだ。

どこに行くのかと思ったら、王宮の裏側にある王家の森の中に進んでいく。

「森に行くの？」

「ああ。以前、ピクニックしてみたいって言ってただろう？　昼食を用意してもらったから、湖のほとりまで行ってみよう」

「ピクニック！」

以前、ルリが従兄弟《いとこ》たちとピクニックに行ったという話を聞いて、そんなふうに外で食事をするなんて楽しそうだと思った。行ってみたいなってつぶやいていたのをカイルは覚えてくれていたようだ。

王家の森は希少な薬草が自生していることから、許可が無いものは入ることができないようになっている。森の周りは囲われていて、無断で入り込めるような隙も無く、危険になるような獣も生息していない。そのため影のユンとダナも遠くから護衛している。昨日クリスと話す時に結界を張ったからか、気をつかって離れたままでいてくれているのかもしれない。

ゆっくりと馬を歩かせ、のんびりと森の中を進む。馬の上は揺れるけれど、直接風を受けて進むのが気持ちいい。馬車で移動するのとは全く違う風景が新鮮で、森の中をきょろきょろと見ていた。

「そろそろ着くよ」

その言葉通り森を抜けて、視界が広くなったと思ったら目の前に湖が広がる。太陽が真上にあり、反射して水面がまぶしく光っている。湖のほとりにはたくさんの野草が花を咲かせていた。

「わぁあ。すごい！」

「思ったよりもいいところだな」

何も無いところなのかと思ったら、少し奥のほうに東屋《あずまや》が見えた。木で作られた東屋は古そうに見えたけれど、周りの草は綺麗に刈られており、誰か人が整備して使用しているように見える。

「おそらく薬草を取りに来るものたちが使っているんだろう。食事をとるのにちょうど良さそうだ」

東屋の中のテーブルにカイルが食事を用意してくれる。小さなパンに厚切りのハムと玉子、刻んだ野菜が挟んであった。大きなソーセージは一口大に切って食べやすいようにしてくれる。二つのポットから注《つ》いでくれたのは紅茶とじゃがいものポタージュだった。

朝食もしっかり食べたけれど、外で食べる食事はとても美味しくて、用意されていたものがどんどん無くなっていく。風を感じながら食べるって、こんなにも楽しいことなんだと浮ついていた。

ふと気がついたら、カイルはほとんど食べていなかった。私が食べているのをじっと見つめ、スープを少しだけ口にしていた。

「カイル？　どうしたの？　もしかして体調悪いの？　お腹痛い？」

「いや……姫様の話が気になって。きっと、王配の話なんだろうと思っていた。クリスは王配になるって決めたんだろう？」

「うん。その話をしようと思ってたの。カイルも王配になってほしくて。……食欲なくなるほど、困る話だった？」

カイルの表情が暗いのを見て、うれしくないんだと感じた。クリスが王配を断ろうとしてた時と同じように思いつめたような顔。

「……出会った頃、姫様に言ったこと覚えているか？　俺が色を変えている理由、姫様がちゃんと大人になったら教えるって。王配を決める時期が来たってことは、大人になったと判断していいか？」

「カイルのことを教えてくれるの？　教えてくれるのなら聞くわ。今はもう子どもじゃない。どんな事情があったとしても受け止められると思う」

「そっか」

パチンと魔術が弾《はじ》ける音がした。硬い硬い殻が弾けるような、そんな気がした。

カイルの顔が一瞬何も見えなくなり、次の瞬間まぶしさに目を細めた。日の光を受けてきらめいた銀の髪。その長めの前髪からのぞいた目は…………透き通るような青。

「……だから色を変えていたのね」

「どうしてとは聞かないんだな」

銀髪青目……それは私やお祖父様と同じ王家の色。もともと他国チュルニアだったアーレンスには無い色。アーレンスの者は皆が黒髪黒目なのだから、カイルのような色が現れるわけがない。それだけで、カイルがどんな目で見られてきたのかがわかった。

「俺のこの色がどうしてなのか、王宮に来てから陛下に教えてもらった。先代の辺境伯は女性だった。辺境伯の一人娘だったんだ」

先代の辺境伯。カイルのお祖母様《ばあさま》のことか。その時代はどの国も荒れていて戦争が多い時代だった。他国からチュルニアが攻め込まれ、チュルニアの王族は辺境伯を代替わりしたばかりの若い女領主だと侮り、辺境伯の騎士団をすべて王家に差し出せと迫った。辺境伯の守りを捨てて、王都を守れと言われた辺境伯は、迷った結果我が国ユーギニスに保護を求めた。他国と戦争中のチュルニアはユーギニスと戦争するような余裕はなく、そのまま辺境伯はユーギニスに仕えるようになった。

ここまでは歴史で習うから知っている。だけど、アーレンス家は王家の血が入るような婚姻はされていない。

「アーレンスまで話し合いに来たユーギニスの代表は王弟だったそうだ。陛下の叔父だ。ユーギニスの領地になるにあたって、何度も話し合いを重ねていくうちに、辺境伯と王弟は恋仲になった。その時、辺境伯は十九歳。王弟は二十三歳。どちらにも婚約者はおらず、結婚すること自体には問題がなかった。だけど、時期が悪かったんだ。アーレンスがユーギニスになってすぐ、ココディアとの戦争が始まった。王弟はその指揮をしなくてはいけなくなった。戦争が落ち着いたら結婚する約束をしていたが、王弟は戦死してしまった。その時、もうすでに辺境伯のお腹には父様がいた」

「今の辺境伯は王弟の子？　お祖父様の従弟《いとこ》になるってこと？」

「そうらしい。だけど、王弟が戦死したことで、辺境伯は分家筋の辺境伯騎士団長を婿にした。ユーギニスになったとたんにココディアとの戦争が始まったことで、辺境伯への不満があった者も多かったそうなんだ。それもあって婚約もできず恋仲だったことは知られていなかった。未婚のまま子を産むことを避けるために、事情を知っている団長を婿にしたんだ。だから、その事実は公表されず、父様が王家の血筋だということは本人も知らない」

それは、おそらくココディアに負けた時のことも考えたんだろう。王弟が戦死したような状況なら、戦況は良くなかったはずだ。辺境伯の子が王族だと知られたら、処刑される可能性が高い。ココディアとの戦争は十年以上続いた。終わった頃にはわざわざ公表することも無いと考えたのかもしれない。

「父様も兄様たちも黒髪黒目だった。俺が産まれなければ、そのまま知られずに終わったかもしれない」

「だけど、カイルは王家の色で産まれてしまった」

「父様は母様が不貞したと思ったらしい。誰とそうなったと思ったのかはわからないが、無実を訴える母様を無視し不貞したと決めつけた。俺が産まれた時には祖父母は亡くなっていて真実を知る者がいなかったんだ。母様は父様にも生家にも信じてもらえず、不貞したと責められた。食事もできなくなり、最後はおかしくなって死んだと聞いている」

「……カイル」

無表情のまま説明するカイルが痛々しく見えた。アーレンスでは居場所がなかったと言っていたカイル。カイルの母親もカイルも何一つ悪くないのに。

「俺は、俺自身の色が許せなかった。ずっと汚《けが》れた子どもなんだと、生きていてはいけない者なんだと思っていた。陛下から真実を聞いて今までの苦しみはなんだったんだろうと思ったよ。それでも、この事実を公表することが怖くて、色を隠した」

「……カイルはそんなにつらくても、お父様のことが好きなのね？」

「……認めてもらいたかったんだ。他の兄弟のように、さすが俺の息子だって言ってほしかった。事実を公表したら、後悔して謝ってくれるかもしれない。だけど、もう二度と親子にはなれない気がした。事実をつきつけたら、アーレンスの者すべてを責めなきゃいけないような気がして。そうなったら、もう二度と向こうには戻れない、そう思った」

「カイルはどうしたい？」

「俺はずっと自分自身を認められなかった。こんな情けないところを姫様に見せたくなかった。王配になるとしたら、いつまでも隠すわけにはいかない。俺に王配になる資格はあるんだろうか」

椅子に座ったままうなだれて、さっきから私を見ようとしない。それがじれったくなって、カイルのひざの上によじ登るようにして座る。

「……姫様？」

「私の色は好きじゃない？」

「姫様の色？　……いや、姫様の色はとても綺麗だと思う」

「カイルと同じ色よ？」

「……色は確かに同じ色だけど……」

「私のお父様は愛人の命乞いをして塔に幽閉されたし、お母様は愛人を埋葬するために離縁してココディアに帰ってしまったわ。実の娘があんな目に遭っていたことに気がついても助けてくれなかった人たちよ。……ずっとハズレ姫だと言われ育った。お祖父様を陛下と呼ぶようにと言われ、嫌われているんだと信じ切っていた。そんな私は王女でいる資格ない？」

私とカイルとクリスはとても似ていると思う。無条件で抱きしめてくれるような親からの愛を渇望している。手に入らなかったものが欲しくて、どうしても捨てられなくて、努力することで自分をごまかし続けてきた。あきらめたふりしているけど、自分がみじめで、気を抜いたら自己嫌悪に陥ってしまいそうになる。だから、カイルが情けないというのなら、私もそうだと伝えたかった。

「そんなわけないだろう！　姫様の努力はずっと見てきている。王女としての才能だけじゃない、この国を大事に思い守ろうと頑張っている。誰よりも王女として、女王としてふさわしい。一番近くで見てきた俺やクリスがそう思っているんだ。間違いない！」

「ね、同じだわ。カイルの父親がどんな人でも、母親がどんな亡くなり方をしたのだとしても、私が知っているカイルは真面目で優しくて努力し続ける人だわ。王家の血や色だから王配にしたいわけじゃない。隠したいなら、そのままずっと隠し続けていてもいい。辺境伯の息子だから選んでいるわけじゃない。カイルがカイルだから、ずっとそばにいてほしい」

誰でもない、カイルだから選んだんだと言えば、ハッとした顔になる。私を私自身を見てくれるカイルだからこそ、同じだと言えばわかってくれると思っていた。自分では変えられない過去がある。それはもう仕方ないことだから。辺境伯の事情はわかった。それを公表したら起きるかもしれない心配も。だけど、それでもこのわがままを受け入れてほしいから。

「私は最後までカイルにそばにいてほしい。この国を女王として守りたい。ココディアのいいようにさせるわけにはいかないの」

「ココディアに？　どういうことだ？」

「来週からココディアの第三王子が学園に編入してくるそうよ。無理やりにでも私に婚約を承諾させようとしている。私はカイルとクリスがいてくれたらそれでいい。だから、他国の王子を王配にすることはしない」

「ココディアの第三王子が……」

「私を守って……くれる？」

ずるい言い方だと思う。優しいカイルがこう言われて断るわけがない。ついさっきまで落ち込んでいたはずのカイルが、第三王子の件が心配だという顔に変わっていく。きっと頭の中では来週からの対応を考え始めている。

「カイル？」

私を膝に座らせたままのカイルが、ひょいと私を抱き上げて、カイルが座っていた椅子に座らせる。その状態で跪くと、私の両手を取って不敵な笑みを浮かべた。

「俺の事情が気にならないのならそれでいい。約束したもんな。ずっとソフィアのそばにいるよ。それが王配という形になるのなら、それも受け入れる。俺をソフィアの隣にいさせてくれ」

「ありがとう、カイル。最後まで一緒にいてね」

少しだけ罪悪感を持ちながら、カイルに抱き着く。いつか魔女だった前世を二人に打ち明けられる日が来たなら、その時はどんな目で見られるのだろう。もしかしたら許されないかもしれない。

それでもクリスとカイルにそばにいてほしかった。

第五章

約束

「明日どこに行くつもりなんだ？」

護衛待機室の奥にある寝台に転がったら、すぐ隣にある寝台から声がした。

もう寝ていると思っていたクリスが起きていた。

「そうだな。王家の森に行ってみようかと思ってる。ほら、ピクニックしてみたいって言ってただろ？」

「あぁ、そういえばそうだな」

起き上がりはしないが、こちらを向くように転がっているクリスに、気になっていたことをぶつける。

「なぁ、クリス。王配になるって決めたのか？」

「……気がついていたのか」

「なんとなくな。学園に入学するちょっと前の謁見、陛下と姫様の会話聞こえていただろう。それからクリスはずっと悩んでいたのに、夕方からすっきりした顔になっている。だから、そうかと思ったんだ」

あの時、謁見室には入らなかったけれど、廊下にいても会話は聞こえていた。だから、王配候補として俺とクリスの名が出ていたのもわかっている。それからずっとクリスはどこかぼんやりしていた。

「俺だけじゃないだろ。お前だって悩んでそうな顔してる。眠りが浅くなってるだろ」

「……明日、俺も言われるのかな」

「そうだろうな。俺に言ってお前に言わないわけがない」

そう思う根拠でもあるのか断言するクリスに、理由を聞くまでもなくそうだよなと思う。自分でも俺が言われないわけがないと思っているから。

「クリスはどうして受けたんだ？」

「まるで俺が断るのが当然みたいな聞き方だな」

「そうだな。なんとなくだが、そういう感じがしていたから」

真面目に聞いたのに、クリスは反対側を向いてしまう。教える気が無いってことかな。そう思ったら、小さくつぶやくのが聞こえた。

「多分、明日になったらお前もわかる」

そのまま寝てしまったのか、クリスの寝息が聞こえた。

護衛待機室が狭いせいで休憩用の寝台は小さいものが二つくっついた状態で置かれている。特に不便は感じないが、意外と寝相が悪いクリスの足がはみ出してきていることもある。

クリスとはずっと近くにいて、わかり合えている気はするが、お互いの気持ちを話すことは少ない。悩みを抱えているんだろうと思っても、俺もクリスに話そうとはしないし、クリスから無理に聞き出す必要はないと思っていた。

そのクリスが悩みから解放されたように穏やかな顔で寝ている。これだけぐっすり寝ていたら、明日の朝は俺の寝台まで転がってきているかもしれないと思った。


次の日、姫様とピクニックに行って、予想通り王配にと求められた。俺なんかが王配となって、この国を支えていいのか迷い、断ったほうがいいんじゃないかと思ってしまった。

姫様にはクリスがついている。そして、きっと俺以上に素晴らしい人材がいると思った。ディビットやダグラス、他にも優秀なものはいる。わざわざ忌み嫌われていた俺なんか選ばなくても、そう思っていたけれど。


「答え、わかったか？」

「……多分な。俺も断れなかった」

「断ろうとしたのが疑問だな。どう考えてもカイルが姫さんから離れられるわけがないと思う」

図星だった。ただひねくれて、俺なんか王配にふさわしくないと思い込んで、いざ離れるとなったら耐えられないことを考えていなかった。あの小さなソフィアがへにゃりとうれしそうに笑った時、あの笑顔を守るのは俺だと思っていたのに。ずっとそばにいて、寂しい思いはさせないと決意していたのに。

結局は甘えていたんだろうと思う。それでもカイルがいい、カイルに王配になってほしい、そう言ってもらいたくて。

「離れられるわけなんか無いんだ。俺も、カイルも。だから、俺たちは少し悩みすぎて、こじらせていただけだ」

「……その通りだな。思い返したら少し恥ずかしいな。王配にふさわしくない、そんな風に思い込んで。選ぶのも決めるのもソフィアなのに」

「そういうことだ。俺たちは姫さんが決めたのなら、それでいい。それを忘れてたんだな。というか、ソフィアと呼ぶことにしたのか？」

「あぁ、なんとなくだけど、気持ちを新たにしようと思って。クリスは姫さんのままか？」

「俺はこのままでいいよ。王配になっても気持ちは変わらないからな」

いつの間にかクリスがグラスを二つ持ってきていた。それを一つ受け取ると、琥珀色の酒を注がれる。この部屋で飲むのはめずらしいが、俺たちは飲んでもほとんど酔わない。

「……酒を持ってくるのはめずらしいな」

「一応な、祝杯かな？　王族になったことだし」

グラスを掲げて一口飲む。喉を焼くような強い酒だが、あっという間にグラスは空《から》になる。クリスはそれ以上飲み続ける気はないようでソファにごろりと転がった。

俺とクリスはソフィアの王配予定者となったことで、すぐに謁見室へと呼び出され、フリッツ様の養子となる手続きが取られた。王配予定者になった時点で準王族扱いになるのだが、それでは足りないと判断された。陛下はそれだけココディアの第三王子を警戒しているということになる。

「第三王子か……警戒対象が増えるな」

「第三王子、イライザ、イリアか。ソフィアに近寄らせるわけにはいかないな」

「面倒だが、明日からは二人体制に戻したほうがいいな」

学園に入学したソフィアの代わりに、俺たちは交代で仕事をしていた。護衛としてどちらか一人が学園についていっていたが、明日からは俺とクリス二人ともソフィアについたほうがいい。

「そうしよう。デイビットの負担が増えてしまうが……」

「それも仕方ない。デイビットも話せば喜んで引き受けるだろう」

「まぁそうだな」

デイビットもソフィアが女王になるために全力で支えている一人だ。私情を挟まないで仕事をしているように見えるが、ソフィアのためなら何日も家に帰らずに仕事を続ける。ソフィアが知ったら気にするからと、こっそりしているようだが。

きっと、これからソフィアのためならどんなことでもする人間が増えていく。最後までそばにいるのは俺とクリスだと思っているが……三人目が誰になるか、今は想像できない。


「……本当にその色でいいの？」

学園について馬車から降りる前に、確認してくるソフィアが心配そうな顔をする。王配予定者になったことで俺は色を元に戻した。銀色の髪と青い目は嫌でも目立つことになる。だから俺が大丈夫なのか心配してくれているんだろうけど、もう俺は自分の姿を気にしないことにした。目の前に全く同じ色のソフィアがいるのに、嫌いになるわけがない。

「大丈夫だよ。もう気にしないことにした。ソフィアの王配になるなら、誰からもふさわしいと認められなきゃいけないだろう？　少なくとも王家の色だったら文句を言われることはない」

「カイルが気にしないならいいけど……」

「ほら、姫さん、行くぞ」

先にクリスが降りてソフィアを抱きかかえるようにして馬車から降ろす。そこにはめずらしくダグラスが待っていた。俺もすぐに降りるとダグラスは俺の変化に気がついたようだが、何も言わずにソフィアと挨拶を交わす。

「ソフィア様、おはよう」

「おはよう、ダグラス。今日はどうしたの？」

「いや、今日から他国の王族が編入してくるって聞いたから、少しでもソフィア様のそばにいたほうがいいんじゃないかと思って。人目が多ければ無茶なことされにくいだろう？」

ダグラスはソフィアの学友として扱われているため、ある程度の情報は伝えられている。第三王子がソフィアをねらっているということでそばにいようと思ったらしい。

「あ、それで朝から待っていてくれたんだ。ありがとう。なるべく会わないように避けるつもりだけどね。何かあったらごめん」

「いいよ。さ、教室に行こう」

念のため、ソフィアの隣にはダグラスが。先頭にクリスがつき、後ろには俺とルリがつく。目立つ五人で歩いていると、他の学生たちの視線を感じる。それでも学生たちの視線に嫌な感じはしなくなった。それだけ本当のソフィアが知られてきたのだと思う。

一学年の教室は他の学年とは少し離れた場所にある。第三王子に会うとしたら朝、昼休憩、授業後の可能性が高い。なるべく第三学年の教室には近寄らないようにして警戒を続ける。昼過ぎになって影からクリスに情報が入った。

「報告が来たようだよ。ココディアの第三王子はハイネスという名らしい。金髪緑目はココディアのサマラス公爵家の色だね。イディア妃と同じだ。イディア妃の姉の子だからその色でもおかしくはない」

「お母様と同じ金髪緑目……。アデール王妃の第三子よね？」

「そう。顔立ちが似ているかどうかまでは判別できなかった。イディア妃は公式行事にほとんど出ていなかったから。確認に行った者はイディア妃の顔を見たことが無いらしい」

「それは仕方ないわよ。私だって、月に一度食事会で見ただけだったし。お母様の顔って言われても……綺麗だったような気はするけど。ハイネス王子に会ったら思い出すかな」

イディア妃がココディアに帰ってからもう三年。だからといって普通は母親の顔を忘れたりはしないだろう。だが、ソフィアとイディア妃が話しているのを見たことは無い。どうやらソフィアには両親と会話した記憶がないらしい。それについて気にしていない風に話すからか、ダグラスとルリのほうが曇った顔になる。同じように親との関係が希薄な俺とクリスはどうでもいいように会話を続けた。

「まぁ、顔は見たらわかるだろう。成績はA教室の最後のほうに滑り込めたようだ。魔力量と魔術の腕前は普通、剣術も普通。同じ年の侍従を一人連れてきているが、護衛騎士は待機室にいさせている」

「学園内は侍従と二人で動いているの？」

「一応、案内役としてデニスをつけたんだが、いらないと言われたそうだ。向こうの情報を知るためにも、デニスにずっとそばにいさせるつもりだったんだけどな」

何かと報告してくれているデニスをハイネス王子の案内役から外されたのは誤算だった。向こうに警戒されているのかもしれない。

「こちらの貴族にそばにいられちゃまずいことでもあるのかな。それとも人見知りするだけ？」

「警戒はされているかもしれないな。離宮に滞在させているが、ココディアから護衛騎士として小隊二つ連れてきている。離宮の情報が入ってくることは期待できなさそうだ」

通常なら王宮に滞在させてもいいのだけれど、ハイネス王子が連れてきた護衛騎士の数が多すぎた。さすがに他国の騎士を王宮内で自由にさせることは難しい。それならとイディア妃が使っていた離宮に案内し、離宮内は好きに使わせることにしたようだ。

こちらとしても王宮内で第三王子に何かあれば責任を追及されるし、離宮の警護をすべてココディアの護衛騎士がしてくれるのであれば、あとは何があってもココディアの責任になる。とりあえず、王宮内で必要以上に警戒する必要はなくなったことでほっとする。

昼休憩が終わり、教室に戻ろうとした時、少年の高めの声に呼び止められた。

「あ！　いた！」

振り返って見たら、黒髪の少年がこちらに向かって走ってくる。

「やっと見つけました！　三の兄様《さんのにいさま》！」

耳の下あたりで切りそろえた黒髪に、ぱっちりとした丸い黒目。義母によく似た顔だが、こんな風に笑いかけられたことは無い。何度か顔を合わせたことはあっても、話したことは一度も無い異母弟のイリア・アーレンスだった。

「もう、三の兄様はソフィア王女の護衛騎士だって聞いてたから探していたのに、ずっと来ないから心配してたんです。もしかして、また引きこもってたんですか!?」

「は？」

引きこもる？　あぁ、昨日まで髪と目の色を変えていたから、俺だとわからなかったということか。それもそのはず、最後に会ったのは俺が十五になる前だった。イリアはその時八歳。色で見分けようとしていたとしたら、銀髪青目の男性は見つからなかったんだろう。

「おい、引きこもりってなんだ？」

俺が答えるよりも先にクリスがイリアに問いかけた。後ろに隠した手のひらに浮かんでいる魔術式を見て、何かあれば捕縛するつもりなのがわかった。だが、イリアはクリスの静かな殺気には気がつかずに、にっこり笑って答えた。

「あぁ、ソフィア王女と護衛騎士様は知らなかったですか？　三の兄様はアーレンスにいた時、ずっと引きこもってたんです。だから、こっちでも引きこもってたら大変だと思って」

「引きこもりって、お前の親がカイルを離れに押し込めたんだろ？」

「やだなぁ、だからって黙って引きこもってた三の兄様も悪いじゃないですか？」

「は？」

にこにこと笑いながら答えるイリアに、嫌味を言っている感じはしない。自分の思っていることをそのまま話しているように思える。だからこそ、何を言っているのかわからない。

「嫌われるのはしょーがないでしょ？　不貞の子なんだから。だから、三の兄様は引きこもってないで、もっと外に出て家族と交流しようとしなきゃダメだったんですよ？　ごめんなさい、仲良くしてくださいってお願いしたら、きっと父様も許したと思うし」

「……お前、何を言ってるんだ？」

その場にいる者すべてがイリアの考えが理解できなくて返答に困ると、イリアを呼ぶ声が聞こえた。少し離れたところに数名の男子学生が待っているのが見える。おそらくイリアはあの学生たちと一緒にいて、俺の姿が見えたから話しかけに来ていたのだろう。

「すみません、呼ばれたからもう行きますね。三の兄様、僕は優しいので三の兄様を許しますよ？これから仲良くしましょうね！」

じゃあ、と手を振って去っていくイリアを呆然と見送る。

「ねぇ、今の何？……あれ、本当にカイルの弟？」

めずらしく怒りで震えた声が聞こえた。ソフィアが怒っていると思ったら、クリスとダグラスとルリも怒っている。ゆらりと魔力が漏れ出しているのがわかる。

「残念だが、弟だな。後妻が産んだ四男だ。二年前、イリアが入学した時に父様から手紙が来ていた。魔力が少ないから助けてやれと。ああいう性格なのは初めて知った」

「なんなの！　カイルが悪いって、信じられない！」

「……まぁ、驚きはしたが、そういう考え方もあるかもしれないな。だが、俺はそこまでして父様や兄様たちと仲良くしたいとは思わなかっただろう」

心のどこかで認めてほしいという思いはあっても、それは俺から歩み寄るものではないと思った。まずは、自分たちが母様を殺したことを認め、謝罪してくれなければ始まらない。

「私はカイルが悪いとは思えない。絶対に」

「うん、俺もそう思ってる。だけど、イリアが産まれたのは母様が亡くなってからずっと後のことだ。周りから事情を聞いているかどうかわからない」

あの性格は馴染めそうにないけれど、悪気は無いんだろう。そう皆に伝えると、渋々ながら納得してくれた。俺のために怒ってくれるのはありがたいが、俺の事情に巻き込みたくはない。そう思って、もう関わらないようにしようと決めた。

だが、イリアはそれから毎日のように俺に声をかけてくる。今は護衛の仕事中だから忙しいと断っても話を聞かないのか、また次の日には話しかけてくる。

「三の兄様に渡してって頼まれました。はい、どうぞ！」

満面の笑みで差し出されたのは手紙の束だった。父様からかと思い受け取ると、差出人の名前は知らない令嬢ばかりだった。

「なんだ、これ？　イリア、お前誰からこれを受け取ってきたんだ」

「え？　同じ学年の令嬢たちですよ。僕が三の兄様の弟だと知ったらお願いされました。みんな三の兄様の恋人になりたいそうです。良かったですね！」

「はぁぁ。イリア、今回は俺から令嬢の家に返しておくが、今後は受け取るな」

「どうしてですか？　みんな美人でしたよ？」

　きょとんとするイリアに、そういえばこいつは俺がソフィアの婚約者になったことを知らないのかと気づく。アーレンスには婚約したことと俺が王族になったことの通達が行ったはずだが、それを学園にいるイリアにわざわざ伝えるとは思えない。知らなかったのだとしたら仕方ないのかもしれない。

「イリア、俺はソフィアと婚約している。他の令嬢の誘いは必要ない」

「知ってますよ？　だから、手紙を預かったんですから」

「は？」

「ソフィア王女との婚約って断れなかったんですよね？　それはもう仕方ないですけど、三の兄様がかわいそうだと思って。遊び相手でもいいって令嬢たちばかりですから、お好きな令嬢を選べばいいですよ？」

　俺がソフィアの婚約者だとわかっていて令嬢たちからの手紙を預かってきた？　何を考えているのか問いただそうとしたら、ソフィアが俺の前に出た。

「私の婚約者だとかわいそうってどういうこと？」

にっこり笑っているけれど、王族らしい威圧感にイリアが一歩後ろに下がる。

「いや、えっと、なんでもありません！」

そのまま逃げるように去っていった後、呆れるような気持ちで見送っていたら、俺が手にしていた手紙はクリスが取っていく。

「クリス？」

「これは俺のほうから返しておくよ。イリアのした不敬も付け加えて」

なるほど。イリアがしたソフィアへの不敬はアーレンスに警告してもおそらく意味がない。だが、イリアに便乗した貴族家には警告になる。このままだとお前の家にも不敬罪を適用するかもしれないぞと。

「わかった。俺が返すよりも効果的だろう。頼んだよ」

「ああ」

まだ不機嫌そうなソフィアに近寄り、後ろから抱き寄せる。学園内だけど、このまま不機嫌な顔しているソフィアを人前に出すわけにはいかない。そのままゆっくりと頭を撫で、落ち着くようにささやく。

「俺はよそ見なんてしない。ソフィアのそばにいるのが俺の願いなんだ。怒ってくれてありがとう」

「……うん。わかった。恥ずかしいところを見せちゃってごめんなさい」

ソフィアが謝ったのはダグラスとルリにだった。二人とも真っ赤な顔になっている。さすがにこんな場所でソフィアを抱きしめたのはまずかったか？

「……いや、大丈夫だ。ソフィア様が怒らなかったらルリが暴走していただろう」

「もちろんです！　あの男はソフィア様とカイル様をなんだと思っているのですか！」

どうやら突っかかっていこうとしたルリをダグラスが止めていたらしい。確かにルリが前に出たらもっと感情的に文句を言っていただろう。

「もうそろそろ、イリアにははっきり言っておかなくてはな」

だが、それからしばらくイリアは顔を見せなくなった。イライザがハイネス王子に近づいたことで、俺にかまっていられなくなったのか、必死でイライザの近くにいようとしていた。影からの報告でイライザはハイネス王子と一線を越えたとわかっている。

そもそもイリアはイライザとどうなろうとしているのかわからない。イライザがイリアと結婚してアーレンスに行くことは無い。アーレンスも他領のものを受け入れないだろうし。

調べてみたら、イリアは授業をさぼってサロンに入り浸っているようだ。イライザがいない時でも待っているのかサロンから離れようとしない。このままでは卒業できるかどうかもあやしい。俺にできることは無いし、関わらないのであればそのまま放置することに決めた。だが、俺の決意を笑うかのように、ソフィアが移動しようとしていた時に待ち伏せされていた。

「三の兄様！」

「イリア。どうしてここにいるんだ。もう授業が始まっているだろう。早く授業に行け」

「やだなぁ、授業なんて出なくたって大丈夫でしょう」

「何が大丈夫なんだ。このままだと卒業できなくなるぞ」

「え？　その時は三の兄様が学園にお願いしてくれたらいいでしょ？」

「は？」

父様からの手紙に書いてあった通り、イリアは魔力が少なく、魔術演習は補習を受けるような成績だった。それだけでなく、アーレンスの者が小さい頃から習っているはずの剣術も苦手、教養科目ですら授業をさぼってしまっている。このままでは卒業できない。それでもなぜか平気そうに見えたのは、俺に頼めばなんとかなると思っていたからか？

「三の兄様は将来の王配なんでしょ？　学園長にちょっとお願いしてよ。兄なんだし、弟のためにそのくらいしてくれるよね？」

本気でそう思っているのか、俺が断らないと思っているのか、笑顔でお願いするイリアに切れたのはソフィアとクリスだった。

「そんなことできるわけないでしょう！」

「卒業できなかったら三年生をやり直しだな。留年しても成績が足りなかったら除籍になるはずだ」

「ええ？　また、そんな怖い冗談言わないでくださいよ、ソフィア王女も護衛騎士様も。簡単じゃないですか。王太子権限で学園に命令すれば済む話でしょう？　兄様の弟ですよ？　少しくらい優しくしてくれても。僕、卒業したら文官になろうと思ってるんです。お願い聞いてくれますよね？」

これは本気で思っている。イリアがどういう育てられ方をしたのかはわからないが、少なくとも上の兄二人はこんな愚かでは無かったと思う。この考え方は義母の影響かもしれない。

「イリア、この学園は陛下の命令でもそんなことは聞かないぞ。そんなわがまま通るわけないだろう。このままいけば間違いなく留年だ。それに文官になれるのは学園を優秀な成績で卒業した者のみだ。イリアの成績では難しい」

間違った思い込みをして困るのはイリアだ。事実を教えてこれから頑張ってもらおうとしたら、キッとにらまれる。今までへらへら笑っていたのににらみつけてくるから、やっとわかってくれたのかと思ったら違った。

「これだけ僕が仲良くしてあげようとしているのに。やっぱり僕たちを恨んでるって本当だったんだ」

「は？　何を言って？」

「悪いのは不貞の子として生まれた三の兄様なのに、逆恨みするなんて最低だ！」

その言葉にその場にいた全員の魔力が漏れ出し、ぴりりとした雰囲気になるが、興奮しているイリアは気がつかない。

「イリア、どう思おうとかまわないが、俺を利用するのはあきらめろ。俺はもうすでにアーレンスとは縁を切っている。仲良くしたいなんて思っていない。お前が卒業できないのは、お前のせいだ」

「っ！　もういい！　イライザ姫にお願いするから！　この役立たず！」

イリアが叫んだからか、少し離れていた友人たちにも聞こえたようだ。慌ててイリアを連れ戻しに来た。

「馬鹿！　お前何言ってんだ！　すみません、すみません！」

「なんだよ、離せよ！」

「いいから来いって！　王族に迷惑かけんな」

引きずられるようにイリアは連れて行かれ、クリスとダグラスが捕縛しようとしていた魔術式を消した。あと少し友人たちが間に入るのが遅かったらイリアは捕縛されていた。

「……カイル、大丈夫？」

心配そうに見上げてくるソフィアに大丈夫だと答えたら、背伸びして髪を撫でられる。そんな顔しなくても本当に大丈夫だよ。俺にはソフィアとクリスがいる。ソフィアの頭を撫で返したら、クリスが俺の肩を支えるように押して、教室へと歩き始める。

「俺はもうアーレンスの人間じゃない。イリアがどうなろうと知ったことじゃない。忠告はした。あとはあいつがどうなろうと自業自得だ」

「そうだな、俺もそう思う」

この件が影響したのか、イライザの取り巻きだった男子学生の数が急に減り出した。イリアが俺たちに暴言を吐いたのを聞き、まずいと思ったのだろう。イライザの周りにはイリアを含め、三人の学生だけが残っていた。

第六章　ココディアの王族

先触れも無く俺の私室に入ってきたのは、同じ母上から産まれた第一王女マリアンヌだった。いつも通り、重そうな宝石を首からぶら下げているが、今日はお茶会に行くんじゃなかったか？

「ハイネス、あなたユーギニスの国王になりなさい！」

「は？　急に何言って？　姉上、今日はお茶会に行く予定だったのでは？」

「ええ、行ったけど帰って来たの。面白いことを聞いたから、すぐに教えてあげようと思って！」

興奮状態のまま話し出す姉上に、こうなったら気のすむまで話を聞くしかない。今日のお茶会はどこに行ったんだっけ。あぁ、サマラス公爵家か。

「イディア様がユーギニスに嫁いでいたの覚えているでしょ？　ユーギニスの王太子の子は一人娘で、イディア様が産んだ王女だけなんですって。しかも、王太子は療養中で、国王は高齢。その王女と結婚すればハイネスが国王になれるわ！」

「イディア様の娘？　その王女と結婚すれば俺が国王になれる？」

「そうよ！　こうなったら、早く婚約を申し込みましょう。お父様に言ってくるわ！」

言うだけ言うと姉上は部屋から出て行った。父上のところに行くと言ってたな。ユーギニスの王女に婚約を申し込む？　……名ばかりの公爵になるしかないと思っていたけれど、俺がユーギニスの国王に？

ココディア国の第三王子として生まれた俺は、見た目は王妃である母上の生家サマラス公爵家の色だった。金髪に緑目、そして人形のように整った顔立ち。兄上と姉上は国王である父上に似て金髪青目だったため、俺だけ目の色が違う。母上の妹イディア様に容姿が似ているとよく言われる。そのせいなのか母上は俺のことを一番可愛がってくれている。

第三王子ということもあり王子教育も厳しいものではなく、制限されることも少なく王族なのに自由に生きてきた。二年前に第一王子である兄上が王太子に指名され、側妃が産んだ第二王子が王族に残ることが決められた。王妃の子だけど第三王子の俺は王族には残れない。婿入りできるような公爵家もなく、名ばかりの公爵になるしかないのだと思っていた。

まぁ、それも遊んで暮らせるのだからいいかと思っていた。でも、そうだよな。同じ王妃から産まれた兄上がココディアの国王になれるのなら、俺がユーギニスの国王になってもおかしくない。

そう思って喜んだのもつかの間、婚約の申し出は断られてしまった。それを聞いた兄上は当然だと言っていたが、姉上は納得していなかった。それから数日後、姉上の私室に呼び出されて行ってみると赤い宝石のついた指輪を渡された。

「何、この指輪」

「魅了の指輪よ。こうなったら、直接王女に会って婚約を申し込んできなさい。ハイネスの美貌があれば大丈夫だと思うけど、向こうの王女もイディア様の娘。美しいだけでは選んでくれない可能性もあるわ。その指輪をあげるから持って行きなさい」

姉上から渡されたのは魅了の指輪だった。指輪をはめて、最初に話しかけた相手が対象になる。対象を決められるのは一度だけ。つまり、一人にしか使えない貴重なものだ。

そこまでして国王になりたいわけじゃないけど、どうしても行けと言われたら断る理由も無い。他国の学園に通うのは気が進まないけれど、国王になる国の学園を知るのは悪くないかもしれない。こうして姉上に言われるまま、俺はユーギニスの学園に通うことになった。


いない。学園に通い始めて二週間。毎日探しているのに、ソフィア王女が見つからない。銀髪碧眼で目立つはずなのに、それらしい令嬢に会えなかった。さりげなく同じ教室の者に聞いてみれば、学年が違うと授業時間がずれるから一学年と会うのは難しいらしい。仕方なく、昼休憩が終わった後も食堂をうろついて探すことにした。

もうすぐ一学年も昼休憩が終わる頃。今日もダメかとあきらめかけた時、銀髪の集団が個室から出てくるのが見えた。五人中四人も銀髪。銀髪の男三人に囲まれるようにして歩く、銀髪の令嬢。きっとあれがソフィア王女だ。思ったよりも小さくて、大きな男に囲まれているからよく見えない。もう一人の茶髪の令嬢は学友か侍女だろう。

用意していた指輪を出し、集団に近づく。もう少しで向こうがこちらに気がつくという距離になって指輪をはめる。

「もしかして、君がソフィア王女？」

その声で振り向いたソフィア王女は、イディア様にそっくりだった。物静かであまり笑わないけれど美しく、人形令嬢とまで言われたイディア様。そのイディア様と同じ、人形のように表情があまり見えない顔。作ったような微笑みまでそっくりだった。

だが、あまりにも幼い。身長が小さいし、細い。華奢《きゃしゃ》というべきか、貧相というべきか、胸が無い。色気が感じられない。いくら綺麗な王女だとしても、まったく色気が無いとは。まだ一学年だし、これから成長するんだろうか。

「やっぱりそうだろう？　イディア様にそっくりだからすぐにわかったよ。俺はハイネス・ココディア。イディア様の甥《おい》ということはソフィア王女の従兄《いとこ》になる。学園ですぐに会えると思っていたのに会えなくて。探したよ」

「そう。ハイネス王子でしたの。はじめまして。ソフィア・ユーギニスよ。学園では学年が違うと授業時間が違うの。今後も会うことは難しいと思うわ」

「俺が王女の昼休憩の時間に会いに行くよ。明日からは一緒に食事しよう。いいだろう？」

「悪いけど、昼も仕事をしながら食事をとっているの。王太子代理の仕事が忙しくて。王政に関わることだから、他国の王子に見せるわけにはいかないわ。あぁ、もう時間だから行きます。それでは」

もうすぐ昼休憩が終わる時間だったせいか、あまり話せなかった。だけど、指輪の対象にすることはできたし、焦ることは無い。何度か会っていれば、そのうち向こうから俺に会いに来るようになるだろう。

なんというか、やるべきことはやったわけだが、ソフィア王女に興味を持てなかった。今まで期待していた分がっかりするのも大きくて、やる気がなくなっていく。なんでわざわざ他国の学園にまで来たんだろう。ぼんやりしている俺にユーグが面白がっているように聞いてくる。

「ハイネス様、教室に戻りますか？」

「あー。今日はもうめんどくさいからいいや。帰ろう」

「そうですか。どうですか、王女は気に入りましたか？」

ユーグは小さい頃から一緒にいる侍従だから遠慮がない。俺が不満そうな顔しているのをわかってて聞いているよな。

「……さすが叔母上の娘だけあって綺麗だが、ずいぶんと幼いな。俺としては胸があって肉づきが良いほうが好みなんだが……全く無いな」

「ぷっ。胸はどうしようもないですね。まぁ、我慢してください」

「我慢か……」

美しい王女だったし、悪くは無いんだけどな。さすがにあれだけ幼いと手を出しにくいというか。その気にならないというか……。姉上には王女に手を出してしまえば婚約するしかなくなるとは言われたが。指輪の力だけだと弱いから、そのうち効果がなくなってしまうらしい。だから、学園にいられるうちに既成事実を作らなくてはいけない。

あの王女に手を出すのか……うーん。そんな気にならなかったらどうしようか。それに、王宮に滞在できなかったのは誤算だったな。どうにかして王女が離宮に来てくれるように仕向けなくては。

「おかしいな……ユーグ、本当にこの指輪は効果あるのか？」

「間違いないと思いますよ？　ですが、王族には効きにくいとかあるかもしれませんね」

「もう何度も会って話しているのに。効果があらわれてもいいだろう？　なのに、いつまでもあの態度……」

ソフィア王女と最初に会ってから、もう何度も会って話している。というよりも、待ち伏せて話しかけに行っていた。指輪の魅了がソフィア王女に効いていれば、向こうから会いに来てくれてもいいはずだった。それなのに、ソフィア王女の態度は最初からあまり変わっていなかった。

作られたような微笑み、あくまでも失礼のない程度に交わされる会話。あれでは、俺になびいているようにはとても見えない。むしろ俺を見ると一瞬嫌そうな顔をして、それから表情を作る。

……もしかして、嫌われていないか？　さすがに何度も冷たい対応をされると心が折れそうになる。ココディアでこんなに令嬢に冷たくされることなんて無かった。一度や二度そっけない態度をしていたとしても、それは駆け引きで。そのうち向こうが耐えきれなくなって話しかけてくるのが常だった。

「これは長期戦になりますかね～」

「それまでずっとあんな感じなのか？」

いつまで授業をさぼってソフィア王女を待ち伏せすればいいんだろう。そろそろ教師から苦情が来るだろうし、それが理由で留学を取り消されたらかなわない。ため息をつきながら、遅れてでも授業に出ようとした時だった。

「あの。もしかしてココディアから来た留学生かしら？」

後ろから声をかけられて振り返ったら、色気のある令嬢だった。顔は普通だけど、少したれ目で胸が大きい。何よりも甘えてくるような声を聞いたのが久しぶりで少しだけ気分が良くなる。

そうだよな。女の子はこうでなくちゃ。

「そうだけど、何か？」

「あぁ、急に声をかけてごめんなさい。イディア伯母様に似ていたから、もしかして公爵家の方なのかと思って」

「え？　イディア様を伯母様って？　君は？」

「この国の第三王子の娘でイライザよ。イディア伯母様には小さい頃可愛がってもらっていたの。急にココディアに帰ってしまわれて、どうしているかしらって思って。イディア伯母様はお元気？」

イディア様が結婚したのはこの国の王太子。その弟の娘ということか。学園にもう一人王女がいるなんて聞いてないぞ。

「あぁ、イディア様は元気そうだよ。第三王子の娘ということは、国王の孫ってことか？　ソフィア王女とは従姉なのか？」

「ええ、そうよ。ソフィアとは小さい頃はそれなりに交流していたのだけど、あの子は昔から気難しくて……学園では話しかけてもくれないの。魔力も無くて、王女教育もまともに受けていないものだから……すっかりひねくれてしまって。社交界にも一切出てきてくれないのよ」

悲しそうにうつむくイライザ王女に共感を抱いた。そうか。ソフィア王女は誰が話しかけてもあなのか。とても迷惑そうに会話を短く終わらせて去ってしまう。俺と同じように冷たくされているイライザ王女に、同情するように答えた。

「それは大変だね。実は俺もソフィア王女に話しかけても冷たくされてばかりで。俺も母方の従兄なのだからもう少し交流してくれてもいいと思うんだけどね。あぁ、俺はハイネス・ココディア。ココディアの第三王子だよ」

「まぁ、第三王子？」

「あぁ、ハイネスって呼んでくれ。俺もイライザって呼んでもいいかな？」

「ええ、もちろん！」

それからイライザからユーギニス王族の内情を教えてもらった。ソフィア王女が産まれたのはいいが、ハズレ姫と言われ期待されていないこと、そのためにイライザが女王になると期待されて育ったこと、それが気に入らないソフィア王女にイライザが嫌がらせをされていること。

指輪をソフィア王女に使ったのは失敗だったな。いくらなんでもそんなひどい王女と結婚するのは嫌だ。色気は無いし冷たいし、なんとなく不安に感じていたのはこれだったんだ。

どうしようかと思ったけれど、にっこり笑って腕を組んでくるイライザを見て思った。そうだ。イライザのほうが期待されているって言ってた。イライザと婚約すれば何も問題ない。……こんな風に豊かな胸をわざと押しつけてくるくらいだから、イライザに指輪の魅了は必要ないだろう。ユーグを見たら、同じ考えのようでうなずいている。

「ねぇ、イライザ。今度、離宮に遊びに来ない？」

◇◇◇◇

朝、昼、帰りとハイネス王子に会わないように警戒してから二週間、昼食を食べ終えて個室からでたところで、待ち構えていたハイネス王子につかまってしまった。

「もしかして、君がソフィア王女？」

そんな風に私に軽々しく声をかけてくる者はいない。嫌な予感がしたものの、振り返らないわけにもいかず、立ち止まって声をしたほうを向いた。

サラサラの長い金髪を結ぶことなく流した、人形かと思うような整った顔立ちの男性が笑顔を向けてくる。あ、お母様に似ている。忘れていた記憶がよみがえるように、お母様の横顔を思い出した。ただし、こんな風に笑顔を向けられたことは一度もなかったけれど。

なんだろう。むかむかと嫌な気持ちになってくる。忘れていたお母様を思い出したから？　初対面なのになれなれしく声をかけられたから？　顔に出さないように、王女の微笑みを心がけるけれど、本音は一刻も早く立ち去りたい。

失礼にならない程度に微笑んで会話しているが、自分になびかないと気がついたのか、ハイネス王子は怪訝な顔をする。もう昼休憩の時間が終わることを理由にして、無理やり会話を終わらせる。ハイネス王子はまだ何か言いたそうにしていたけれど、気にすることなくそのまま食堂を出た。

後ろからハイネス王子がブツブツ言っている声が聞こえたけれど、何を話しているのかまでは聞き取れない。きっと後から影が報告してくれるだろう。

「ソフィア様。あんなにはっきり拒絶するのはめずらしいですね？」

「うん、そうね。なんていうか、嫌な印象しかなくて。これ以上、王子と話したくなかったの」

心配そうにルリが小声で話しかけてくる。ルリから見ても、私のハイネス王子への対応は冷たいと感じたようだ。わかっている。今の態度は失礼にならないぎりぎりの対応だった。本当ならば、同盟国の王子なのだし、もう少し柔らかく対応するべきなのだと思う。

だけど、あのこみあげてくるむかつきはなんだったんだろう。一刻も早く立ち去りたい、ハイネス王子と話したくない気持ちでいっぱいになった。これまで私を虐げてきた人たちと会っていても、制御できないほど嫌な気持ちになることなんて無かったのに。

「え！　嫌な印象？　あんなに綺麗な王子だったのにですか!?」

「綺麗？　あの王子が？」

ルリにはハイネス王子はとても美しい王子に見えたそうだ。綺麗だと言われたお母様に似ているのならばハイネス王子も綺麗なのだろうとは思うが、近くに寄りたくない、話したくない、そんな気持ちでいっぱいで、好意的な気持ちは持てなかった。

私とルリの会話を聞いていたダグラスもルリの意見と同じようだ。

「俺から見ても綺麗な王子だと思ったぞ。まぁ、ソフィア様は見慣れているかもしれないけどさ」

「ん？　私が見慣れている？」

「ソフィア様と似ていると思った。特に王族らしい微笑みを作っている顔とか」

「私に似ている？　まぁ、私もお母様に似ているらしいから、そうなのかもしれないけど」

もしかして、自分に似ているから嫌な気持ちになったのかな。そう思えば理解できる。


帰りの馬車に乗る時、クリスが影の報告を受け取っていた。さっきハイネス王子がブツブツ言っていたのは何だったのかな。すぐに報告されると思っていたのに、クリスは私の顔色をうかがうように確認してきた。

「……姫さん、報告するけど、怒るなよ？」

「ん？　王子の報告よね？　私が怒るようなこと言ってたの？」

「ん、まぁ。王子が言っていたのをそのまま報告するよ？　……さすが叔母上の娘だけあって綺麗だが、ずいぶんと幼いな。俺としては胸があって肉づきが良いほうが好みなんだが……全く無いな。そう侍従に話していたそうだ」

「は？」

ずいぶんと幼い？　胸が全く無い？　思わず胸に手を当ててみるが、確かに胸は大きくない。身長もルリよりも小さい。きっと学園で一番小さいと思う。

……じわじわと怒りがこみあげてきて、向かい側にいたカイルにぶつける。

「ねぇ、私って、そんなに幼い!?　胸って無くちゃダメなの!?　ねぇ、カイルも胸があったほうがいいの!?」

「え。ちょっと待て、落ち着けって」

「もう、あの王子なんか嫌ぃ！」

「わかったって。大丈夫だ。ソフィアはまだ成長するから……」

「胸は大きくならないかもしれないよ!?」

「……いいから、そのままでも大丈夫だから」

「大丈夫って、なに!?」

「あ〜。意外と気にしてたんだな。ルリ、このことは王宮にはこっそり報告しておけ。この話題には今後ふれないようにと」

「わかりました……クリス様、カイル様を助けなくていいのですか？」

「いいの、いいの。姫さんだって、たまには怒ったほうがいいんだよ。王子に会ってイライラしてたみたいだし、カイルに受け止めてもらえばいい」

「大丈夫でしょうか？」

「大丈夫。あぁ見えて、カイルは姫さんのわがまま受け止めて喜んでるから」

「そういうことですか。わかりました」

◇　◇　◇

ハイネス王子が留学してきてから、ちょうど二か月が過ぎた。最初に会ってから少しの間はハイネス王子にしつこく待ち伏せされて、何度も話しかけられて嫌な思いをしていた。それが急に無くなって、それはそれで不安に思っていた。

わざわざ学園に編入してきてまで私との婚約を望んでいたのに、何度か冷たく対応されてくらいであきらめるのだろうか。何かよからぬことでも考えていなければいいのだけど、と。

何かあればすぐに報告するようにとお祖父様に言われていたものの、報告するようなことが無かったために最近は報告していなかった。何か気になることがあったのか、お祖父様が私の部屋にお茶を飲みに来た。

リサにお茶を淹れてもらい、ソファで向かい合って座る。お祖父様と同席することはできないのか、クリスとカイルは後ろに立っている。二人は王族になったのだから同席しても大丈夫だと思うのだが、お祖父様とお茶するのはまだ難しいらしい。

「あれから王子との接触は無いのか？」

「はい。接触は最初のうちだけでした。それも話しかけてくるだけで、婚約などの話は一切ありませんでした。それらしい話をされれば私には王配予定者がいると伝えられたのですけど、たわいもない話をするだけで終わってしまうので……。わざわざこちらから伝えるのも失礼になってしまいますし」

王子との話の内容が少しでもそういうものであったなら、すぐに王配予定者がいると伝えるつもりでいた。なのに、少しも婚約の話は出ず、天気や食事の話など……。さすがにそれでは王配予定者の話を伝えるのは無理だった。

「そうか……。向こうからソフィアに接触してきたなら、すぐにでも婚約の話をするかと思っていたのだがな。報告によるとハイネス王子はまっすぐというか、あまり物事を深く考えないように思える。そばにいる侍従が王子の行動を指示しているとも考えられるが……」

あぁ、あのいつも一緒にいる侍従。ハイネス王子が話しかけてくる後ろでニヤニヤしていた。あの侍従が指示しているとしたら、かなり意味のない行動をしているように思える。もしかして私に効果がないと思って、計画を変えた？

「ハイネス王子は学園に通っているのでしょうか？」

「一応は通っているようだ。授業はさぼりがちではあるが、学園内にはいるらしい」

「授業には出ないのに、学園内にはいるのですか？」

何しに学園に通っているんだろう。案内役のデニスが断られたために、他の学生も近寄れないと聞いていた。侍従と二人で学園に来て、お茶を飲んでいても飽きるだろう。

「……実は、新しい報告が来た」

「新しい報告ですか？」

私に接触が無いのに新しい報告とは？　お祖父様がわざわざ話に来ているのだから、重要なことなのだろうけど。

「ハイネス王子とイライザが一緒にいるようだ」

「は？　イライザが？」

あのイライザがハイネス王子と一緒に？　確かに同じ三学年だから会う可能性はあるだろうけど。

教室が違うのに一緒に行動しているなんて嫌な予感しかしない。

「どういうつもりで一緒にいるのかはわからないが、離宮にも出入りしているようだ」

「え？　イライザは王宮に立ち入り禁止になっていませんでしたか？」

「ああ。今でも立ち入り禁止のままだ。だが、離宮はハイネス王子に、ココディアに貸し出していることになっている。向こうの護衛騎士が止めなければ離宮に入ることができる。ユーギニスの騎士は離宮には貸し出していないからな」

「そういうことですか……」

イライザが離宮に出入りって。王宮に出入り禁止になっているということもあるけれど、それ以上に令嬢が王子のいる離宮を訪ねていっているってまずいのでは？　侍従や護衛騎士もそばにいるかもしれないけれど、それを証明するのは難しい。噂にでもなってしまえば、そういう仲だと思われてしまう。

「というわけで、ハイネス王子の行動が読めなくなった。今後、イライザと組んで何かしてくることも考えられる。今まで以上に気をつけなさい」

「わかりました」

イライザと組んで何かしてくる。それは嫌すぎる。卒業するまで会わないようにしていれば、もう二度と会わないで済むと思っていた。向こうのほうから近づいてくるのを完全に阻止するのは難しい。お祖父様が仕事に戻るのを見送った後、大きくため息をついた。

◇　◇

何事もなく時間は過ぎて、ハイネス王子が留学してきてから三か月が経《た》とうとしていた。

最初は警戒していたものの、向こうから私へ関わってくることは無かった。不気味ではあるが、こちらからはどうすることもできない。早くハイネス王子の留学期間が終わってほしい、そう思うしかなかった。だが、お祖父様の判断は違ったようだ。

「夜会で発表するのですか？」

「あぁ、次の収穫祭の夜会はソフィアも出席することになるだろう？　ちょうどいいから、ソフィアが十六になったら王太子の指名をすると発表する」

「夜会が終わればすぐですから先に発表するのはかまいませんけど。ずいぶんと急な話ですね？」

夜会で発表すること自体はかまわない。もともと王太子代理として仕事をしていることもあり、私がお父様に代わって王太子になることを知っている人は知っている。だけど夜会で発表するということになればそれなりに準備が必要になる。夜会まであと二週間という時期になって決めたのはなぜだろうか。

「確かに急な話ではあるのだが、その時にクリスとカイルとの婚約も公表する。婚約を公《おおやけ》にしてしまえば、ハイネス王子もココディアに帰るだろう」

「あぁ、そのために公表するのですね。ハイネス王子も招待するのですか？」

「国賓として来ているわけではないから、本来ならば招待する必要はない。だが、実際にクリスとカイルを見せたほうが早いと思ってな」

「これで留学を終えて帰国してくれるならいいのですけど……」

十五歳になり学園に入学したことで、今年から王家主催の夜会に出席しなければいけなくなる。初めて出席する夜会で公表すると言われ驚いたが、どうやら何を考えているかわからないハイネス王子を牽制《けんせい》するのが狙いのようだ。少なくとも、まだ私と結婚して国王になるつもりでいるのなら、何かしら反応があるかもしれない。

ずっとイライザと一緒にいるようだから、そんな気は無くなったのだろうと思っているけれど。胸があって肉付きがいい女性が好きだと言っていたし、イライザを気に入ったと言われても納得する。イライザは貴族と結婚しなければ平民になってしまうのだし、ハイネス王子と結婚したいと思っているだろう。それに結婚してココディアに行ってくれるのであれば、もう会わなくてすむ。

二人が結婚することには特に問題はないのだし、そうなってくれたほうがいい。

「公表することで少し周りが騒がしくなるかもしれんが」

「いえ、大丈夫だと思います。学園で仲良くしている友人たちはそんなことでは騒がないと思います」

「そうか」

学園の入学当初はダグラスとルリとだけ仲良くしていたが、少しずつ他の学生とも話せるようになっていた。真面目に課題に取り組み、努力を惜しまないような学生ばかりで、私とは距離を置いていたが陰口を叩くようなことは無かった。距離を置かれていた理由を後から聞いてみたら、ダグラスが怖かったと言っていたので笑ってしまった。さすがにダグラスは気まずそうな顔をしていたけれど、今ではそんなことを感じさせずに一緒に勉強している。入学当初では考えられないほど、他の学生に受け入れられている。

「早めに発表するのは、ハイネス王子のことだけが理由ではない。万が一のことがあるといけないからな」

「万が一ですか？」

「ああ。儂はもう六十六歳。十五で亡くなった父上に代わって即位したが、それから五十年以上国王の座に居続けた。何があってもおかしくない」

「お祖父様!?」

確かに高齢なのはわかっているが、お祖父様がそんな弱気な発言をするのは初めてだった。もしかしてどこか身体の具合でも？　と思いレンキン先生を見たら、いつも通り優しく微笑まれた。

「姫様、大丈夫ですよ。陛下の身体はどこも悪くありません。ですけど、こうしたことはきちんと発表しておいたほうが安心ですからね。陛下も早く姫様にしっかりとした立場になってもらって安心したいのでしょう」

「そういうことなら……お祖父様、本当に大丈夫なんですね？」

「大丈夫だ。ちゃんとソフィアに国王の座を譲って、のんびりと見守る生活を楽しむつもりだからな。発表するのは、万が一のためだと言っただろう？」

「それならいいですけど……」

「では、夜会の進行は文官たちと打ち合わせておくように」

「わかりました」

収穫祭の夜会まであまり時間は無かったが、文官たちと相談して決めなければいけない。初めての夜会でわからないことばかりだが、クリスとカイルと三人で準備を進めていくことにした。

◇　◇　◇

収穫祭の夜会は開始直前まで騒がしく準備が行われていた。本当なら準備は万端にされており、今日は夜会を執り行うだけになっていたはずだった。当日までこれほどバタバタしてしまっているのは、招待客が予想以上に多かったからだ。

通常は王家主催の夜会は貴族家の当主と当主夫人が出席し、嫡子であっても成人した時か結婚した時くらいしか出席しない。それがこの夜会に限っては、当主夫妻だけでなく令息令嬢までもが出席している。どうやら今日の夜会で次期王太子が発表されるという噂が出回ったため、令息令嬢を挨拶させてあわよくば近づきたいと思っているらしい。

おそらく噂が広まったのはお祖父様の仕業だろうと思っている。ハイネス王子を誘い出すための作戦の一つなのだろう。だがしかし。急に増えてしまった招待客に対応するのに慌ただしい。大広間の他に中広間二つも開放し、なんとか客を中に誘導させた。

「……夜会の準備している間にも仕事が増えていくわね」

「もうそろそろ広間のほうは落ち着いたようですから、ソフィア様もご自分の準備を急いでください」

「ええ」

急《せ》かされるように今日の夜会のために用意したドレスに着替える。白と青の布地と銀の刺繍《ししゅう》は王族だけに許されている。王太子として発表されることもあり、私に用意されたのは青いドレスだった。全体的に細かな花柄の刺繍が銀糸でほどこされていて、普通のドレスよりも重みを感じる。ドレスに着替えるとリサが髪を結い、ユナが化粧をしてくれる。目を閉じてされるがままになっていると、眠くなるがぐっとこらえる。でも少しだけ寝てもいいかな……とウトウトし始めた時、クリスが部屋に入ってきた。もうすでにクリスは準備が終わったようで、白の騎士服を着ている。銀の肩章に差し色に青を使っているのは王族の証だ。クリスとカイルは同じ衣装を着ることになっている。

今回の夜会は婚約者として紹介されるのだが、王族衣装ではなく騎士服なのは何かあった時に動けなくなるのが嫌らしい。

「姫さん、ハイネス王子が到着した。……イライザを連れて来ている」

「ええ!? イライザが？」

王宮に出入り禁止になっているイライザは、この国の貴族令嬢ではあっても夜会に出席することができない。それなのにハイネス王子が連れて来た？

「ハイネス王子がパートナーとして連れて来てしまったらしい。そうなると追い返すのは難しいな」

「……そう」

ハイネス王子への招待状はココディアの王族への招待状になる。臣下というわけでは無いので、パートナーを連れて来たとしたら、そのパートナーもココディアの者という扱いになってしまう。何かあった場合は連れて来たハイネス王子の責任になるのだが、そのため最初から追い出すということもできない。

おとなしくしていてくれればいいが、私が王太子になると発表される場にいて騒がずにいるだろうか。学園で近くを通るたびに泣いて周りから同情を買おうとしていたことを思い出す。あれを夜会の最中にされると困る……特に今日の夜会でされると何も無かったことにはできない。何らかの処罰を与えなくてはならなくなり、ハイネス王子の責任問題にもなる。

「……念のため、近衛騎士の増員をしておくように伝えて。特にハイネス王子の近くに待機して」

「わかった。伝えてくる」

ため息をつきそうになるが、まだ化粧が終わっておらず、ユナに動かないようにとお願いされる。

……始まる前から予想外なことばかり。無事に終わってほしいという願いは叶えられそうになかった。

◇　◇

王族以外の者の入場が終わり、広間は私たちの入場を待っている。扉の向こうから騒がしい声が漏れ聞こえてきている。扉の前に立ち、広間に入場を知らせる声が響くと、静まり返っていくのがわかる。大きな扉が両側から開かれ、お祖父様が前を歩き、その後ろを私がついていく。私の両脇には控えるようにクリスとカイルが並び入場する。

王族席に着いて、お祖父様が中央に、私がその隣に立つ。クリスとカイルは私たちの少し後ろ、両側に立った。二人は騎士服のため、私とお祖父様を護衛しているようにも見える。ただ、白の生地に銀の肩章、青の差し色に驚きの声が上がる。その衣装の意味を知っている者が見れば、それだけで二人が王族としてその場にいることを許されているのだとわかる。

「皆の者、待たせたな。これだけの者がそろうのもめずらしいが、収穫の女神も喜んでおいでだろう。さぁ、収穫祭を始めよう」

お祖父様の開始の挨拶に、広間中の貴族たちが喜びの声を上げる。それが重なって、うおおおおおと、うねりのように響いた。その興奮が静まるまで、お祖父様が少し待って再び話を始める。

「今日はそれだけではなく、大事な話がある。皆も今日は特別な発表があると聞いてきているだろう。ここにいる……」

「ユーギニス国王、私から話してもいいでしょうか」

国王陛下であるお祖父様の話をさえぎるという不敬に、広間中の貴族たちが声を上げた者をにらみつけるような目で見る。だが、にらみつけられている者は全くそんなことを感じないように、王族席の前にゆっくりと登場した。

白い王族衣装に金の刺繍がほどこされているハイネス王子の隣には、濃い水色のドレスを着たイライザが寄り添っている。濃い水色……おそらくイライザは青いドレスを着たかったのだろうが、この国で王族以外のものが青い布地を使うことは許されない。仕立て屋で青色のドレスを注文して断られ、仕方なく濃い水色で我慢しているといった感じだろう。

お祖父様の言葉をさえぎったハイネス王子は不敬だと思っていないのか、周りからの冷たい視線をものともせずに堂々としている。

「そなたはココディアの第三王子か。儂の話をさえぎってまで話さなければならないことがあると？」

今までお祖父様の話をさえぎるようなことは、お父様たち王子三人であってもしなかったはずだ。それが他国の王子にされたとあって不機嫌さを隠さないお祖父様に、ハイネス王子はへらへらと笑って答える。

「それはもちろん。誤解されることのないように、俺から話したほうがいいでしょう」

「ほう。誤解とは何だ」

「俺が選んだのは、ソフィア王女ではなくイライザです。同じ王女ならイライザのほうがいい。俺が国王になる時に隣に立つのはイライザだ！」

「うれしいですわ！」

あまりの宣言に、広間中の貴族が騒ぎ始める。それは喜びではなく、不満の声しか聞こえない。だが、そんな声は聞こえていないのか、イライザは満面の笑みでハイネス王子に抱き着いた。

「……イライザ」

いったい何をどう誤解したらそんなことになるのだろう。思わずイライザの名を呼んでしまったら、にっこりと笑いかけられる。あぁ、この笑顔は私を虐げるのが楽しくて仕方ないという笑顔だ。罰を受けてハンベル領に追放になっても、本質は変わっていないというのか。

「ごめんなさい。ソフィアよりも私のほうがいいんですって。ハイネスと結婚して私が王妃になるわ。ソフィアは仕方ないから王族の一員でいていいわよ。また西宮にでも住めばいいんじゃないかしら」

「イライザ、君はなんて優しいんだ。何の役にも立たない従妹《いとこ》を追い出しもせずに、最後まで王族でいさせてあげるのか」

「だって、かわいそうじゃない。ハイネスに選ばれなかっただけでもかわいそうなのよ？　追い出さないで王宮にいさせてあげて？」

「そうか。優しいイライザのお願いなら仕方ないな」

えええ。私を追い出す？　また西宮に住まわせる？　どれだけ不用意な発言をするのかと唖然《あぜん》としてしまう。結婚するだけの発言だったのなら、穏便にすませてあげられたかもしれないのに。

「ハイネス王子、言いたいことはそれだけか？」

「ええ。貴族たちへの発表は自分の口で言いたかったので」

お祖父様が低い声で確認しているのに、ハイネス王子は満面の笑みで答えた。そのことに頭が痛くなりそうだが、お祖父様はにやりと笑って、ハイネス王子とイライザの結婚を祝福した。

「そうか。では、ユーギニス国王として、ハイネス王子とハンベル公爵令嬢の婚姻を認めよう。そして……夜会を騒がせた罰として、今すぐ夜会からの退出を命じる。それと、ハイネス王子の留学許可は取り消すこととする。ハンベル公爵令嬢を連れてココディアに即刻帰国するように。ココディアの国王には書簡を送っておこう」

「は？」

「え？」

きょとんとした顔のハイネス王子とイライザにかまわず、お祖父様はそのまま広間にいる貴族たちに話を続けた。

「途中で邪魔が入ってしまったが、儂の話を続ける。ここにいるソフィアがもうすぐ十六になる。父親のダニエルが療養のため、今は王太子代理として務めているが、十六になるとともに正式に王太子として指名する」

うわぁぁぁぁぁぁぁぁぁぁぁぁと広間中に歓声が広がる。さきほどのハイネス王子の国王発言とは大違いで、良かったこれで国は安泰だなどと好意的な声ばかりだった。

「そして、ソフィアは女王になるため、王配を持つことになる。紹介しよう。ソフィアの婚約者のクリスとカイルだ。二人はフリッツの養子になっているため、今の時点でも王族である。王配として護衛騎士として側近としてソフィアに仕えることになる。クリス、カイル、ソフィアが女王として立つ時に隣で支えてくれ」

「「はっ」」

名前を呼ばれたクリスとカイルがお祖父様に騎士礼をする。さらりと流れる銀髪に光が当たり、令嬢たちから歓声が上がった。

「ちょ、ちょっと待ってくれ。いったい何を言っているんだ！」

「そうよ！　どうしてソフィアが王太子になんてなるの!?」

おとなしく聞いていると思ったら、急に騒ぎ始めたハイネス王子とイライザにため息が出る。ここでまたお祖父様の話をさえぎってしまったら、どれだけ処罰が重くなるかわからないというのに。

仕方なくわかりやすいようにゆっくりと説明する。

「ハイネス王子、イライザ、どうして二人が国王と王妃になれるなんて思うの？　イライザは前からお祖父様に言われていたわよね？　エドガー叔父様が公爵になった時点でもう王族じゃないって。イライザは公爵令嬢であって、ハイネス王子と結婚したからといって、この国の王族になれるわけないじゃない」

「は？　イライザが王族じゃない??」

どうやらハイネス王子はイライザに騙されていたのか、王族じゃないことを知らなかったようだ。

「そんなのどうにでもなるわよ！　ハズレ姫のソフィアよりも私のほうが王女としてふさわしいのだから！　私だってお祖父様の孫なんだから、優秀なほうが継ぐのが当然じゃない！」

「まだそんなことを言っているの？」

これでは昔のイライザと変わらない。まだそんなことが通用すると思っているのだろうか。呆れてしまっていたら、あちこちから声が上がる。

「ソフィア様はハズレ姫なんかじゃありません！」

「そうです！　学園でも次席で魔術演習も免除になるくらい優秀なんです！」

「イライザ嬢はB教室でも後ろのほうの席じゃないか！　魔術もへたくそだし、授業はさぼってばかりだし、なんで自分のほうがソフィア様より優秀だなんて思ってるんだ！」

「そうだ！　父親の公爵よりかはましだが、ソフィア様とは比べものにならないぞ！」

あちこちから声が飛び交う。王宮に勤めている文官、学園に通う令息令嬢。領主として要望書を提出してくる貴族たち、皆が私のことを助けようと声を上げる。

「………信じられない。私はイライザ姫なのよ。お祖父様に愛され、国民を愛する優しいイライザ姫……。ソフィアはハズレで役立たずで……何も持っていないかわいそうな……」

「まだ言ってんのか。ソフィアが役立たずなわけないだろう」

「国民を愛するってあんたが何したって言うんだよ。親にわがまま言うだけで自分じゃ何もしてないだろう」

怒りのあまり震え出したイライザに、カイルとクリスまで冷たくあしらう。

「……わかった。イライザとは別れる。ソフィアと結婚すればいいんだろう？」

「え？」

静かだと思っていたハイネス王子が、顔を上げて私を見た。渋々、そんな感じの顔で私に近づいてくる。周りから冷たい目で見られているというのに、まったく気がついていないようで私へと手を差し出してきた。

「まぁ、好みではないが、綺麗な顔しているし、結婚してやってもいい。これで文句は無いだろう」

「ハイネス王子と結婚するなんて嫌よ。お断りします」

「はぁ!?　なんでだ！　結婚してやると言ってるのに！」

「私にはクリスとカイルという婚約者がいるの！　ハイネス王子は必要ないわ！」

あぁ、ようやく断ることができた。さすがにはっきり断られ、ハイネス王子が崩れ落ちる。それを後ろからハイネス王子の侍従が駆け寄ってきて支える。侍従もこの状況がまずいのを理解しているのか真っ青な顔をしていた。

この状況に一番騒ぎそうなイライザが静かなのが怖くて、様子をうかがうとぷるぷると震えているのが見える。うっすらと涙を浮かべ、唇を噛んだのか血が滲《にじ》んでいる。

「……もう許さない！　私からすべてを奪うなんて！　全部返しなさいよ！　私のお祖父様を！　王女としての立場を！　全部、全部、私のものだったのに!!」

悲鳴のように叫んだと思ったら、右手を振り上げたイライザから魔力を感じた。

「……っ！　イライザ！　それはダメ！」

「うるさい！　うるさい！　うるさい！」

イライザの頭上に手のひら大の炎が無数に浮き上がる。まずい。魔術が未完成のまま発動している。あのままこちらに向かって投げても、いろんな方向に飛んで行ってしまう。結界を張ろうかと思ったが、周りに人が密集していて、このまま結界を張ったら弾《はじ》き飛《と》ばして大勢の人たちにケガをさせかねない。どうしようかと迷ったその時、イライザの頭上から水の塊が落ちてきた。

「……っ⁉」

ばしゃあと水の塊を受け、炎は消えてイライザがずぶ濡れになる。イライザはそれでも炎を出そうとするが、その前に細いロープが飛んできて手足を拘束していく。ロープから逃げようと暴れたが何もできずに転がった。

「……良かった。クリス、カイル、ありがとう」

「こうなることも予想していたからね」

「俺たちは護衛騎士だからな」

炎を消すためにクリスが水を被《かぶ》せ、そのあとカイルがイライザを拘束したようだ。流れるような一連の動きに、周りで待機していた近衛騎士たちも見とれていた。

「騎士たち、ハイネス王子とイライザを確保しろ。貴族牢に連れて行け」

「「「はっ」」」

お祖父様の指示で、近衛騎士たちが慌てて二人を捕まえに行く。そのまま廊下へと連れ出そうとした時、お祖父様が騎士たちに待ったをかけた。

「あぁ、連れて行くのはちょっとだけ待て。こうなった以上はきちんと話しておいたほうが良かろう。数年前、横領などの罪に問われて王都から追放になったエドガーだが、公爵夫人も同じ罪に問われていた。取り調べをした結果、公爵夫人は自分たちの罪を認めただけでなく、イライザがエドガーの子ではないことも告白した」

「…………え？」

ずぶ濡れになったイライザの目が大きく開かれる。見たくないのに意思に反して開いてしまったかのように、その目は恐怖の色に染まっている。義叔母様《おばさま》がイライザを産んだ時に、叔父様の子ではないかもしれないと疑われたとクリスから聞いていたけれど……まさか本当にそうだったなんて。

「イライザの父親は学園で同級生だった男爵の息子だった。だがエドガーにそのことを伝えても、それでも離縁しないというのでな。イライザに真実を伝えることはしなかった。王宮への出入り禁止を命じていたし、儂と会うことも無いと思っていた。王族でもないし、一代公爵の地位はたかが知れている。わざわざ公表して傷つけることも無いだろうと思ってしまった。だが、こうやって王位の簒奪《さんだつ》をもくろむようなことになってしまうのであれば、あの時に公表しておくべきであった。儂の孫はソフィアとエディとエミリアだけだ。イライザは公爵夫人の不貞の子であり、儂の孫ではない」

公表された事実の重さに、広間中が静まり返る。その中で、イライザだけがかすれた声でつぶやいた。

「……そんな……嘘だわ……お祖父様は私を愛してくれているはず……」

「連れて行け」

「……いや……いやよ……そんな」

抵抗するイライザを引きずるように近衛騎士が廊下へと連れていく。その後、侍従に支えられながらハイネス王子が連れて行かれた。気がつかなかったが、ハイネス王子とイライザの後ろに令息が三人ついていたようだ。事情を聞くためなのか、その三人も近衛騎士に囲まれて連れて行かれる。

「……三の兄様！　僕を、僕を助けて！　ねぇってば！」

そのうちの一人、イリアがカイルに助けを求めていたが、私を守るように立つカイルがそちらのほうを見ることは無かった。

全員が広間から出た後、お祖父様が手を叩いて注目を集め、何事も無かったかのように明るい声を出した。

「さ、揉めごとは解決した。夜会を開かねば収穫の女神がお怒りになるだろう。さぁ、飲んで騒いで祝ってくれ！」

開始直後の騒動はあったものの、収穫を祝う夜会は予定通り行われる。この後のココディアへの対応などを考えると頭が痛いが、今はまずこの夜会を無事に終わらせなくてはいけない。

王族席に座り、お祖父様とともに貴族たちからの挨拶を受ける。爵位順ではなく歴史が古い順で挨拶に来ているために、王宮でもよく見かける顔、文官や女官を輩出する名家から挨拶が始まる。

挨拶も全体の三分の一くらいを過ぎた頃、次に挨拶に来た夫妻を見て、クリスが一瞬だけ殺気だったのを感じる。夫妻の名乗りを聞いて、あぁこの人たちがそうかと思う。ヘルゲ・バルテンとアメリー・バルテン。バルテン公爵夫妻、クリスの両親だった。

金髪紫目のずんぐりとした公爵に、銀髪緑目で長身美人の公爵夫人。もとは公爵夫人が公爵家の一人娘で、婿養子のヘルゲが公爵を継いでいる。にやにやと笑う公爵がお祖父様ではなく私に話しかけてくる。そのことだけでも嫌な感じなのだが、会話の内容がひどかった。

「いやぁ、我が公爵家のクリスを選ぶなんて、ソフィア様もお目が高い。昔からクリスは美しく賢いと有名でしてな。ソフィア様の代わりにこの国を豊かなものに導けるでしょう。我が公爵家としてもこれ以上ない名誉！　私どももクリスを万全に支えていきますとも！」

……この人、クリスのこと出来損ないって言ってたんだよね？　隣でうなずいている公爵夫人も自由にお金を使いたいからと、クリスを廃嫡するのに賛成したんだよね？　王配に選ばれたからって今さら公爵家のクリスとして扱うつもりなの？　あまりのことに言い返そうとしたらお祖父様に手で制される。どうして？　と思っていると、機嫌の悪さを隠さないお祖父様の声が響いた。

「公爵も、公爵夫人も何を言っているんだ？　クリスはもう公爵家とは関係ないだろう？」

「え？　あぁ、フリッツ王子の養子になったのは聞いております。ですが、産んで育てた恩というものが」

「あるのか？　クリス」

「いいえ。そのようなものはありません。私はフリッツお義父上《ちちうえ》の息子ですから」

「っ‼」

すましたまま一度も公爵夫妻の顔を見ることなくクリスが答える。それに満足そうにお祖父様がうなずいた。

「そうだな。クリスはフリッツの息子で、俺の孫でもある。で、公爵夫妻よりも身分は上になる。……今後、軽々しく話しかけるようなことはないように」

「……わかりました」

「…っ」

公爵家からの干渉は許さないというお祖父様の意思が伝わったのか、公爵は半分あきらめたような顔で礼をして下がった。だが、公爵夫人は悔しそうな顔を隠すことなく、なぜか私をにらむようにして下がった。公爵夫人に直接言い返せなかったのが残念だが、バルテン公爵家については早いうちに何とかしようと思っていた。

「お祖父様、そのうち公爵には呼び出し状を送る予定です。少々手荒になるかもしれませんが、よろしいですか？」

「ああ。あの家は何かと問題が多い。ソフィアに代替わりする前に何とかしたほうがいいだろう。好きにしなさい。後で報告はするように」

「はい」

ここそことお祖父様と会話していると、すぐに次の貴族が挨拶に来る。とりあえず許可はもらったので、頭を切り替えて挨拶を聞いた。

挨拶が終わっても夜会はまだ続く。お祖父様に休憩しておいでと言われ、王族の休憩室に向かう。広間の奥にある休憩室に入ると、リサとユナが笑顔で迎えてくれた。

「ふぅ～思った以上に人が多かったね。それでも全貴族が来たわけじゃないんだ……」

「そうですわね。夜会の出席は義務じゃありませんし、地方の貴族は欠席したり代理に頼むこともありますから」

「義務じゃないのは仕方ないよね。王宮まで来るのも大変だろうし」

南北に縦長なユーギニス国の王都は南側に位置している。北側の領地や、北東にはみ出るようにあるアーレンスからは遠い。夜会のために一週間から十日ほどかけて行き来するのは大変だ。

領地を領主代理に任せ、当主夫妻は王都に住むという貴族も多いのだが、アーレンスの者はほとんどが領地から出てこない。カイルの父親である辺境伯が夜会に出席していないのも仕方ないとは思う。カイルの父親も見てみたかったという思いはあるけれど、それはそれでそのうち会う機会を作れば済むことだった。イリアの件で呼び出しをするかどうかは……取り調べ次第といったところか。

「すぐにお茶を淹れますわ」

「ソフィア様、ケーキはどれにしましょうか？」

王族の休憩室は半個室のように設置されている。ソファに座りくつろぐとリサがお茶を淹れてくれ、ユナがケーキを取り分ける前にどれが食べたいかを聞いてくれた。台の上には色とりどりのケーキが並べられていて、どれも美味しそうに見える。

「えっと、黒いのと茶色いのと、ナッツが乗っているの。あ、その黄色いのも食べたい」

「ええ、たくさん種類が食べられるように小さめに切り分けましょう。あら？　ここには氷菓が置いてないのですね。料理長がソフィア様にぜひ召し上がってほしいと言っていましたが」

「氷菓？　えー食べたかったな」

私が食べそうな菓子がたくさん並べられていたが、その中に氷菓は無かった。料理長は私が少しでも多く食べられるようにと、手を替え品を替え楽しませてくれている。成長しても小柄で痩せている私をどうにかして太らせたいらしい。

今の料理長は私に腐った食事を作っていた料理長とは別のものだ。あの件で料理人はほとんどが入れ替えになったと聞いた。今の料理人が作る食事は本当に美味しくて身体にも優しい。わざわざ氷菓を食べてほしいというくらいだから、美味しくて栄養もあるものに違いない。

「あぁ、あそこに置いてあるみたいだ。俺が行って取ってくるよ」

広間を見渡したカイルが氷菓を見つけたようで取りに行ってくれた。王族の休憩室は許可なく貴族が近づくことは許されておらず、リサとユナ、クリスの他に近衛騎士が取り囲むように立って守ってくれている。少しくらいカイルが席を外しても大丈夫だと思ったらしい。

「では、待っている間に先にケーキを召し上がりますか？」

「うん！　ありがとう」

ユナが大きなお皿に小さく切ったケーキを何種類も並べてくれた。一つのケーキが三口で無くなるくらいの大きさで、どのケーキも普段食べているケーキとは違う味がした。

「美味しい！　いつもとは味が違う気がするけど……？」

「夜会用のケーキですので、種類も変えているのでしょうね」

「そうなんだ。食べたことがないケーキもあるけど、どれも美味しい」

もぐもぐと食べ続けていると、リサがお茶を置いてくれた。そのお茶を飲んで一息つくと、クリスがなぜか険しい顔をしている。クリスが見ている先を確認したら、カイルが氷菓の皿を持ったまま、誰かに捕まって話をしているようだ。

「カイルがどうかした？」

「あれ……話している相手、おそらくアーレンスの者たちだ」

「え？」

「髪色が黒い。……男性の隣にいるのは未婚の令嬢たちだな。……どうやら愛人でも勧められているようだ」

「愛人!?」

ソファから立ち上がってみたら、カイルを取り囲むように三人の令嬢がいた。全員が黒髪なので、アーレンスの者たちなのだとわかる。やたら胸を強調したドレスを着た令嬢がカイルの腕をとろうとして避けられた。それを気にせずに、反対側の令嬢はカイルへ笑顔で話しかけている。

「王配になるということは貴族家を継がないということになるが、愛人を持つ権利を認められている。嫡子だった場合は公妾という形で、妻として娶ることもできる。女王の子を跡継ぎにするわけにはいかないからな。まぁ、カイルは嫡子ではないから愛人希望ということになるが、お金と権力は持つことになるからね。その辺の老人の後妻になるよりもずっといいと思う令嬢も多い。あの手の誘いは今後増えていくだろう……」

「愛人希望……」

「大丈夫、すぐに戻ってくるよ。氷菓が溶けてしまうし。姫さんはケーキでも食べて待っていなよ」

「……うん」

ぽすりとソファに座り直し、残っていたケーキを口に入れる。さっきまであんなに美味しいと思っていたケーキの味がよくわからない。黒いケーキを口に入れるとなんだか苦かった。甘い気もするし、美味しいんだろうけど……お茶で飲み込むようにして食べきった。

「ソフィア、待たせてごめん。氷菓、二種類あったから両方持ってきた」

「……ん。ありがとう」

カイルが持ってきてくれた氷菓は苺《いちご》と林檎の二種類だった。テーブルに置かれた氷菓を見たけれど、それを食べる気がしなくてぼんやりする。……カイルに愛人希望の令嬢が……。

「……姫さん？」

「ん？　ソフィア？どうした？」

すぐ近くてカイルの声が聞こえ、見たら跪いて私の顔を覗《のぞ》き込んでいた。

「体調悪いのか？　顔が赤い……熱？」

両頬を手で押さえて体調を確認してくるカイルになんだかイラついて、その両手をぐっとつかんで……飛んだ。

「うわっ？」

第七章

子ども扱いしないで

一度だけ影の修行をしている時に夜会の警備もしたことはあるが、貴族の一員として出席するのは初めてだった。それも王配予定者、ソフィアの婚約者として紹介されるとあって、さすがに緊張した状態で入場した。ドレス姿で化粧したソフィアは大人びて見えて、綺麗だと見せびらかしたい気持ちもあったけれど、本当は誰にも見せなくないと思った。

俺とクリスを引き連れたソフィアは堂々としていて、王太子になるだけの自信を身につけたように思う。これまでどれだけ頑張ってきたのかは、俺とクリスがよく知っている。

挨拶の最中にソフィアに下心があるような発言をしたものや、見下した言動があったものは名を覚えておいた。ただでさえ若いソフィアが王太子となり女王になるには、古い体質のままで変わろうとしない者たちが邪魔になる。陛下の力が使えるうちになんとかしなければならない。どうやら最初の排除対象はバルテン公爵家に決まったようだ。

クリスの両親ではあるが、良い関係では無い。ソフィアは公爵家のクリス扱いをされたことに怒りが収まらないようだった。ソフィアが怒るのはいつでも大事な人を守りたい時だ。特に俺とクリスを蔑《ないがし》ろにされると、俺たちでも止めるのが難しい。

貴族からの挨拶を終えた頃、陛下からソフィアを休憩させるようにと指示された。王族とはいえ。休みなしに挨拶を受け続けていれば疲れたはずだ。

ソフィアは休憩室のソファに座るとよほど疲れていたのか、深く沈むように力を抜いて身体をもたれさせた。ここ数日は準備に追われて寝不足だったようだし疲れるのも無理はない。

リサがお茶を淹れ、ユナがケーキを準備していると、氷菓がないと言い出した。料理長おすすめの氷菓が無いと知ってソフィアががっかりしたのがわかった。

急に出席者が増えてしまったことで手違いが起きたのかもしれない。貴族用の菓子台に置かれていないか広間を見渡すと、端のほうにある菓子台のケーキの近くにそれらしいものがあるのが見えた。

「あぁ、あそこに置いてあるみたいだ。俺が行って取ってくるよ」

誰かに頼んで取って来させればいいのだろうが、俺が行って取ってきたほうが早い。クリスがソフィアのそばについているし、近衛騎士が囲んでいる休憩室の中なら安全だろう。そう思って広間の端まで取りに行き、氷菓の皿を取ると後ろから話しかけられた。

「カイルか？」

「…………」

振り返ったら、ここにいるはずのない二の兄様が立っていた。陛下に挨拶に来ていなかったから、夜会に出席していないと思ったのに。二の兄様はアーレンスの者を連れて来たらしく、そばにいる女たちも黒髪だった。

「夜会に来ていたのか……」

「到着するのが遅れてな。さっき着いたんだ。夜会に出席するためというよりも、お前に会いに来たんだ」

さっき着いたと言われ納得した。イリアのことを知らないからこうして夜会に出席できているのだろう。異母弟とはいえイリアが取り調べを受けるために拘束されていると知ったら、事情を聞きに行くか抗議するはずだ。ここで俺が伝えるのは騒ぎになるかもしれないとイリアのことは黙っておくことにした。

「俺に何の用なんだ？」

「陛下から父様に手紙が届いた。それを読んで、お前が不貞の子じゃないと知って喜んでいた」

「……は？」

俺をソフィアの婚約者だと公表するにあたって、陛下が父様に手紙を送ったのは聞いていた。父様は前王弟の息子であると。それを読んで少しは後悔するだろうかと思ったが、喜んだ？　今さら、どの面《つら》でそんなことが言えるんだ？　呆れて何も言えずにいると、二の兄様はそんな俺にかまわずに話しかけてくる。

「実は一の兄様にも俺にも子がいない。結婚して何年もたつのに跡継ぎができなくてな……。父様が、それならばお前の子に継がせてもいいだろうと言うんだ。分家の者を連れてきた。どの子でもいい。いや、全員を愛人にしてもかまわないそうだ。とにかく子を作れ、との命令だ」

「……は？　俺に子を作れ、だと？」

あれだけ忌み嫌い、息子だと認めることも無かった俺に、辺境伯を継ぐために子を作れだと？

ふざけているのか？

「ああ。お前もうれしいだろう？　父様がお前のことを息子だと認めてくださったのだ。この者たちはお前の部屋に行くように言ってある。全員を好きにしてくれ。良い話だろう？　子ができたらアーレンスに帰してくれればいい」

怒りのあまり固まっている俺が動かないのをいいことに、二の兄様の後ろにいたはずの女たちが俺の周りを囲んでくる。

「カイル様。分家のルルと申します。こうしてお会いできて光栄ですわ」

「カイル様、愛人はぜひ私、アミアにしてくださいな。なんでも好きにしてくださっていいのですよ？」

「ルル、アミア、独り占めはダメよ。カイル様はこんなに素敵な殿方なのですもの。三人で可愛がっていただきましょう？　カイル様、リリーです。このままお部屋に参りましょうか？」

甘ったるい声と香水の匂いにうんざりする。ユーギニスの令嬢も、アーレンスの者もこういうところはそっくりだ。隙あらばさわってこようとする女たちを避け、面白そうにながめていた二の兄様をにらみつけた。

「どういうつもりなのかわからないが、断る。俺に愛人など必要ない。お前たちも離れろ」

断られてもにこにこと笑いかけてくる女たちに、半笑いの二の兄様も全く理解できない。どうして俺がそんなことを承諾すると思っているんだ。

「お前の意見などどうでもいい。俺だって完全に納得したわけじゃないが、仕方ないだろう。跡継ぎが誰もいないんじゃ困るからな。父様の言う通りにするんだ。いいな？」

「馬鹿なことを言う。俺はもう王族だ。辺境伯の命令など聞く理由が無い」

「なんだと！　父様への恩を忘れたのか？」

「恩なんてあるか。母様を無実の罪で殺したのはお前たちだ。知ってるぞ。あんたも自分の母親を罵倒して殺した一人だ」

「……っ」

俺が産まれた時、一の兄様は七歳。二の兄様は五歳だった。言っていることを理解していたどうかはどうでもいい。周りの大人たちが母親を寄ってたかって責め立てるのを庇いもせず、大人に言われるままに「ふしだらな女」「裏切り者」などと一緒に罵っていたらしい。

母様は分家に産まれ、望まれるまま辺境伯に嫁いだだけ。父様が頼み込んで嫁がせたほど美しかったと聞いている。男子三人を産み、本当ならば何一つ問題ない結婚だったのに。三人目の俺が王家の色だったことですべてが変わってしまった。誰も味方がいないどころか、自分の息子たちにまで罵られるとは。産後の身体を労《いた》わることなく、小さな部屋に押し込められるようにされ、最後はみじめな死だったと聞いている。

「俺は忌み嫌われていたことを忘れない。あんたは俺に石を投げつけてまで追い払っていたじゃないか。お望み通りアーレンスから出たというのに、何が不満なんだ。俺はもう二度とあんたらとは関わらない。さっさと俺の目の前から消えろ」

「か、カイル……」

「あぁ、俺の部屋に女を寄こすとか言ってたな。俺の部屋はソフィア様の私室にある護衛騎士の待機部屋だ。入ろうとした瞬間、近衛騎士に捕まるだろう。それでもいいなら、夜這《よば》いしてみるんだな。俺は絶対に相手なんてしないけど」

近衛騎士に捕まると聞いて、女たちの顔色が悪くなる。父様に命令されてここまで来たのだろうが、ここは王宮だ。辺境伯よりも国王の力が強いことくらい理解しているだろう。

話を終えても追いすがろうとしてくる二の兄様をにらみつけ、すぐにソフィアのもとへと戻った。せっかくの氷菓が溶けてしまう。急ぎ足で休憩室に戻り、ソフィアの前へと氷菓を置いた。

「ソフィア。待たせてごめん。氷菓、二種類あったから両方持ってきた」

「……ん。ありがとう」

……喜ぶと思ったのに、ソフィアはうつむいたままこちらを見ない。体調でも悪いのかと近くに行って跪く。顔を覗いたら真っ赤で、やっぱり熱があるのかと頬を押さえて確認する。次の瞬間、両手をつかまれたと思ったら、目の前の景色が歪んだ。は？　強制転移だと？　しかもソフィアも一緒に⁇

何か柔らかいものの上に背中から落ちたと感じ、周りを見たらソフィアの私室のソファの上だった。転移した先が王宮内だったことで一応はホッとする。あのまま二人だけで知らない場所に飛んで行かなくて良かった。護衛の問題もあるし、急に会場から消えてクリスたちも心配しているはずだ。影すらついてこれていない。今頃夜会の会場にいる近衛騎士たちも必死で探しているだろう。ここなら廊下にいる近衛騎士に頼んで知らせてもらえる。急いで知らせよう。

起き上がろうとしたら、上に乗っているソフィアに両肩を押さえつけられ、魔術で背中をくくりつけられてしまった。ソフィアほど才能があると俺では抵抗できない。さっきの強制転移といい、いったい何が起きている？

「勝手に部屋に戻っちゃったから、クリスに怒られるぞ……。リサとユナも突然消えたから驚いているだろうな。廊下にいる近衛騎士に頼んで広間にいるみんなに早く知らせないと。どうした？やっぱり体調悪かったのか？」

とりあえず気になるのはソフィアの体調だった。いつもならこんなことをしない。熱があるのだと思い、額に手を当てようとしたら手を捕まれる。

「カイルも……やっぱり胸が大きい令嬢のほうがいいの？」

「は？」

「ねぇ、やっぱり大人のお姉さんのほうがいいの？　愛人にしてって、言われたんでしょう？」

口調がおかしい。ろれつが回ってないというか、舌足らずになっているし、かすかに酒の匂いを感じる。

「ちょっと待って、落ち着けって。もしかして酔っぱらっているのか？」

「酔ってなんて無いよ！　お酒なんて飲んでないもん！」

これは酔ってるな。酒は飲ませてないはずだが、何か盛られたか？　毒とかではないだろうが、酒に耐性が無い分理性が飛んでしまっている気がする。ここは落ち着かせて寝かせるのが一番かもしれない。だが、この状況はどうしようもない。酔っていたとしても魔術の威力は落ちないし、下

手に興奮させて暴発させたら大変なことになる。

「ソフィア、初めての夜会で疲れたよな？　抱っこするから寝室に行こうか？」

「やだ。やっぱりカイルは私のこと子どもだと思ってるんだ！」

「そんなことないよ」

「だって、色気もないし胸も大きくないしっ」

拗ねるように自分を卑下し始めたソフィアに、何かおかしいと感じた。色気？　胸が大きくない？　なんでそんなことを言いだした？　クリスがそんなことを言うわけがない。侍女の三人が言うわけもない。ソフィアに余計なことを言ったのは誰だ？

「なんでそんなこと言うんだ？　色気とかなんのために欲しいんだ？」

優しく慰めるはずだったのに、他の男の存在を疑ってしまって声が低くなる。それを察したのか、ソフィアの動きが止まった。驚いたからか、背中をくりつけていた魔術が消える。

「え？」

「だから、急になんでそんなこと言い出したんだ？　前も馬車の中で似たようなこと言ってたけど、なんのためにそんなものを求めているんだ？」

「え？　なんのため……？」

「そうだ。誰のために胸が大きくなりたいだなんて思ったんだ。そいつを説教するから言うんだ。誰がソフィアをそんなつらそうな顔にさせたんだ？」

「……誰のため？」

「違うのか？　俺はソフィアが好きな男でもできたのかと思って。そんな馬鹿なことを言う奴ならぶん殴ってやるつもりで聞いたんだが……」

どうやら俺の勘違いだったようだ。つい慌てて問いただすような真似をしてしまった。俺とクリスがいて、そんな馬鹿な男が近づけるわけないのに。俺が落ち着いたことでソフィアも落ち着いたのか、俺の胸にもたれかかってくる。それを受け止めるように抱きしめて、ゆっくりと髪を撫でた。

「………カイルは大きい胸や色気がある令嬢がいい？」

「そうだったら今まで好きなだけ手を出してきただろうな」

「もしかして、今までも令嬢に言い寄られてた？」

「あほみたいにな。断っても断っても別な奴がくる。嫌がらせかと思うくらいだ。しかも、なんであいつらはクリスには行かないし。クリスにも行けば被害は半分で済むと思うのに」

「……」

寝ちゃったのかと思ったが目は開いている。どうしたのかと思ったら、急に起き上がった。

「じゃあ、どうしたら私を子ども扱いしなくなるの？　カイルは私と閨をするんでしょう？」

「はぁ!?」

「だって、色気とか胸とかじゃないんでしょう？　私はどうしたらいいの？　カイルを他の人に取られたくない！」

はっきり言ってくれたことで、やっとこれが焼きもちなんだと気がついた。

ソフィアからの気持ちは兄への思いのようなものなんだと思っていた。いつか、ソフィアが大人になったら変わるだろうかと思っていた。俺のソフィアへの思いが妹から恋人へと変わっていったように。

「子ども扱いしなくていいのか？　ソフィアを恋人だと思っていいと？」

「子どもじゃないもん……」

一瞬本気にしかけたけれど、そういえば酔っぱらいだったことを思い出す。ここで手を出すわけにはいかない。目が覚めた後で泣かれるのは嫌だ。

首に抱き着いたまま離れないソフィアを、しっかりと抱き直して膝の上に座らせる。髪をなでたり、背中を軽くたたいたりしてあやそうとすると、子ども扱いされたと思うのか泣きそうな顔になる。大人を相手にするように落ち着かせるって難しいと思いながら、額に口づけるとおとなしくなった。それが気に入ったのか、もっとしてと言われると、こっちが泣きたいくらいだと思いながらも頬に唇をあてる。さすがに理性が無くなりそうだと思った時、ソフィアの身体の力が抜けて眠ったのがわかった。

「……かんべんしてくれ」

抱き上げて寝室へと連れて行き、とりあえず寝台の上に寝かせる。夜会用のドレスを着ているし、化粧もしたままだ。リサとユナを呼んで着替えさせなくては。あ、広間に連絡しなければと思い出した時、私室のドアが勢いよく開いてクリスが飛び込んできた。

「いたか!!」

「あぁ、ソフィアは寝ているから静かにしてくれ」

「……良かった。どこに転移したのかと思った。私室で助かったよ。で、姫さんは寝たって、何があった？」

「俺がいない間、何があった？　ソフィアは酔っぱらっていたぞ」

「酔ってた？　酒なんて飲ませてないぞ？　そんなはずはないけど後で確認しておくよ。で、酔っぱらいの姫さんが何したんだよ」

はぁ……転移したソフィアと俺を探して走り回っていただろうクリスは、額に汗をかいているがにやにやと楽しそうな顔をしている。その期待に応えるのはしゃくだが、こんなことを相談するとしたらクリスしかいない。

「俺も胸が大きいほうがいいのかと聞かれた」

「は？　あぁ、まだ気にしてたのか」

「急にそんなことを言いだすから、ソフィアが胸が大きいほうが好みの男でも好きになったのかと思って心配したんだが……」

「はぁ？　そんな男いるわけないだろう。俺たちがずっとそばにいるのに、そんな馬鹿な男を近寄らせるわけがない」

「ああ。そうだよな。結局は俺の誤解だったんだが……。子ども扱いじゃ嫌だと言われた」

「他には？」

「……俺とは閨をするんでしょうと」

言った瞬間、顔に熱が集まる。話したことを後悔しそうになるが、これを言わないと相談にならない。おそるおそるクリスの様子をうかがうと、意外にも真面目な顔で悩んでいた。

「あぁ、なるほどね。……事情を全部説明するのは嫌だが、これだけは言っておくよ。俺は王配になっても姫さんを抱くことは無い。これは姫さんも納得している。つまり、学園を卒業してこのまま結婚した場合、初夜はというか閨の相手は全部カイルになるから」

「はぁ？」

クリスが閨をしない？　しかも、それをソフィアは納得している？　どういうことだ？　疑問ばかりだが、説明するのは嫌だと言っている。……クリスが王配になるのを悩んでいたのはこれか。なら、俺が聞いてはいけないことだ。

「それに、姫さんがそういうこと言うってことは、姫さんが閨の相手はカイルが良いって思ってるってことだろう。姫さんは大人びているくせに、そういう点では成長が遅い。少しずつ意識してきたってことかもしれない。……素直に喜んだらいいじゃないか。にやけた顔を真面目な顔にしようとしても変な顔になるだけだよ」

「…………うるさいな」

「そろそろ自覚したんじゃないの」

「自覚なんて、とっくにしてたよ。ただ、俺は待つつもりだったんだ。ソフィアが精神的に大人になって、そういうことを望むようになるまで」

「そう？　じゃあ、問題ないな」

「……起きたら忘れているんじゃないか？　まぁ、その時は……また気長に待つけど」

「気長に、ね。さすがに何年も待っているだけあるな」

「うるさいよ……リサとユナに連絡してくる。クリスはソフィアのそばについていてくれ。俺はちょっと頭を冷やしてきたい……」

「いいよ。……まったく。姫さんに何をしたんだか」

さすがに最後に口づけしてたのはクリスに言うつもりは無かったが、何となく察したのかにやりと笑う。それに答えることなく、軽く手を振って廊下へと出た。

第八章

変化する気持ち

目が覚めたと思ったら、起き上がる前に声をかけられた。

「姫さん、おはよう」

「クリス………？」

寝台の横に椅子が置かれていて、クリスが座っていた。まるで看病していたような状況に、どういうことだろうと思う。

「身体の調子は大丈夫？　頭痛くない？」

「……？　頭？　……痛くはないけど、なんとなく重い？」

「あーやっぱりか。これ、飲んで」

クリスに起き上がらせてもらった後、飲み物を受け取ると薬のような匂いがした。一口飲むと冷たくて少し苦い。後味はさっぱりとしているが、飲んだことのない飲み物だった。

「何、これ」

「冷たくした薬湯。多分、姫さん二日酔いになってる」

「え？」

「昨日食べたケーキ、後から残ってたものを料理長に確認させたら、姫さん用に作ったものじゃなく、広間に置く貴族用のものだったんだ。手違いで違うものが置かれていたらしい。貴族用のケーキには酒が使われていた。今まで姫さん用のお菓子には酒を使っていなかったし、飲ませたことも無かったからわからなかったけれど、姫さん酒に弱い体質のようだ。今後は気をつけような」

「ええ？　ケーキに入ってたお酒で酔ったってこと？」

「夜会用だからけっこうたっぷり入ってたらしい。で、昨日の行動はどこまで覚えている？」

「どこまで、って？」

夜会でケーキを食べた後、カイルが氷菓を持ってきてくれて。なんだか知らないけどイライラしてカイルを強制転移させて？　というか、強制転移なんてしちゃダメでしょう。後で影のみんなに謝らなきゃ。あぁ、リサとユナも心配しただろうな。まずい。カイルに八つ当たりしちゃった気がする。

「その顔は覚えているって感じだな」

「どうしよう。カイル、怒ってた？」

「いや、怒ってはいないと思うけど。さすがに強制転移されて驚いたみたいだね。姫さんは酔って大変だったようだし。酔って寝ている姫さんに手を出さなかったのは褒めてあげてよ」

うう。あのまま寝ちゃったんだ。それにしても手を出さないのを褒めてって。

「手を出したりしないでしょ？」

胸も無いし色気も無いし、そんな気になるわけがない。あぁ、そんなこと言ってからんでしまったのを思い出した。カイルは呆れているかもしれないな。

「姫さんはさ、もう少しちゃんとカイルのことを見たほうがいいよ」

「え？」

「あいつは姫さんが大人になるのを待ってる。あぁ、身体が成長するのをっていう意味よりも心がね。姫さんがそういうことを受け入れられるようになるのを待っているんだ」

「私を待ってる？　カイルが？」

「少なくとも夜会に出席できる年齢になったわけだし、正式に婚約しているわけなんだから、そういう関係になったとしてもおかしくはない」

「それはそうかもしれないけど」

「まぁ、これからゆっくり考えてみなよ。ただ、昨日の夜会で正式に婚約者として紹介されたから、俺がこうして寝室で姫さんの看病してても問題ないわけだ。当然、カイルが寝室に訪れても問題はない。そういう関係になるかどうかは、姫さん次第だけど」

「……」

「あ、どうした。姫さん？」

「……私とクリスがそういうことしたって思われた？」

クリスが一晩寝室にいたというのなら、今の状況はそう思われているってことになる？

「ああ、そういう心配は大丈夫だよ。さすがに姫さんの周りは姫さんの性格知ってるから思わないだろう。それと、カイルにだけは事情を簡単に説明しておいた。俺は姫さんの閨の相手はしないと。だからじゃないか。他の男だったら、姫さんの看病任せたりはしないだろう」

「そっか」

クリスが自分で事情を説明するとは思ってなかった。私から言うつもりも無かったから、王配になった後もその辺はうまくごまかそうと思っていた。カイルが知っているのなら問題ない。誤解されなかったと知って、気持ちが楽になる。

「……あとちょっとってとこかな」

「え？」

「なんでもない。ほら、朝食を食べようか。今日中にハイネス王子とイライザの処罰を話し合わないといけないだろうから。陛下に呼ばれる前に準備をしておこう」

「そうだった。急がなきゃ」

夜会の翌日だけど、ゆっくりするわけにはいかなかった。ハイネス王子の件に関してはココディアとも話し合わなければいけないが、その前にユーギニスとしての処罰方針を決めることになる。

寝台から降りて、着替えるためにリサとユナを呼んだ。


お祖父様に呼ばれたのは意外と遅く、昼もとうに過ぎていた。クリスとカイルを連れて謁見室に行くと、文官と騎士が数名待っていた。ハイネス王子とイライザを取り調べた担当が報告に来たのだろう。私たちが部屋に入るとすぐさまお祖父様から声をかけられる。

「おう、来たか。ソフィアの体調が悪いと聞いていたが、大丈夫か？」

「……ええ。もう大丈夫です」

どうやら私の二日酔いも報告されていたようで、少し笑っているように聞こえる。孫娘の失敗話を微笑ましいと思っているような感じだ。……私としては結構深刻に落ち込んでいるのだけど。ちらりとカイルと見ると、すっと目をそらされる。朝食後に会ってからずっとこんな感じだ。怒っているわけではないようだけど、どう対応していいかわからない。

「それで、昨日ハイネス王子を拘束してすぐに離宮にも騎士団を派遣させた。離宮にいるココディアの小隊長が抵抗するようなら拘束するようにと言っておいたが、向こうの対応はどうだったか？」

お祖父様の問いかけに、騎士団の者が前に出て答える。

「はっ。ココディアの小隊長二人に事情を説明したところ、抵抗なく離宮の捜索を承諾されました。ハイネス王子が使用していた部屋と侍従の部屋を探したところ、侍従の部屋から魅了効果がある指輪が発見されました」

「魅了の指輪か。使用済みのものか？」

「侍従に確認したところ、ハイネス王子がソフィア様を対象にしたが、まったく効果が出なかったために外したそうです。それでも貴重な魔術具であることに違いないので、国に持って帰って調べてみるつもりで預かっていたそうです」

え？　私を対象にしていた？　魅了の指輪で？

「魅了の指輪、やはりか……」

「やはりとは？」

私が驚いて聞いていたのに対して、お祖父様は予想していたのかそうつぶやいた。聞き返してみたら、嫌なことを思い出したかのような渋い顔になる。

「……イディア妃が結婚当時ダニエルに使おうとしたのだ」

「は？　お母様がお父様に？」

「そうだ……ソフィアにも王太子の証を渡したように、ダニエルにも同じ効果のあるものを渡してあった。そのため魅了の効果は出なかったのだが……」

王太子の証。つけているネックレスをさわるとふわりと魔力を感じる。魅了をかけられたら、逆に作用する石。……あぁ、そういうことか。ハイネス王子のことが嫌で仕方なかったのはこのせいか。あれ……じゃあ。

「お祖父様……私、このネックレスの効果で、ハイネス王子と話すのも嫌なくらい嫌いになっていました。もしかして、お父様がお母様を嫌いだった理由は……」

「その通りだ。気がついた時にはもうどうにもならないほど嫌っていて。イディア妃も理由もわからず嫌われているようなものだからな。嫌われているのがわかっていて好きになるわけがない。お互いに嫌い合って……どうしようもなかった。だが、ココディアに伝わってはまずいと、イディア妃には王太子の証のことは話さなかった。だから、ハイネス王子が来ると知った時に、また同じように魅了の指輪を使うのではないかと思った」

それでハイネス王子が来る前に私にネックレスを渡してきたんだ。私と結婚して国王になりたいのなら、なりふり構わず手段を選ばないだろうと。おかげで最初から嫌悪感しかなくて、危ない目にはあわずに済んだ。

「私に魅了の効果が感じられなかったから、イライザを狙ったのですか？」

「それがイライザのほうからハイネス王子に近づいたらしい。ハイネス王子はイライザが王女だと思っていた。しかも、ソフィアよりもイライザのほうが優秀で、儂が可愛がっているのはイライザだという話を信じていたようだ。イライザに王位継承権が無いと説明された上、ソフィアが女王になることを理解した後は、すっかり落ち込んで何一つ話さなくなってしまった」

「イライザはハイネス王子を騙したのですか？」

「騙したというよりも、信じるように誘導したという感じか。王位継承権があるとは言ってないようだしな。第三王子の娘、国王の孫、ソフィアの従姉、それだけなら嘘ではない。ハイネス王子がうまく勘違いするように話したのは間違いないだろうが」

確かにそれは嘘ではない。だけど、公爵令嬢だと名乗ったらすぐに嘘だとわかる。最初からハイネス王子を騙そうと思って近づいたということか。

「エドガー叔父様たちがそう言うように指示したのでしょうか？」

「儂もそう思って確認させたのだが、エドガーたちはハンベル領にいて、イライザとは連絡を取っていなかった。イザベラは学園に入学してから一度もハンベルに帰っていない上、エドガーたちには手紙一つ送っていない。イライザの考えで動いていたとしか思えないのだ」

叔父様たちとは連絡を取っていない？　てっきり叔父様たちがまだあきらめておらず、イライザを使って王都に戻ってこようとしているのかと思っていた。たった一人で考えて行動していたから、誰にも止められることも無かったのか。

「なぜイライザはハイネス王子を狙ったのでしょうか。それに、ハイネス王子の勘違いもどうしてそこまで……」

そこまでしてハイネス王子に近づいたのはなぜだろうか。自分が女王になると思っていたのなら、ハイネス王子と結婚する必要はないはずなのに。

「すべてのきっかけはココディアに帰ったイディア妃だ。イディア妃が……ソフィアは女王にはなれないだろうと言ったらしい」

「お母様がそんなことを？」

産まれてからほとんど交流したことも無いお母様がなぜそんなことを。少なくともこの国が女王になれる国だということは知っているはずなのに。

「ココディアのお茶会でイディア妃がソフィアは何もできない姫だから、結婚相手が国を動かすことになるだろうと話したそうだ。それを聞いた王女がソフィアの結婚相手が国王になると勘違いした。ハイネス王子はこの国の王女と結婚すれば自分が国王になると思っていた。だから、学園でそういうことを話していたらしい。この国の国王になるのは自分だと。それをイライザが聞いて、ソフィアではなく自分が王妃になろうと思ったそうだ」

「お母様は私が実権を持たされないと思っていたということですか？」

「ああ。ダニエルには王太子として実権を持たせなかったからな。同じようにソフィアにも実権は持たせないと思っても無理はない。お前が王太子代理になった時にはもうイディア妃はココディアに帰っていた。その後のことは知らなかったんだろう」

確かに、十二歳になる頃に引き継いだ王太子の仕事は大したものは無かった。地方領主からの要望も大きなものはお祖父様が処理していたようだし、王太子であるお父様の仕事だったというのは少し疑問があった。

お祖父様がしているのは国王の仕事だけでなく、王妃の仕事、そして王太子と王太子妃の仕事までほとんどを一人でこなしていた。どれか一つでも大変な仕事量なのにそれをすべて一人で。それだけお父様が何もできない人だったということなのだと思うが……。

「そういうことですか。お母様がそう思うのも仕方ありませんね。でも、それは私が女王として実権を持つかどうかという話で、あちらの王女と王子が勘違いしただけですよね。イライザがそれを利用したのは愚かだとしか思いませんけど……」

何度も王位継承順位を説明されていたのに、それを理解しなかったのはイライザのほうだ。

「イライザはどうなりますか？」

ほとんどの貴族がいる前で王位の簒奪をもくろんでいたことがわかったのだ。イライザもハイネス王子もただでは済まない。その上、私に向かって攻撃しようとしていた。最悪、処刑もありうる。王族ではないが、それに近い位置だった者の処刑はできれば避けたいが……。

「結果はお粗末なものとはいえ王位の簒奪を実行しようとしたわけだから、処刑となってもやむを得ないと思っていたのだが……。実はイライザのお腹にハイネス王子の子がいる」

「ハイネス王子の子！　本当ですか!?」

「取り押さえた時に痛めた手首が痛いというんで一応レンキンに診させたんだ。そうしたら魔力の流れがおかしいというので検査させた。間違いない」

イライザのお腹の中にハイネス王子の子が。イライザが公爵夫人の不貞の子だとわかったとしても、まだ貴族として登録されている令嬢に変わりない。ココディアでは王太子の子もまだ生まれていなかったはずだ。扱いが難しすぎて、ユーギニス国には置いておけないし、ココディアに判断をゆだねるしかない？

「同盟国の王族の血を勝手に処刑するわけにはいかない。イライザは魔力封じを付けて、国外追放になるな。おそらくココディアに送られた後は幽閉されることになると思うが、子を産んだ後どうするかはココディアに任せることにしよう。儂の名で結婚を許可したことだし、ココディアの小隊に護衛させて、向こうの王宮に送り付けることにした」

「そうですね。ココディアに任せるのが一番だと思います。他国の王位を狙ったハイネス王子の処罰もありますし、お祖父様の言う通り、二人とも幽閉になるでしょうね……」

王位を狙ったと言っても、公爵令嬢と結婚して国王になろうと思っていたなんて、ココディアとしても頭が痛いだろう。ハイネス王子を生涯幽閉にして無かったことにする可能性が高い。

「魔力封じを付けるには王族、文官、騎士の三人で魔力を流すことになる。王族の立ち会いはソフィア、お前がするか？」

「私が立ち合いですか」

おそらくイライザに会うのはこれが最後になるだろう。魔力封じを付ける時は、間違いが無いようにという意味と、簡単に外されないようにするために三人の魔力を流すことが決められている。

外す時は同じ三人の魔力を流さなければならないため、余程のことがない限り外すことができない。

その三人のうちの一人として立ち会う……。どうしようか迷っていたら後ろにいたカイルが声を上げた。

「陛下、その立ち会いは私にさせてもらえませんか？」

「カイル。確かに、お前でも王族の立会人の資格はあると思うが。どうしてだ？」

「私はイライザが改心するとは思えません。最後にソフィアを傷つけるだけ傷つけようとするでしょう。私はこれ以上ソフィアがイライザの言葉で傷つくのを見たくありません。私に立ち会わせてもらえませんか？」

「……カイル」

「そうだな。これ以上ソフィアが傷つく必要などないな。そもそもソフィアに悪いところなど何一つなかったのに、あれだけ虐げられていたのだ。もうイライザの言葉で悩まなくていい。すまんな。考えが足りなかった。立会人はカイルに任せよう。今、魔力封じを用意させている。明日には準備が整うはずだ。魔力封じを付け次第、ハイネス王子と共にココディアに送ることとする」

「わかりました」

◇ ◇

謁見室から私室に戻り、夕食を食べ終えてもカイルとはぎこちないままだった。湯あみを終え寝室に行こうとしたら、しびれを切らしたクリスに叱られる。

「あぁ、もう。これ以上こじらす前にちゃんと二人で話せ。ほら、カイル。姫さんを寝室に送り届けて、ついでに話してこい！」

「え？」

「わかったよ。ほら、ソフィア。寝室に行こう」

「う、うん」

差し出された手を取って、カイルと一緒に寝室へと向かう。もうすでに夜着だし、寝室で話していいのだろうかと迷うけど、カイルは私の夜着姿なんて見慣れているだろうし今さらかと思う。

リサとユナもすっといなくなってしまっただけでなく、天井裏にいた影たちの気配も消えた。二人きりになってしまうと、またカイルが黙り込んでしまう。

「……」

「あのね、カイル。昨日はごめんなさい。なんだかイライラしちゃってて。知らない間に酔ってたせいかもしれないけど、自分でも何がどうしてああなったのかわからなくて。」

「全部、覚えてるのか？」

「全部かどうかはわからないけど、覚えていると思う」

思い出せる限り思い出したと思うけど、最後はカイルに抱っこされたまま寝ちゃったから、どこが最後かはわからない。ずっとカイルを困らせていたのだけは間違いない。

「何がそんなに嫌だったんだ？　イライラしてたって」

「夜会でカイルが令嬢たちに囲まれてて……。クリスがきっと愛人希望の令嬢たちだろうって」

「あぁ、見てたのか。そういえば愛人がどうのこうの言ってたな」

寝台のすみに座ったカイルの横に座ると、引っ張り上げられるように膝の上に乗せられた。後ろから抱きかかえられるとやっぱり子ども扱いなんだと寂しくなる。

「あの令嬢たちはアーレンスの人だよね。わざわざ夜会に来たのはカイルに会うため？」

「そうらしい。兄様たちに子どもができないから、俺の子どもを跡継ぎにするって父様が言ったらしい」

「え？」

「俺のことを息子だと思ってなかったくせに、陛下から手紙が来て王弟の孫だってわかったら手のひら返しだ。あの令嬢たちを孕《はら》ませてアーレンスに戻せってさ」

「そんな……」

不貞の子だと忌み嫌っておきながら、そんなことを言うなんて。それが貴族の考えなのかもしれないけれど、納得できない。今までカイルを蔑ろにしていたのに、自分たちのいいように利用しようだなんて。

「もちろん断った。もう俺のほうが父様よりも身分が上だ。命令されても言うことを聞く必要はない。そう言って断ったから、もう来ないと思う」

「そっか。カイルは愛人必要じゃない？　あ、アーレンスのことは関係なくてね」

令嬢にもてていると聞いて、やっぱり心の中が落ち着かない。もし愛人を持ったとしても、王配でいてくれることに変わらないと思うのに。

「愛人は持たない」

「いいの？　そういうことしたいと思わないの？」

性的な欲求を感じないクリスと違って、カイルはそういう欲求あるんじゃないだろうか。私のせいで我慢させてしまっているのは良くない。カイルのためにも愛人を認めなくちゃいけないんだと頭ではわかっている。……なのに、どうしても嫌だと思う気持ちを捨てられない。

「そうだな。思わないわけじゃない。そういうことをしたい気持ちはあるよ」

やっぱり。カイルはもう大人なんだし、そういう気持ちあるよね。私はそれを認めなきゃいけないんだよね……。

「ただし、誰とでもしたいわけじゃない。俺はソフィアができるようになるまで待つ……つもりでいる」

「え？」

「ソフィアが子どもだから待つっていう意味じゃないからな。ちゃんと心の準備が整うまで待つ」

「私の心の準備？」

思わず振り返って見上げたら、額に口づけされる。

「えっ」

「……驚いてるってことは、昨日したのは覚えてないな。こうして何度も口づけしたら喜んでたんだけど」

「おぼ……えてない……何度も？」

「うん。もっとしてって言うから」

そう言いながら、今度はこめかみ辺りに口づけされる。ちゅって音が耳元で聞こえて、どうしようもなく恥ずかしくなる。

「ほらな、これくらいで真っ赤になってる。ゆっくりでいい。だけど、もう婚約者になったんだ。少しずつ俺に慣れていってほしい」

「……うん」

額に、頭のてっぺんに、両頬に、少し硬いカイルの唇があてられる。自分が大人扱いされていることに混乱してめまいがしそうだ。

「そんなに不安そうな顔しなくていい。ゆっくり、な」

「ん……」

なんだかカイルが急に知らない人になったみたいで少し怖くなる。それに気が付いたのか、ふわりと笑ったカイルはいつもの雰囲気に戻った。もうおしまいといった感じで横抱きにされて、包み込むように抱きしめられる。大きくて温かい腕の中が気持ちよくて、そのまま力を抜いて目を閉じた。

「今日はここまでかな……おやすみ」

第九章

処罰

翌日、再度謁見室に向かうと、そこには王太子室付きの文官デイビットと、もう一人の立会人として近衛騎士のヨルダンもいた。

ヨルダンは近衛騎士隊長のオイゲンの息子で、将来は父親の後を継いで隊長になると言われている騎士だ。侯爵家の二男で三十を過ぎているが、先日結婚したばかり。

専属護衛騎士として俺とクリス、影の三人がソフィアについているが、その周りでは近衛騎士が王宮の廊下や東宮の警備を担当している。ヨルダンはソフィアが女王になった時には謁見室につくことになる。つまり、デイビットとヨルダンはソフィアに近い立場の人間だ。陛下がこの二人を選んだのは、イライザに影響されないでソフィアを守る覚悟がある者を選んだということなんだろう。

陛下から魔力封じの首輪を受け取り、イライザがいる貴族牢に向かう。貴族牢の中に入ると、そこは想像よりも荒《すさ》んでいた。牢と言っても、罪を犯した疑いがある貴族が一時的に入る部屋で、通常の客室とさほど変わらない。部屋の中と外に騎士が常時つくことになるが、鉄格子も無く部屋には調度品も置かれている。

なのに、カーテンは破かれ、物書き用の机と椅子は倒され、テーブルの上には壊れた何かが散乱している。イライザが暴れたのか、手足を拘束されて女性騎士に押さえつけられていた。口には布が巻かれていて、声を出せないのかうめき声が聞こえてくる。目はうつろなのに血走っていて、暴れていたせいか顔が赤い。髪が一房ほど汗で頬に張りついたままだった。夜会の時に着ていた濃い水色のドレスは不敬だと思われたのか、クリスの魔術でずぶ濡れになったせいなのかわからないが、茶色の地味なワンピースに着替えさせられていた。

「…………何があった？」

近くにいた騎士に聞くと、うんざりしたように答えた。

「貴族牢に入れた時は静かだったのですが、急に叫んだかと思ったら暴れ出して周りの物を壊し始めました。力尽きると気を失って眠るのですが、起きるとまた暴れ出して……」

貴族牢の中にも騎士を配置するのが義務付けられているとはいえ、これだけの騎士が集まっているのは異常だ。女性騎士が四人、男性騎士が三人も部屋の中にいる。規定の人数では押さえられなかったのかもしれない。それほど広くない貴族牢の部屋に、俺たち三人も含めると十一人もいる。熱気なのか、じっとりとした空気を入れ替えたいが、窓を開けることは許されていない。早くやることを終えて出たほうが良さそうだ。

「口の布は叫び出さないようにするためか。少し話をしなければいけないから、口の布だけ外してくれ。イライザ、叫ぶようならまたすぐに布を巻く。言いたいことがあるのなら、叫ばないように。いいな？」

イライザから返事らしい対応はされなかったが、うめき声がやんだので聞こえているのだと判断し布を外させる。布を外した後もイライザは一言も話さず、ただこちらをにらみつけていた。簡単に反省するような性格ではないと知っているが、今の状況をどれだけ理解しているのだろうか。

「イライザの処罰が決定した。魔力封じの首輪をつけさせてもらう。俺たち三人が立会人となる」

「……どうしてよ。どうしてお祖父様はここに来てくれないの？」

「陛下がここに？　罪人と会う理由なんて無いだろう」

まだ陛下がなんとかしてくれるとでも思っているのだろうか。ここに陛下は来ないと告げると、悔しそうに唇を噛んだ。

「じゃあ、ソフィアを呼んで。最後に文句を言わなきゃ気が済まないわ」

まだソフィアが悪いとでも思っているのかと呆れてしまう。今の状況はすべて自分のした行いの結果だというのに。いつまでソフィアをハズレ姫と呼んで、蔑めばいいのか。学園でもイライザに苦言を呈するものはいたのに、その言葉は何一つ心に届いていなかったらしい。

「……寒さに強い小麦」

「……？」

「通常の三倍軽く運べる水瓶。強風で稲が倒れないように風を弱める結界。広い範囲に水を撒《ま》くことのできる魔石」

「……なんなの？」

「魔獣が近寄ったら鳴る警告。警告が鳴ったら派遣できる騎士団の配置」

「だから、なんなのよ！」

読み上げるように言い続ける俺にイラついたのか、イライザが声を張り上げた。

「これらはソフィアが平民のために作り出したものだ」

「は？」

「お前が勉強をさぼり、自分の境遇を嘆いている間に、ソフィアは王太子代理の仕事と学園での勉強を両立させ、その上で平民の生活が少しでも楽になるようにと研究し続けている。お前は自分が王女だと言い続けているが、何か一つでもこの国のためになることをしたのか？」

ソフィアが何か動くたびに平民の暮らしは楽になっていく。ただ平民の生活が楽になっただけではない。死亡率が下がり、生産率が上がったことで国に治められる税も増える。それをまた平民の生活のためにソフィアが使うことで国力は上がる。

知らないで使っていても、そのうちどこかでソフィアが作り上げたものに気づく。この国の民は、ソフィアがしてくれたことを知り始めている。……ハズレ姫が、どれだけ国のために努力しているかを。

その一方で、イライザ姫の噂は消えかかっている。期待されていたのはとうの昔で、イライザ姫自身が何かしたわけでもない。平民は自分に関わりのない貴族の話には興味を持たない。忘れられたとしても当然の話だ。

「……する必要なんてないわ。私はお祖父様に愛されているのだから」

「まだそんなことを言って。陛下とは何の関係もないと言われたのを忘れたのか？」

陛下とは血のつながりが無いことを思い出したのか、イライザの顔色が悪くなっていくのがわかった。

「だって……私は愛されている姫で、この国を継ぐのは私だって……お父様とお母様が」

「今はもう、公爵夫妻もそんな馬鹿なことは言ってないだろう？」

第三王子だった公爵夫妻が野望を持っていたのは、王都から追放される前の話だ。今はもう、そんなことを考えるような余裕もない。次に何かあったら秘密裏に処刑されて病死ということにされるだろう。今頃はイライザのことを聞かされ、震え上がっているに違いない。

「…………ソフィアのせいで王都から追放されて、お父様もお母様もおかしくなっちゃって……。お祖父様は私を愛しているはずなのに、目も合わせてくれなくなって。全部全部全部、ソフィアのせいなのよ!!」

我慢しきれずに叫び出したイライザに、あぁと思う。イライザも親の犠牲になった子なんだと。洗脳されるように「お前は王女だ、イライザ姫だ」と言われ続け、誰からも愛されていると信じ切って育ってしまった。父親と女官長がするのを正しいと思い、ソフィアを虐げ続けた。イライザもかわいそうな子なのかもしれない。だけど、それは十一歳までの話だ。そこから抜け出せたのに、抜け出そうとしなかったのはイライザだ。

「結局、最後まで周りの話に耳を傾けることはない、か」

「なによ！　みんなが私の話を聞かないいんじゃない！」

「平行線、だな。もういいだろう。魔力封じを付けよう。そのまま押さえておいて」

これ以上話しても仕方ないと、女性騎士に押さえつけてもらって、魔力封じの首輪をイライザにつけて俺とデイビットとヨルダンの魔力を流す。首輪が変形して、留め具が溶けて見えなくなる。

もう一度魔力を流さなければ留め具は出てこないし、刃物で切ろうと思っても切れるようなものではない。

「魔力を封じるとともに、これには国外追放の魔術も込められている。一度国境を越えたら、二度と戻ってこれない」

「え？　……国外追放？」

きょとんとした顔のイライザに、そういえば国外追放の話をしていないと思い出す。

「夜会で陛下に結婚の許可をもらっただろう。イライザはハイネス王子とともに、ココディアに移送される」

「はぁ？　……え？　ハイネスと結婚？　ココディアに⁉　嫌よ！　結婚なんてしない！　私よりソフィアを選んだハイネスと結婚なんてするわけないじゃない！」

そういえば、ハイネス王子はイライザに王位継承権が無いと知ると、ソフィアと結婚すると言っていたな。イライザにしてみれば裏切られたってとこか。だが、そう言ってもな……。

「ハイネス王子との結婚もココディアに行くのも確定している。イライザ、お前が処刑にならないのは、お前の腹にハイネス王子との子がいるからだ。ココディアの王族の血を処刑するわけにはいかない。お前が助かったのはそのおかげだからな」

「え……子？」

「レンキン医師から聞いてないのか？」

「うそ……子なんて……いや……いやよ……」

「おい、どうした」

「いやぁぁぁぁ。いや、気持ち悪い。殺して、お願い、お腹の中の子を殺して！　ココディアなんて行かない。お父様とお母様のところに帰して！　いやよ！　いやぁぁぁぁぁぁああ」

泣き叫んで首を振り続けるイライザに、女性騎士が数人がかりで取り押さえる。それでも暴れ続けるイライザに、仕方なく眠る魔術をかける。ぐったりと身体の力が抜けたイライザは、泣きわめいたせいで化粧が落ちていて、その素顔は十一歳のイライザと変わらないように見えた。

間違ったとわかっていても、そのまま信じるしかなかったんだな。理解はしても、共感も同情もしない。イライザが間違った道を進んだせいで、犠牲になった者たちがいるのだから。それにイライザの言葉を信じ、人生を狂わされた者もいる。

イリアたち学生三人も、ハイネス王子とイライザの計画を手伝ったと認定された。学園内でソフィアの悪評を広めていたことがわかったからだ。三人は学園を退学することになる。イリアはそのままアーレンスに移送され一生領地から出ることは許されない。

「最後まで自分の罪を理解しませんでしたね……」

近くにいたヨルダンがそうつぶやいた。ヨルダンはオイゲンから保護された頃のソフィアの状況を聞いている。目の前で泣き叫んでいたイライザよりも、過去のソフィアに同情しているようだ。

「後はもうココディアに移送するだけですから、これでソフィア様が悩むことが少なくなると思うとほっとします」

学園での悪評を消すのに一役買っていたデイビットは心からほっとしたように話す。ヨルダンとデイビットを立会人に選んだ陛下は正しかったと思い、三人で貴族牢と出て謁見室へと報告に向かう。後味が悪いままではあるが、この役目をするのがソフィアじゃなくて良かった。あの悪意をぶつけられたのが自分だったことで、少しは守れただろうかと思う。

「ココディアの王妃は末のハイネス王子を一番可愛がっているそうだ。この件でハイネス王子は表に出られなくなるだろう。……お腹の中にハイネス王子の子がいるとはいえ、大事な息子の将来をつぶしたイライザをどう思うか。優しく迎え入れられることは無いだろう」

「そうですか。それを思えば少しはすっきりします」

「ええ、国外追放だけじゃ納得できませんからね」

第十章 王太子の仕事

王太子の指名を待つばかりとなった頃、バルテン公爵家のアメリー夫人が私に会いたいと押しかけて来た。

「バルテン公爵夫人がソフィア様に話があると押しかけて来ています。東宮の入り口で止められていますが、どういたしましょうか？」

近衛騎士から報告を受けたデイビットが、困惑した顔で告げたため仕事の手を止めた。

「バルテン公爵夫人？」

思わずクリスを見ると、クリスも仕事の手を止め怪訝な顔をしている。クリスの母親で、バルテン公爵家の一人娘でもあるアメリー夫人。夜会の時に不満そうな顔をしていたのを覚えているが、今さら何か文句を言いに来たのだろうか。

「……急に押しかけて来るなんて無礼すぎます。近衛騎士に追い返させましょうか？」

確かに約束もなく東宮に押しかけて来るなんて公爵夫人でも無礼だ。追い返したいところではあるのだが……。

「あのね、数日後にバルテン公爵に呼び出し状を送る予定だったの。ここで追い返してしまうと、王宮に出向いたのに追い返されたから行かないという言い訳されるかもしれない。問題はあるけれど、とりあえず会って話を聞いてみるわ。夫人をここに連れて来て」

「わかりました」

会いたくはないけれど、会わないと難癖をつけられる可能性がある。そう説明するとデイビットは外にいた近衛騎士に指示を伝えに行く。

「クリスはどうする？　席を外す？」

「いや、ここにいるよ。向こうがどう思おうが、俺はもう公爵家の人間じゃないから」

「そう。わかったわ」

しばらくすると廊下からざわめきが聞こえる。静かに歩けないのか、夫人が近づいてくるのがわかる。近衛騎士が王太子室のドアを開けると、堂々と夫人が部屋に入ってくる。入ってすぐにわかるほど、香水の匂いが強い。むせそうになって、仕方なく風魔術を使い夫人の匂いを遮断する。近くにいたクリスとカイル、デイビットにも匂いがいかないように遮断すると、三人がほっとした顔になるのがわかった。私だけじゃなく、三人もこの香水の匂いはきつかったらしい。

クリスと同じ銀髪緑目。細身の長身美人ではあるが、顔立ちはクリスとそれほど似ていない。

「ごきげんよう。ソフィア様」

「ええ、バルテン公爵夫人、今日は何の用でこちらに？」

にこにこと微笑んで挨拶をしてきた夫人だが、私以外の三人はそのまま仕事を続けていることに不満そうな顔をした。公爵夫人が来たのだから、全員で相手しろとでも思っているのかもしれない。

だが、そんなことには気がつかないふりで、私も書類を手にしたままだ。あくまでも仕事の合間に話を聞いてやるという姿勢を崩さない。

「そ、そうね。ソフィア様はまだ幼いですから、これから王族としての心構えを身につけるのも大変でしょう。ですから、わたくしが公爵夫人としてソフィア様に教えなければいけないと思いましたの」

「教える？　夫人が私に？」

「ええ。まずソフィア様はお茶会を開かなければなりません。王都に屋敷《やしき》を持つ領主夫人と令嬢を呼んでお茶会をするのです」

「お茶会……？」

急に何を言い出すのかと思ったら、お茶会？　しかも王都に屋敷がある貴族家の夫人と令嬢を呼ぶような大きなお茶会だと、王家主催のお茶会ということになってしまうのだけど、その意味をわかっていないのだろうか。

「そうですわ。本当なら王妃様や王太子妃様がこういうことを教えるのでしょうが、ソフィア様にはどちらもいらっしゃらない。わたしくは王家の血を引く者として、貴族の中で一番身分の高い女性として、ソフィア様に教えなければいけません」

「王家の血を引く者……ねぇ」

王家の血を引く者というのなら、この国のお茶会の役割くらい覚えていてほしいのだけど。呆れてしまっていると、私がおとなしく話を聞いていると誤解したらしい。夫人の声が少しずつ大きくなっていく。

「この国の王族として、ソフィア様はお茶会で夫人たちから学ばなければなりません」

「夫人や令嬢から教えてもらうことってあるのかしら」

個人的に教えを乞うことはあったとしても、お茶会が必要だとは思えない。いったい私に何を教えたいというのだろうか。

「まぁ、そんなことをおっしゃってはいけません。皆さま、ソフィア様よりもたくさんの経験をしてきているのですよ」

いや、それはわかるけれど。令嬢として生きて嫁いだ夫人たちとは、私は全く別な人生を歩むことになる。夫人のお茶会での話題も知ってるけれど、夫の浮気話や愛人を懲らしめた話……。それだけならまだしも、夫人の愛人自慢となると……聞く必要ある？

「必要ないわ。少なくとも私は忙しくてそんな暇ないの。見てわからない？　今も仕事中なのだけど」

手に持っていた書類をひらひらと振って見せると、「まあ！」と夫人は大げさに驚いて見せた。

「ソフィア様がそんな仕事をする必要はありませんわ。何のためにクリスがいると思っているのです。政治なんて王配に任せておけばよいのですよ」

「はぁ？」

「ソフィア様は子を産むのが仕事ですから、そんなことはしなくていいのですよ」

えええ？　何を言っているのかと思ったら、目が本気だった。そういえばアメリー夫人は公爵家の一人娘だったから、アメリー夫人が女公爵になることだってできた。だが、前公爵はそうせずに婿を公爵にすることにした。……アメリー夫人がこういう人だったからなのか、前公爵の考えなのかわからない。ただ一つ言えるのは、それを私に押しつけられても困るということだった。

「バルテン公爵夫人、それはあまりにもソフィア様に失礼だ」

我慢しきれなかったのか、仕事していたはずのカイルが口を挟んだ。にらみつけるようなカイルに夫人も少し怯《ひる》んだようだが、にっこりと笑って言う。

「あら、だってそうでしょう。王女に、女王に政治なんてできるわけないのだから。女は黙って微笑んでいればいいのですよ。ソフィア様も無理せずに、クリスに任せてしまえばいいのです。そうよね？　クリス」

息子のクリスなら賛同するとでも思ったのか、黙って仕事しているクリスに向かって微笑んだ。

「……何を誤解しているのか。俺とカイルはあくまでもソフィア様の補佐だ。ソフィア様が王になるのを支えているだけで、俺たちが王に代わるわけじゃない。何もわかっていない夫人は黙ったら？」

にこりともしないクリスに冷たくあしらわれ、夫人の顔がみるみるうちに真っ赤になった。

「なんですって！　ソフィア様、いいですか！　お茶会を開きますわよ！　皆さまの話を聞けば、ソフィア様もわかりますわ！」

「それなんだけど、この国は王家主催のお茶会を開いてはいけないの、知ってる？」

「え？」

きょとんとした顔の夫人に、そんなことも知らないのかと呆れてしまう。

「昔、王妃がいた頃、ええとお祖母様が生きていた頃ね、その頃には王家主催のお茶会というものがあったのよ。それは夜会に出席できるのは当主、男性だけだったからなの。当時の女性は夜に出かけるのははしたないという考えだったそうね」

デイビットに確認するように尋ねると、すぐに答えが返ってくる。

「そうです。当時の夜会は国王と領主の会合というものでした。一部の女領主が出席を認められた以外は女性の出席はありませんでした。その頃の王妃様が主催していたお茶会は、昼にしか出られない夫人たちからの要望を聞く場として開かれていました」

今のように貴族が主催するお茶会も戦後で金銭的な余裕がないため難しく、年に一度の王家主催のお茶会が必要だったのだ。

「領主を支える夫人から国に要望がないかどうかを聞く場だったのよね。でも、王妃がいなくなり、お茶会を開くのも難しくなった。それでお祖父様が夜会に夫人を連れてきてもいいと許可を出した。夜会で領主、領主夫人、両方から要望を聞くことになった。戦後で地方領主にお金がなかったこともお茶会が廃止になった理由の一つよね。地方から王都まで来て夜会とお茶会の両方に出席するのは大変で、そのようなことが無いように王家主催の大規模なお茶会は開かれなくなった」

「その通りです。さすがです、ソフィア様。ただ、現在も個人的にお茶会を開くことは止められておりません。ソフィア様が学園のご友人たちとお茶会をするというのなら問題ありません」

言いたいことをわかってくれているデイビットが相槌《あいづち》とともに説明を足してくれる。アメリー夫人は聞いたことが無いのか、会話に入れずにいた。

「あとは許されているのは婚約者選びのお茶会よね。お父様は婚約者が決められていたから開かれなかったし、エドガー叔父様は学園で義叔母様と出会っているために開かれなかった。婚約者選びのお茶会を開いたのはフリッツ叔父様くらいよね。それも数名の令嬢だけで、大きなものでは無かったと聞いているけれど」

お父様たちの婚約の話になると、アメリー夫人の目が釣りあがったのがわかった。この辺はふれてはいけないのかもしれないと思いながらも話を続ける。

「でもね、お母様がこの国に嫁いできた頃、一度だけ王家主催のお茶会が開かれたそうなの。お祖父様はお母様がお茶会を開こうとしていると知らなくて、お母様はこの国はお茶会を開かないと知らなかった。どこかの公爵夫人が王太子妃はお茶会を開かなければならないと言って、お母様はそれを信じてお茶会を主催した」

「え。イディア妃様がお茶会を主催したのですか？　それは私も知りませんでした」

デイビットは本当に知らなかったようで驚いている。アメリー夫人の顔色が悪いのは気がついていたが、そのまま話を続けた。

「公式の記録には残されていないの。お祖父様が許可を出していなかったから非公式扱いになったというのもあるけど、そのお茶会には誰も来なかったのですって」

「ええ!?　王太子妃が主催したお茶会ですよね？　しかも開くように言ったのは公爵夫人だって言っていませんでした？」

「そうなの。お茶会を開くように言った公爵夫人も欠席だったそうよ。体調が悪くなったと当日に連絡が来たらしいわ。出席するはずだった夫人、令嬢すべて、当日に欠席の連絡が入ったの。お母様はそれ以来この国の貴族と会おうとしなかったそうよ。それも当然よね……。ねぇ、アメリー夫人は覚えているわよね？　そのお茶会を開くように言ったのはアメリー夫人のお母様ですもの」

「え……どうだったかしら……？」

「あら。アメリー夫人も出席予定だったのではないの？　体調が悪くて欠席されたようだけど」

「……そうだったかもしれません」

血の気《け》が引いているのか真っ白な顔になった夫人に、そういえばとお願いをすることにした。

公爵を呼び出した時に伝えるつもりだったけれど、夫人が王家の血筋だとか使命だとか言うのならちょうどいい。

「そういえば、バルテン公爵夫妻に頼みたいことがあったの」

「え？　頼み、ですか？」

「ええ。ココディアを含め周辺諸国を回って外交をしてくれている、フリッツ叔父様たちが帰ってくるの。代わりにココディアに大使を送る必要があるのだけど、それをバルテン夫妻に行ってもらおうと思って」

「え？　わたくしたちが!?」

「大使って、王族か王家の血を引く者でなければならないのよね。ほら、アメリー夫人は王家の血を引くのでしょう？　王家の血を引く者として、使命を果たしてもらいたいの。大丈夫、大使と言っても難しい仕事ではないわ。ココディアの社交界に顔を出すだけでいいのよ」

同盟国となった時の約束で、お互いに王家の血筋を送り合うことになった。ココディアからは公爵家のお母様が嫁いで来て、ユーギニス国からは第二王子のフリッツ叔父様が大使として行っている。お母様がココディアに帰った時点でフリッツ叔父様に戻ってもらっても良かったのだが、ココディアを拠点に他国を回って外交を続けてもらっていた。

「そ、それは……」

「お母様もココディアの公爵家だったけれど、サマラス公爵家はココディア王家の血を引いているからと。味方がいないこの国に嫁いだのは王家の血を引く者としての使命だったわ。同じ公爵家のアメリー夫人にもできるわよね？」

「いや……え……あの……」

「お母様が嫁いできた頃、お母様にこの国の社交を教えたのは、前公爵夫人とアメリー夫人だったって聞いているわ。夫人が大使としてココディアに行ったら、今度はお母様が向こうの社交を教えてくださると思うわよ。今はサマラス公爵家の兄嫁が亡くなったために、お母様が女主人の代わりとして公爵家を取り仕切っているらしいわ。ココディアの王妃の妹でもあるから、社交界の中心となっているみたいね。良かったわね。アメリー夫人がココディアに行っても大丈夫だもの」

うふふと笑って見せると、限界だったのかアメリー夫人は崩れ落ちた。デイビットが笑いをこらえながら廊下に行き、近衛騎士を連れて来た。

「公爵夫人はどうしますか？」

「そうね。公爵家まで送り届けてくれる？　ついでに呼び出し状を持って行って、公爵本人に渡してきてもらえないかしら」

「ココディアの大使の話は本気だったのですか？」

「え？　本気よ？　いくらなんでもフリッツ叔父様とエディとエミリア、王位継承権を持っている三人をこのまま他国に置いておけないもの」

このまま私が王太子になると、フリッツ叔父様の立ち位置が危うくなる。三人の誰かを祭り上げて他国が攻め込んでくることも考えられる。そうなる前に呼び戻し、少なくともエディが成人するまでは国内にいてもらうことにした。

「わかりました。では、そのように手配します」

「うん、よろしくね」

振り返ったら、クリスがこらえきれずに大声で笑い出した。隣にいるカイルも苦しそうにしている。

「もうアメリー夫人いなくなったから、笑っても大丈夫よ？」

「……くくくっ。どうやって大使の話を思いついたんだ？」

「んーとね、公爵夫妻はさっさとデニスに爵位を譲ってもらいたくて。どうやって引退させるか考えていたんだけど、ほら、フリッツ叔父様たちを帰国させるのが決定したでしょう？　じゃあ、フリッツ叔父様の代わりに人質になってもらおうって思って」

「あぁ、そういうこと。ココディアと開戦すると思っているのか？」

「そのつもりでいたほうが良さそうだと思って。ハイネス王子の件で恨みを買っていると思うから。……バルテン公爵夫妻を送り込んだら、お母様も仕返しすると思うし、それで少しは気が晴れたりしないかな？」

「その可能性はあるな。かなり嫌がらせしていたらしいから」

「ココディアから嫁いできたからって、そこまで嫌がらせしなくてもいいと思うのに」

「そうじゃないよ。あの人は自分が王子妃になる気だったんだ。公爵家の娘で、自分は一番美人だと思ってたから。実際には年齢も上だし性格も悪く問題ばかり起こしていた。王子たちにもかなり嫌われていて婚約者候補にもなれなかったそうだけど。結局、同盟のためにココディアからイディア妃が嫁いできただろう？　王子妃になれなかった上に、イディア妃のほうがはるかに美人だった。ただの逆恨みだろうな」

「そういうことだったんだ」

そんな理由で敵国に嫁いできたお母様に嫌がらせをしていたのか。味方がいない場所に嫁いで、夫であるお父様には魅了の指輪のせいで嫌われて、夫人や令嬢たちには受け入れてもらえなかった。そのうえ愛人を殺されたとなれば……帰国したくなるのも無理はないか。私を愛してくれなかったのはさみしいけれど、それも仕方ないかな。

アメリー夫人を公爵家まで近衛騎士に送り届けさせ、ついでに公爵に呼び出し状を手渡ししてから二日後。バルテン公爵が王太子室に来る日となった。

金髪紫目でずんぐりとした体型のヘルゲ・バルテン公爵は元侯爵家二男だ。バルテン公爵家の婿に選ばれたヘルゲは前公爵に従順で、前公爵が生きている間はアメリー夫人もおとなしくしていたらしい。

それが十五年前、前公爵が亡くなった時から、アメリー夫人の言動は少しずつ派手なものに変わっていった。王都の夫人たちを集め公爵家の屋敷でお茶会を開くようになった。新しいドレスを作り、贅沢なお菓子を用意させ、夫人たちを自分の傘下におさめていった。そうして社交界で権力を握り、何一つ問題なくいっていると思っていたところに、ココディアへ行く大使の話が来て焦っているのだろう。公爵は顔色が悪いうえに汗をかいているのか、ハンカチでこめかみをぬぐった。

「呼び出しに応じ参りました。ソフィア様……あの、用件というのは大使の件でしょうか」

おそるおそると言った感じで尋ねてくる公爵に、ちょっと意外だと感じる。こういう人は嫌な話はできるだけごまかすと思っていたのに。

「そうよ。夫人から聞いたかしら。ココディアに夫妻で行ってもらいたいの。年数はわからないけど。受けてもらえるわよね？」

「あの……ですが、今現在ユーギニス国にはココディアの大使がおりません。我が国だけココディアに大使を送る必要はないのではありませんか？」

ふうん。公爵はそういう手で来たのね。お母様が離縁してココディアに帰国し、それから新しく大使は送られてきていない。そのことはわかっているけれど。

「向こうが大使を送ってこなくてもこちらが送らなくていいわけじゃない。もし戦争になった時にきっかけを作ったのがどちらなのか、周辺国に疑われるようなことがあってはいけないのよ。こちらには非が無いと言えるようにしておかなきゃ」

「戦争ですか!?　同盟国なのに!?」

「何を驚いているの？　同盟国だからといって、戦争が起きないわけじゃないわ。ココディアと戦争する前に同盟を結んでいたこともあったでしょう」

何を驚いているのかわからない。ココディアとは戦争と和平を繰り返している。今同盟を結んでいるからと言って、これから戦争が起きないわけじゃない。その時、こちら側は悪くないと他国に示さなければいけない。そのためにもココディアへ大使を送らなければいけない。もしココディアが我が国の大使を人質にとって戦争を始めれば、他国へココディアが悪いと訴えることもできる。

「ですが……戦争するというのなら、なおさら大使になるのは……」

「断るというのならそれでもいいわよ？」

断っていいと告げると、公爵はあからさまにほっとした顔になった。よほどココディアに行きたくないか、夫人に断ってくるように言われたのか。

「そうですか……では、もうしわけ」

「バルテン公爵領からの税が納められていないのよね。今年だけじゃないわ。去年もその前も。ね、どうなっているの？」

「え？」

「私が王太子代理として仕事を始めてから、バルテン公爵領の税は納められていないのだけど、大丈夫？　公爵領は五年税を納められなくなったら返上しなければいけないのではなかった？　デイビット、私が言っているのは間違っている？」

「いいえ、その通りです。公爵領は他の領地よりも税を優遇されています。そのため、他よりも厳しい制約があります。災害もなく五年税を納められない場合は領地は没収され、理由によっては爵位も取り上げになります」

「わぁ、間違えてなくてよかった。で、公爵はすぐに税を納められるの？　もうすぐ四年目の税を納める時期になるけど」

「いや、あの、そんなはずはないのですが……。補助金の申請もしてあるはずで、その補助金を税にまわすつもりで……」

急に公爵領の税を言及されて動揺しているようだが、公爵領から申請を出されている補助金を受け取れれば、そのお金を税として納入すると説明する。確かに申請は来ているし、その補助金の額なら税を支払える。

「それね、もう三年も申請を却下しているのに、見ていないの？　ちゃんと却下理由も書いて送り返しているのに」

「ええ！　どうして却下などと！」

「だって、やってもいない工事に補助金なんて出せないわ」

そうでしょう？　と首をかしげたら、すーっと公爵の血の気がひいていくのが見える。浅黒い肌の公爵の顔がどす黒くなっていく。倒れる前に話を終わらせたいけど、それまで持つだろうか。

そう思っていたら、クリスが公爵に治癒をかけているのに気がついた。……これ、優しさじゃないな。クリスを見るとにやりと笑ってる。倒れてうやむやになんてさせるかとか思ってそう。

「ここ十年ほどさかのぼって申請書を確認したら、公爵領は異常に工事が多いのよ。災害も起きていないのに。河川の氾濫を防ぐための工事、干ばつに備えてため池を作る工事、土が流出しないように防風林を植える工事……他にもいっぱい。だから、王宮から文官を派遣して確認したの。工事した所がどうなっているのか」

「え……確認……？」

「そうしたらね、おかしいのよ。どこも工事した形跡が無いの。取り壊したとか、無くしたとかじゃないの。最初から何の工事もしていませんって領民は言うんですって。だから、ここ三年ほど私に来た申請書は却下したのよ。だって、やってもいない工事に補助金は出せないじゃない？」

お父様は申請されればそのまま許可していたようだけど。あまりにも申請内容も金額もおかしかったから調べさせたら全部が嘘。どうやら公爵夫妻がお金を使いすぎて、税まで使い込んでいるらしいとわかった。このまま公爵を見捨てて爵位と領地を没収しても良かったのだけど、クリスの弟のデニスは誠実で、この件には何も関わっていなかった。それならこれを利用して公爵夫妻を遠くにやり、デニスを当主にして立ち直させたほうがいいと判断したのだ。

「…………」

「ねぇ、公爵。お金払えるの？　四年分の税だけじゃないわ。今、計算させているけれど、十年分の補助金も返してもらうわよ？」

「そ、そんな！　無理です！」

「でも、返せなかったら横領だわ。その場合は公爵夫妻を牢に入れなきゃいけなくなるのだけど。

それでいいかしら」

「牢に！　クリス、お前から何とか言ってくれ！　お前だって公爵家の仕事に関わっていただろう？」

我慢しきれなくなったのか、クリスの机まで行って懇願し始めた。もしかしてクリスも同罪だから許せとか言い始める？

「……お祖父様が亡くなって、急にあんたらは金遣いが激しくなった。お茶会を開くたびにドレスだ手土産だ。お互いに愛人を囲って、贅沢三昧《ぜいたくざんまい》。俺が次期当主として仕事していた頃は架空の工事なんてでっちあげていない。あんたらの贅沢にうるさく口を出していた俺が邪魔になって追い出して、その後は好き勝手し放題だったたんだろう」

「うるさいうるさい！　こういう時にお前が役に立たなくてどうするんだ！　お前なんて出来損ないのくせに！」

「俺が出来損ないだとして、牢に入れられそうになってるあんたはどうなんだ？　義父と妻に頭が上がらないで、こそこそと愛人のところに通うだけ。何もしていないくせに威張るだけは立派だな」

「……！　この！」

「取り押さえて」

頭に血が上った公爵がクリスの服をつかみ殴りかかろうとしたところで、近衛騎士たちに取り押さえさせた。両側から押さえつけられ、無理やり立たせられる。血走った目で鼻息が荒いが……今の状況を理解しているのだろうか。

「で、公爵は今すぐ牢に入るつもりなの？」

「……お許しください……ソフィア様」

「ねぇ、クリスはフリッツ叔父様の息子で、私の婚約者なのだけど。今、王族に殴りかかろうとした罪だけでも処罰できるのよ？」

「……」

忘れていたのか、しまったという顔になる。クリスはもう自分の息子ではないと何度も言われているだろうに。どうしてすぐに自分がどうにでもできる存在だと思い込んでしまうんだろう。

「で、かなりのお金だけど、払えるわけないわよね。だから、公爵夫妻がココディアの大使になってくれたら、そこから支払えるようにしてあげる」

「え？」

「ココディアに行くということは人質になりに行くわけでしょう。危険手当もつくし、国の代表としてかなりの給金が出るわ。断れば、このまま牢に入れるだけだけど。どうする？　引き受けてくれる？」

「…………わかりました」

ぐったりとうなだれたまま了承した公爵に、そのまま書類に署名させる。ココディアへ大使として行けという任命書。税と補助金の返還は大使としての給金から支払われるという契約書。そして、公爵家はデニスが受け継ぐという書類。

「では、このまま公爵はココディアに向かってもらうわ」

「え！　このまま!?」

「そうよ。だって、ココディアに向かわなければ罪人なのよ。自由にできるわけないじゃない。ずっと護衛という名の監視がつくわ。あ、すぐに公爵夫人もココディアに送るから安心してね。フリッツ叔父様が使っていた屋敷がそのまま使えるから、何も持っていかなくて平気よ」

「……あ……あぁ……」

「じゃあ、気をつけていってらっしゃーい」

にっこり笑って見送るが、公爵は一度もこちらを見ようとしないで近衛騎士たちに引きずられて連れて行かれた。王宮から馬車に乗せられ、そのままココディアに向かってもらう予定になっている。別部隊が公爵家の屋敷に向かっていて、夫人もすぐに送ることになる。余計なもの、つまり財産は持ち出させない。今までの税と補助金の返還は夫妻だけの責任となる。新しく公爵家の当主となるデニスに支払い義務は生じない。

「なぁ、姫さん。どのくらいの期間大使でいたら支払える契約になってるんだ？」

「えっとね、二十年。二人とも死んだら無しになっちゃうから、なるべく長生きして頑張ってほしいかな」

「死んだら無しなのか？」

「うん。だって、デニスにも公爵領にも責任は無いもの。真面目なデニスなら良い当主になってこの国を支えてくれるでしょ？」

「……うん、そうだな。…………ありがとな」

「ふふ。どういたしまして」

めずらしく照れたようなクリスに笑っていると、強く頭を撫でられた。髪がぐちゃぐちゃになったのを、慌ててカイルが直してくれる。三人で笑っていたら、デイビットがお茶にしましょうかと微笑んでいた。

王太子室の奥にある小部屋に入り、奥にあるソファに座る。隣にはカイルが座り、向かい側にはクリスとデイビットが座った。座ってまもなく、目の前には温かいお茶が置かれる。

「ありがとう、リサ」

「お疲れ様です、ソフィア様」

私が王太子室で仕事をしている間、リサとユナは休憩時間になっている。それでも私がお茶を飲む時にはどちらかがお茶を淹れに来てくれる。王太子室付きの侍女をつければ済む話なのだが、リサとユナ以外の侍女を近くに置くのは疲れてしまう。ただでさえ神経をすり減らすことが多い仕事を、警戒しながらする気にはどうしてもならなかった。

とはいえ、私の専属侍女の数は足りていない。ルリが卒業後に専属侍女となったとしても、もう少し増やす必要がある。リサとユナの負担を減らすためにも、そろそろ本気で考えなければいけない……。

「それにしても、ソフィア様。バルテン公爵夫妻を処罰しなかったのは意外でした。申請書を却下していたのは知っていましたが、書類を送り返すだけにしていたのはこのためですか？」

のんびりとした口調でデイビットに尋ねられ、あえて聞いたのだと感じた。もし他の文官に聞かれた時にどう答えればいいのか、そのための質問だろう。クリスの両親だから罪を見逃したのではないか、王配だから優遇したのでは、と疑われたらどうするのか、そんなところだろうか。

「バルテン公爵夫妻はね、中央貴族の社交界を牛耳っていたの。エドガー叔父様たちが王都から追放になって、邪魔者がいなくなってからずっと。お茶会に出席していた他の家にも、架空の工事を申請して補助金を受け取るやり方を教えていたようなのよ。この件でバルテン公爵夫妻を処罰したら、同じやり方をした領主たちすべてを処罰しなければいけなくなる。さすがに中央貴族の半数以上を処罰するわけにはいかないわ」

「中央貴族の半数以上！　そんなにですか!?」

「アメリー夫人が毎週のようにお茶会を開くから、ドレスや宝石代、手土産にと。どの夫人もお金に困っていたのよ。かといってお茶会に出席しなければどんな嫌がらせをされるかわからない。仕方なくそういう手を使っていた家も多いでしょう。ずっと疑惑のある申請だと気がついていても、そのまま署名して終わらせていたお父様の責任でもあるわ」

「そうでしたか……だから、これ以上影響がないように国外に出したのですね」

「そう。重罪ではあるけど、処刑するほどではない。でも、このまま国内に置いておけば他の貴族に影響を及ぼし続ける。あの夫妻がいなくなれば、他の貴族は元の生活に戻るでしょう。他の貴族へは警告を出すわ。今までの補助金は数年かけて払ってもらうと。今後同じことを繰り返すようなら爵位と領地は返上してもらう。それだけ警告しておけば、バルテン公爵夫妻が大使になったのは、処罰の代わりとして国外追放されたのだとわかるでしょう」

「なるほど……わかりました」

にっこりと笑うデイビットは、よくできましたと言っているようだ。本当はわざわざ聞かなくてもわかっているだろうけど、これは私が話したという事実が必要なのだから仕方ない。まだまだ大人に支えられて王太子代理の仕事をこなしているのだと、こういう時に感じる。

「警告を出して、返済計画を作ってか……姫さんが忙しくなる前に終わるかな」

「私が忙しく？　王太子の指名は儀式を行わずに通達だけで終わるでしょう？　今とそんなに変わらないんじゃない？」

「いや、正式に王太子になれば、各国からお祝いの品が届く。同盟国からは大使が届けに来るだろうし、中には見合いの話と共に王族が会いに来ることもあるだろう」

「あぁ、そういうことね……確かにめんどうかも」

そういう意味での忙しいか。三人目の王配が必要になるというのは、通達と共に知られることになる。クリスとカイルを婚約者にしている以上、なぜ二人もという疑問が出るだろうから。女王は三人以上王配を必要とするということも知らせなくてはいけない。

公爵家長男と辺境伯三男。この肩書だけ見たら、王族ならその上に立てると思っても仕方ない。だけど、そういう考え方をするような人を王配にすることは絶対にない。間違いなく断ることになるが、そういう人ほど断るのがめんどくさかったりする。

「忙しくなる前にバルテン公爵家のことだけでも片づいて良かったかもしれません。他の家も、この件を説明した上で警告文を送られたらおとなしくなるでしょう。ソフィア様、そんなにため息つきそうな顔しなくても。めんどうでしょうけど、大丈夫だと思いますよ？」

「え〜？　そんなにのんびりと大丈夫だなんて言われても」

なぜか大丈夫だと笑っているデイビットに文句を言う。私が大変になればデイビットだって忙しくなるはずなのに、どうしてそんなに余裕ありそうなんだろう。

「クリス様とカイル様に実際会われたら、ほとんどの者はあっさりあきらめるでしょう。どうやっても敵《かな》わないものに立ち向かっていくほど、愚かな王族はそれほどいませんから。比べられて恥をかく前に潔くあきらめて帰ると思いますよ」

「あぁ、そういうこと。なるほどね」

◇◇◇

私の十六歳の誕生日の日、王太子の指名を受けたと全貴族に通達された。前王太子のお父様が病気で療養していることと、私がまだ学生だということもあり、儀式は行われないことになっている。

各国の動きはさまざまで、大使に祝いの品を送らせただけの国、同じ王女を大使とした国、独身の王族が数名で押しかけてきた国、それらを相手しているだけで長期休みのほとんどが費やされることになった。

それと同じ頃、フリッツ叔父様が帰国し、エディとエミリアも王宮の本宮に住むことになった。

帰国した際に一度会ったけれど、あまりの忙しさに挨拶しただけだった。年が明けてしばらくして、エディから会いたいと連絡が来た。ソフィア姉様とゆっくり話をしたいと。

エディには数年前に身長を抜かされているけれど、十五歳になった今はさらに伸びていて、頭一つ分くらい差をつけられている。フリッツ叔父様よりも妃のアリーナ様にそっくりの金髪青目で、日に焼けた精悍《せいかん》な顔立ちは王子というよりも騎士見習いに見える。

「こうやってお茶を飲むのも久しぶりね。誘ってくれてありがとう。エディも入学前で忙しいんじゃないの？」

「僕が忙しいのはそれほどじゃないよ。ソフィア姉様が本当に忙しそうだったから、時間が取れるのを待っていたんだ。エミリアも会いたがっていたから後で会ってあげてよ」

そうは言うけれど、エディには王太子教育を受けてもらっている。これは王位継承順位第二位の者が受けるもので、お父様や私が次期王太子として受けたものほど厳しくはないが、何かあった時に王太子に代われるように教育されるものだ。私が王太子になると同時にフリッツ叔父様は王位継承権を放棄すると表明している。そのため、第二位になるエディが王太子教育を受けることになった。もちろんフリッツ叔父様も若い頃に受けている。

ずっと他国にいたエディだが、ここ数年は何度か帰国している。お母様が帰国したために、ココディアから自由に出られるようになったからだ。おかげでこうして従弟として仲良く交流することができている。

「アルノーも元気そうね。エディの隣に座ってかまわないのよ？」

「あーじゃあ、遠慮なく」

後ろに立っていた護衛騎士アルノーに声をかけると、笑ってエディの隣に座った。アルノーはアリーナ様の生家であるクライン侯爵家の二男だ。つまり、エディにとって母方の従兄になる。

エディと同じ金髪だが、目の色は緑。だが、よく見なければ違いがわからない。大きいとはいえまだ少年の身体のエディとは体格が全く違うけれど、それもあと数年もしたらそれほど変わらなくなるだろう。

フリッツ叔父様たちはずっと他国にいるため危険とは隣り合わせの生活だった。その中でも一番狙われやすいエディの護衛に、甥をつけたということになる。危なすぎて他家の者に頼みにくいというのもあるが、大事な息子を一番信用できる者に任せたかったのだと思う。

「そういえば、アルノーも一緒に入学することになったから」

「アルノーも？」

「そう。そのために通わせなかったらしいよ。僕が入学する時に一緒に入学させるために」

「あぁ、護衛騎士だと教室内には入れないものね」

アルノーは今二十二歳だったと思うが、学園には通わずに十年前からエディについている。この国は仕事に就けるのは十二歳からという法がある。そのためアルノーは侯爵令息ではあるが、十二歳から他国にいるエディについて護衛をしている。その時点では護衛騎士というよりも侍従といったところだろうか。

「今さら入学するのもどうかと思いますけど、エディを一人にするのもかわいそうなのであきらめますよ」

「僕は一人でも大丈夫だけど、アルノーの仕事が無くなっちゃ困るからね。仕方ないから侍従としても雇ってあげるよ」

「はいはい」

相変わらず仲のいい二人をほほえましく思う。周りが敵ばかりの状況で頼れるものが少なかったこともあるだろう。エディとアルノーは主従関係というよりも仲のいい兄弟のように見える。

「あぁ、そうだ。ソフィア姉様にこれを言いに来たんだった」

「ん？　何？」

「入学試験の結果、僕は三席だったけど首席はアルノーだったんだ」

「あら、二人とも頑張ったのね。おめでとう」

そう言えば入学試験は入学の三か月前に行われるのを思い出した。それもあってエディたちは忙しかったはずだ。

「さすがに年齢がこれだけ上ですからね～俺は首席じゃないとかっこ悪いでしょう」

照れくさそうに言うけれど、年齢が上だから首席になれるわけではない。環境が整わない中、二人ともよく勉強してきたと思う。

「そんなことないわ。二人ともよく頑張ったのね。首席も三席もすごいことよ」

「でしょう？　だから、ソフィア姉様の王配の三人目、アルノーはどうかな？」

「「「え？」」」

まったく誰も予想していなかったからか、私だけでなくクリスとカイル、それに言われた本人のアルノーまでも驚いていた。

「……エディ、急に何を言い出すんだ。ソフィア様が驚いているじゃないか」

「だってさ、ソフィア姉様の王配は三人必要なんだろう？　でも、クリス兄様とカイル兄様と並んでも大丈夫な男なんてそういないよ？」

「だからって、なんで俺なんだよ」

「アルノーはずっと他国を回ってきた。周辺諸国の言葉は全部話せるし、他国の歴史や礼儀作法も全部知ってる。アルノーならソフィア姉様の役に立てると思うんだ！」

それは確かにそうかもしれない。ずっとユーギニスにしかいない私ではわからないこともある。それを補う者が必要になってくるだろう……王配の一人がそれを補えるのであれば一番いいとは思う。

アルノーは侯爵家の二男で第二王子妃アリーナ様の甥。血筋的にも身分的にも問題ない。護衛騎士として仕えるだけの強さもあって、健康面も魔力面も問題ない。確かに……王配になってもおかしくない人材ではある。

「そうね。確かにアルノーは王配になっても問題ないわ。でも、すぐに決めるわけにはいかないし、アルノーの気持ちもあるでしょう。焦らなくても、私が女王になるのはまだ先の話よ。ゆっくり考えさせてくれる？」

「それもそうだね。二年間は学園に一緒に通うことになるし。時間が合えば一緒に昼食をとることもできるよね。あぁ、慣れてきたら仕事も手伝うつもりでいるから」

「それは助かるわ。私は少しずつお祖父様の仕事も任されることになるから。王太子の仕事はエディに分担してもらえると助かるわね」

「う……あまり期待しないでね。頑張るけどさ」

「ふふ。少しずつ、慣れてきたらでいいわ」

期待されるのが苦手なエディが顔をしかめるのを見て、変わっていないなと笑ってしまう。

できるのなら、フリッツ叔父様に国王になってもらいたかったし、エディに王太子になってもらおうと考えたこともあった。国王が男性ではなく女王となると難しいことも多いし、無理に私が王にならなくてもいいと思っていた。

叔父様かエディを国王にして、私は補佐の仕事を頑張ればと思ったのだが……。フリッツ叔父様には絶対に国王にならないと言われてしまった。妃のアリーナ様が王妃に向いていないからと。

もともとアリーナ様の生家、クライン侯爵家は騎士を輩出する家だ。この国の騎士は大きく三種類に分かれている。王宮を守る近衛騎士隊。王都や国内の治安を維持する警備騎士団、そして国境を守る国境騎士団。アリーナ様の父親は国境騎士団長で、アルノーの父親が副団長をしている。

令嬢らしくないと言ってはなんだけれど、アリーナ様自身が槍《やり》の名手でフリッツ叔父様よりもはるかに強い。フリッツ叔父様は結婚と同時に人質としてココディアに送られることが決まっていた。

それでも何も問題ないと言い切って結婚してくれたアリーナ様にべた惚《ぼ》れで、アリーナ様に負担がかかるようなことはしたくないという。さすがに今まで人質として苦労してきた叔父様たちに無理は言いたくない。国王になりたくないというのなら、無理に押しつける気はなかった。

そして、エディにも王太子になるか聞いたものの、

「え、無理無理。王とかできるわけない。ソフィア姉様が女王になったら頑張って働くから雇ってよ！」

と、王族なのに雇ってって……と脱力してしまった。

そんなわけで王位争い的なことも無く、穏やかな関係を築いている。

ちなみにエミリアに聞いてみたところ、「私は素敵な王子様が迎えに来るから」とあっさり断られてしまった。エミリアは仕事よりも幸せな結婚を望んでいるようなので、政略結婚しないで済むようにしてあげたいと思っている。

エディとのお茶は一時間ほどで終わった。お互いに忙しい中なんとか都合をつけたため、あまり時間が取れなかったのだ。二人がいなくなってすぐ、クリスが大きなため息をついた。気持ちはわかる。私も今すぐソファに転がってしまいたくなっていた。

「エディには参ったわ。まさかあんなことを言うなんて。それにしても…………アルノーかぁ」

「姫さんはすぐに断ると思ってたよ。アルノーをそんな風に考えたことなかったでしょ」

「無い無い。でも、断る理由も無かったんだよね。血筋も身分も能力も人柄も問題ない。確かに王配になってもおかしくないなぁって」

「あぁ、そう言われてみたらそうか。俺たちと比べて何か劣るわけじゃないしなぁ。断る理由が無かったのか」

クリスとカイルと比べて劣るところが無いわけじゃないけれど、容姿については王配に求めているわけじゃないから言う必要はない。劣るといっても、クリスとカイルが良すぎるだけで、アルノーはそれなりに整った顔立ちのたくましい騎士という感じだ。うん。やっぱり何一つ問題ないなぁ。アルノーを王配にか。悪くはないんだけど……でもなぁ。

「とりあえず、考えるのはいったん終わり。エディたちが入学したら会う回数も多くなるし、そのうち判断することにするわ」

冷めてしまったお茶を飲んだら、少しだけ渋く感じた。だけど焼き菓子を食べる気にはならなくて、そのまま残した。

第十一章　ひとりじめできない

エディ王子とお茶会した日、夕食はいつもよりも静かなまま終わった。疲れていたのか、ソフィアの食事量は少なかった。大好物なはずの鶏のきのこソースがけも半分くらい残していた。という俺もほとんど残してしまったのだが。空腹を感じず、何一つほしくなかった。

ソフィアを寝室に送る役目もクリスに任せ、護衛待機室でソファに転がった。気持ちが少しずつ落ち着いてくると、今さらながらクリスに役目を任せたことを後悔していた。だけど、今二人きりになってしまったら、何をしてしまうかわからなかった。

ソフィアを俺だけのものだと一瞬だけでも感じたくて。そんなことできるわけがないのに、抱きしめて閉じ込めたいと思ってしまう。天井を見つめてぼんやりしていたら、戻ってきたクリスが俺を見て呆れたように言う。

「思ってたよりもへこんでそうだな。アルノーの件か」

「……」

「もしアルノーが王配候補になるとしても、まだ先のことだろう。姫さんがそんな簡単に決めるわけがない」

「わかっている……わかってはいるんだが」

「まぁ、わかってはいるが、気持ちは別だってことか」

「……」

簡単にクリスに言い当てられ、何も言えなくなる。頭ではわかってはいた。クリスと俺だけではなく、もう一人王配が必要になるってことは。だけど、いつの間にかソフィアを俺だけの恋人のように感じていた。クリスが王配にはなるがソフィアと閨をしないと言った日からだ。

それまではクリスも俺と同じだと思っていた。クリスも男としてソフィアを愛しているのだと。王配が三人必要だということは理解していたし、その一人にクリスが選ばれるのも当然だと感じていた。だけど、そうじゃないとわかり、思った以上にほっとしてしまった。

思い返せばクリスはまるで親のようにソフィアを大事に守ろうとしていた。俺が男としてソフィアを欲しているのにも気がついて、それを応援するような発言もしていた。初夜も閨も俺だけの役目になると聞いて、ソフィアを恋人として愛していいと言われた気がして、周りが見えなくなるほど思い上がってしまった。女王になるのだから、俺だけのソフィアではいられない。俺と閨をするのと同じように、他の男とも……。それを受け入れるのが当然だと、前は思っていたはずなのに。いつからこんな風になってしまっていたのだろう。

「なぁ、クリスはどう思っているんだ？」

「どうって、アルノーのことか？」

「いや、そうじゃない。ソフィアのことだ」

不思議だった。理由は聞いていないが、閨を共にしないのはとりあえず納得した。だが、気持ち的にはどうなんだろうと。

「クリスを見ていると、俺のように嫉妬して苦しむようには見えない。そういう気持ちはないのか？」

「いや、あると思う。ただ、カイルには思わないだけだと思う」

「俺には？」

「俺は姫さんが幸せならそれでいい。姫さんが笑って過ごせることが一番なんだ。その次に、俺がそばにいること。俺は誰よりも姫さんのことを想っている自信がある。ただ、すべてを俺のものにしたいと思わないだけだ。きっと、俺だってカイル以外の者に奪われるとしたら苦しむことになる。今はもう一人の王配が決まってもいないのに、想像で嫉妬しても仕方ないと思っているだけだ」

静かにソフィアへの愛を語るクリスに、何も言えなくなる。クリスには負けてもいい、だけどクリスにも負けたくない。相反する思いが生まれて、動揺してしまう。

「まぁ、そんな深く悩むなよ。その時が来るまで受け入れなくてもいいんじゃないか」

「簡単に言うなよ」

「お前が悩むと姫さんが苦しむ。だから、悩むのは俺の前だけにしておけよ」

「……あぁ、そうだな。すまない」

俺が悩む以上にきっとソフィアが悩んでいる。しかも俺たちにも、誰にも相談できずに。それなのに、俺がこれ以上悩みを増やすようなことはしてはいけなかった。

以前ルリがソフィアに聞いていたことがあった。王配を二人にすることはできないのかと。法を変える、もしくは特例としたらいいのではないかと。ルリが言うには俺とクリスが揉めることはないのだし、無理にもう一人増やさなくてもなんとかなると思ったらしい。

それに対してソフィアは無理だときっぱり答えていた。自分がそうしたいからといって簡単に変えてしまえるような法ではないと。前例を作ってしまえば、次の女王が困ることになる。たとえばイライザのような者が女王になることがあったら、ハイネス王子のような他国の王子に国を乗っ取られることもありえる。その時に止められるのは同じ王配にいる立場の者だけだから。王配が三人というのはちゃんと理由がある。そう説明していた。その話をしていた時はなぜルリがそんなことを聞くのかわからなかったが、今ならわかる気がする。ルリは俺とソフィアのことを考えてそう思ったんだと。

しっかりしなきゃいけない。俺がソフィアを支えると決めたのだから、こんなことで悩むようではいけない。大きく息を吐いて起き上がる。ソファに座り直すと、クリスが温かいワインを差し出してくる。受け取って一口飲むと、スパイスが鼻から抜けていく。

「うまいな」

「まだ夜は冷えるからな。少しは落ち着いたか？」

「あぁ、とりあえずは考えるのを止めることにした」

「それでいい。これを飲んだら寝ようぜ」

飲み干してから、部屋の奥に行って寝台に転がる。すぐ隣にクリスが転がったと思ったら、額を小突かれた。

「なんだよ……」

「まだ眉間にしわが寄ってる。考えるのをやめたんじゃないのかよ」

「しわ？　無意識だよ」

別に考え込んでいたわけじゃないのに、眉間にしわを寄せていたらしい。何度か大きく深呼吸していると、少しずつ身体の力が抜けていく。

「とりあえず、疲れている時に考えようとするからいけないんだ。お前も姫さんも、忙しすぎて疲れている。明日は休みにして、のんびりしよう。リサとユナも心配していたからな。ちょうどいい」

「休みに？」

「ああ。もうすぐ学園が始まる。その前に少し休んだほうがいい。ほら、俺も連れて行ってくれるって約束していただろう。ピクニックに行こうぜ」

「まだ寒いのにか？」

「もう雪はとっくに解けてる。芽吹くには早いかもしれないが、それもいいだろ」

いつも通りのクリスに肩の力が抜ける。忙しすぎて疲れている、確かにそうかもしれない。

「そういえば今度は三人で行くって約束していたな。よし、起きたら料理長に昼食をピクニック用にするように言いに行く」

「それじゃ、俺はリサとユナに予定変更を伝えるよ。ついでにデイビットにも連絡してくるよ」

「頼んだ……あと、ありがとう」

「いいって」

クリスに話を聞いてもらえたからか、ワインで温まったからかわからないが、目を閉じたらすぐに眠くなる。口は悪い癖に呆れるほど優しいんだよなと思いながら、眠りについた。

第十二章　三人でのピクニック

朝起きたら、なんとなく頭が重かった。寝すぎたわけじゃないのに、身体が少し痛むような気がした。それを起こしに来たリサに言うと、やっぱりといった顔をされる。

「ソフィア様、本日の仕事はお休みになりました」

「え？　どうして？」

「先ほどクリス様からソフィア様が疲れているから休みにすると」

「クリスが？」

「ええ。カイル様も同意なさったようですよ。今、薬湯をお持ちしますので、飲んだらもう一度眠ってください」

「そっか……ありがとう」

ここのところずっと忙しかったせいで、気がつかないうちに疲れがたまっていたようだ。私は人よりも不調を感じにくいとレンキン先生が言っていた。だから、周りから見て疲れていると判断されたら休みなさいと。クリスが休みにするというのなら、それが正しいのだと思う。

おとなしく薬湯を飲んで横になるとすぐに眠くなる。身体を下に沈ませようと誰かが引っ張っているのかと思うくらい、深く深く落ちていくような眠りだった。

次に目を覚ましたら、クリスが私の額に手を当てていた。細くて長い指はいつも冷たくて、熱を吸い取ってくれるみたいで気持ちいい。

「起きたか」

「うん」

「寝起きで体温は高く感じるが熱は無さそうだな。起き上がれるか？」

「もう大丈夫。たくさん寝たからすっきりしてる」

「そっか」

そう言うとクリスは横になっている私に手を差し入れて、軽々と抱き上げた。クリスにこうやって起こされるのは久しぶり。小さいときはよく抱き上げられて着替えに連れていかれたのを思い出す。あの頃は起きたくないってぐずってたからなぁ。なんだか懐かしい。

「今日は抱き上げて連れて行かなくても歩けるよ？」

「いいんだ。俺が甘やかしたいだけ」

「そっかぁ」

クリスが甘やかしたいって言うなら、遠慮なく甘えてしまおう。リサとユナが服を持って待ち構えている鏡の前まで行くと、ゆっくりと下ろされて椅子に座る。服を着替えて整えてもらったら、今度はカイルが迎えに来てくれる。カイルも私を抱き上げるとなぜか廊下へと連れて行かれた。食事するのかと思ってたのに、どこに行くんだろう。

昨日エディからアルノーを王配になんて言われたせいで私が悩んでいたのもあると思うけど、カイルがずっと暗い顔をしていた。寝室に送ってくれたクリスも困ったなぁって顔していたけど。それが一晩でいつものカイルに戻っていた。いや、いつもよりも甘いカイルになっている気がする。

抱き上げられたまま廊下を進んで、本宮の外に出る。こんな風に抱き上げられたまま外に出るなんてめずらしい。カイルの首に抱き着いたまま揺られ、聞いてみる。

「ねぇ、どこに向かってるの？」

「これから王家の森にピクニックに行こう。今日はクリスも一緒に」

「ピクニック！　いいの!?」

「ずっと忙しかっただろう？　一日くらいゆっくりしよう。クリスもピクニック連れて行く約束してたんだし」

「そっか。約束してたね。うん、クリスと三人で行きたい！」

「じゃあ、馬小屋に向かうよ」

馬小屋に行くとすでに二頭の馬が用意されていた。そのうちの一頭を連れて、クリスが手招きしている。

「今日は俺が姫さんを乗せていくよ」

「うん！」

先に馬に乗せてもらうと、私の後ろにクリスが乗る。カイルは料理長に用意してもらった昼食を馬にくくりつけ、その背に乗った。以前カイルと二人で一緒に行った王家の森を、二頭に乗った三人でゆっくりと進んで行く。

雪は解けたと言っても、まだ寒さが残る。それでも、枯れ葉の隙間から小さな芽が出ているのが見える。高い馬の背から見る景色はいつもと違って見るだけでも楽しい。

前回はあまり周りを見ていなかったらしいカイルが、初めて森に行くクリスよりもキョロキョロしていて突っ込まれていた。しばらくすると前回と同じように湖がある場所にたどり着く。

「あ、ほら、あの東屋でご飯を食べるの」

「あぁ、あれがそうなのか。話は聞いていたんだ。レンキン医師たちが使っているらしい」

「レンキン先生の？　だから手入れされているんだ」

薬草を取りに来る誰かが使っているのだと思っていたけれど、レンキン先生だったのか。そういえば王家の森だから、許可が無い者が入ることはできないんだった。

東屋の中に入り、テーブルに食事を並べていく。ちょうど湖に上から光が当たり、キラキラと浮かび上がっているのが見える。

「綺麗な湖だよね。魚はいるのかな？」

「あぁ、その湖には生き物はいないらしいよ」

「え？　なんで？」

「その湖、湧水がたまっているものなんだと。綺麗すぎて生き物は生きられないと聞いた」

「綺麗すぎたら生き物は生きていけないの？」

キラキラと反射している湖は近くに寄ると透き通っている。湖の底までしっかり見えるけれど、本当に魚が一匹もいなかった。

「俺もここに来るのは初めてだから確認したわけじゃないけど、レンキン医師がそう話していたんだ。ここの湧水は薬を処方する時に重宝《ちょうほう》するらしいけど」

「そうなんだ……綺麗すぎるとダメなんだね。こんなに綺麗で棲《す》みやすそうに見えるのに」

「人の住む世界と同じだよ。多少の汚れが必要になる」

「多少の汚れか……私もお祖父様のようになれるかな」

「陛下のように？」

「そう。お祖父様が貴族の不正をある程度見逃してたのは知ってる。この国を強く、豊かにするためには甘くすることも必要だったって」

「そういうことも必要な時代だったんだろう。戦後はうまみが無ければ貴族なんてやってられなかっただろうし」

「綺麗ごとだけじゃダメなのはわかってる。時には犠牲を容認することも必要になるんだって」

そこまで深く考えていたわけじゃないのに、するっとそんな言葉が出た。考えすぎだよって言われて流されるかと思ったら、二人とも思い当たることがあるのか真剣な顔になった。

「私、変なこと言ったね……笑われるかと思った」

「いや、笑ったりしないよ。姫さんがどうしてそう思ったのか聞きたい」

「何となくというか、犠牲を出さないで平和を守るのは難しいよね。この国も何度となく戦争になって、いろんなことを犠牲にしてきた。これからも綺麗ごとだけじゃ守れないんだろうなって」

「この国の歴史は戦争史と言ってもいいくらいだもんな。穀倉地帯だから周りの国からは狙われ続けているし。ここしばらく平和なのがめずらしいくらいだ。だけど、姫さんがそんな風に考えているとは思ってなかったよ」

私があんな育ち方をしたせいだろうか。人の悪意を感じさせるものから遠ざけられている気がする。大事に大事に守られて優しいものに囲まれている。だけど、女王になるにはそこから目をそらしてはいけないと思う。

「この国の歴史、表側の歴史だけしか書かれていないの。裏側、犠牲にされてきたことは無かったことになっている。どうして全部書かないのかな。必要なことだと思うのに」

王宮の図書室にある本を全部読んでみて、この国の歴史は後ろめたい部分がすべて消されていることを知った。誰がそうしろと命じたのかはわからない。歴史の表側、綺麗な部分だけが残されていた。

「そういえば、そうだな。アーレンスの屋敷にはチュルニア時代の資料がたくさん残されていた。その中には敵国だったユーギニスの歴史も書かれていた。チュルニアも昔はこの国を奪おうとしていたから。この国を守るため多くのものが犠牲になったはずなのに、王宮の図書室に置いてある歴史書には書かれていなかった」

「そうなのか？　俺も綺麗な部分だけでは国を守れないとは思っているが、歴史書を改ざんしているとは知らなかった」

そうか、カイルのいたアーレンスはもともとは他国だった。この国に残されている歴史書を直しても、他国から見たユーギニスの歴史を直すことはできない。

「たとえば、結界の乙女……」

「なんだ、それ」

カイルの口から出た言葉に、時が戻ったのかと思った。カイルの説明が遠く、遠くに聞こえる。

「アーレンスがチュルニアだった時代、アーレンスはユーギニスに戦争を仕掛けている。ユーギニスはチュルニアとココディアに同時に狙われ侵略されそうになっていた。その時、ユーギニスの国境に結界がいくつも作られた。魔女と呼ばれていた乙女たちが魔石の代わりとなって張られた結界だ。……魔力が尽きても命を燃やして結界を張り続けるものだ。一人ずつ塔に閉じ込められ、死ぬまで結界を張って国を守った。その犠牲になった魔女たちを『結界の乙女』と呼んでいたんだ」

「ちょっと待て。魔女って、魔術師の女性ってことか？」

「そうだ。だが、今の魔術師とはかなり違っている。魔女の家と呼ばれる場所に預けられ、魔女として育てられる。魔女は生涯を魔女として生き、結婚することも子を産むこともない。国を守るために生き、その命をも国に捧《ささ》げてきた。なのに、この国の歴史書には一言も魔女のことが書かれていなかった」

「魔女という存在がいたのは知らなかったな。魔石が無かった時代、人柱《ひとばしら》ってやつか……国を守るために犠牲が必要だとはわかるが、さすがに吐き気がするな」

「当時、貴族や平民もそう思ったらしい。国を守るためとはいえ、王族は非情すぎると。だからじゃないか、歴史書から消されたのは。あまりにも体裁が悪いと思ったんだろう」

王族が非情だったわけじゃない。陛下が望んだわけじゃない。それでも、そうしなければ守れないほど国が弱かった。叫び出しそうになるけれど、両手で肩を抱きかかえるように押さえた。

……わかってもらえるわけがない。あの時代の悲しみを言ったところで、もうどうにもならない。

「どうした、姫さん。話を聞いて怖くなったのか？」

「……ううん。大丈夫」

「顔色が悪い。無理するな」

カイルに抱き上げられ、膝の上で横抱きにされる。頰にふれたカイルの手が熱く感じられた。

「身体が冷えてる。寒かったのか？」

「姫さん用のひざ掛け持ってきた。ほら、掛けておけ」

カイルの腕とひざ掛けで、少しずつ体温が上がってくる。ゆっくりとこの時代の私を思い出すように、周りの音も戻ってきた。

あの頃の私とは別だ。私は……もう魔女じゃない。大丈夫、少し気持ちが引き戻されただけ。

渡された温かいお茶を飲むと、気持ちが落ち着いてくる。

「……どうしてカイルはそんなに詳しいの？」

あの当時、『結界の乙女』に関する資料は公表されていない。他国から見た歴史書だとしても、魔女については知られていないはずだった。この国にすら残されていないのに、どうしてそこまで詳しく知っているんだろう。

「昔は部屋に閉じこもって、何もすることが無かったんだ。家庭教師も最低限しか教えてくれなくて、話し相手もいなかった。うちにあった昔の資料を読むくらいしかできなくて。埃をかぶった資料を部屋に持って行って、読《よ》み漁《あさ》ってたんだ。その中の一冊にとても興味深いものがあって。ちょうどアーレンスとミレッカー侯爵領との境に結界が作られた。その塔に閉じ込められた魔女はリリア。まだ成人前の魔女だった」

「え？」

どうしてその名を。もう最後は誰も呼んでくれなくなった名前。

「結界の乙女たちはその命を使って結界を張っていた。当然、一人二人と亡くなり、最後はリリア一人になった。リリアは一人で五十年も結界を張り続け、それなのに塔の中で魔術の研究を続けていたんだ」

「は？　魔石の代わりに魔力を吸い上げられていたんだろう？　よく魔術の研究なんてする気力が残っていたな」

「リリアはもともと貴族の生まれだったらしい。他の魔女よりもはるかに魔力量が多かったし、知識も豊富に持っていた。結界の乙女として人柱になった時も国を守るためならばと、少しも恨んでいなかったそうなんだ。すごいよな。まだ成人前の令嬢がそこまで国のために生きようと思うなんて。国を良くするため、民の暮らしを楽にするため、最後まで魔術の研究を続けて、それを惜しみなく伝えていた。俺が読んだ本はリリアに食料や生活品を届けていた商人が書いたものだった。こんな素晴らしい魔女を忘れてはいけないと。それがチュルニアに伝わって、そのまま残されていた」

「なるほど、皮肉なもんだな。国のために生きた魔女を忘れないために商人が本を残したのに、それが敵国にしか残されていなかったとはな」

あの商人の夫婦がそんな本を。人に会って話すことがうれしくて、届けに来てくれた時にはお茶を一杯飲む間だけ話していた。あまり長居させると影響が出てしまうかもしれないから、それほど話すことはできなかったのだけど。

いつも笑顔の奥さんとしかめっつらだけど優しい旦那さんだった。そうか……あの夫婦ももう生きていないんだな。

「皮肉か、そうだな……俺はその本が好きで繰り返し読んでいた。いや、その魔女の生き方が好きだったんだ。正式に国から認められなくても、誰かのために生きた生涯が。俺もあきらめないで生きようって、そう思えた」

「あーカイルが学園であんだけ頑張ってた理由がそれか」

「そう。親に認められたいって気持ちもあったけど、それ以上に誰かに認められなくても頑張り続けようって思ってた。成人前の令嬢ができたことを俺ができないわけがないって。あの本が無かったら俺も腐ってたと思うよ」

「ようやくわかった。カイルは誰かに評価されたくて努力してたわけじゃないのか。そんなんじゃ俺が勝てなくても仕方ないな」

「いや、クリスが最初から努力してたら負けてたよ。最初の方、手を抜いてただろう」

「……嘘だろ。バレてたのかよ」

「クリスは最初から目立ってたからな。ずっと隣の席だったたし、わかるよ」

少し不貞腐れたクリスに、半分からかうようなカイル。二人の会話をただ聞いて、時間が過ぎていく。

誰にも認められなくても良かった、わけじゃない。そんなに偉いものじゃない。あがいていたことも、後悔しそうだったこともあった。私のしていることがちっぽけに見えて泣いてしまった夜が何度もあった。朝起きて誰にも挨拶できないことが苦しかった。亡くなっていく仲間を見送ることすらできなかった。なんのために生まれてきたんだろうって。その答えは最後までわからなかった。

だけど、私を知っている人がいた。この時代に、ここに。カイルが私を知っていてくれた。それがうれしくて。心の奥が震えた気がした。

第十三章　女官の仕事

いつものように王太子室で仕事をしていた時だった。読んでいた報告書に違和感を覚え、めくる手を止めた。

王太子の指名を受けた後くらいからお祖父様の不調が目立つようになり、王妃の仕事を本格的に任されることになった。今、読んでいたのは女官からの報告書だった。王妃の仕事をし始めたのは二週間前からだが、気になって前の報告書を引っ張り出す。突然決裁済みの報告書を引っ張り出したことで、他の仕事をしていたデイビットが不思議そうに聞いてくる。

「ソフィア様、どうかしましたか？」

「うん……ちょっと報告書が気になって。あぁ、あったわ。うん、これも。これもそうだわ」

「何があったんですか？」

デイビットに女官からの報告書を四部ほど渡す。同じ者が書いた報告書ではなく、別々の女官からの報告書だ。見た目はとても綺麗な字で、読みやすくわかりやすい報告書で、理想論ではなく実際の数字もきちんと調べて書かれている。お手本にしたいくらいよくできた報告書なのだが……。

「これ、読まなくていいから、見てくれない？」

「……？」

「見て、どう思う？」

「………。これ、筆跡が同じなのに、別々の者からの報告ですね」

「そうよね。どう見ても書いているのは同じ女官なの。それぞれ、別件の報告書だったから気がつくのが遅れたわ。どうして同じ者が書いた報告書が別の名前で報告されているのかしら」

王妃の仕事も多岐にわたっていて、それぞれに担当の女官がいる。文官は基本的に国王と王子につき、女官は王妃と王女につく。本来は女官長は王妃について仕事をするのだが、この国には王妃がいない。そのため、女官長も国王であるお祖父様について仕事をしていた。

王妃の仕事を任されるようになったが、女官長は一度退職した高齢の女官を呼び戻したために、あまり長時間の仕事をさせることができない。前女官長があんな事件を起こして辞めさせられたせいで、新たに女官長を選ぶにも信用がなく、仕方なく退職した女官長を呼び戻していた。お祖父様が国王と王妃の仕事を見ているために、どうしてもすべてに目を通す余裕がない。それを補うのが文官の長でもある執務室長と女官長になるのだが、どちらも高齢のために限界が来ていた。新しい執務室長と女官長を探す。これも私が女王になる前にしなくてはいけないことだった。

執務室長にはこのまいけばデイビットが就くことになる。王太子室付きのデイビットと文官たちをそのまま執務室付きにすればいい。問題は女官長だった。

前女官長から長い間虐待を受けていた私は、女官の制服を見ただけで顔色が悪くなり身体が震えていたらしい。前世の記憶を取り戻したことで精神的に強くなったと思っていたが、九歳だった私の身体は苦しかったことを忘れなかった。無意識に女官を避け、怯《おび》えているように他から見えていたらしい。

そのため、王女につくはずの女官はつけられなかった。十二歳になる頃に王太子代理として仕事を始めたこともあり、私につけられたのはデイビットたち文官だった。おかげで東宮にいる文官たちの名は覚えているし、誰がどんな仕事をしてきたのかもわかっている。

だが、女官になるとほとんど知らない者ばかり。名前も顔もわからず、どんな仕事をしていたのかもわからない。これでは新しい女官長を選ぶことができない。信用できる女官長を選ぶためには、女官たちのことを知ることから始めなければならなかった。報告書を読んで、一人一人の名前を確認する。報告書は資料を見て作るだけではなく、実際に孤児院を訪問しているか、教会の者に話を聞いているかなど、形だけの報告になっていないかを確認していた。その報告書の中で特に素晴らしいと思った報告書。それが別々の名前で報告されている。いったいどういうことなのか。これを書いているのは本当は誰なのか。

「……これは、一度女官長から話を聞いたほうがいいですね」

「そうね。ミランを呼んでくれる？」

「今からですと昼休憩になりますので、午後になったら来るように連絡しますね」

「うん、よろしくね」

◇◇

「お呼びでしょうか？　ソフィア様」

午後になってすぐに王太子室に来たミランは、いつも通りにこにことしている。小柄だが少しぽっちゃりしていて、白髪《しらが》に近い金髪を後ろで一つに結んでいる。お祖父様よりも少し年下ではあるが、本当ならもうとっくに引退している年齢だ。というよりも、一度退職したのをお願いして女官長に戻したのだから無理は言えない。

「ごめんなさいね、ミラン。これを確認してもらいたくて呼んだの。この報告書の字が誰のものかわかるかしら？」

報告書を手渡すと、ミランは手元から離したり近づけたりしている。もしかして、目がよく見えていない？

「申し訳ありません。数年前から目がかすむようになって、こうして見るとなんとか読めるのですが、筆跡はちょっとわかりません。この報告書がどうかしたのでしょうか？」

「そういうことなのね。これらの報告書は筆跡が同じだから、同じ人が書いていると思うのだけど、報告書の名前が別々だったの。四人もいたから、誰が書いたのか気になって」

「四人ですか？　聞いてもよろしいですか？」

デイビットが四人の名前を告げると、ミランは意外なことを言い始めた。

「あぁ、その中の一人、セリーヌはソフィア様に会っていただこうと思っていた者です」

「私に会わせる？」

「ええ。女官長候補として推薦しようと思っておりました。とても優秀で真面目で信頼できます」

「じゃあ、その女官が書いたものなのかしら」

ミランが信頼できるというのなら、人柄は問題ないのだろう。そうなら、この者が他の三人の報告書も書いている？　だが、それならそれで、どうして他の者の仕事もしているのか疑問は残る。

「ソフィア様、女官長が会わせたいと思っている者なら、直接呼んで聞いてみたらどうですか？」

「セリーヌをここに？」

「ええ。その時に他の三人の報告書のことも聞いてみてはいかがですか？」

仕事の手を休め、こちらの話を聞いていたクリスとカイルに目を向け、二人の考えを聞いてみる。

「うん、俺もそれが良いと思う」

「気になるなら、呼んで聞けばいい。それでも疑うなら、影に調べさせればいいんじゃないか？」

「カイルとクリスもそう思うのなら……。わかった。ミラン、セリーヌに来るように言ってくれる？」

「わかりました。何か調べたいことがあるのですね。それでは、セリーヌには用件を告げないでおきます」

ミランが信頼しているというセリーヌを疑っているようなことを言ったのに、セリーヌには用件を告げないで呼び出すという。気を悪くしないのかと思ったのに、ミランは朗らかに笑った。

「ふふふ。疑われても大丈夫なものでなければ女官は勤まりません。疑われているのなら、セリーヌがそれを説明する義務があるでしょう。お好きなように問いただしてください」

「そういうものなのね。わかったわ。セリーヌに聞いてみる」

多分、ミランはそれだけセリーヌのことを信じているのだろう。それならば、私も気にせずに疑問をぶつけてみよう。

セリーヌが王太子室に来たのは、それから一時間後のことだった。長身のセリーヌは突然の呼び出しにもかかわらず、動揺しているようには見えない。綺麗な所作で礼をし、頭を下げたままのセリーヌに顔を上げるように言う。化粧っ気のない素朴な顔立ちだが、緑色の瞳がまっすぐに私を見ている。後ろめたいことなんて一つもなさそうに見える。

「仕事中に急に呼び出してごめんね。この報告書を書いたのはセリーヌ？」

セリーヌの名で署名されている報告書を見せると、「はい」と頷いた。その返事に迷いは無さそうだ。

「何か問題がありましたか？」

「いいえ、とても綺麗な字だし内容も問題ないわ」

「あぁ、字は同僚が清書しておりますので、問題ないはずです」

「え？　清書？」

「はい。わたくしは字が汚いというか、くせ字のようでして……。数年前から女官長が読みにくそうにしているのがわかり、字が綺麗な同僚に清書してもらってから提出しています」

清書！　なるほど。字が汚いことが恥ずかしいのか、少しだけ表情が崩れる。それでも隠すことなく話しているのは問題ないと思っているからだろう。もしかして他の三人も清書して……いや、そんなはずはない。あきらかに報告書の書き方が似すぎている。清書しただけなら、もっと違いが出るはずだった。

「誰が清書しているの？」

「クロエです。わたくしと同期の女官です」

同期の女官。セリーヌは二十代後半といった感じだろうか。同期というのなら、クロエも同じ年齢なはずだ。だが、クロエという名で書かれた報告書は見たことがなかった。……この年で担当の仕事がない女官？　それはそれでおかしな話になる。

「……クロエを呼んできてくれないかしら？」

セリーヌに付き添われるように王太子室に入ってきたクロエは、見るからに緊張しているようだった。王太子である私の前に出ても堂々としているセリーヌとは対照的に、クロエはおどおどと自信なさげにしている。

金髪緑目で見た目から高位貴族なのがわかるセリーヌと、茶髪茶目で平民と変わらない色を持つクロエ。もちろん女官として採用されているクロエが平民なわけはない。少なくとも貴族令嬢で、学園で優秀な成績をおさめているはず。それなのにこの落ち着きのなさはどういうことだろう。顔色が悪いのかと思ったが、厚塗りの化粧のせいで真っ白に見える。地味な印象を受けるのに、白粉《おしろい》だけは厚塗りなのが気になる。

「王太子様、クロエを連れてまいりました」

「ありがとう。それではセリーヌは退室していいわ」

クロエから話を聞くのにセリーヌを同席させるわけにはいかない。これから報告書の筆跡が四人も同じことを確認することになる。どう見てもクロエが清書しただけではないとなると、誰かが仕事を押し付けられていることが考えられた。

一応はセリーヌも疑わなければいけない対象だ。そのためクロエだけを残そうとしたら、二人とも動揺している。セリーヌはクロエを見て心配そうにしているし、クロエはセリーヌに縋《すが》るような目をしている。……仲良しなのはわかったけど、クロエから話を聞かなければいけない。少しの間をおいて、セリーヌは礼をして退室した。最後まで不安そうな顔をしているクロエを気にしながら。

「急に呼び出してごめんなさいね。この、セリーヌの報告書なのだけど、クロエが清書したので間違いない？」

「えっ。あ、はい」

「セリーヌが書いた報告書をそのまま清書したということ？」

「は、はい。そうです。間違いのないようにそのまま清書しました」

なるほど。では、この報告書を作ったのはセリーヌでいいらしい。では、残りの三人の報告書は誰が？

「クロエの字はとても綺麗な字ね。丁寧に書いてあってとても読みやすいわ。セリーヌの他にも清書を頼まれていたりする？」

「……いえ。セリーヌだけです」

「……そう。わかったわ」

清書を頼まれているのはセリーヌだけ。その言葉に嘘はないような気がするけれど、では他の三人はどうして。聞こうと思ったら、クロエの手が震えているのが見えた。左手を右手で握りしめるようにぎゅっと押さえつけている。その手を見て、既視感を覚える。

……これは、クロエから聞き出すのは無理かもしれない。そういうことなのね。

「ごめんね。クロエの字がとても綺麗だったから気になったの。セリーヌの清書のことも本人から聞いているわ。女官長の目が悪いから、読みやすいように清書しているって。これからも頑張ってね」

「あ、ありがとうございます……」

ほっとしたようなクロエに、もう退室していいと告げる。最後までおどおどした態度のまま、ぎこちなく礼をしてクロエは退室していった。

「すぐ帰しましたね。クロエに聞かなくてよかったのですか？」

なぜクロエに直接聞かなかったのか、デイビットは不思議そうに尋ねてくる。わざわざ呼び出したのに聞かずに帰したのだから、デイビットが疑問に思うのも無理はない。だけど……。

「クロエ、多分誰かに暴力を受けているわ」

「え？」

「隠してた左手の甲が少し見えたの。あざになってた。それに、化粧で隠してたけど、頬が腫《は》れてた。誰かに叩かれたんだわ」

「それがあの報告書に関わっていると？」

「それはまだわからないけれど、かなり怯えていた。無理に聞き出すのはまずいかもしれないと思って聞かなかったの」

握りしめていた手が赤黒くなっていたのが少し見えた。自信の無さそうな態度、怯えて震えていた身体。……いつかの、前女官長の前に立たされた自分を思い出す。あれはもうずっと虐げられている者に見えた。

「そういうことでしたか。クロエの資料ありましたよ。クロエ・バランド。バランド伯爵家の長女ですね。女官になってから担当者になったことはないです。ずっと雑務担当ということになっています」

「どうしてずっと雑務担当なの？　セリーヌと同期なのでしょう？」

「そうですね。もう女官になって七年もたっていますし、普通なら三年もすればどこかの担当者になっているはずです」

デイビットもおかしいと思うのか、首をかしげている。もっと詳しい資料は無いかとデイビットに聞いたら、クリスがクロエのことを知っていた。

「クロエのことは知っているよ。俺たちが学園の三年の時の一年だったから」

「え？　あぁ、そういえばそうだね」

今年二十八歳になるクリスとカイルは、二十六歳になるクロエとは学園で一年重なっている。それでもクリスが他の学年のクロエを知っているというのは意外だった。三年と一年では授業時間が違うためにすれ違うことも無いはずなのに。

「バランド伯爵家は縁戚なんだ。だから少しは事情を知っている。あの家は問題があって、うちとしては関係を見直そうかという話になっていた。クロエの色を見ただろう。あの色では普通に考えたら貴族には見えない。それで浮気を疑われたようなんだ」

「え？」

クロエも？　だからクリスは気まずそうなのか、カイルをちらりと見た。カイルの家を思い出すような話をして申し訳ないと思っているのだろう。そんなクリスに、カイルは気にしなくていいと話を促した。

「調べた結果、魔力量が平民とは思えないほど多かったことで、一応は夫人にかけられた疑いは晴れた。だが、伯爵はクロエのことが気に入らなかったらしい。養子をとって伯爵家を継がせることにしたと」

「クロエがいるのに、わざわざ養子を？」

「養子といっても形だけね。伯爵の実子なんだよ。愛人が産んだ息子を引き取ったらしい。愛人も元子爵家の令嬢だったから、産まれた息子は茶髪だが紫目だったらしい」

「そうだったんだ……」

クロエの自信なさげな態度は親から認められなかったからだろうか。貴族としての色を持っていなかったから、クロエではなく異母弟を養子にして跡継ぎとした。それは自分が見捨てられたように感じたかもしれない。

「まぁ、縁戚だからというのもあるが、クロエを知ってたのは他の理由もある。ライン先生から聞いたんだが、入学試験の結果クロエが次席だったんだよ。今年の一学年は魔力量が多くて指導するのが楽しみだって、めずらしく先生がうれしそうだったから覚えているんだ」

「そうなの？　クロエが次席なの？」

女官になるくらいだからクロエも優秀なのはわかっていたが、次席で入学するほど優秀だとは思わなかった。

「ああ、セリーヌが三席だったはずだ」

「え？　セリーヌのほうが下だったの⁇」

それはかなり意外だ。セリーヌは優秀なように見えていたし、ミランが褒めるほどなのに。そのセリーヌよりもクロエのほうが上だとは思ってなかった。

「俺が卒業した後のことはわからないけれど、女官に採用されるくらいだから優秀に決まっている。だが、あの態度だと他の女官から嫌がらせをされていそうだな」

「やっぱり嫌がらせなのかな。担当になってないのって」

気がついてしまったからにはなんとかしたい。だけど、本当に三人から嫌がらせを受けているとは限らない。証拠が欲しいけれど、そのためにクロエを放置するのも嫌だった。クリスの話を聞いてますますクロエをどうしようと悩んでいたら、デイビットが確認するように聞いてくる。

「ソフィア様はクロエを助けたいのですか？」

「うん。知っちゃったからにはほっとけない。クロエは真面目そうだし、あの報告書も気になる。多分、あの報告書を書いたのはクロエ自身だと思う。あれだけ優秀なのに怯えているし、他の者の仕事を押しつけられているのならなんとかしなきゃ」

「……なるほど。では、こうしたらいかがですか？　クロエを王太子室付きの女官として異動させましょう」

「え？　クロエをこの部屋に？」

「ええ。セリーヌも一緒に異動させたいところですが、おそらくセリーヌが一緒だとクロエはあのままでしょう。守られることに慣れてしまえば、自信がつくことはありません」

「それはそうかもしれない。セリーヌはクロエが心配だって感じだった。でも、クロエを王太子室付きにしてどうするの？」

私たちと文官しかいないこの部屋に女官をつける？　文官の仕事を女官に任せるのは難しいんじゃないだろうか。

「ちょうど資料をまとめる者の手が足りていないんですよね。文官の数にも限りがありますし、いずれにしても王妃の仕事をするためには女官をつけなければいけません。その第一号として、クロエは最適でしょう。何も担当していないのですからね。仕事に影響がありません」

「王太子室付きだけど、デイビットの部下にするってこと？　確かに何も担当していないのなら、すぐに異動できるわね。デイビットならクロエを育てられる？」

「あの報告書は見事でした。セリーヌのも読みましたが、他の三人の報告書も同じくらい素晴らしい。純粋に部下として欲しいという気持ちもあります」

最近私の仕事が増えてしまったせいで、デイビットの仕事も増えている。本来なら女官に任せるような仕事までデイビットにお願いしてしまっている。人手が足りない、けれど王太子付きの女官を増やすには私の許可がいる。デイビットにしてみたらこれはいい機会だと思ったのかもしれない。クロエを嫌がらせから守るだけじゃなく、デイビットは純粋に部下としてクロエが欲しいと言った。そういうことなら異動させてみようか。

「わかったわ。クロエを守りたいと思うだけじゃなく、仕事ができる者はきちんと評価したいの。デイビットが部下として欲しいというのなら、その理由でミランにお願いするわ。明日からクロエはこちらで働いてもらいましょう」

「助かります」

デイビットがうれしそうに笑って部屋から出て行った。もしかして、ミランに伝えに行った？こんなにすぐに？

「ようやくデイビットの仕事も減るかな」

「え？　そんなに大変そうだった？」

「デイビット、この二週間家に帰ってないよ」

「ええ？　うそ……そんなに大変だったなんて。早く言ってよ」

二週間も東宮に泊まり込みで働いていたとは知らなかった。想像以上に人手が足りていなかったらしい。デイビットのためにも早く信用できる女官を増やさなければいけない。意気込んでいたらカイルとクリスにため息をつかれる。

「そうやってソフィアが無理するから何も言わなかったんだよ」

「そうだよ。姫さんが頑張るからデイビットも頑張るんだ。まぁ、クロエが来たらデイビットの仕事も減るだろうから。姫さんはクロエと仲良くすることを頑張ったら？」

「……わかったわ」

◇　◇

翌日から王太子室付きになったクロエは前日以上に緊張していた。まさか自分が王太子室付きになるとは思っていなかったらしい。突然の異動指示にミランは驚いていたようだが、クロエは担当している仕事がないために影響が少ないことと、字が綺麗だからデイビットの助手として採用すると伝えると納得していた。

そのうちセリーヌも王太子室付きにするとは思うが、今はクロエから少し離したほうがいいとデイビットは考えていた。クロエに自信がついて一人で仕事ができるようになったら、セリーヌも王太子室付きにするということで話は決まった。私と直接仕事をするわけではないが、デイビットの助手として王太子室に出入りすることになる。最初は簡単な資料整理から始まったが、すぐに難しい調べ物をするようになり、報告書を区分して私に持ってくるようになった。

様子を見ながら一週間働いてもらったが、予想よりも仕事を覚えるのが早かった。会話するとまだ落ち着きがなくおどおどしているが、仕事をしている最中は問題がないように見える。上司になったデイビットもそのことを喜んでいるようだ。

「思った以上によくできた部下です。おかげで仕事がはかどります」

「そうね……私もそう思う。何も問題なさそうなのに、どうして担当から外れていたのかしら」

「その辺は女官長も気になって調べていたようです。どうやら最初の指導係が悪かったみたいですね」

「指導係？」

「ええ、女官として採用したあと、先輩の女官が指導係としてつきます。仕事の説明や報告書の書き方などを教えるのですが、クロエについた指導係はほとんど教えることなく放置していたようです。教えられていないので、女官室の掃除などをしていたと。そのため仕事ができないと判断され、雑務だけしていたようです」

「最初の指導係のせいだったのね。どうして指導係はそんなことをしたのかしら？」

「……あの色と態度が気に入らなかったらしいです」

「はぁぁ」

ため息しか出ない。髪色で判断できることは確かに多い。王族の色である銀髪や高位貴族の色である金髪を見れば、その者がだいたいどのくらいの身分なのかわかる。だが、そうではない者だっている。色だけですべてを判断できるとは言い切れない。色で差別するものがいることは知っていたが、女官の仕事でまでそんなことをしているとは……。

「その先輩女官は今もいるの？」

「その後、すぐにやめたそうです。前女官長とつながりがあったことがわかり、本人は罪をおかしていなかったのですが、評判が悪くなって居づらくなったのでしょう」

「あぁ、そうなんだ。あの女官長のお友達なのね」

あの女官長とつながりがある女官ならば納得する。罪をおかしていないとはいうが、クロエにしたことはどうなんだろう。あの手のあざ、腫れた頬。女官たちの中で暴力が根づいているのだとしたら、あの女官長の影響がまだ続いているのかもしれない。

「今のところクロエに近づいてきているものはいないようです。どうします？　監視はまだ続けますか？」

「うーん。そうだね。もう少しだけ監視してくれる？　報告書の件で関わってる三人が気になるのよね。このまま何も無ければ放っておいてもいいかもしれないけど」

「わかりました」

◇◇

監視からの緊急報告がされたのは、それから三日後だった。本宮の私室でくつろいでいると、天井からイルが降りてきた。

「え!?」

「ソフィア様、驚かせて申し訳ありません。監視していた者から連絡が入りました。クロエという女官が数名の女官に呼び出されて連れて行かれたそうです」

「クロエが!?」

「場所はどこだ？」

すぐにカイルが立ち上がり、王宮内の地図を見ながら場所を確認する。その間にクリスが廊下にいる近衛騎士たちに指示を伝える。近衛騎士を引き連れて移動したら、さすがに気がつかれてしまう。だから、何かあった時にはクリスとカイルだけを連れて行くと決めてあった。そのため、私室内から転移していなくなっても騒がないようにと伝える。

「すぐに行きましょう」

「姫さん、わかっていると思うが、決定的な場面になるまで姿は見せないで」

「……うん」

決定的な場面……それってクロエが暴力を受けるのを待つってことだよね。それまで助けに入らずに見ているだけ。そうしなきゃいけない理由はわかっているんだけど。

「ソフィアだって、同じことをしただろう？」

「わかってるんだけど……。ひどい目に遭うかもしれないのに」

「それ、ソフィアが言う？」

「ううう。わかった。できるかぎり我慢する」

「よし、行こう」

場所を確認したカイルの手を取って、クリスと三人で転移する。近くに誰もいない場所を選んだのだろう。あたりに人の気配はなかった。

「ここは、西宮？」

「そうだ。姿を消して近づこう」

またここに来ることになるとは。九歳になるまで住んでいた場所ではあるが、夕方近くになっているせいか薄暗く、建物がより古びたように見える。もともと老朽化のために倉庫として使用している宮だ。こんな時間に女官が西宮に来る仕事なんて考えられない。

姿を消したまま廊下を歩いていると、奥から女性の声が聞こえてくる。人がいない建物だから、静かな声だとしてもよく聞こえる。近づいて確認すると、シーツ置き場の中で話をしているようだ。

中を覗くとクロエを囲むように三人の女官が立っていた。ここからだと後ろ姿しか見えないけれど、金髪に近い髪色。高位貴族出身の女官なのかもしれない。

「どうしてずっと休んでいるのよ。おかげで報告書が間に合わないじゃない」

「そうよ。さっさと報告書を書きなさいよ」

「え、でも……あの……」

あの報告書の三人の女官だろうか。クロエを責めるような声が聞こえる。それに対してクロエは言い返すことができないようだ。こんな感じでずっと仕事を押しつけられていたんだろうな。

「あなただって給与をもらっているんだから、少しは仕事しなさいよ。私たちはあなたに仕事をわけてあげているんだから感謝してよね。明日からちゃんと出てきて報告書を書くこと！　わかった!?」

「あの……私、休んでいたわけじゃなくて」

「何よ。休んでたじゃない。女官室で見なかったわよ」

「そうよ。探したのに二週間もいなかったわ。おかげで報告書の締め切りに間に合わなかったじゃない。さっさと出てきて仕事しなさいよ」

クロエが女官室にいなかったから報告書が間に合わないなんて。いなかったら自分で書こうとは少しも思わないらしい。仕事を押しつけていただけじゃなく、できなかったことまで人のせいにするなんて。思わずため息をつきそうになるが、音を出さないようにこっそりと部屋に入る。

決定的な場面まで待つように言われているが、その後はすぐに助けに入りたい。

できるだけ近くにいて見守るつもりだった。

「あの……休んでいたわけではなくて、異動になりました」

「はぁ？　クロエが異動？」

「あまりにも仕事できないから異動になったんじゃない？」

「え？　じゃあ、もしかして下級使用人になったんじゃない？」

「うそ。洗濯女にでもなったの？　やだぁ。お似合いなんだけど！」

三人の笑い声が重なる。クロエを馬鹿にするような笑い方。女官にしては厚塗りの派手な化粧をした顔が醜く歪む。あぁ、嫌だ。前女官長の笑い方を思い出す。どうしてこんな風に人を見下して笑えるんだろう。クロエが傷ついていないか心配になる。うつむくようにしていたクロエが顔を上げる。その顔は何かを決意したように力強かった。

「……私は王太子室に異動になりました」

「「「は？」」」

「もう女官室付きでは無いので、女官の雑務はしていません」

「何言ってんの？」

「王太子室長について仕事をしています！　ですから、もう皆さんの報告書を書くことはできません！」

ここ二週間デイビットについて仕事をしていたおかげだろうか。クロエは前よりも自信を持つことができたようだ。三人に囲まれて怖いのか、震えているのにちゃんと言い返している。

だが、それに安心したのはつかの間だった。

「何を馬鹿なこと言ってるの？　クロエなんかが王太子室付きに選ばれるわけないじゃない」

「そうよ。クロエが選ばれるなら私たちが選ばれているわよ」

「報告書を書きたくないからって、そんな馬鹿な嘘をつくなんて。これは懲らしめないとダメみたいね」

「っ！　嘘じゃありません！」

「はいはい、そっち押さえといて〜」

「はーい」

クロエの発言を嘘だと決めつけ、二人の女官がクロエの腕を押さえつける。抵抗しても細身のクロエでは振りほどけず、もう一人の女官が近づいていく。

「顔を殴ると見つかっちゃうかもしれないけど〜。でも、クロエの顔を見てると殴りたくなっちゃうのよね〜」

「大丈夫よ。クロエ、いつも下向いて歩いているもの。それに誰とも話さないんだもの。顔の形が変わってても誰も気にしないわ」

「それもそうよね～。じゃあ、とりあえず飽きるまでは顔にいこうかな」

人に暴力をふるうことを楽しんでいる女官たちの発言に、目の前が真っ赤になるような感じがした。にやにやと女官がクロエに近づいていく。思い切り振り上げた腕が下ろされたとき、カイルの叫ぶ声が聞こえた。

「ダメだ！」

「え？」

振り上げた手を下ろした女官は、殴った相手が違うのを見て、驚いたまま固まっている。叩かれた頬が痛いのか熱いのかわからなかった。すぐにカイルに抱き寄せられ、クリスに叱られる。

「何やってるんだ！　誰が身代わりになっていいって言った！」

「ご、ごめんなさい。身体が勝手に動いて、転移してた……」

「もう！　この馬鹿！」

クリスが私の腫れた頬に手を当て、治癒の魔術をかけてくれる。後ろから驚いたような声が響く。

「王太子様！　どうしてここに!!」

「え？　王太子様？」

「……うそ」

「そんな……王太子様を叩いたの？」

私に気がついたクロエが叫び、それを聞いた女官三人が青ざめる。転移した瞬間、姿を消していた術が解けていた。顔を見たことが無くても、銀髪を見たら私だとわかるはず。王太子を殴ったとなれば、処罰は免れない。女官同士の争いとは意味が違ってくる。女官だけではなく、後ろ盾の貴族家までも処罰されることになる。

「ソフィア。気持ちはわかるが、これはダメだ。どうしてこんな真似をしたんだ！」

「え、あの……ごめんなさい。叩かれようと思ってたわけじゃないんだけど、気がついたらここにいて……ごめん、カイル……」

本当に身代わりになるつもりなんてなかった。女官たちを処罰するためには決定的な証拠が必要だってわかってた。自分だってそのためにイザベラと前女官長の前に一人で立ったのだから。だから、クロエが暴力を受けても耐えるつもりだった。仕方ない。仕方ないことだって、頭では理解していた。なのに、あの時怒りでいっぱいになって、気がついたら女官の前に立っていた。

わざとじゃないけど、クリスとカイルの気持ちもわかる。私をいつも守ろうとしてくれている二人の気持ちを蔑ろにしてしまった。これではもう危ない場所には連れて来てもらえないかもしれない。

「はぁ。とりあえず、治療は終わり。姫さん、あとでゆっくり説教な」

「……はい」

「とりあえず、この件を何とかしてからだな。あとでじっくり説教するから」

「……はい。ごめんなさい」

後から説教されるのは確定のようだ。仕方ない。素直に怒られよう。クロエは大丈夫だったのか気になって見たら、泣きそうな顔をしているのがわかった。

「……私の代わりに叩かれるなんて……本当になんとお詫《わ》び申し上げたらよいのか……」

「あぁ、うん。クロエが悪いわけじゃないから、いいの」

「ですが……」

「大丈夫。クロエが誰かに虐げられているんじゃないかって、最初からわかっていたから。これは勝手に飛び出した私が悪いんだ」

「え？」

「セリーヌ以外の女官三人の報告書もクロエが代わりに書いているって、最初から気がついていたの。クロエが暴力を受けているらしいことも。だから、監視をつけていたのよ。この十日間」

監視を付け女官たちを見張っていたことを告げると、三人の女官たちは倒れそうなほど顔色が悪くなる。ここに呼び出した理由も聞かれていたのだから。どうするのかと思っていたら、なぜか三人ともカイルへと駆け寄りすがりつこうとした。

「は？」

「カイル様、お願いします！　助けてください！」

「私たち、王太子様に危害を加えるつもりなんて無かったんです！」

「普段は真面目に働いているんです！　本当です！」

三人に助けを求められたカイルは驚きすぎて言葉が出ないようだ。クリスはあーあと呆れながらも何か知っているらしい。

「ねぇ、なんでカイルに助けを求めてるの!?」

「あれね、カイルは女官に優しいって噂が流れたことがあったんだ」

「え？　なんで？」

「姫さんのせいだよ。ほら、前にエリーが絡まれてたところを助けただろう？　そん時に東宮までカイルに送り届けさせただろう？　あれでカイルは女官を助けた優しい人って噂が流れたんだ」

「ええ？　あの一件で？」

確かに女官補佐のエリーを助けた時、カイルに送らせたけど。それだけでカイルが女官に優しいって噂になるなんて。え？　もしかして、クリスじゃなくカイルが言い寄られるのって、そのせい？　カイルが女官に優しくしているところなんて見たことないけど……。

「それ以上俺に近づくな」

「「え？」」

「ソフィアを傷つけたものを俺が許すわけないだろう」

「そ、そんな！」

「カイル様は優しいんじゃ……」

「何馬鹿なこと言ってるんだ。俺が優しいのはソフィアにだけだ」

予想通り突き放されて、女官たちが崩れ落ちる。カイルにすがっても無駄だとわかっているけど、なんとなく申し訳なくなる。私が勝手にクロエの身代わりになっただけなんだよね。それで罪が重くなるのは……違う気がするなぁ。

「カイル、女官が私を叩いたのは無かったことにして？」

「何言ってんだよ。無かったことになんてできるわけないだろう」

「だって、私が転移して出て行ったからで、本当はクロエを叩こうとしてたんだよ？　だから、クロエに暴力をふるってたってことで捕まえてほしい」

「なんでだよ」

「だって、今まで実際に叩かれてたのはクロエだよ。クロエを叩いたこと、嫌がらせしてたこと、仕事を押しつけてたこと、ちゃんと償ってほしい。私を叩いた罪で捕まえたら、それがうやむやになっちゃう。ちゃんとクロエにしたことで償ってほしい」

　クロエがつらい目に遭っていたのに、私を一度叩いたことのほうが罪が重い。そういうものなのはわかるけど、納得したくない。本気で私が言っているのがわかったのか、カイルがため息をついた。

「それと、説教は別だからな。わかったよ。クリスもそれでいいか？」

「仕方ないね。俺たちがちゃんと姫さんをつかまえてなかったのも悪い。姫さんが我慢できずに飛び出すのは予想して対応すべきだったんだ」

「はぁぁ。そうだな。近衛騎士を呼ぼう。おい、お前ら。ちゃんとクロエにしたことを話さないなら、ソフィアを叩いた罪で牢に入れることになる。そうなったらどうなるか、わかってるんだろうな？」

「「「はぃぃぃ。申し訳ありませんでしたぁ……」」」

もう立ち上がる気力もない女官三人を近衛騎士に運ばせる。この後は今までクロエにしたことを聞き出し、それにふさわしい処罰を与えることになる。顔色の悪いクロエが心配だったが、クロエから話を聞くのは明日以降になった。

カイルとクリスに連れられ、私室に転移した後、リサとユナからも叱られ、説教はなかなか終わらかった。反省はしているけれど……本当にわざとじゃなかったのにな。

翌日、午後になってクロエから事情を聞けた。

午後になったのは、近衛騎士による女官三人の取り調べが長引いたからだ。おとなしく罪を認めるかと思ったら、三人で罪をなすりつけ合っていたらしい。調べに立ち会っていた文官が呆れたように報告書を渡してくれた。

渡された報告書を読んで、また怒りがこみあげてくる。クロエは三年も前から仕事を押しつけられていた。暴力については一年ほど前から……。一年もあんな風に暴力を受け続けていたなんて。もっと早くに助けられたら良かった。文官とばかり仕事をして、女官はほとんど会う機会がなかった。ちゃんと女官とも仕事をしていたら、もしかしたら防げたかもしれないのに。

一人で王太子室に来たクロエは、まだ自信なさげではあったが、最初の頃のようにおどおどすることは無かった。デイビットや私たちに慣れたのもあるだろうが、女官三人が捕まったことで安心したのかもしれない。

「じゃあ、クロエがどうしてあの三人の仕事をするようになったのか、覚えていることを話してくれる？　セリーヌの報告書を清書していたことも関係するの？」

「はい。最初のきっかけはセリーヌの報告書を清書したことだと思います。頼まれたのは四年ほど前でした。当時、女官になって三年が過ぎていましたが、仕事がまったくできなくて、毎日女官室の掃除ばかりしていました」

「指導係の先輩が仕事を教えてくれなかったからよね？」

「はい。女官として仕事ができなくて、本当なら女官を辞めるべきだったのでしょうけど、私は仕事を辞めたら行く場所がないのです。ですので、雑務しかできなくても女官を続けていました」

そういえば、伯爵家は養子の弟が継ぐと言っていた。クロエがいるのに愛人の子を引き取って、継がせると。女官を辞めても家には帰れないんだろうな……。

「セリーヌとは学園の時からの友人で、おそらくまともに仕事をしていない私を見かねたのだと思います。報告書を清書してくれないかと言われました。確かに女官長は目を悪くして報告書を読みにくそうにはしていましたけど、セリーヌの字はそこまで読みにくいわけではありません。でも、仕事を頼まれて、うれしくて引き受けました」

「セリーヌはクロエを助けたくて清書を頼んだってこと？」

「私はそう感じました。私にできる仕事を考えてくれたのだと。セリーヌの報告書を何度も清書するうちに、報告書の書き方がだんだんわかってきて、自分でも報告書が書けるのではと思うくらいになりました。思えば、そんな風に考えていたのが悪かったのかもしれません。あの三人にセリーヌの報告書を書くのなら、自分たちの報告書も書くようにと言われたのです。セリーヌのは清書だけだと言っても聞いてもらえず、期日までに書き上げるようにと……」

あぁ、そういうことなんだ。仕事を教えてもらえず何もできなかったはずなのに、どうしてクロエが報告書を書くことができたのか。四人分の報告書の書き方がとてもよく似ていた理由も。クロエはセリーヌの報告書から書き方を学んだからなんだ。

「暴力を受けたのは、どうして？」

「最初は三人の報告書を書くのも嫌ではありませんでした。自分の名前で提出できなくても、仕事ができるのがうれしくて。でも、だんだん押しつけられる仕事が増えてきて、ほとんどの仕事を私が代わりにするようになると、やっぱりこれはおかしいんじゃないかと思うようになりました。だから、もう仕事を引き受けないと断ろうとしたのです。それが三人には腹立たしいことだったようで、暴力を受けるようになりました……」

「はぁぁ。そういうことだったの。わかったわ、昨日のようにクロエが断ろうとしたのね。デイビット、クロエは何か罪に問われる？」

クロエの話を静かに聞いていたデイビットだが、めずらしく微笑みが消えている。

「……そうですね。書類を偽造していたとも考えられますけど、違っていたのは署名だけで、報告書自体には問題はありませんでした。暴力を受けて脅されていたということもありますし、クロエの罪は軽いものでしょう。そうですね、ソフィア様からお叱りの言葉があればそれで済むと思います」

「え？　私から？」

私がクロエを叱るの？　昨日の夜のカイルとクリス、リサとユナからの説教を思い出す。私がクロエを叱れることなんてあるのだろうか。

「えっと……クロエ」

「はい」

「もう二度とあんなことしちゃダメよ？」

「……はい」

「何かあったらちゃんとセリーヌやデイビットに報告できる？　もうクロエだけで何とかしようとしないで、ちゃんとみんなに相談してね？　わかった？」

「……っ。はいっ！」

私に叱られると思っていたのか、小さくなっていたクロエが、泣きそうな顔で笑った。もうあんな目に遭う前にちゃんと助けたい。だから、みんなに相談してほしかった。

「デイビット、これでいい？」

「うーん、まぁ、いいんじゃないですか。お叱りとは違うかもしれませんけど、それが大事なことですね。クロエ、もうわかりましたよね。あなたに何かあればソフィア様が心配します。だから、もう一人で抱え込まないでくださいね」

「はいっ」

良かった。ちゃんとわかってくれたのか、笑顔で答えてくれた。

◇　◇

一度セリーヌともしっかり話をしてみたくて、呼び出したのはクロエの一件から十日ほど過ぎた午後だった。クロエはデイビットに頼まれた資料を探しに図書室へと行っている。セリーヌと話が終わるまでに戻ってくることは無いだろう。

「セリーヌは女官の仕事をどう思っている？」

「そうですね。とてもやりがいのある仕事だと思っております。王妃様と王太子妃様がいらっしゃらないために、女官たちは個人の裁量で動くことが多いです。そのため、忙しいとも言えますが、責任ある大事な仕事だと考えています」

王妃も王太子妃もいない。その代わりにお祖父様が仕事をしてきた。だが、すべてを代わるというわけにはいかない。お祖父様は国王と王太子の仕事まで一人でこなしてきたのだから。そのため、女官たちは一人一人担当の仕事を与えられ、個人の裁量で動いてきた。

その仕事の結果を報告書にまとめ、女官長に報告する。女官長が報告された内容をまとめ、お祖父様に報告する。お祖父様がその報告で気になったことがあれば、女官長から女官へと伝えることになっている。

「何か問題点があると思う？」

「……あると思います。担当ごとに動きますので、他の女官の仕事がわかりません。女官室にいても、仕事中なのか休憩中なのかすら見分けがつきません。仕事をさぼっていても、他の担当をしている女官からはわからないのです」

「それはクロエに仕事を押しつけていた女官たちのこと？」

「はい。そうです。クロエが報告書を書いていても、クロエの仕事をしているのだと思っていました。誰がどの仕事を担当しているのかはわかりません。ですので、クロエにも担当の仕事ができたのだと思っていたのです」

「あぁ、そうなんだ。誰がどの仕事を担当しているかわからないのね」

デイビットを見ると、そうですねと頷いた。

「文官の仕事も同じです。たとえば、王太子室付きの文官であっても、誰がどの仕事をしているのかは公表していません。すべてを把握しているのは長だけです。王太子室であれば、把握しているのは私とソフィア様だけです」

「そういえばそうね。文官の仕事だってそうだもの。女官の仕事も同じなら、どうして女官の仕事だけ問題があるの？」

「おそらく、女官のほうが仕事の分担分けが細かいからでしょうか。文官は一人で仕事をこなすことはしません。必ず同じ仕事を数人で担当します。休みだったり、突然辞めることもありえます。その時にその仕事のことを他の者が誰も知らないのでは困ります」

「それは女官もそうなのにね」

「女官は数名で仕事をすると揉めると言われたことがあります」

「誰が言ったの、それ」

「前女官長ですね……そういえば」

前女官長が変えたことだったのか……。仕事の分担を細かくして、他からわかりにくくする。それはもしかして……。

「それって、女官たちを都合のいいように動かしていても、他からバレないようにするためだったんじゃない？」

「でしょうね。……すみません、もう少し考えるべきでした」

「ううん、いい。私もだから」

考えてみたらわかることだった。本宮に住まなければいけない私を西宮に移動させたことも、前女官長の言うことを聞く者だけを使用人としたのも、誰にも咎められないような状況にしてからでなければできないことだ。少しずつ女官の仕組みを変え、仕事内容が他から見えないようにし、私をハズレ姫にするために準備をしていたということか。

「仕組みを変えなきゃダメね。というか、文官と同じ仕組みにしましょう」

「それが良さそうですね」

私とデイビットがそう結論づけると、セリーヌはほっとした顔になった。ミランがセリーヌを推薦したのもわかる気がした。

「ねぇ、セリーヌ。クロエに清書を頼んだのは、本当に自分の字が汚かったから？　クロエが仕事をしていないのを知って、何とかしたかったんじゃないの？」

「おっしゃる通りです。クロエがいつ会っても女官室の掃除をしているのが気になって。どの仕事を担当しているのか聞いてみたら、何も担当をしていないと。クロエが申し訳なさそうに言うのを聞いて、これ以上クロエに何か言ってもどうすることもできないのだと思いました。女官の先輩たちに気に入られていないのは知っていたので、意地悪されているのかもしれないと思いました」

「女官長に報告することは考えなかった？」

「何か問題を起こしたら辞めなければいけないと話していたので。たとえクロエが悪くなくても、騒ぎになったらクロエは辞めさせられてしまいます」

「あぁ、クロエの家のことをセリーヌも知っているのね？」

「はい」

なるほど。女官として働くためには貴族の後ろ盾が必要だ。他の女官と揉めたとなれば、クロエの父親はクロエを辞めさせるかもしれない。クロエの仕事よりも、他の貴族家との関係を大事にするだろう。……あ、今の状況ってまずい？

「デイビット、今回のことでクロエが辞めさせられたり……」

「しません。大丈夫です」

「本当？　クロエの父親は……」

「ソフィア様のお気に入りなので辞めさせることのないようにと、伯爵へ書簡を送ってあります。王太子室長の名で」

「良かった……ありがとう、デイビット」

「いいえ。私もせっかく育てた後輩を辞めさせたくないですからね」

デイビットのおかげで助かった。伯爵がクロエの後ろ盾を取り消す前に書簡を送ってくれていたらしい。デイビットの名でというのなら問題はないだろう。文官の長として国王の側近になるデイビットに逆らうような貴族家はいないはずだ。

「でも、どうして清書だったの？」

自分の仕事を手伝わせるとか、他にもやりようはあったと思う。クロエの字は綺麗だけど、それが理由だろうか。

「私の字がくせ字で、クロエの字がとても綺麗というのもありますが、清書を頼んだ理由はそれだけではありません。クロエは入学時から卒業時まで次席の成績でした」

「あ、うん。それは聞いたわ。セリーヌが三席だって聞いて驚いたもの。学園ではクロエのほうが成績良かったのでしょう？」

「はい。首席は侯爵家の嫡男でした。それは当然だと思います。普通の家の令嬢はそこまで勉強しません。私は兄が二人いるのですが、三人まとめて同じ家庭教師をつけられましたので、令息と同じ教育をされました。とてもめずらしいことだと思います」

「令嬢はそこまで勉強しないというのはわかるわ。でも、クロエもセリーヌも三席に入っている。どちらもかなり頑張ったのね」

「違うのです」

「ん？」

「クロエには家庭教師がつけられていなかったそうです」

「え？」

次席の成績で入学したクロエに家庭教師がついていなかった？　何の冗談かと思ったが、セリーヌは真剣な顔をしていた。

「クロエは二歳年下の義弟の侍女として働いていたそうです」

「は？」

「伯爵家では令嬢扱いされず、養子になった弟の下で働いていたそうです」

「……そこまでひどかったなんて。でも、じゃあ、成績はどうして？」

「義弟が家庭教師に習う時に、部屋に同席していたそうです。侍女として、壁際に待機して……それだけで覚えたそうです」

「直接教わったわけじゃないのに、その成績だったの？」

弟につけられた家庭教師。その授業を聞いているだけで覚えてしまった？　それだけでセリーヌよりも上の成績。クロエは天才なんだわ。

「私も最初は疑いました。ですが、学園の授業に目を輝かせて喜んでいるクロエを見て、本当のことだったのだと思いました。そんなクロエですので、報告書の書き方を教えなくても、清書しているうちに覚えてしまうのではないかと考えたのです」

「そういうことだったの。確かにクロエはそれで仕事を覚えたと言っていたわ」

すべてセリーヌの計画通りだったというわけか。考えてみれば同じ女官として働いているのに、セリーヌが仕事を教えるというわけにはいかない。セリーヌも仕事があるし、そんな暇も無いだろう。

「ですが、そのせいで他の女官から仕事を押しつけられていたとは思いませんでした。やっとクロエにも担当の仕事ができたのだと、喜んでいたのですけど……」

叱られた犬のようにシュンとなったセリーヌに、本当にクロエのことを心配していたのだと思った。ミランの言う通りだわ。

「ねぇ、セリーヌ。私はもうクロエのようなことは無くしたいの。虐げられているものが無いようにしたい。女官だけじゃなく、教会も孤児院も。誰かを虐げて喜ぶような者を排除したいのよ」

「ええ、素晴らしいことだと思います！」

「だから、その仕事をセリーヌが手伝ってくれない？」

「え？　私がですか？」

「うん。セリーヌなら任せられる気がする。女官長について、女官長の仕事を覚えてくれない？

ミランの次の女官長になってほしいの」

「……私ではなく、クロエのほうが優秀です」

「うん、それはそうかもしれない。優秀かどうかで言ったら、クロエのほうが上かもしれない。でも、それだけでは女官長は勤まらないわ。全ての女官を見て、問題が無いか助けが必要か判断して、的確に声をかけたり手を貸さなければいけない。場合によっては切り捨てることも必要な仕事よ。だからこそ、クロエではなくセリーヌにお願いするの。女官長にはセリーヌが向いていると思うから。引き受けてくれない？」

「……クロエではなく私に」

セリーヌはクロエと一緒にいて勉強していた分だけ、クロエの優秀さに劣等感を持っていたのかもしれない。それでも困っているクロエに手を差しのべたセリーヌは強い。セリーヌなら、この先改革をしなければいけない女官たちをまとめられるだろう。少しだけ考え込んだセリーヌだが、顔を上げた時には心が決まったようだ。

「お引き受けいたします」

「ありがとう！」

「女官長に報告してきますね」

いそいそとうれしそうな顔でデイビットが部屋から出て行く。新しい女官長が決まった。ミランから仕事を受け継いでもらったら、すぐにでも交代になる。クロエとセリーヌ。信頼できる女官に出会えたことで、女官だからと怖がることがなくなった。

もう大丈夫。女官の制服を見て震えたりしない。また一つ、乗り越えられた気がした。

第十四章　アーレンスの姫

学園の二学年が始まって三週間が過ぎ、食堂の個室でエディとアルノーが来るのを待っていた。

エディたちの学年とは授業時間が違うため、昼食をとる時間も少しずれる。私たちが先に個室に入りお茶を飲みながら待って、エディたちが来たら話をしながら食事をする。

王宮に戻れば私は王太子の仕事があるし、エディは王太子教育の教師が待ち構えている。お互いに予定が詰まっているので、ゆっくり話せるのは学園にいる時くらいだった。そのため週に何度かは待ち合わせて一緒に食事をすることにしていた。

最初に会わせた時はダグラスと打ち解けられるか心配していたが、意外にもあっさりと仲良くなっていた。エディたちは他国の事情に詳しいし、ダグラスは本で得た知識が豊富だ。話してみたらお互いに興味が湧いたらしく、会えば楽しそうに議論している。

今日もいつものようにエディたちを待っていると、外からバタバタと走ってくる音が聞こえる。食堂の個室がある場所で走るものなどいないのに、まるで何かに追われているかのような。王族が二人も通うとなって、学園内の近衛騎士が増やされている。誰かに追われるような状況になるとは考えにくいのだが……。

バタンと荒々しくドアが開くとエディが飛び込んで入ってきて、その後ろからアルノーが部屋に入ってくる。アルノーはすぐさまドアを閉めると大きく息を吐いた。

「二人とも、どうしたの？」

「はぁ、はぁ……追いかけられて……」

「追いかけられた？　どういうこと？」

エディとアルノーが学園内で追われるなんて、いったい何があったのだろう。アルノーに尋ねようとしたら、シッと静かにするように言われる。外から誰かが走ってくる音が聞こえる。その音が少しずつ近づいているように大きくなっていく。まさか、まだ追いかけてきている？

「どっ、どうしよう。アルノー！　まだ追いかけてくる！」

「嘘だろう……王族専用個室まで来る気かよ！」

焦っている二人に話を聞く時間は無さそうだった。

「エディ、アルノー。壁際に寄って、黙って立っていて」

二人を壁際に追いやると、その手前に幻影で壁を作り出す。エディとアルノーからは見えるけれど、こちらから向こう側は見えない。動かないでいれば二人は隠れたままでいられる。

「二人を隠す壁を幻影で作ったから、そのままそこにいて。こっちからは見えないわ」

「う、うん」

「見えなくても声は聞こえるの。二人とも静かにしていて」

二人を追いかけてきている者は本当にこの部屋に入ってくるだろうか。もし入ってきたとしても、私とクリスとカイル。ルリとダグラスもいる。王族専用の個室付近に近づくだけでも不敬だと言われても仕方ない。追いかけて来た者はそれだけ身分が高いのか、ただの礼儀知らずか……。

声をひそめて待ち構えているとカチャリと音がしてドアが開いた。どんなものが来るのかと思っていたら、覗き込むように顔を出したのは小柄な女の子だった。

まっすぐな黒髪に猫のように丸く目じりだけ上向きな黒目。入ってきたのが可愛らしい令嬢だったのは意外だった。だけど黒髪黒目って……思わずカイルを見る。カイルも気がついたようで、動揺しているのがわかった。

「あら？　エディ様がここに入ったように見えたのだけど」

あぁ、この令嬢がエディを追いかけていたのに間違いないようだ。ここが王族専用の個室だと知らないのかもしれない。令嬢からは悪いことをしているような後ろめたさが無いように感じる。

「あなたは一学年かしら？　私たちに何か用でも？」

「いいえ。あなたたちに用はないわ。ちょっとエディ様を探していただけだから……」

やっぱりここが王族専用の個室だと知らないのか、そっけなく答えた令嬢の動きが止まった。どこを見ているのだろうと思ったら、クリスを見ている？　カイルではなく？

「ねぇ、この彼はあなたの護衛よね。すっごく綺麗。決めた！　この護衛は私のものにするわ」

「「「は？」」」

「あ、心配しなくてもちゃんとお礼はするわよ？　あとで請求してくれたら支払うから。さぁ、行きましょう？　ここにエディ様はいないようだから、一緒に探して！」

……えーっと。クリスを私の護衛だと思ったのは正解だけど、どうして簡単に自分のものにできると思ったんだろう。この子は名乗ってすらいないのに、請求してってどういうこと？　初めて会った他人の護衛をお金で買おうとするってどういうつもりなのか。

「断る」

私たちがあっけに取られているうちに、クリスが冷たく言い放った。それはそうだ。クリスに命令できるような身分は、私かお祖父様くらいしかいない。可愛らしいからといって令嬢のわがままを聞くような性格でもないし。令嬢は断られたことが意外だったのか、一瞬動きが止まった。もう一度動き出したと思ったら、にっこり笑って命令をした。

「聞こえなかったの？　あなたは私が買うと言ったの。わかりました以外の言葉はいらないのよ？」

「お前は馬鹿なのか？」

「……は？」

「どうして俺がお前よりも身分が低いと思っているんだ。俺を買うだと？　不愉快だ」

これ以上ないほど冷たく返され、ちょっとだけ令嬢がかわいそうになる。クリスが公爵家の出身で王族だと知ったら社交界にしばらく出られないほど恥ずかしいだろう。今のことは聞かなかったことにしてあげたくなる。そう思っていたら、令嬢はクリスの言ったことを理解できなかったようだ。

「ちょっと！　なんなの！　この生意気な護衛は！　ちゃんと言い聞かせなさいよ！」

まだわかっていないのか、私へ文句を言ってきた。ため息が出そうになると思ったら、黙って見ていられなくなったダグラスが口を挟んだ。

「なぁ、お前は誰なんだ。ここが王族専用の個室だと知らないで入ってきたんだろう？　お前が護衛だと思っている人は王族だぞ？」

「……は？」

「お前は王族相手に買ってやるから従えと言ったんだ。どれだけ不敬なのかわかるか？」

「え？　だって、学園にいる王子はエディ様だけでしょう？　この男が王族なわけないじゃない」

「はぁ……知らないのか。この方はクリス様といって、ソフィア様の婚約者でフリッツ第二王子様の養子になっている。ついでにいえば王族になる前も公爵家の出身だ」

「は？　王女の婚約者？　嘘でしょう？」

ここまで言われても理解できないのだとしたら問題だ。さすがにこのまま放っておくわけにもいかないか。

「全部本当よ。ところで、あなたは誰？　王族専用の個室に許可なく入ってきて、名乗りもしないの？」

「うるさいわね。私は騙されないわよ？　王女の婚約者はカイル兄様だって聞いているわ。私はアンナ・アーレンス。王女の婚約者の妹よ」

やっぱりアーレンスだった。黒髪黒目の時点で無関係ではないと思っていたけれど。カイルを見たら、ため息をつきながらアンナに話しかけた。嫌そうにしているのは、これ以上アーレンスに関わりたくないんだろう。

「お前がアンナ？」

「わかったら黙りなさい、無礼よ……って、もしかしてカイル兄様？」

「そうだ。お前のことを妹だとは思いたくないけどな。お前が失礼なことを言った相手は王女のソフィア様だぞ。ついでに言うと、クリスも俺もソフィア様の婚約者で間違いない」

「は？　二人とも婚約者？」

「ソフィア様は女王になるから、王配は三人持つことになる」

「え？　本当に二人とも婚約者なの？　信じられない。王女って、そういう人なの？　見目《みめ》のいい男を侍らかすために三人も結婚するなんて！　こんなふしだらな女に良いようにされるなんて、カイル兄様もかわいそうね」

「……この女、捨ててきていいか？」

「待て、俺が捨ててくる」

「クリス様、カイル様、俺が捨ててきます」

「私が捨ててきます！　というか、絶対に許しません！」

ふしだらな女……あまりのことに頭が真っ白になる。私が何も言えないでいると、周りの四人が一斉に怒り出した。責め立てられ、さすがに自分の味方がいないことを感じたのか、

「どうせカイル兄様なんて裏切り者なんだし、どうでもいいけど」

そう言い捨てるようにして出て行った。カイルが裏切り者？

「カイル、あれは本当に妹なのか!?」

「俺としては認めたくないが、異母妹なんだろう。王宮に戻ったらすぐに陛下に報告に行く」

「信じられません！　なんなんですか！　あの子！　ソフィア様をふ、ふしだらだなんて！　絶対に許せません！」

「あれは学園側にも報告したほうがいいですよ。絶対に他でも何か問題を起こします」

アンナがいなくなった後も、怒りは収まらないようだ。

「……なんか、ごめん。僕が追いかけられてたからこんなことに」

「……俺からも申し訳ないです。もっと上手にあしらっておけばよかった」

あぁ、忘れていた。エディとアルノーを隠していたんだった。壁の幻影を解くと、申し訳なさそうな顔をした二人が出てきた。

「エディ、あの令嬢に追われていたの？」

「ああ。僕たちを追いかけてきたのはあの令嬢で間違いないよ。あの令嬢はC教室らしいんだけど、授業が終わる前に抜け出してきて、A教室の前で待ち構えていたんだ」

「えぇぇ？　何のために？」

他の教室なのに、授業を途中で抜け出してまでエディを待っていたとは。

「エディを結婚相手にしようと思っているみたいでしたよ。私を娶れたら王族として地位が上がるでしょ、とかなんとか言って。どうしてそう思っているのかわからないんですけど。俺が聞いても話が通じなくて」

「あの令嬢と結婚したらエディの地位が上がる？　意味がわからないわ」

「僕も。まったく意味がわからないよ」

席に着いたらぐったりと顔を伏せてしまったエディに、よっぽど大変だったのだろうと思う。話をしていた時間は短かったのに私も疲れてしまっている。周りのみんなは疲れるよりも怒りが先に来ているようで殺気を感じる。

「とにかく、食事をしましょう？　急がないと私たちは授業が始まってしまうわ」

昼休みになったばかりのエディ達と違って私たちはもう残り半分も無い。とりあえず食事をして、この問題は帰った後で話し合うことを決めた。

謁見室で今日の出来事をお祖父様に報告し、今後についても話し合った後、仕事をするために王太子室に来たのはいいが、さすがに疲れていた。

お祖父様の怒りようもすごかったし、レンキン先生やオイゲンも怖かった。カイルが責められているわけじゃなかったのが幸いだけど、クリスも他のみんなも誰一人アンナを庇うものはいなかった。すぐさま退学させてアーレンスへ送り返せと言われたのは、なんとか思いとどまってもらったものの、学園長からの注意は免れない。次に何かあれば即退学という警告をすることで一旦落ち着いた。

「ソフィア様、とりあえず少し休憩しましょう。このまま仕事しても進まないと思いますよ」

「そうね……」

謁見室に立ち会っていたデイビットも事情はわかっている。王太子室の奥の小部屋に入り、ソファに沈むように座る。隣にカイルとクリスも座ると、クロエがお茶を淹れて運んできた。

「今から侍女を呼ぶと時間がかかりそうだったので、私が淹れてきました。美味しくないかもしれませんけど……」

「ありがとう、クロエ。大丈夫、美味しいわ」

すっかり王太子室に馴染んだクロエがにっこり笑って小部屋から出て行く。向かい側に座ったデイビットもお茶に口をつけてから話を始めた。

「さきほど謁見室で話し合いに立ち会っていた文官が学園に向かいました。学園長と一学年の教師に報告されることになります。近衛騎士も増員されるので、今日のようなことは起こりにくいとは思います。必要ならソフィア様の護衛騎士も増やします」

「今のところは増やさなくていいよ。俺とカイルがついているし、ダグラスもそばにいる。直接姫さんに何かしてくることはないだろう。カイル、今回は手紙で連絡来てなかったのか？」

「あの時、イリアを助けなかっただろう？　後で父様から抗議の手紙が届いた。イリアを助けないとは何事だと。だから、今後は一切手紙を受け付けないと返信しておいた。王宮に届いていたとしても送り返されているよ」

「あぁ、そういえば。カイル様宛ての手紙は受け付けないようにと言われていましたので、すべて送り返してあります。辺境伯からというより、令嬢からの手紙がほとんどですけど」

カイルの父親は孫が産まれないからとカイルに愛人を作らせようとしていた。イリアのことがあって連絡を絶ったのもあるだろうけど、きっと愛人の件も頭にきていたんだろう。手紙の受け取り拒否は今後一切関わらないと宣言したようなものだ。

「それにしても学園から注意を受けたくらいで、あの令嬢の行動が変わると思う？」

「俺は変わらないと思うな。気に入ったからといって護衛騎士を金で買おうとするなんて、どうやったらあんな傲慢な令嬢に育つんだか」

「きっとアンナはアーレンスが世界で一番豊かな土地だと思っている」

「は？」「え？」「それは、またすごい誤解ですね」

「嘘だろう。悪いが、あの領地はお荷物でしかない」

私とクリスとデイビットは領地の税などの数値をすべて把握している。当然、アーレンスが豊かではないことも知っている。もちろん同じ仕事をしているカイルもわかっているはずなのだが……。

「俺は領地にいた頃、ずっと自分の部屋に閉じこもっていたけど、外から使用人たちの噂話はよく聞こえていた。だから俺も王都に来て学園で学ぶまでそう思っていた。アーレンスはチュルニアとユーギニスが奪い合うほど大事な土地なんだと。だからユーギニスになった後も王族と対等の地位を与えられていると」

「あー知らなければそう誤解しても仕方ないかな。だが、チュルニアからユーギアスになった時に文句を言われなかったのは、アーレンスが役に立たないお荷物だったからだろう」

カイルの故郷だとしても遠慮がないクリスがはっきりお荷物という。確かにアーレンスはそう呼ばれている。そのことは学生ですら学んでいくうちに気がついてしまうほどだった。

「それはそうだと思う。チュルニアだった時は、有事の際に辺境騎士団を派遣するということで、かなり優遇されていたはずなんだ。それが戦争が起きたから騎士団を派遣しろと言われて、裏切って他国に加わるような領地……もういらないよな」

「チュルニアから補償金を求められなかったのも、アーレンスがお荷物になると知ってるからだろうな。それがよくもまぁ豊かな土地だから奪い合いになったと勘違いできるもんだ」

カイルから説明されてクリスは呆れた顔を隠さない。聞いているデイビットも苦笑いしている。だけど、なんとなくそう思ってしまうのも無理はないと思ってしまった。

「前辺境伯はアーレンスの姫と呼ばれていたそうよ。一人娘で大事に育てられたということもあるんだろうけど、もともとは少数民族が追われてあの地域に国を作ったと聞いているわ。それがチュルニアに落とされて属国になった。ずっとずっと昔のことだけど。それでいまだに娘が産まれると姫と呼ばれるとか」

おそらくチュルニアの史実にも載っていないくらい昔。アーレンスに黒髪黒目しかいないのはそういう理由だ。その上、他の領地とはほとんど交流せず、アーレンス家の本家の者が学園に来る以外は領地の外に出ようとしない。婚姻も領地内の者とだけし、他家に勤めるようなものもいない。

勘違いしたままでも何の問題なく生活していけるのだから……。

「アーレンスの姫ね。じゃあ、あの令嬢もそう思ってるかもな。自分は姫だから、王族と同等の立場だ、とか」

「思っているから強気なのかもしれないわね。今のところアーレンスは辺境伯でありながら公爵領の扱いになっている。特別扱いされていることには違いないもの」

アーレンスがユーギニスとなると正式に書類を交わした時には、もうすでに王弟と辺境伯を継ぐ一人娘は恋仲になっていた。当時の国王はそれを知って、アーレンスを公爵領にするつもりだった。そのため交わされた契約では公爵領と同じように税などが優遇されている。

ユーギニスに加わってから五十年間は公爵領と同じ扱いとすると。期間が五十年だったのは王弟の子が当主でいる間ということだったんだと思う。だけど、実際には王弟は亡くなり、アーレンスは公爵領とはならなかった。アーレンス辺境伯領となったが、産まれた息子は王弟の子だった。公表はできなかったが、国王はその子がいるならと公爵領扱いのままでいいとした。

アーレンスはチュルニアの中でも貧しい領地だった。魔獣《まじゅう》が出る森があり、田畑にできるような平地はほとんどない。高地のため気温が低く、冬は雪で閉ざされる。チュルニアが簡単にアーレンスを手放したのはそういうこともある。

ユーギニスになって、国境騎士団の分隊がアーレンスに派遣されている。国境を守るためということになっているが、実際には魔獣の討伐が主な仕事になっていて、討伐した魔獣はそのままアーレンスの領民に配られる。この魔獣の肉があるから領民は飢えることなく生活できている。それでも食料が足りないため、冬になる前には王領から小麦が無償で届けられている。

これだけ特別扱いだったのは、戦死した王弟の子が辺境伯だったから、それだけが理由だった。お祖父様は亡くなった叔父様の子だということで、そのまま特例を続けてアーレンスに支援していたらしい。だが契約した五十年は過ぎていて、もう一度契約を結び直す時期が来ている。このままユーギニスに残るのであれば、今後は破格の厚遇が一切無くなり、通常の侯爵家と同じ扱いになる予定だ。領地運営は非常に厳しくなるだろう。

数年前にそれを辺境伯に通達したところ、今後の方針がまだ決まっていないので決まり次第連絡するという返答だった。ユーギニスに残るのか、チュルニアに戻るのか、それとも独立してアーレンス国となるのか。どれを選択したとしても、これから生活が厳しくなるのは間違いない。領民が誤解したままで大丈夫なのだろうか……。

そんなことを考えていたが、デイビットは別なことが心配なようだ。

「大丈夫でしょうか。このまま学園内であの令嬢が暴走していると、隣のミレッカー侯爵家に取りつけた話も無くなってしまいそうですよ。ソフィア様が苦労して侯爵を説得したというのに……」

「あーそうだった。ミレッカー家の令嬢がエディと同じ教室にいるんだわ」

「そうなんですよね。そのうえディアナ嬢は次席です。エディ様とアルノー様の真ん中に座っているのでしょうし、教室内で何かあれば気がつかないわけないでしょうね」

「えぇぇ。エディとアルノーに言っておかなきゃ……」

「あれか。王領からアーレンスまで小麦を運ぶのは遠くて大変だからって、ミレッカー侯爵領で収穫した小麦をアーレンスに安く売るって話？」

「ええ。その話よ。これからアーレンスは生活が苦しくなるでしょう？　でもこれ以上特別扱いして補助するわけにはいかないから、隣のミレッカー領に補助を出して小麦を増産してもらうことにしたの。小麦の生産にかかるお金は国が出して、戦争時のために蓄えておいてもらう。蓄えていたものは古くなったら処分しなきゃいけないから、近隣の領地に安く売ってもらうことで消費する。ハンベル公爵領も近いしね。冷害があった時に対応できると思って」

アーレンスだけをあからさまに助けるわけにもいかない。表向きはココディアとの戦争に備えるという名目で、余った食料は近くの領地に安く流通させるという手を思いついたのだった。思いついた時はすごくいい手だと思って浮かれていたのだけど……。

「でも、ミレッカー侯爵が厳しくて。説得するの大変だったんだから〜！」

「だろうな。アーレンスとミレッカーは本当に仲が悪い。違う国だった時には真っ先に争っていた地域だから仕方ない。少し考えればアーレンスを助けるための政策だとわかるだろうし、絶対に手を貸したいなんて思わないだろう。よく説得できたと思うよ」

「ディアナが侯爵を説得してくれたみたいなの。ミレッカーだけじゃなく、国全体の安定も考えて受け入れるべきだって。ディアナって、エディの婚約者候補になっているのよ。成績だけじゃなく考え方もしっかりしているみたい」

「え？　令嬢が父親を説得したのか？　次席の成績といい、なんだか姫さんに似ているな」

「もう少ししたらエディが婚約者選びのお茶会を開く予定なの。そこには顔を出すことになると思うし、ゆっくり話せるのはその時かな」

一度夜会の時に挨拶を受けたが、個人的に話したことは無い。ディアナ・ミレッカー。すらりとした長身で大人びた顔立ちの令嬢だった。

「それまでアンナ嬢が何もしないでいてくれますかね。エディ様と結婚する気なんですよね？　ディアナ嬢に何かしたりしませんよね？」

「「……………」」

ますます心配そうなデイビットの質問には誰も返事ができなかった。エディを追いかけ回すような令嬢がライバルに何もしないわけがない。

しばらく続いた沈黙の後、

「近衛騎士を増員しておいてくれる？　できれば女性騎士を」

言えたのはそのくらいだった。

◇　◇

強烈な性格の令嬢アンナ・アーレンスに出会ってから一週間、

時間が合わなかったこともありエディとは食事を一緒にとっていなかった。アンナには学園長から警告がされたと報告があったが、それに納得した感じはなかったとも書かれていた。アンナとは学年が違うため、どうしても対応は同じ学年のエディに任せることになる。何事もなく済んでいるとは思えなかった。そろそろエディから直接報告を聞きたいと思い、お茶の時間に呼ぼうかと考えていたところだった。

次の授業のために中庭の連絡通路を移動していると、前を歩いていたカイルが何かを見つけたように足を止める。どうしたのかと思ったら、中庭のほうを見ている。

「カイル、何かあった？」

「あそこの生垣のところ、エディとアルノーが隠れている」

「え？」

示された方向を見てみると、少し離れたところの生け垣に二人がいるのが見えた。背の高い生け垣に身体を隠すようにして向こう側をうかがっているように見える。一緒にいるはずの近衛騎士たちは離れた場所に待機している。二人が近衛騎士を遠ざけるとはめずらしい。休み時間だとはいえ何をしているんだろう。

何かから隠れているようなので、私たちもこっそりと近づいていく。さすがに近づく途中でアルノーがこちらに気がついた。まずいというような顔をして、エディに何か耳打ちする。振り向いたエディもしまったというような顔をした。私たちに見つかったらまずいようなことをしていた？いったい何があったというのだろう。こそこそと小声でエディへと話しかける。

「こんなところで隠れて何を見ているの？」

「……実は教室を移動している時にアンナ嬢につかまりそうになって。それをディアナ嬢が止めてくれたんだけど、言い合いになってて」

「え？」

生け垣の隙間から向こう側を覗くと、アンナとディアナが向かい合っているのが見えた。どうやら言い合いになっているようだが、アンナが興奮気味で一方的に罵っている。あ。これ、私たちがここにいたらまずいのでは？　視線でエディに問うと、こくりと頷かれる。しまった。見なかったことにすればよかった。

エディも見なかったことにしようと思って隠れていたのに、私までこんな場面を見てしまったら……。はぁぁとがっくりしたくなるが、もう仕方がない。ここまで近づいてしまったら知らなかったことにはできない。ゆっくりと大きく息を吐いて、エディに事実確認をする。

「どうしてあの二人は揉めているの？」

「毎日アンナ嬢がA教室に押しかけてきて騒ぐもんだから、ディアナ嬢が見かねて注意してくれるようになって。言っていることは完全にディアナ嬢が正しいんだけど、何を言ってもアンナ嬢が聞いてくれなくてさ。ディアナ嬢に迷惑かけるのが申し訳ないと思って、昨日からはアンナ嬢が来ても追い返してくれるように女性騎士に頼んだんだ。これでもう大丈夫だと思っていたんだけど、教室を移動しようとしたら待ち伏せされていて……。授業をさぼってサロンに行こうって聞かなくて」

「はぁぁ。学園長からの警告は効いてないわけね。どうしよう。謹慎処分とかしても聞き分けてくれそうにないわね」

「そうなんだよね。だけどこんなことで退学にするのもかわいそうで」

その気持ちはわかる。何とかしてほしいと思っていても、私たち王族に対する不敬は処罰が重すぎて。下手に注意するとそれだけで人生を終わらせることになりかねない。優しいエディならなおさら、自分のせいでアンナが退学になるのは嫌だろう。ずっと他国にいたエディに戻って来たのだから王族らしくふるまえというのは難しい。今は王族としての立場をどうしていいか迷っているように見える。それにしても、この状況をどうやっておさめたらいいものか。悩んでいる間に、アンナの怒りは頂点に達してしまったようだ。

「いいかげんにして！　なんで私とエディ様の邪魔をするのよ！　私と結婚するのがエディ様のた

めになるんだって、わからないの⁉」

ディアナとの話し合いが決裂したのか、感情的なアンナが大きな声で叫んだのが聞こえた。アンナと結婚するのがエディのためになるという理由は理解できないけど、本人は本気でそう思っているんだろう。やはりカイルが予想していた通り、アーレンスが豊かな土地だと誤解しているのかもしれない。むしろ隣のミレッカーのほうがよっぽど豊かな土地なのだけど。アンナに罵倒されたディアナは声を荒らげることも無く、涼し気に受け答えている。

小柄なアンナと長身のディアナという見た目のせいもあって、子どもに文句を言われている大人という感じに見える。何を言われても動じないというか、駄々をこねている子どもに言い聞かせようとしているというか。

「だからね、その理由を教えてほしいの。どうしてあなたがエディ様と結婚するという話になるのか理解できない。だって、エディ様の婚約者候補はすでに決まっているのよ？　その中にはアーレンスの名は無かった。なのにそんなことを言うのはあなたにとって良くないわ」

あぁ、そういうことか。ディアナからすれば、エディの婚約者候補はもうすでに決まっているのだから、余計なことを言って周りに誤解されれば傷つくのはアンナのほうだと心配している。結婚するなんて騒いでいたのに、婚約者選びのお茶会にすら呼ばれなかったとなれば、アンナに問題があって候補から落ちたと思われかねない。

だが、そのディアナの心配はまったくアンナには伝わっていない。ディアナの言葉が意外だったのか、アンナは本当に不思議そうに答えた。

「それはおかしいわ。どうして婚約者候補に私の名が無いの？　アーレンスの私が選ばれないなんてありえないわ。エディ様の婚約者候補が決まっているなんて嘘ね」

「どうしてアーレンスだから選ばれると思っているの？」

ディアナとしては本気でアンナの言っていることがわからないのだろう。こっちのほうが常識としては正しいのだから。ディアナも首をかしげて不思議そうにしている。

「だって私は唯一のアーレンスの姫なのよ。お父様だって私がお願いしたら何でも叶えてくれるんだから。エディ様が私と結婚したらアーレンスはエディ様に従うわ」

「そう。アンナ様がアーレンスの唯一の令嬢なのはそうよね。それはわかったけれど、どうしてそれがエディ様のためになるの？」

「あなた馬鹿なの？　ここまで説明してもまだわからないなんて」

あーこれ以上話させてもダメそう。本気でアーレンスには価値があると思っているアンナと、何も価値が無いと知っているディアナ。このまま話を続けていても、意見が合うことはきっとない。

隣り合っている領地の令嬢たちをこれ以上揉めさせるのはダメだ。これからのことも考えて、きちんとアンナに言い聞かせないと。わからないようだったら、アンナはアーレンスに送り返さなければいけない。

「エディ、ここまで来たらあきらめましょう。これ以上揉めたら令嬢たちだけの問題じゃなくなるわ」

「はい、仕方ないですよね……。ソフィア姉様。僕が止めます」

私が止めに入ろうと思っていたのに、エディが止めるという。大丈夫なのか心配ではあるが、確かにエディの問題ではある。自分で何とかしたいというのならエディに任せてみよう。

「わかったわ。エディにお願いするわ」

そう言うと覚悟を決めたように真剣な顔でうなずいた。

「ディアナ嬢、もういいよ」

エディが少し大きな声でディアナに話しかける。生け垣から向こう側に出ると、エディを見たアンナがにっこりと笑った。

「エディ様！　助けに来てくれたのね！　もう、この人が何を言ってるのかわからなくて！」

小走りで近寄ってきてエディに抱き着こうとしたのを、アルノーがすぐさま前に出てアンナを手で停止させる。

「止まれ！　これ以上、エディ様に近寄るな」

「え。なんなのよ、あなた。邪魔よ！　どきなさい！」

これは想像ではあるけど、きっとアンナの頭の中ではエディが助けに来てくれた、うれしいと思って抱き着こうとしたのに護衛に邪魔された、って感じかな。私たちがエディの後ろからぞろぞろ出てきているのは見えないようだ。さすがにディアナは私たちを見て、すぐに礼をする。その隙の無い綺麗な所作は王子妃候補に選ばれているだけある。

「顔を上げていいわ」

ディアナに近づいて声をかけると顔を上げて軽く微笑む。その微笑みが少しだけ困っているように見えた。

「アンナ嬢、もういい加減にしてほしい。今後は僕に近づかないでくれないか？」

「エディ様、どうして？　何度も言っているでしょう？　エディ様のためなのよ？」

「必要ないよ」

ぴしゃりと言い切ったエディに心の中で拍手を送る。優しいエディは令嬢に冷たくできないかと思っていたけれど、少しは言えるようになったらしい。

「もう！　どうしてわかってくれないのよ」

「ちっともわからないよ。だって、僕はアーレンスを欲しいと思ったことなんて無いし」

「あら、そんな強がりを言ってもいいの？　私はアーレンスの姫なのよ？　わかってるの？　私がエディ様に冷たくされたって報告したら、アーレンスは独立してしまうかもしれないわよ？」

「は？」

そこにいるアンナ以外の者すべてが頭を抱えたくなったと思う。独立したとしても、困るのはアーレンスだけなのにと。全員が絶句したのを誤解したのか、うれしそうにアンナは話を続ける。

「私がエディ様と結婚するなら、お父様はユーギニス国に従うと言うと思うわ。あ、カイル兄様が王女と結婚するからって、それは無いわよ？　だってカイル兄様は嫌われているんだもの。カイル兄様が何を言ったって、アーレンスは従わないわ。イリア兄様を見捨てるような裏切り者、もうアーレンスの者じゃないから」

あぁ、裏切り者って言ってたのはイリアを助けなかったからなんだ。その前に忠告して拒絶されたのだけど、そのことは知らないようだ。ゆっくりとだけど、アンナが言っていることがわかったのか、エディが確認するように尋ねた。

「アーレンスは独立しようと思っているのか？」

「迷っていると思うわ。チュルニアに戻ることは無いと思うけど、このままユーギニス国に居続けたら、王配になったカイル兄様に逆恨みされるかもしれないじゃない。それくらいなら独立してしまったほうがいいんじゃないかって。迫害されるくらいなら独立したほうがよっぽどいいもの」

あーそれはそう思っていてもおかしくない。アーレンスの者たちはカイルにしたことをちゃんと覚えているんだろう。思い返せば恨まれていても仕方ないと思ったのか。

だからカイルが不貞の子ではなく、王女の王配になるとわかって、あわてて懐柔しようとした。いや、服従させようとしたが正しいかもしれない。言う通りにさせてユーギニスとの話し合いを有利に進めたかったのだろう。だけどカイルは父親の命令にはまったく従わず、捕まった異母弟を助けず、今後の関わりを一切拒絶してしまっている。

アーレンスの人はこうなって初めて自分たちの行動を後悔しただろう。そして、きっとこう思っている。カイルに復讐《ふくしゅう》されるかもしれないと。

ただの自業自得だと思うけれど、当時幼かったアンナは詳しいことを知らされていないのかもしれない。イリアも母親に「カイルはアーレンスの者を逆恨みしている」と言い聞かされて信じていた。同じようにアンナもそう言われて育ってきているに違いない。母親の教育が悪いだけじゃなく、おそらく領内で姫と呼ばれて育ってきたことも影響しているだろう。だけど、令嬢一人で負える責任を越えてしまっている。

どうしようか。これはエディに収められるだろうか。私が出て話したほうがいいのか迷っていたら、後ろから出て行ったのはカイルだった。

「アンナ。お前は自分の立場を理解して話しているのか？」

我慢できなかったのか、カイルがエディの隣に進み出る。ようやく私たちもいると認識したのか、アンナは少し怯んだように見えた。だが、それも一瞬のことで、すぐに強気な姿勢に戻った。

「理解しているに決まってるじゃない。裏切り者のカイル兄様よりもずっとわかっているわ」

「なら、お前はアーレンスの代表として話しているということだな？」

「そうよ！」

「なのに、どうしてそんな考えなしに話すんだ。お前がここで独立すると宣言してしまえば、もう後には引けなくなる。アーレンス本家の者が十五歳を過ぎたら、領から外に出た時には当主の代理になる資格があるとみなされる。ここは王都でも公の場所で、王族が立ち会っている。迂闊《うかつ》なことを言えば、辺境伯代理の発言だと捉えられるんだ。そんなことすらわかっていないんだろう」

そういえば、遠いからという理由で辺境伯は夜会に出席しない。その代わりに学園にいる令息令嬢がその代理として出席することが認められていた。夜会と同じで学園も公の場として認められる。

あれ……独立宣言の条件は王族が二人以上と貴族が三人以上立ち会うこと。まずい。ここには王族が四人、貴族が四人いる。近衛騎士までいる！　この場で宣言されたら受理しなきゃいけなくなる！　アンナがよけいなことを言う前に止めなきゃ！

「待って！　これ以上、ここで」

「うるさいわね！　私が良いって言ったら良いのよ！　何よ！　せっかく私が結婚してあげるって言っているのに！　もういいわ！　エディ様なんて嫌い！　アーレンスは独立するんだから!!」

「……あぁぁ。遅かった」

こうなる前に止めたかったが遅かった。

アンナが大きな声で宣言したために、他の学生たちにも聞こえたようだ。教室の窓から顔を出して覗き込んでいる者たちもいる。慌てたようにこちらに向かってきている学園長が見えた。もう無かったことにはできない。これだけ多くの人の前で発言したのだから。私たちの一存で無かったことにしたら、それはかなりの問題になる。仕方ない。これはもう独立宣言を受理しなきゃいけない。

「……ソフィア・ユーギニスはユーギニス国の王太子として、聞き届けた。これよりアーレンスは独立国として扱う」

「「「はっ！」」」

私の周りにいたすべての者が頭を下げて承諾を示す。それを見たアンナがぽかんとしている。自分がどれだけ大変なことをしたのか理解する日は来るのだろうか。

「もう！　なんなのよ！」

なんとなくここにいてはまずいと感じたのか、アンナがどこかに小走りで逃げる。それとすれ違うように学園長が中庭に着いた。さきほどの言葉が聞こえていたのか、あきらかに顔色が悪い。

「ソフィア様！　今のはいったい!?」

「アンナ・アーレンスが独立宣言をしたので受理したわ」

「それは正式に、でしょうか」

「正式に、です。残念ながら条件を満たしてしまっているの。これだけ人目のある場所で宣言されてしまったら、私たちの考えだけで無かったことにはできない」

こうなってしまったら、粛々とことを進めるしかない。学園長もそう判断したようで、これからの話に変わる。

「アンナ・アーレンスの学籍は除籍になります。ユーギニス国の貴族令嬢ではなくなるので、学園にいるためには留学手続きと国王陛下の許可が必要になります。それでよろしいでしょうか」

「ええ、それでいいわ。陛下には私から報告しておきます」

「かしこまりました」

学園長が急いで走っていく。すぐに手続きをするのだろう。近衛騎士を呼びよせて、別な指示を出す。

「アンナ・アーレンスをアーレンス国まで送り届けなさい。学生寮の荷物もすべてまとめて、今日中に出発するように」

「「はっ！」」

「アーレンス国までの馬車には女性騎士が同乗するように。安全にしっかりと送り届けて」

「「はっ！」」

近衛騎士たちがバタバタと走っていく。指示を出し終えて、大きなため息をついた。

「ご、ごめんなさい。僕がうまく断れなかったから」

振り返ったらエディが泣きそうな顔をしていた。あぁ、エディのせいじゃないから。きっとあの状態じゃアンナに何を言っても無駄だったと思う。それにアンナが独立宣言をしたのは……。

「違うわ。エディのせいじゃない。クリス、カイル、わざと煽《あお》ったでしょう？　アンナに独立宣言をさせるつもりだったのね？」

「あ、バレたね」

「俺は事実を言っただけだ」

「まったくもう。先に言ってよ！　心の準備ができないでしょう！」

ニヤニヤと楽しそうに笑うクリスに、しれっと関係ないような顔をしているカイル。いつもなら止めに入るクリスが何も言わずにいるのがおかしいと思った。少し離れたところでクリスが笑いをこらえているのを見て、納得してしまった。

この人たち、私に内緒で仕組んでいたなと。ダグラスとルリも知っていたのか、目をそらされる。アルノーも気まずそうな顔をしている。どうやら知らなかったのは私とエディだけのようだ。あぁ、ディアナも関係なかったようで、驚いているけれど。

「え？　どういうこと？　あれ、わざと言わせたの？」

「多分、この間のことを根に持っているんだと思うわ。クリスもカイルもあれだけ怒っていたのに、アンナに何も仕返してないからおかしいと思ってたけど。まさかこういう手で仕返すとは……」

確かにアンナの態度や発言はひどかったけれど、まさかアーレンスを巻き込んでまでやり返すとは思わなかった。そこまでしなくても良かっただろうにと思っていたら、二人は至って真面目な顔で言い返してきた。

「いや、だってあれが一番いいと思ったんだよ」

「独立宣言させるのが？」

「そう。独立宣言をしてしまったら、無かったことにはできない。ユーギニスに戻るとしても、話し合いで条件を決めて合意しなきゃ戻れない。ほら、契約切れているのに話し合いに応じないって言ってただろう？　これなら話し合いしないわけにはいかなくなる」

「あぁ、それは確かに」

このまま独立宣言を無かったものとしてユーギニスに残ることはできない。もう一度契約することになるが、その時は公爵領扱いでは無くなる。もしかしたら侯爵領扱いすらできなくなるかもしれないが、それは今後のアーレンスの出方次第だ。少なくとも辺境伯騎士団を出してユーギニスと争うようなことになれば、アーレンスを優遇するような条件は絶対に出せなくなる。

「それに一度国からの支援が無かったらどれだけ大変か知ったほうがいい。このまま自分たちの立場を理解しなかったら、また何度も同じような問題を起こすと思うから」

言われてみたらその通りかもしれない。世界で一番豊かな土地だと誤解しているアーレンスの目を覚まさせるには、今しているすべての支援を引き上げて独立させたほうがいい。そうすればどれだけアーレンスが大変な領地なのか認識できるだろう。

「だけど、こんな風に周りを巻き込むのはダメよ」

「あぁ、それは確かに。ディアナ嬢、すまなかったな」

巻き込まれただろうディアナを見たら、意外と平気そうな顔をしていた。目が合ったら柔らかく微笑んで、改めてご挨拶させてくださいと言った。

「ディアナ・ミレッカーです。お目にかかれて光栄です、ソフィア様」

「こんなことに巻き込んでしまってごめんなさい。ディアナとは王宮でゆっくり会うつもりだったのだけど」

「いえ、かまいません。わたくしの力不足でアンナ様を説得できなくて申し訳ございませんでした」

「あぁ、違うの。あれはディアナのせいじゃないわ。どうやらアンナはアーレンスが国にとって大事な領地だと誤解しているみたいで」

「……え？」

「私たち王族が欲しがっている領地だと思っていたみたいなのよ」

「どうしてそう思っているのかは理解できませんが、アンナ様が話していたことの意味はわかりました」

穏やかだったディアナの顔が少しだけ悲しそうなものに変わる。隣の領地であるディアナはアーレンスの価値をよく知っているだろう。

「とにかく、こうなってしまった以上、ミレッカー侯爵にも協力を要請しなければいけなくなるわ。国境騎士団をアーレンスから撤退させて、ミレッカーまで下げさせなくては」

「それは助かります。ミレッカーに国境騎士団が配置されるということですよね？　アーレンスで食糧難になると、ミレッカーの村が襲われる事件が多発します。国からの支援が無くなったら、間違いなくそういうことがあると思いますから」

「え？」

「最近は少なくなりましたが、昔は山から黒い山賊が下りてくると言われていたくらいです」

「黒い山賊？」

「黒髪黒目ですから、そう呼ばれていたようです。ミレッカーの端は小さな集落が多いので、食料を奪われるだけでなく人もさらわれ、死者が出ることもあったそうです」

「それはひどいわね」

ミレッカー侯爵がアーレンスを助けたくないと思うのも無理はない。自分の領地を苦しめてきた山賊がいる領地に食料を送るなど、したくないだろう。

「ですが、王家がアーレンスに食糧支援するようになって、山賊が襲ってくる件数は減ってきているんです。警報が鳴る魔石を設置されてからは、被害は一件もありません。すべてソフィア様のおかげです」

魔獣用に設置した魔石にそんな効果があるとは思わなかった。だけど、考えてみれば人に害を及ぼす生き物が通ったら警報が鳴るようになっている。山賊も人に害を及ぼす生き物には違いない。

「もしかして、ディアナがミレッカー侯爵を説得してくれたのはそれが理由？」

「ええ、そうです。アーレンスが飢えればミレッカーが被害を受けます。アーレンスを支援することはミレッカーのためにもいいと思いました。それに、ソフィア様の政策ならば国全体のことを考えてのことだと思いまして」

「ありがとう。侯爵を説得してくれて助かったわ。といっても、これであの話もどうなるかわからなくなってしまったけれど。さっきの山賊の話も国境騎士団には話しておくわ。今後、アーレンスとの話し合いがどのくらいかかるかわからない。その間に山賊が襲ってくるかもしれないから、しっかり警備するように指示するわ」

「ありがとうございます！」

独立宣言がされたその日のうちにアンナは学園を除籍になり、アーレンスへと送り返された。学園の寮にあった荷物も女性騎士によってまとめられ、荷馬車で一緒に送られた。最初は嫌がって抵抗していたアンナだが、事情を知った侍女に説得され渋々といった感じでアーレンスへと戻った。

◇◇

アーレンスの独立宣言のせいで慌ただしい中、予定通りエディの婚約者選びのお茶会が開かれた。

婚約者候補となり招待された令嬢は四人だったが、お茶会が終わった直後に三人の令嬢の家から辞退の申し入れがあった。その理由は三人とも同じように、「ディアナ様がいらっしゃるので、わたくしなど」というものだった。

A教室の三席のエディと次席のディアナは隣の席で、首席のアルノーと三人で行動することが多かった。課題や実習などで話し合ううちに、ディアナの聡明《そうめい》なところと、エディ曰《いわ》く私に似ているということから話しやすく、あっという間に仲良くなっていった。

そのせいかお茶会でもエディはディアナとばかり話してしまっていた。私も王太子として途中で顔を出したのだが、社交慣れしていないエディをディアナが支えているように見え、他の令嬢は二人の間に入っていけないでいるように思えた。

あれでは他の令嬢たちに辞退されてもしかたない。令嬢たちには、ディアナが婚約者に決まっているように見えただろう。エディとしてはディアナ以外に気に入った令嬢はいなかったので、そう思われても何も問題は無かった。

フリッツ叔父様とアリーナ妃もディアナを気に入って後押ししていた。優しくて真面目なエディだが、王族としては少し気が弱い。それをしっかりと支えてくれるディアナは、エディの妃として考えていた理想そのものだったという。

二度目のお茶会はディアナだけが呼ばれたが、その場でエディがディアナに求婚し、ディアナも喜んで受け入れた。侯爵家の二女で王族入りしても何も問題のない令嬢だったため、すみやかに婚約が結ばれ学園を卒業したら結婚することになった。

◇　◇

いつもよりも早めの時間、王太子室の小部屋で休憩にはいる。リサが淹れてくれたお茶を一口飲んで、向かい側に座るエディに話しかける。王太子教育で忙しいエディだが、今日は今後の予定を話し合うために来てもらっていた。

エディの隣にはいつも通りアルノー。私の隣にはクリスとカイルが座る。ディアナは今日は王宮に来ていないようだ。

「じゃあ、夜会で正式にお披露目した後は、王子の婚約者としてディアナにも仕事を手伝ってもらうわね。ディアナに伝えておいてくれる？」

「うん、大丈夫だと思う。ディアナは早くソフィア姉様の仕事を手伝いたいって言ってたし」

「あら、それはうれしいな。王太子と王太子妃の仕事はいずれ二人に任せられたらいいと思っているの。あ、すぐにじゃないから。心配しなくていいわ」

「あせった……うん。ゆっくりでいいなら頑張るよ」

王太子教育が順調だと聞いて、そろそろ少しずつ仕事を任せてみようと思っていた。婚約者になったディアナにも王太子妃教育を始めてもらっている。正式なお披露目の後になるが、王族として仕事を手伝ってもらえたら楽になる。

お祖父様の負担を減らすために、国王と王妃の仕事を少しずつ私がするようになっている。それでもまだまだお祖父様の負担は大きい。最近特に疲れやすくなっているようだとレンキン先生が言っていた。できるかぎり早くお祖父様を休ませてあげたい。

そんなことを考えながら、エディと今後のことを打ち合わせていく。エディとディアナの婚約発表が終われば、この忙しさも落ち着いていくだろう。そうすれば棚上げしていた問題も考える余裕が出てくるかもしれない。

「そうだ。ちょうどいいから返事をしておくね？」

「返事？　何の？」

「以前、アルノーを王配にどうかって勧められたでしょう？」

「「「え？」」」

　エディとアルノーだけじゃなく、私の隣にいたカイルとクリスも驚いている。カイルはお茶が気管に入ったのか、ゲホゲホと咳《せ》き込《こ》んで苦しそうだ。え？　そんなに驚かなくてもいいと思うのに。

「姫さん。今、返事をするのか？　早くないか？」

「え？　うん。こういうのは早いほうがいいと思って」

「そ……それはそうかもしれないけど」

　なぜか変な顔になるクリス。真面目な話をしようとしているんだから、邪魔しないでほしい。

「それでね、アルノー」

「……はい」

「あなたを王配候補にはできないわ」

「「「ええ!?」」」

　断ったら全員に驚かれた。あぁ、やっぱり私が断るとは思われていなかったんだ。それはそうだ。アルノーに何か不満があるわけじゃないし、アルノー以外に王配にふさわしいと思う人がいるわけでもない。だから、こんなにすぐに私が答えを出すとは思っていなかっただろうし、それがアルノーを王配に選ばないという答えだとは思わなかっただろう。一番そう思っていなかったエディが席を立ちそうな勢いで抗議してくる。

「どうしてなの!? アルノーは優秀だよ！」

「うん、知ってる。とっても優秀だと思う。その上、剣技の腕も魔術の腕も問題ない。他国の事情にも詳しいし、人柄も問題ないわ」

「じゃあ！ どうして！ アルノーの他に誰かいるっていうの!?」

「ううん。他に誰かいるからっていう理由じゃないわ」

「えええ？ じゃあ、なんでなの？」

そうなんだよね。アルノーはとっても優秀。ここで断ってしまうのがもったいないくらい優秀。

それなのに断る理由はただ一つ。

「だって、アルノー。私の王配になってしまったら、エディの護衛騎士はできないのよ？」

「「あ！」」

言われて気がついたとばかりに顔を見合わせるエディとアルノー。クリスとカイルはその一言でわかったようで、納得して頷いている。

「いくらなんでも王配になるのに、エディの護衛騎士ではいられないでしょう？ 私の護衛騎士ならまだしも、他の王族につくわけにはいかないわ。ねぇ、アルノーはエディから離れられる？」

無言で首を横に振るアルノー。

「エディはアルノーがいなくても頑張れるの？」

「……無理かも」

「そうでしょう？　エディはアルノーがいるから安心して生活できるのでしょう？　アルノーはエディが危ない目にあうかもしれないとわかっているのに、エディから離れて私のそばにいるのは無理よね？」

二人が素直にうなずくのを見て、やっぱり断って正解だったと思う。ずっと二人は一緒にいたのだもの。王配になるからという理由であっても、離れるのは無理だと思う。それに、私としてもエディを一人にするなんてできない。エディにはアルノーがいるから安心していられる。他の護衛騎士に任せるなんて考えられなかった。

「そっか。アルノーが王配になるって、そういうことだよね。僕はそこまで考えてなかった。アルノーがソフィア姉様の王配になれば役に立てる、そう思っていたんだけど」

「エディの気持ちはうれしかったわ。ありがとう。でもね、アルノーは今のままでも役に立ってもらえるから大丈夫よ」

「え？」

「エディとディアナは王族としてだけじゃなく、結婚後は私の側近としても働いてもらうことになるわ。もちろん、二人を守る護衛騎士のアルノーも一緒に。三人とも私の仕事を手伝ってもらうことになるから。よろしくね？」

「う、うん！　もちろんだよ！　ね、アルノー！」

「はい。そういうことでしたら喜んで！」

結果的に王配としては断ったけれど、考えてみたら今のままでも十分役に立ってくれている。わざわざ王配にならなくても他国の情勢を聞けるのだから。断ったのにうれしそうな二人を見て、私の判断は間違ってなかったと思った。

「ふふ。良かった。三人に手伝ってもらえたら助かるわ。ね？」

「ああ。びっくりしたけど、そういうことなら問題ない」

「そうだね。俺とカイルだけじゃ側近足りないから。エディとアルノーがいてくれたら心強いな」

カイルとクリスも納得してくれたようだ。二人には相談しないで決めてしまったから少し不安ではあったけど、この答えで間違えていなかったと私もほっとする。三人目の王配はまた一から探さなきゃいけないけれど、それは仕方ない。女王になるまであと数年あるから、気長に探すしかない。

実はこんなに早く答えを出せたのには理由がある。婚約者選びのお茶会の護衛をするアルノーを見て、心配性のアルノーをエディから離すのは無理だと思った。だって、どこからどう見ても心配するお母さんみたいだったから。それでもいいと思ってくれる令嬢がいるのかどうか。アルノーの相手を探すのはけっこう大変かもしれない。

第十五章　後悔しても遅い

　春の嵐が通り過ぎ、もうそろそろ気候も落ち着いてきて、畑に豆の苗を植える時期だなんて思っていた。段々になっている小さな畑を見渡していると山の下から馬が駆けてくるのが見えた。それもこの辺ではあまり見ないような大きな馬が二頭も。王都で何かあったのかもしれないと思い、道の脇まで行って出迎えると、やはり王都からの連絡だった。

「何があった！」

「我々は先触れです。明日にはアーレンス国第一王女アンナ様をお連れする予定です」

「第一王女アンナぁ？」

　いったい何のことだと思っていると、国王陛下からの書簡を手渡される。恐る恐る書簡を読み、しばしの間考えを放棄したくなる。アンナが辺境伯代理としてアーレンスの独立宣言を行い、王太子であるソフィア王女が認めた。アンナは辺境伯令嬢ではなくなったので、学園の学籍を消され、アーレンス国に送り返すこととする……。

「……アンナは明日着くと言ったな？」

「はい、遅くとも明日の昼過ぎには」

「わかった、ありがとう。本隊の到着まで屋敷に滞在してくれ」

「いえ、このまま国境騎士団に指示を出しに行かねばなりませんので」

「は？」

「国境騎士団はミレッカーに移動することになります。国王陛下からの命令を隊長に伝えにまいりますので、失礼いたします」

国境騎士団がミレッカーに？　……チュルニアが責めてきたらどうするつもりだ。それよりも、魔獣の討伐をどうしたらいい。今手にしている王宮からの書簡に書かれているのが事実だとわかり、血の気がひいていく。

「クラウス様！　顔色が……何が起きているのですか!?」

倒れそうになった俺を見て、侍従のリナスが必死に呼びかけてくる。落ち着くんだ、まず何をしなければいけないのか考えろ。時間はそれほど残されていない。

「リナス、父様と一の兄様を執務室に呼んでおいてくれ。俺は国境騎士団と話をしてくる」

「領主様とヘルマン様を？　わかりました！」

俺の態度から緊急事態だと理解したリナスが、全力で走って呼びに行く。俺はそれを見送ってから国境騎士団の隊長室へと向かう。俺が隊長室に着いた時、先ほどの使者が部屋から出て行くところだった。ぺこりと頭を下げ、使者たちは外に出て行く。このまま本隊に戻るのかもしれない。

隊長室に入ると、エクトル隊長が眉間のしわを指で伸ばしているところだった。ずいぶんと渋い顔をしていたが、部屋に入って来たのが俺だと気がついて、いつも通りの微笑みに戻る。

「あぁ、これはこれはクラウス様。ここに来ている場合なのか？」

「大変なのは理解しているが、国境騎士団のこれからの動きを聞いてから対処したほうがいいだろう」

「それもそうか……本当に惜しいな。早く領主が交代していたら、こうならなかったかもしれないのに」

「……そうかもしれないな」

この十数年、俺と一の兄様でこの領地を守ってきた。だが、それでも領主は父様だ。父様はもう領主としての仕事はしていないのだが、俺と一の兄様のどちらがこの領地を継ぐのか決まらないためにに交代できないでいる。

アーレンスでは確実に次の世代に継がせられるようにと、子が産まれてから領主を継ぐことと決められている。本家に産まれた男子から二人の領主候補を選び、そのうち子が先に産まれたほうが領主となる。この掟《おきて》があるために次の領主を決められず、仕方なく父様が領主のままになっていた。掟と言っても、お祖母様も父様も一人っ子だったため、領主候補が二人いるのは三代ぶりのことだ。

このままでは本家の者がいなくなってしまうかもしれないと、父様が結婚した時に母様は子を多く産むことを求められた。一の兄様と俺が産まれ、予備のためにとカイルが産まれた時、悲劇は起きた。本当なら男子三人もいれば問題なかっただろうが、カイルは本家の子だと認められなかった。母様が亡くなったこともあって、不貞するような嫁を出した責任を取らされる形で同じ分家から母様の従妹が後妻として嫁いできた。その後妻がイリアとアンナを産み、これでアーレンスも安泰だと思われていたのだが。

「こんな状況でもまだ領主の交代はしないのか？」

「決めるのは俺じゃないんだ」

「あんな腑抜《ふぬ》けで後妻の言いなりになっているような領主でもか？」

「今日はずいぶんと辛口なんだな」

「こうやって話すのは最後だろうからな。明日の昼過ぎ、アンナ様が到着したら、俺たちも移動するようにと命令が出た」

「明日の昼！」

「早いとこ辺境騎士団を集めて夜間警備するものを決めないとまずいぞ。冬眠明けの魔獣は落ち着いたかもしれんが、もうすぐ初夏の発情期がくる。人が死ぬぞ」

「……わかった。すぐに手を打つ。エクトル隊長、今まで助かった。ありがとう」

「クラウス様だけだな。現実をわかっているのは。クラウス様がいなかったら、うちの隊員たちもすぐに王都に帰っていたかもしれん。こちらこそ、世話になった。ありがとう」

国境騎士団がアーレンスにいなかったら何人死んでいたかわからない。だが、ここに住む者たちは守られて当然だと思っているから感謝することは無い。むしろ守らせてやっていると思っているかもしれないほど態度は悪かった。こんな最悪な環境で魔獣と戦っていてくれた隊員たちには感謝しかない。

隊長室を出て本宅の執務室へ行こうとすると、遠くにいた騎士たちが俺に手を振るのが見えた。きっと最後だとわかっているのだろう。騎士たちに向けて軽く礼をしてから歩き出す。今まで耐えていてくれてありがとうと。

「いったい何の用事だ！」

俺が執務室に入るなり父様が怒鳴りつけてくる。後妻と一緒にいるのを邪魔されて怒っているに違いない。形だけの領主だとしても、この場にいてもらわなければ困る。

「クラウス、何が起きたんだ？」

一の兄様は冷静だが、悪いことが起きたというのは感じ取っているらしい。

「まず、この書簡を読んでください」

父様に渡すとすぐに広げて読み始める。一の兄様はそれを横から覗き込んだ。

「……アンナが帰ってくる？　なぜだ、まだ長期休みでもないのに……ん？　独立宣言？」

「は？　アーレンス国王様へ？　父様、これはいったい⁉」

この最悪な状況に気がついたのか、二人がすがるような目で俺を見る。

「今、国境騎士団の隊長に確認してきました。明日の昼にアンナが戻ってきたら、国境騎士団は撤収するそうです」

「撤収⁉　魔獣はどうするんだ！」

「うちの騎士団で対応するしかありません」

「無理だ！　隊長に撤収しないように命令して来い！」

「何の権限で？」

「は？　アーレンスの領主が言っているんだぞ！」

まだわかっていない父様が叫ぶが、学園に通ったおかげでユーギニスの常識も持ち合わせている一の兄様は真っ青になっている。

「そうです、ここはアーレンス国になりました。あの国境騎士団はユーギニス国の隊です。我々の臣下ではありません」

「言うことを聞かせればいいだろう！」

「無理ですよ。そもそも、国境騎士団の仕事はチュルニア警戒であって、魔獣の討伐ではありません。厚意でしてもらっていたことです」

魔獣討伐を国境騎士団がし始めたのは、訓練の代わりだった。チュルニア警戒と言っても、実際にチュルニアが攻めてくることはない。アーレンスはチュルニアが欲しいと思うような土地じゃないからだ。国境騎士団にとっても、訓練場は無いし人も道具も足りない。腕が鈍らないようにと魔獣討伐をし始め、討伐した魔獣は騎士たちが食べないからとアーレンスにくれていた。

それに味を占め、報酬も渡さずに魔獣を取るように命令していたのは父様だ。隊長は呆れていたが、アーレンスの田舎者の考えは理解できないとでも思っているのか、素直に言う通りにしてくれていた。

「じゃあ、どうしろというんだ！」

「今から辺境騎士団を招集します」

「今からって……」

「明日の午後から警戒させないと、人が死にます。今まで、夜間も国境騎士団が守ってくれていたのですよ？　何もしなければ、あっという間に魔獣に侵入されて終わりです」

「……そうか」

認めたくないのか黙ってしまった父様に、許可だけ求める。この人が動くとは思っていない。ただ、領主の許可がなければ俺たちも動けない。

「父様、後は俺と一の兄様でなんとかします。父様は明日アンナが戻ってきたら話を聞いてください」

「わかった。お前たちに任せる。俺はもう部屋に戻っていいな？」

「はい」

この状況を理解したくないのか、理解できないのかわからない。もう自分の仕事はないとわかるといそいそと出て行った。後に残る一の兄様はため息ばかりついている。

「さぁ、一の兄様、時間がありません。辺境騎士団を集めましょう」

「……わかった」

次の日の昼過ぎ、大きな馬車に乗ってアンナは帰って来た。一緒に下りてきたのは女性騎士たちだった。後ろの馬車からはアンナが連れて行った侍女が降りてくる。数台の荷馬車には荷物が大量に積み込まれていた。それを見て、疲れ切った顔の侍女を捕まえて問いただす。

「なんだ、この大量の荷物は？」

「……アンナ様が買い物した品物です」

「は？　王都に行って一か月しかたっていないだろう」

「そうなのですが、ほとんどは布地です。後はレースやリボンなども……」

「はぁ……」

今まで後妻とアンナが欲しがっても、王都から入ってくる布地は貴重品だからと制限をかけていた。放っておいたら際限なく欲しがるからだ。学園に向かう時には必要以外の金銭は持たせなかった。それなのにこの大量の布地。店側にどんな無理を言って購入してきたのか頭が痛くなる。

「アンナ！　お前は何をしたんだ！」

「お父様！　聞いて！　エディ王子がひどいのよ！　私が結婚してあげるって言ったのに、嫌だって。アーレンスなんて必要ないって言うのよ！」

「は？」

思わず声がもれてしまった。いったいアンナは何をしてきたんだと呆れていたが、父様の反応は違った。

「なんだと！　この可愛いアンナの求婚を断るだと！　何を考えているんだ！」

アンナをここまで連れてきた王宮の者たちが冷たい目で見ているのにも気がつかず、アンナを可哀そうだと慰めている父様に怒鳴りたくなる。すべてを投げ出してしまいたい気持ちをなんとか抑え、代表だと思われる金髪男性に声をかけた。

「アンナの件で迷惑をかけた。安全に送り届けてくれて感謝する」

「クラウス王子でしょうか？　王宮文官のエルマーと申します。学園では一つ下に在籍しておりました」

「学園の一つ下？　そうなのか」

「ええ。こちらには本件の責任者として派遣されてきました」

いかにも優秀そうな話し方で思い出した。どうりで見覚えがあるはずだ。学園の一つ下の首席入学だった者だ。王都から遠いアーレンスまで馬車で来るのは大変だったろうに、まだ若い文官は涼しげな表情を崩さない。

「そうか、中に部屋を用意してある。まずは休んでくれ」

「おや、いいのですか？」

「何がだ？」

「私を休ませている場合ですか？　独立宣言は無効だとか言われるのかと」

「言っても無駄だとわかっている。俺は。だから、早く中に入って休んだほうがいい」

「……そうですか、わかりました。それでは、お言葉に甘えさせていただきます」

「ああ」

エルマーをはじめとする一団が屋敷へと入っていく。王都から長旅してきて、ようやくわがままなアンナから解放された女性騎士たちが疲れた顔をしている。おそらく途中で逃げ出さないように一緒の馬車に乗っていたのだろうが、アンナの相手をしながらの長旅は俺でも勘弁してほしいと思う。

屋敷に入る前にエルマーから手渡されたのは、王璽《おうじ》の押された正式な書類だった。アーレンス辺境伯領地をアーレンス国として、ユーギニス国からの独立を認める、と。何度読んでも文面は変わらない。ため息をつきながら、まだ騒いでいる父様とアンナに声をかけた。

「二人とも、中に入って落ち着いて話しましょう」

「おお、そうだな」

「私はその前に湯あみがしたいわ！　話は着替えてからにして」

「そうか、そうか。じゃあ、その後だな」

長旅で湯あみできなかったというのはわかる。だが、これだけ重大なことを起こしておいて、この無責任さ。異母妹とはいえ、今まで関わってこなかったことを後悔する。

「父様、話し合いの場には義母様とイリアも呼んでください」

「ん？　あの二人も必要か？　呼ばなくてもいいだろう」

「今後について大事な話になります。のけ者にしてもいいのですか？」

「いや、それはダメだ。わかった、呼ばせよう」

話し合いが始まったのは二時間後だった。いらついている一の兄様をなだめ、アンナの湯あみが終わるのを待つ。全員が座ったところで、口を開いた。

「では、アーレンス国になった経緯について、学園長からの報告書もつけられていた。アンナ、お前は授業をさぼってエディ王子につきまとっていたそうだな。私と結婚したらアーレンスが味方になると言って。断られた腹いせで独立宣言したのか？」

「腹いせってひどいわ。だって、エディ王子が私の求婚を断ったのよ！」

「エディ王子の婚約者候補はすでに選ばれている。どの令嬢も名家の出身だ。お前は選ばれていない」

「私こそが名家の令嬢じゃない！　アーレンスの姫よ」

頬をふくらませながら、自分がしたことの何がいけないのかと言う。

「アーレンスの姫ね。いいかげん、その妄想をやめろ」

「え？　妄想って何？」

「このアーレンスはお荷物だと言われている。ユーギニスにもチュルニアにも。魔獣が出る危険な場所。雪に閉ざされたら物資も運べない高地。田畑が少なく、特産品も無い。王家から援助されなければ穀物も手に入らない貧乏領地」

「クラウス兄様、それは何の話？」

「これが事実だ。お前はアーレンスが素晴らしい場所だと思い込んでいるようだがな」

俺がこれだけはっきり言っても、後妻とアンナは理解できない。アーレンスは素晴らしい場所だと幼い頃から洗脳されてきた結果だ。イリアは学園に三年の途中まで在籍していただけあって、少しはわかっているらしい。嫌なことは聞きたくないというような顔をしている。

「アンナ、王都で買い物をしてきたな？」

「ええ、素晴らしい布地がたくさんあったの！　レースもリボンもアーレンスでは見たことも無いものばかり！」

「あの布地だけでこの領地が冬を越すだけの穀物を買えるぞ」

「そうなの？　それだけ良いものだったってことよね！」

アーレンスでは見ない布地がたくさん売られているという事実だけでも、賢い者なら理解できそうだと思うのだが。アンナは良い布地を買えて良かったということしか思わなかったようだ。

「それだけ良いものか。そうだろうな。で、誰が払うんだ？　そんな金ないぞ」

「え？　父様が払えばいいじゃない」

「そんな金はない。これからアーレンスは冬を乗り越えられるかどうかもわからない」

「大丈夫よ、今までだって大丈夫だったでしょ？　クラウス兄様ってば変なの」

これほどまで会話ができないとは思わなかった。話せば反省するだろうと思っていたのに。どうするつもりだと怒りをぶつけそうになるが、そもそもの原因はアンナじゃない。

「父様、あなたのせいですよ。アンナをこんな何もわからない馬鹿にしたのは」

「馬鹿ってひどい！」

「……すまない」

「父様!?」

アンナが馬鹿だと父様が認めるとは思っていなかったのだろう。すまないと言った父様を後妻も驚いた顔で見ていた。父様も勝手に独立宣言を出されたことを庇う気はないようだ。

「僕は知ってたよ。ここが貧乏領地だって。だって、王都には良いものいっぱいあったし、平民ですらお菓子を買って食べていた。アーレンスじゃ信じられない。アンナは王都で買い物したのに気がつかないなんて馬鹿だな」

「イリア兄様は黙ってて！」

「学園にいる間は他の領地の者に同情されてさぁ。アーレンスって貧しいんだろうって。僕も最初は怒ったけど、そのうち理解したよ。だから、アーレンスから出ようと思ったのに」

どうしてイリアがハンベル公爵令嬢の味方をしていたのか、やっと理由がわかった。そして、俺たちにその理由を言わなかったのも。アーレンスが貧しいから出て行きたかったなんて父様に言ったら殴られかねない。今なら言っても大丈夫だと思ったのだろう。

「何よ！　イリア兄様なんて偽王女に騙された馬鹿じゃない！」

「あれはイライザが僕を騙すから悪いんだ。僕は被害者だぞ！」

イリアはイリアで反省していない。これ以上の会話は無駄なのはわかっている。この二人が本家にいることは害でしかないのだが、俺に領主としての権限がない以上イリアとアンナを排除できない。言い合いする二人を放置することに決めて、一の兄様と今後の対応を話し合うことにする。

「とにかく、一度王宮に行って話をしてこよう」

「一の兄様だけで行きますか？」

「いや、クラウスも来てくれないか？　俺だけじゃ無理だ。あの王太子が情に流されてくれるかどうか」

「それは期待しないほうがいいです。ただ、アンナが買ってきた品物を返品しなくてはいけないし、王都に行く必要はあるでしょう。王宮にも謁見を申し込んでおきます」

店側が返品に応じてくれるかはわからない。もしかしたら中古として他の店に売って来なくてはいけないかもしれない。それでもあの大量の品物をそのまま購入するような金はない。

「クラウス兄様!?　私の物を勝手に返品しないで！」

「じゃあ、お前が金を払えるんだな？」

「だから、それは父様が」

「父様もアーレンスも払えないぞ。金が無い」

「……え？」

「これからアーレンス国になってしまえば、ユーギニスから穀物は手に入らなくなる。辺境騎士団の手当ても増える。魔獣の肉は手に入らなくなるかもしれない。この状況で布地なんて買ってる場合じゃないのはわかりますよね？　父様」

「あぁ、お前たちに任せる」

「父様！　ひどい！　あれは私の物よ！」

ひどいと泣きわめいて出て行ったアンナに呆れてしまう。きっと買ってきた品物を確保するために出て行ったのだろう。

「クラウス、アンナをほっといていいのか？　品物を部屋に持って行かれたらまずいぞ？」

「大丈夫です。もうすでに王宮の代表と話はついていて、一時間前に荷馬車は出ています。王都に持ち帰ってくれるそうです」

「それならばいいが……」

アンナが素直に品物をあきらめるとは思えなかった。だからアンナが湯あみしている間に、エルマーと話をして荷馬車はそのまま王都に持ち帰ってくれるように頼んだのだ。エルマーも品物の請求が心配だったようで快く引き受けてくれた。そして、エルマー達はこの屋敷に泊まるつもりは無かったようで、一時間前に出発している。今夜はミレッカーにある宿屋に泊まると言っていた。

「さて、義母様も覚悟しておいてください」

「わ、私はなにも」

「アンナを愚かに育てたのは父様と義母様のせいです。俺と一の兄様は何度か忠告していた。本家のものなら正しい判断ができるように事実を教えておくようにと。それを無視した結果がアレです」

「ハインツ様がそれでいいとおっしゃるから！」

「父様のせいももちろんあるでしょう。この冬を越えるのに何人死ぬかわからない。飢えて死ぬのか、魔獣に襲われて死ぬのか。無事で済むわけがない。領民たちの恨みはアンナに向かうでしょう。そして、家族であるあなた方に」

俺と一の兄様は父様たちとは一緒に暮らしていない。妻を娶った時に敷地内に別邸を建てて暮らしている。どちらか、子どもが産まれたら領主となり本邸に移る。その時、前当主をどうするかは次期当主が決めることになっていた。

もし……俺が当主になったら、こいつらは全部追い出してもいいだろうか。未《いま》だにどこか他人事《ひとごと》のような顔をしている三人を置いて、俺と一の兄様は準備をしに部屋から出た。

一週間後、俺と一の兄様は王都内を馬車に乗って移動していた。アンナの買った品物を返品した後の軽くなった荷馬車を後ろにつかせている。エルマーの厚意なのか、王家の厚意なのか、二台の荷馬車はアーレンスにくれるらしい。古くなったから好きに使ってくれ、馬も老いたからそのまま連れて行っていいと。そのため、侍従たちが御者となり荷馬車を走らせている。

「思ったよりも高く買い取ってくれたな」

「同情してくれたようですね」

アンナの買った品物は返品できなかった。買ってから二週間過ぎていたせいだ。そのため、買い取ってもらうことになったのだが、初めは買った時の値段の半分の額だった。もう少し何とかならないかとお願いしたところ、俺たちがアーレンスの者だとわかり、八割の値段で買い取ってくれた。あれは同情してくれたのもあるが、貧乏なアーレンスにはそれ以上払えないとわかっているからだ。買取と言っても、結局はこちらが二割のお金を払っただけだ。その金があればどれだけの穀物が買えたか……。それでも、四割は払う覚悟で来ていたので助かったと思った。

「帰りは残った金で買えるだけ穀物を買って帰りましょう。荷馬車があれば持ち帰れます」

「そうだな……なぁ、クラウスはこの前の夜会で王太子に会っているんだろう？　どんな感じだった？」

「いえ、俺はカイルと話しただけで王太子とは会っていません。ただ、一の兄様もわかるでしょう。もう王太子が王太子代理となって四年になる。俺たちが出した書類を何度返されたことか」

前の王太子はゆるかったから、アーレンスからの要望や報告書は雑にまとめて送っていた。それが今の王太子が代理になってからは許されなくなった。数字が間違っていれば訂正され、必要のない要望は通らなくなった。通った要望も報告書が求められ、それを怠れば次の要望は受け付けてもらえない。

「……確かに、それを思えば厳しい方なのだろう。ただ、まだ十六歳の令嬢なのだろう？　同じ学園の令嬢の失敗くらい許してもらえないだろうか」

「それは……どうでしょうか」

無理なんじゃないかという言葉は飲み込んだ。謁見は明日だ。それまで暗い気持ちでい続けるのはつらい。少しだけ希望を持っていたほうが、夜眠れるような気がする。

ため息は一の兄様に聞こえないようにして、馬車の窓から王都の街並みを見ていた。

第十六章　救われたから

アーレンス辺境伯領は独立し、アーレンス国となった。ある程度予想はしていたが、アーレンス国からの反応は早かった。おそらくアンナが送り届けられてから、それほど間を置かずに向こうを発《た》ってきたのだろう。アーレンス国の代表としてカイルの兄二人が王宮へと話し合いにやってきた。

二人はアーレンス国王の第一王子と第二王子という立場になる。向こうが国王代理を送ってきたため、話し合いはお祖父様ではなく私がすることになった。国王代理を送られたのにこちらが国王では格が合わないからだ。

王太子室では狭いため会うのは本宮の応接室になった。もうすでに二人が案内されている場に私たちも向かう。部屋に入ると、二人はソファから立ち上がって深く礼をして待っている。黒髪黒目、そして大柄で鍛えられた身体。色が違うこともあるが、カイルとはあまり似ていないと感じた。私が近くまで行ってもどちらも頭を上げようとしない……あぁ、そういうこと。でも、もう遅いのよね。向かい側のソファに座ると、まだ頭を下げている二人に声をかけた。

「話し合いを始めましょう。お二人もどうぞ座ってください」

頭を上げよ、ではなく、話し合いを始めましょう。その意味をわかっているのか、二人はそのままソファへと座る。

「……ソフィア様、お初にお目にかかります。父の辺境伯の代理で参りました。長男のヘルマンと二男のクラウスと申します。辺境伯は子が産まれるまでは代替わりができません。そのため私とクラウスのどちらかが継ぐことになっていますが、子が産まれるまでは次の辺境伯が決まりませんですので、どちらも辺境伯代理の立場として参りました」

そういえばそんなことを夜会の後でカイルから聞いていた。兄に子が産まれないと。だからまだどちらが継ぐのか決まっていない。でも、問題はそこじゃない。

「初めまして。ソフィア・ユーギニス。ユーギニス国の王太子です。お二人は辺境伯の代理ではなく、アーレンス国国王の代理になります。そうでなければ話し合いの場につくことが難しくなります」

そう、あくまでも国同士の話し合いだから私がここにいるのだ。違うと言うのなら、このまま帰ってもらうしかない。

「あの、そのことなのですが！　妹が失礼なことをして申し訳ありませんでした!!　後妻の産んだ妹は分家に嫁がせるつもりでしたので、たいして教育もされませんでした。父も年の離れた後妻には甘く、わがままを許してしまっていて……。愚妹の発言は無かったことにしていただきたいのです」

「それは無理ですわね」

どうやら話し合いは第一王子のヘルマンがするようだ。第二王子のクラウスは隣にいるだけで、話すつもりは無さそうだ。どちらかと言えば、クラウスのほうが主導権を握っていそうに見えたのに意外だった。

「どうしてですか！　妹はまだ学園の一年生、十五歳なのですよ⁉」

「それは法で決められているからです。アーレンス国王が辺境伯だった時にユーギニス国王と契約を交わしています。アーレンスは遠いため王宮に来るのも時間がかかる。そのため十五歳以上の本家の者が王都に来るときは辺境伯代理として認めると」

この法を作ったのは前の辺境伯。長時間かけて夜会に出席するのが難しく、代理を認めてほしいと願われたために認めたものだ。今の辺境伯もそれを良しとして契約を交わしている。法で決まっている以上独立宣言を認めざるを得なかったのはこちらも同じこと。できるなら聞き流してしまいたかったのに。

「……そ、それはそうなのですが……妹ですし。令嬢にそこまで……」

「令嬢では話し合いにならないとなると、私も同じことになります。王太子とはいえ、学生には変わりありませんからね」

「…………」

私は少なくとも十二歳から公的な書類の決裁をしてきている。十五歳の学生だから権利が無いなどとは言わせない。

「なんとかならないのでしょうか。アーレンスは元通りユーギニス国の辺境伯領として認めてほしいだけで……」

「それも無理です」

「「え？」」

声をそろえて驚かれても。元通りにと言われても、元のアーレンスの扱いそのものが異常だった。戻せるわけがない。

「元からアーレンスとは契約が終わっていました。そのままユーギニス国でいるのか、チュルニアに戻るのか、それとも独立するのかと検討していたはずです。王弟の子の領地として保護できるのは五十年だけです。それが終われば他の領地と同じ扱いになります。今後ユーギニス国に戻るとしても、公爵領と同じ扱いはできません」

「……それは具体的にはどのように変わりますか？」

「例えば国境騎士団の派遣はしますが、魔獣討伐には参加しません」

「え？」

「国境騎士団で魔獣を討伐した場合、それは国の物になります。売り渡すことは可能です」

「ええ!?」

「無償で王領の穀物を渡すことはできません」

「はぁ!?」

「税金は今の二倍になります」

「そんな！」

話すたびに顔色が悪くなっていく二人に、ため息をついてしまう。今まで何も検討していなかったというのがよくわかる。数年前に契約を更新できない旨の書類を送った時に、同じ説明をされているはずなのに。

「あの、はっきり言いますよ？　辺境伯だった時代、税は一割だけだったんです。しかも、国境騎士団にかかる費用は徴収していませんでした。穀物も王領からわざわざ運んで無償で提供していました。……アーレンスから入る税金なんてありません、完全にこちらの赤字だったんですよ？」

「「……」」

「わかりますか？　辺境伯が王弟の子だから、そうなっていたんです。これは王女が降嫁した場合にも税金が安くなったりするので、法律的におかしなことではありません。ですが、その場合でも最長で五十年と決まっています。本当なら超過した数年分は請求しても良かったんですけどね」

思わずため息交じりになってしまうが、一つずつ説明していく。

「これだけ説明すればわかったと思いますが、アーレンスがユーギニス国になっても何の利益もありません。むしろ赤字が無くなるので、こちらとしては問題ないのです」

「で、ですが。それではアーレンスの領民は生きていけません」

それはそうでしょうね。タダで配られていた魔獣と穀物が無くなるんだもの。その上、国が変わってしまったらミレッカー領から食料を買うのも難しい。どうやって領民が飢えずに済むか、かなりの難問になるだろう。今まで苦労してアーレンスの面倒を見てきたからこそ、よくわかっているけれど……。

「それが私に関係ありますか？」

「ええっ!?　国民を見捨てるのですか？」

「それはアーレンス国の国民ですよね？　今はユーギニス国の国民ではありません」

ほら、独立宣言したの忘れちゃダメですよ？　にっこり笑って告げると、二人とも思い出したのか絶句している。

「今、私が守らなければいけないのはユーギニス国の国民です。その国民から得た税金を使ってまでアーレンスを守る理由はありません」

これからココディアと戦争が起きるかもしれない。そんな時に理由もなくアーレンスだけが国の税金で守られるなんてことがあれば、他領の領主たちだって黙っていない。

「……お願いします。ユーギニス国に戻らせてください！」

「お願いします！」

深く深く頭を下げてお願いされるが、そういうことでもない。

「こちらをご覧ください」

用意しておいた書類を二人に渡す。それに目を通した二人が絶望するような顔に変わる。

「アーレンスが再びユーギニス国に戻るとしたら、このような契約に変わります」

「こ、こんな契約できるわけない……」

「この国の他の領地はこの契約なんです。アーレンスだけ特別扱いする理由がありませんから。戻るのであれば他の領地と同じ分だけ負担してもらうことになります」

こんな契約というけれど、隣のミレッカー侯爵領と同じ契約だ。税金は収穫の二割、国境騎士団の滞在費の半分負担、警備騎士団の維持費負担、各領地で薬師を確保するために優秀な平民を学園に入れる費用の負担。戦争になったとしたら、兵の派遣と食糧支援の負担。こまごましたものは他にもあるが、大まかな契約はこんな感じだ。

「特別な理由……あるじゃないですか。カイルの産まれた領地ですよ！」

立ち上がったヘルマンがカイルを指さして叫ぶ。夜会で冷たくあしらわれたクラウスのほうは無理だと知っているのか、それを聞いて目をそらした。

「カイルとは、私の王配予定者のカイルのことでしょうか」

「そうです！」

「いくら第一王子であっても、ユーギニス国の王族を敬称無しで呼ぶのは失礼ではないですか？」

「え？　いや、ですが、アレは弟で……」

「アレ、ですか？」

「あ、いえ、申し訳ありません」

カイルに自分で答えるかどうか目で問うと、必要ないと答えがあった。もう自分で相手をするほどのことでもないと思っているようだ。

「カイルはフリッツ叔父様の息子で、私の婚約者です。アーレンス国とは一切関係がありません」

「……そんな。血のつながりというものは、そう簡単には」

「本当にそう思いますか？　血のつながりがあっても信じられず、母親を罵倒して弟を拒絶したあなたがそれを言うのですか？」

「……っ」

「カイルはアーレンスとは何の関わりもありません。二度とそういうことは言わないでくださいね？」

「……申し訳ありません」

力なく座り、それでも悔しそうなヘルマンに呆れてしまう。自分たちがやったことを後悔していないのだろうか。母親に向かってあばずれだの不貞しただの罵倒して死ぬように差し向けた。そのことをどう思っているんだろう。少なくとも後悔していたのなら、カイルを利用できるなんて思わないはずなのに。

「今ここでお二人だけで決めるのは難しいでしょう。この書類を持ち帰って、アーレンス国王に渡してください。こちらからの条件が変わることはありません。それを納得した上でユーギニス国に戻るというのなら、また話し合いに応じます」

「……わかりました」

暗い顔をしたまま二人が応接室から出て行く。クラウスだけは、もう一度カイルを見ていた。にらんでいるわけでもなく、助けを望んでいるようでも無かった。どういう意味でカイルを見たのかわからず、不思議に思った。

クラウスから私宛に手紙が届いたのは、あの話し合いから九か月が過ぎた頃だった。

王都でも肌寒く感じる季節ではあるが、王都はユーギニス国内でも南側に位置する。アーレンスはユーギアスの北東に隣接する位置にあるため、気候はかなり違う。この時期はミレッカーとの境にある山は雪が積もり、ただでさえ他の地域との交流が少ないアーレンスは完全に閉ざされる。

ちょうど今頃は寒さが一番厳しい時期というのもあって、その手紙はアーレンスの苦しい状況を訴えるためのものかと思っていたが、読んでみたらまったく違う内容だった。その手紙にはカイルと一度でいいので話がしたいと書いてあった。カイルに直接手紙を届けても受け取ってもらえない、そのため私宛に手紙を届けたとも書かれていた。カイルと話したい理由はアーレンスを何とかしてほしいとか、兄弟の情に訴えてお願いするという理由ではないとも書かれていた。アーレンスの代表としてではなく、クラウス個人として会って話したいと。

独立して九か月。冬ごもり前に穀物を手に入れることはできなかったはずだ。この時期を乗り越えられるかどうか、かなり厳しいはずだった。それなのに国のことでは無く、クラウス個人の話？それに、この時期に王都に来るのはかなり大変なはずなのに。いったい何を話したくて王都まで来るというのだろうか。

夜会の時にカイルに愛人を作らせようとして拒絶されたクラウスだが、国王代理としての話し合いの時にはそのような態度は見せなかった。カイルからはっきりと拒絶されたことで何か考えが変わったのだろうか。話し合いの帰り際に見せた、カイルを見る表情が気になっていた。かと言って、他国の王子になったクラウスと簡単に会わせていいものだろうか。断るにしても王族からの願いを拒否するには理由を考えねばならない。

私だけでは判断できず、カイルとクリスにも手紙を読ませ、どうするかを相談することにした。

「ねぇ、どう思う？　カイルにお願いしたりすることは無いって書いてあるけど……。何を話したくてわざわざ王都まで来るのかわからないんだよね」

「第一王子は高圧的だったけど、第二王子はおとなしかったよな。手紙は第二王子の方なんだろう？　夜会に来てたほうか……カイルと話したい事があると。カイルは会いたいか？」

「俺としてはもうどうでもいい。今さら話したところで何か変わるとも思えないし。でも、ソフィアは気になっているんじゃないのか？」

「え？　私が？」

「クラウスの話じゃなくて、アーレンスがどうなっているか。俺たちが一度突き放したほうがいいって独立させたけど、ソフィアとしては本当はそうしたくなかったんじゃないのか？」

「……」

「アーレンスの領民たちが心配なんだろう？」

「……うん」

アーレンスの甘い考えを変わらせて、依存から抜け出させるためには仕方ないと思った。それだけ辺境伯領だった頃のアーレンスはユーギニスの負担になっていたから。一つの領地だけを優遇し続けるわけにはいかない。だけど、アーレンスは領地内で穀物の生産が難しい上に、魔獣の被害も多い。冬の間、閉ざされてしまうような厳しい環境。突き放してしまえば被害を受けるのは弱い領民たちだとわかっていた。……どれだけ被害が出ているのだろうか。子どもたちは食事ができているのだろうか。こちらから手を差し伸べるわけにはいかない。けれど、気にはなっている。

「クラウスと会って話してみるよ。アーレンスがユーギニスに戻るとは限らないけれど、もし戻ることになれば保護しなければいけない者もいるだろう。被害によっては国が対処しなければいけない時もある。その時にすぐに対応できるように状況は知っておいたほうがいい」

「……ごめんね」

「いいよ、ソフィアが悩むのをわかっていて独立させたんだ。話を聞くくらいたいしたことではない」

「ああ、もし向こうが変なことを言ってくるようならすぐに打ち切ろう。大丈夫だ、俺も立ち会う。だから姫さんはそんな心配そうな顔しなくていい」

「うん……わかった。三人で会ってみよう」

カイルとは個人的に話がしたいと書いてあった。そこに私とクリスが立ち会うのはおかしいかもしれないが、二人だけで会わせるのは嫌だと思った。もし、また傷つけられるようなら今度こそ許さない。クラウスには私とクリスが立ち会いすることを条件に話し合いをすると返事を書いた。

◇◇

アーレンスに手紙を送ってから二週間後にクラウスは王宮へとやってきた。数名の護衛だけを連れ、馬車ではなく、一番寒さが厳しいこの時期に馬で雪山を下りてきたらしい。雪で閉ざされた道を馬車が通れなかったのかもしれないが、馬で雪山を下りてくるのはかなり危険なことだ。なぜ、ついてきた護衛たちはクラウスの行動を止めなかったのか。あと二か月もすれば馬車で来ることができただろうに。クラウスがそんな無茶をするような性格には見えなかったのだが、何があったのだろう。

九か月ぶりに見たクラウスは少し痩せたように見える。疲れているのか、やつれたと言ってもいい。前回と同じように本宮の応接室に通したが、護衛たちは中に入って来なかった。本当にクラウスだけで個人的な話をしたいらしい。こちらも必要以上に人を入れるのはやめ、三人だけで話に応じることにした。ユナもそれに気が付いたようで、テーブルにお茶を置いたら部屋から出て行った。

「……話し合いを受け入れてくれて感謝する」

「カイルと二人で話をさせるわけにはいかない。俺と姫さんが立ち会わせてもらう。カイルの義兄でクリス・ユーギニスだ」

前回の話し合いの時にクリスも同じ部屋にいたが、挨拶はしていなかった。私のそばにいたことで側近だとは思っただろうけど、王族だとは思っていなかったに違いない。

フリッツ王子の養子になる時に、クリスが兄になるのはすんなり決まった。私だけじゃなく、お祖父様たちもクリスのほうが兄に見えたらしい。ここでカイルの義兄だと名乗ったのは、クラウスへの嫌味かもしれない。だが、クラウスは嫌味だと感じなかったのか、表情を変えずにうなずいてクリスへと名乗った。

「クリス様、アーレンス国次期国王のクラウスです」

「……次期国王？　決まったのか？」

「はい。そのこともゆっくり説明させてもらえたら……」

「わかった。では、座って話をしよう」

クラウスが一人で座る向かい側に私たちが座る。真ん中にクリスが座ったのは、主に話すのはクリスだと示したことになる。クラウスがこの部屋に入ってから、まだカイルは一言も話していない。クリスができる限りカイルとクラウスの間に入ろうとしてくれていた。私とカイルが挨拶すらしないことに不満を表してもおかしくないと思うのにクラウスは何も言わなかった。

少し震えた手でクラウスが茶器を取り、口をつけた。ゆっくり息を吐いて、それから話始める。

「……つい先日、俺の娘が産まれました。俺が次期国王に決まったのはそのためです。正式に決定するのは春になってからになります」

「春になってから？」

「アーレンスの冬は厳しい。そのため、冬に産まれた子は雪が完全に解けて春になるまで名前をつけません。冬の間に亡くなることが多いからです。そのため俺が国王になるのは、娘に名がついてからになります」

子どもが産まれたほうが跡を継ぐとは聞いていたが、そういう理由だったのか。確実に次の世代が産まれてから領主となる。生き残るのが難しい土地ならではの決まりだと思った。

「なるほど。子が正式に認められたら国王になると。カイルに会いに来たのは、その報告がしたかったから？」

子が産まれたことや国王になる報告なら私かお祖父様にするのが普通だ。どうしてカイルに？

血筋だけは姪になるのだろうけど、そんなことを今さら言うだろうか？

話しにくいのか、クラウスはもう一度大きく息を吸い込んだ。顔色が悪い。体調が悪いのかと疑ってしまうほどだ。長い沈黙の後、ようやくクラウスは話し始めた。

「……産まれた娘は銀髪でした」

「「は？」」

「カイルと同じ、銀髪青目の可愛らしい娘です」

カイルと同じ銀髪青目の娘が産まれた!?

「……俺と同じように苦労するのか？　あんな風に蔑まれて……」

カイルが自分の育ってきた環境を思い出したのか、苦しそうに小さくつぶやいた。クリスは聞こえていただろうけど、それには触れず、クラウスへと静かに返答した。

「その可能性はあるだろうな。王族の血が混ざれば、いつ銀髪の子が産まれてもおかしくない。クラウス王子だって王弟の孫なんだから、娘が銀髪でもおかしくないだろう？」

当然のことのように言ったクリスに、クラウスの顔色がますます悪くなっていく。

「……俺は、そのことを理解できていませんでした。俺も王弟の孫だった、その事実から目をそらしていた。妻との間に娘が産まれ、その娘が銀髪だったことで、ようやく自分のしたことがどれだけ恐ろしいことだったのかわかりました」

「ようやくわかった、だと？」

「はい。ようやく、です。あれほど大好きだった母様を裏切り者だと罵り、苦しめ追い詰めて……

母様を殺したのは俺や兄様や父様です。血のつながった弟を汚れていると決めつけ、無視し、石を投げて遠ざけました。それが父様をアーレンスを守るのだと、正義だと思っていました」

「違ったと認めるわけだ」

「認めるしかありません」

少しの間、沈黙が流れる。カイルが目を見開いたまま固まっている。信じられないものを見て、理解できないという風に。

「妻は俺を裏切ってなどいません。妻が産んだ娘は銀髪でも大事な俺の娘なんです。だけど、アーレンスの者たちはやっぱり疑いの目で見るんです。妻が俺を裏切ったんじゃないかと。呪われているんじゃないかと思っている者すらいます」

「なぜ、そんなことに？　王弟の血を引くとわかっただろう？」

「それは……父様が領民に公表していないからです。カイルが、私たちが王弟の孫だと」

「は？　いまだに公表していないっていうのか？」

「一部には知らせました。母様の生家にも……でも、自分たちの非を認めたくはないのでしょう。大々的に知らせることはしませんでした。父様が王弟の子だと聞いても、お祖父様の子だと信じたい者たちもいます。元辺境騎士団長だったお祖父様を慕うものが多いからです。今さらお祖父様の血を引いていないと言われても信じたくないのでしょう」

そういうことか。公表したくてもできない。きっとアーレンスの力が弱まるのを恐れている。

「……お祖父様が英雄扱いだったのは知っている。お祖父様の血を引いていることが誇りだったのも。知ったところで認めたくないと思うのも仕方ないかもしれない」

ようやく落ち着いたのか、カイルが理解を示した。同情するような口ぶりに、クラウスが意外そうに顔を上げた。

「クラウス王子、カイルは早くからこの事実を知っていた。それでもあなたたちにそのことを知らせなかったのは、あなたたちがそれを知れば傷つくとわかっていたからだ。虐待していた弟にそうまでして守られていたのに、あなたたちがしてきたことはどうなんだ？」

「……わかっています。情けないことを言っているのはわかっているんです。銀髪の娘が産まれて、ようやく実感できました。俺が、俺たちがしてきたことがどれだけ非道だったのか。申し訳ありません……もう取り返しがつかないとわかっています」

深く深く頭を下げ、謝り続けるクラウスに呆れてしまう。今さら、こんな風に謝られたところで、何が変わるというのか。黙ったままのカイルに謝り続けるのを見て、我慢できなかった。

「クラウス王子、それはなんのために謝っているの？　まさかカイルに許してほしいとでも？」

「申し訳ありません……今さらなのはわかっています。許してほしいわけでは、こんなことで許されると思って謝ったわけじゃありません」

「じゃあ、なぜこんなことを？　こんなことをするためにカイルに会いに来たの？」

「いや、そうでは……申し訳ありません。話の途中でした。俺は春にアーレンス国王になります。ソフィア様に渡された書類に書かれていた、ユーギニス国に戻る時の条件をすべて受け入れるつもりです」

「あの条件でユーギニス国に戻ると？」

「はい。ですが、今のままでは戻ったとしてもダメになるのはわかっています。俺は……一度アーレンスを壊します」

「「は？」」

「アーレンスの価値観をすべて壊して、ちゃんと何が正しくて何が間違っていたのかを認識させます。父様と後妻、イリアとアンナは権力から切り離して責任を取らせる予定です」

「そんなことできるのか？」

「もうすでに穀物がつきかけ魔獣の被害も出始めました。この責任は誰が取るんだという声が出ています。王弟の子だと隠していたことも含め、今までのことはすべて公表する予定です。何の罪もない母様が殺され、血のつながった弟が虐げられていたことも。アーレンスの民すべてに隠し事せずに、役に立たない領地だと説明します。チュルニアでもユーギニスでもいらないと思われている領地なんだと。そうでなければ、アーレンスは生き残れませんから」

あまりのことで考えがまとまらなくなり、何を返せばいいのかわからなくなる。先に気を取り直したのはクリスだった。

「それはそうかもしれないが、ものすごい反発が来るんじゃないのか？」

「来るでしょう。その責任は俺が取ります。母様とカイルにしたことの償いにはならなくても、このままではいられない。俺がしたことの罪は重い……何かしていないとダメになってしまいそうなんです」

「……俺はアーレンスの未来を思えばそれが良いと思うが、カイルはどう思う？」

これ以上責めても仕方ないと思ったのだろう。クリスがクラウスを見る目が柔らかいものに変わっている。

カイルに許せとは思っていないだろうが、もういいんじゃないかと言っているように感じる。じっとカイルを見て、返事を待つ。どういう答えでも、カイルの意見を尊重するつもりだ。

「俺はユーギニス国に戻る時に、アーレンスの領民がきちんと認識できているならいいと思う。苦労するだろうが、クラウス王子が思うようにやってみたらいいんじゃないか」

「そ、そうか。…………ありがとう」

まるで暗闇の中に光が差し込んだように、まぶしそうな顔をするクラウスに、クラウスもまた被害者だったのかもしれないと少しだけ思った。当時子どもだったクラウスが大人たちから思い込まされた結果なのだから。自分の母親を憎みたくて憎んだわけじゃないはず。

これでアーレンスは変わるのかもしれない。まだ寒さが一番厳しい時期で、ユーギニス国に戻るまでは時間がある。その間にどれだけ被害が出るのかわからないけれど、痛みを伴わなければ変われないのも事実だから。

◇　◇

湯あみを終えて、眠る少し前の時間。いつものようにカイルと寝室で過ごしている。

ただ、今日のカイルは口数が少なかった。クリスと三人での夕食時もあまり話してはいなかった。

やっぱりクラウスと会わせないほうが良かったのだろうか。今さら謝っても取り返しがつかないこと、それでも謝りたかったクラウスの気持ちもわからないでもない。だけど、許す気のない相手から謝られ続けるというのは……。カイルにとってつらい時間だったのではないだろうか。

寝室に置いてあるソファに後ろから抱きかかえられるようにして座る。カイルが私の身体に両腕をまわし、肩に額をのせるようにしてうなだれる。耳元で小さなため息が聞こえた。

「大丈夫？　疲れた？」

「……いや、疲れたというかなんというか。もういいやと思っていたはずなのに、少し考えてしまって」

「クラウス王子のことを？　それともアーレンスのことを？」

「そうだなぁ。両方かな。俺には母様の記憶が無いんだ。産まれてすぐに離されて、母様には乳母だけが最後までそばにいたらしい。その乳母は嫁ぐときに本家についてきたらしいが、母様が死んだらまた分家に戻されて、俺は会ったことも無い。そんな状況で母様が死んだことをクラウス王子はどう思っていたんだろうな……」

「自分のしたことを、自分の罪を認識するのはきついよね。その罪が重ければ重いほど、認めたくない。アーレンスの人たちがカイルに冷たくしたのは、きっと認めたくなくてカイルにあたってたんじゃないかな」

「罪を認めたくなくて？」

「そう。自分たちが間違ってたと後悔しても、もうお母様は亡くなってしまっているでしょう？

罪を償おうと思っても、もう遅い。かといって、罪を背負うにも重すぎて耐えられない。だから、カイルに冷たくすることで、やっぱり自分たちは間違ってないって思いたかったんじゃないかな」

「そう言われてみたらそんな気はする。ずっと俺に会わないで放っておくこともできたはずなのに、わざわざ会いに来てまで石を投げてきた。本当に嫌いなら、会いに来なきゃいいのにって思ってた。クラウスはなんというか、追い詰められているような顔をしていた。もしかしたら、あの頃から薄《う》っすら気がついていたのかもしれないな」

カイルに石を……。罪の意識から逃げたかったとしても、幼い弟を傷つけていいはずはない。穏やかに話すカイルに、胸が締め付けられる。

「それでもつらかったのはカイルとお母様だわ。無理に理解しようとしなくてもいいと思う」

「そうだな」

「多分、クラウス王子はカイルに罵ってほしかったんじゃないかな」

「え？」

「謝罪しても意味が無い、だけど何かしなくてはいけない。だったら、カイルに責めてもらったほうがマシだと思っていたかも」

「……そうかもしれないが、俺は何も言いたくなかった。言っても、もう何も変わらない。今さらクラウス王子を責めたところで、意味のないことだ。救ってほしかった時期はとっくに過ぎている」

「カイルは救ってほしいと思っていた？」

いつだろう。アーレンスにいた頃だろうか。居場所がなかったと言っていた。私に出会う前、私には何もできなかっただろうけど……くやしいな。

「救われて、初めて気がついたんだ。誰かに必要とされたかった。この手を取って、大事だと言われたかったんだって」

ふいに抱き上げられ、くるりと逆向きにされてもう一度座る。カイルのひざの上に正座するように座り、向き合う形になる。つかむところが欲しくて、カイルの胸のあたりの服を両手でつかむ。見上げたら、お互いの額をくっつけるようにして、カイルがささやいた。

「ソフィアだよ。ソフィアが俺を必要としてくれたんだ。俺がそばにいたらさみしくないって。ずっとそばにいてって言ってくれたんだ」

「私がカイルを救ったの？」

確かに私がカイルにお願いしたことだ。初めてカイルの顔を見て挨拶されたとき、この人だと思った。私に返事をくれた人。前世から記憶が戻ったばかりで、ソフィアとしての自覚は薄かった。だから、目が覚めるとまだあの塔の中に一人でいるんじゃないかって、怖くてさみしくて、人の気配を探した。

最低限の家具しかない西宮の部屋は、あの塔の部屋にとてもよく似ていて。栄養失調の身体は、魔力を吸われ続けた老婆の身体と同じくらい重くだるかった。朝起きて、自分がソフィアだと思い出すまでの時間が一番怖かった。

あの時、監視人だったカイルがコツンと返してくれた。人がいる。私の言葉に反応を返してくれる人がいる。ここはもうあの塔じゃない。私のそばに人がいて守ってくれる。それがどれほど心強かったか。

だから、ずっとそばにいてほしかった。一番誰かにそばにいてほしいと思った時にいてくれたカイル。居場所がないというのなら、私が居場所を作りたいと思った。

それが、カイルを救ったの？

◇◇◇

救った本人はまったくそんなつもりは無かったんだろうけど。あの時、ボロボロになるまで虐げられても、ソフィアの目は綺麗なままだった。どれだけ強い意思があれば、折れずにいられるのだろうと思った。

「俺はソフィアのそばで生きようって決めた。誰よりも強くなって、もう二度とソフィアを傷つけられることがないようにって。まぁ、こうやって何度もアーレンスのことで考え込んだりするけど、おれはもうアーレンスの人間じゃないってちゃんとわかっている。だから、少しだけ申し訳ないと思っているのかもしれない」

「申し訳ない？」

「俺はもう幸せになっている。クラウス王子を見ると、とても幸せには見えなかった。過去を恨んでいないわけじゃないけど、もういいかなって思う。もう関係のないところで幸せに生きてくれてかまわないって」

俺が過去を振り返らなくなったのと同じようには無理かもしれないが、それでもアーレンスの者たちに不幸になってほしいなんて思わない。死んだ母様から見たら薄情かもしれないけれど、もっと大事なものができたから。

「……そっか。今、カイルが幸せならそれでいい」

「うん、俺なら大丈夫。こうしてソフィアを抱きしめていられる。だから、俺は幸せだよ」

成長しても小さなソフィアは抱きしめると腕の中にすっぽりと収まる。細くて壊れてしまいそうな身体に、渦巻くような強い魔力。生命力にあふれているソフィアを抱きしめていると、俺もちゃんとここで生きているって実感する。

少しだけ強く抱きしめたら苦しいかと思ったら、うれしそうに笑って俺の胸に頬をあてる。俺のしたいようにさせてくれるのがうれしくて、タガが外れそうになるのを必死で抑える。幼い頃とは違い、抱きしめると柔らかな感触がある。もう大人になったのはわかっているけれど、抱きしめるとそれがよりはっきりと伝わってくる。

……アルノーの件で学んだはずだけど、それでも答えは出ない。ソフィアは俺だけのものにはならない。女王として、この国のために生きると決めているのだから。わかっている。だけど、心まででは割り切れない。本当は俺だけのソフィアでいてほしい。汚したくはないけれど、俺のものにしてしまいたい。婚約者として慣れて欲しいと言って、こうして抱きしめているけれど、性的なことはまだ何もしていない。いつもならもうとっくに寝かせている時間だけど、ソフィアが何も言わないのをいいことにずっと抱きしめている。

そのうち眠くなったソフィアが腕の中でウトウトし始めても、離れることができずに寝顔をながめていた。

「寝たのか？　戻ってこないから見に来たんだが」

「あぁ、寝たよ。どうせなら、このまま三人で寝ようか」

「まぁ、それもいいな。姫さん、夜中に起きてしまいそうな気がするし」

「ああ」

ソフィアは覚えていないようだが、夜中に起きて泣いていることがある。そういう時は影が俺とクリスを起こしに来て、俺たちがソフィアが眠るまでそばにいることにしている。何がそんなに悲しいのかわからないが、どこか違う世界を見ているような目で、静かに泣き続ける。ソフィアのつらさが伝わってきて、俺とクリスも苦しくなる、そんな泣き方だった。きっと今日のように嫌なものを見てしまった時は起きて泣くだろう。その時に、すぐそばにいて、大丈夫だよと抱きしめて安心させたい。

寝台に転がり、ソフィアを真ん中にして両側から支えるようにして眠る。体温が伝われば、一人じゃないって思うだろうか。小さなソフィアの寝息に合わせて、俺とクリスの寝息が重なっていく。ぼんやりとした灯《あか》りで影しか見えないけれど、ここに二人がいることが実感できる。

「ちゃんと、ソフィアを守れているんだろうか」

もうクリスが寝たと思ってつぶやいたのに、当たり前のように答えが返ってきた。

「俺とカイルが守ってるんだ。当然だろ」

「あぁ、そうだな」

本当にそう思っているようなクリスに笑ってしまって、肩の力が抜ける。

あぁ、きっと明日も大丈夫だ。この三人でいたら、明日も笑える。

◇　◇　◇　◇　◇

ココディア国の小さな町にある屋敷では、侍従が主人に手紙が届いたことを知らせていた。

見慣れた色の封筒をユーグから差し出され、今日は何の用事なのかと思う。謹慎していろと言われ、王領の別邸に閉じ込められているけれど、外に出られないだけで自由にできている。母上が用意した侍女たちは、みんな若くて可愛くて素直だし、欲しいものは言えば手に入る。ずっとここにいてもいいかなと思っていたけれど、さすがに飽きてきた。

「ハイネス様、王妃様はなんと？」

「……王宮の近くにある離宮に戻って来ていいって」

「謹慎がとけたんですか？」

「いや、兄上が許さないだろうから、こっそり戻れってことなんだと思う」

あの時、イライザを連れてココディアに戻って来た時、父上には何も言われなかったけれど、兄上二人はかなり怒っていた。特に王太子でもあるレイモン兄上が簡単に許すとは思えない。王都に戻ってもしばらくは離宮から出られないだろうな。

「離宮にはイライザ様とマーチス様もお連れするんですか？」

「イライザはここに置いておけって。どうせ離宮に連れて行ったところで部屋から出てこないんじゃ同じだしね。ここのほうが監視しやすいんだろう」

「まぁ、それはそうかもしれませんけど」

イライザは妊娠していることを知って暴れたらしく、ココディアに連れてきた時は魔術で眠らされていた。その後は会っていないからわからないけれど、半年ほどして小さな男の子を産んだ。金髪緑目で、俺にそっくりなマーチスを。

俺はマーチスに何度か会ったけれど、イライザは会うことも名を呼ぶことも無いと聞いた。一日中部屋に閉じこもってブツブツとソフィア王女への文句を言っているそうだが、頭がおかしくなったんだろうか。

「では、ハイネス様とマーチス様だけ離宮に移るんですね」

「いや、マーチスは叔父上が連れて行くそうだ」

「え？　サマラス公爵がですか？　どうしてまたそんなことに……」

ユーグが首をかしげるのも無理はない。叔父ではあるが、サマラス公爵とそれほど交流は無かった。サマラス公爵家には従兄のエドモンがいるから引き取って養子にする必要もないだろうし、そもそもマーチスは俺の子どもだと認められていない。

母上がイライザとの結婚を認めなかったからだ。それもそのはずで、イライザはユーギニス王家の血を引いていない。公爵夫人の不貞の子だと言われて、あの母上が認めるわけがなかった。

「いいんですか？」

「何が？」

「マーチス様、連れて行かせて」

「俺に言われても。俺にはどうすることもできないよ。マーチスは王族どころか戸籍すらないんだ。叔父上が必要だと言うのなら任せてしまえばいい」

「はぁ。そうですか」

叔父上が何を企んでいるのかはわからないけれど、息子の存在すら認めようとしないイライザとどうでもいいと思っている俺のそばにいるよりもいいかもしれない。たとえ、それが利用されるだけであったとしても。

あとがき

ほんの三年前まではラノベが好きなだけの普通の読者でした。小説家になりたいとか、小説を書くのが趣味だとか、そういうことはありませんでした。愛読書の『魔法科高校の劣等生』に出会ったのも遅く、五年前の春でした。そこから一気にラノベにはまり、本を読むだけで一日が終わることもよくありました。

そんな私が小説を書き始めたのは、ちょっとしたいたずら心のようなものでした。ヒロインが恋人を「お兄様」と呼ぶ恋愛小説をもっと読みたい。そう思って小説投稿サイトで探して読んでいるうちに、なんとなく自分でも書けるような気がして、試しに書いてみたものを投稿しました。それが意外にもたくさんの方に読まれ、書籍デビュー作となりました。

電撃文庫がなければ、『魔法科高校の劣等生』に出会っていなければ、小説家になることもなく、この小説も生まれませんでした。まさか同じＫＡＤＯＫＡＷＡで本を出すことができるなんて、人生何が起きるか本当にわかりません。

挿絵も珠梨《しゅり》やすゆき先生に決まった時には、うれしさのあまりにやけてしまいました。実際に描いていただいた絵は本当に素晴らしくて、特にクリスがお気に入りです。クリスのラフを見た時、「あぁ、これはクリスだ」と感じました。もちろん、ソフィアもカイルの絵も大好きです。

こんな体験をできることが今でも信じられなくて、都合のいい妄想の中で生きているんじゃないかと思う時もあります。三年たったら、本を三冊出せたら、少しは小説家らしくなるんじゃないかと思っていましたが、そんなことはなさそうです。ただ書き続けることで憧れの先生たちにちょっとでも近づけたらと頑張っています。

『ハズレ姫』は書き始めた時に思っていたものとは違った結末になりましたが、こうなって良かったと満足しています。書いていて終わらせたくないと思ったのは初めてのことでした。下巻で完結になると思いますが、もしかしたらどこかで続編を書くかもしれません。頭の中ではまだ三人の物語は終わっていないからです。

『ハズレ姫』を本にするために一緒に頑張ってくれている担当編集者様、頼りにしています。応援してくれる家族にも感謝です。そして、私の作品を読んでくれた読者様、ありがとうございます。これからもよろしくお願いします。

gacchi《ガッチ》

書き下ろし
番外編

大事だから

　玄関から出て後ろを振り返って見たら、貴族の屋敷としては慎《つつ》ましい大きさかもしれないが、俺とデニスが暮らすにはちょうどいい大きさだった。このままデニスが成人するまでそばにいるつもりでいたのに、残念ながらそうもいかなくなってしまった。

　ここはバルテン公爵家の持ち物ではなく、俺がお祖父様からこっそり受け継いだ小さな屋敷。先代公爵だったお祖父様が自分に何かあった時のためにと、俺が産まれた時に俺の名義に変えておいたらしい。

　そのおかげで俺は十二歳になってすぐにクリス・バルテン子爵となり、この小さな屋敷と領地を受け継ぐことができた。幸い、公爵家の大きな屋敷と領地にしか目が行かない両親はそのことに気がついていない。

「兄様……僕、ここに一人でのこるの？」

　俺を見送るために玄関先までついてきたデニスが俺の上着を引っ張る。不安そうに見上げてきたデニスに、しゃがんで視線を合わせた。俺が離れて暮らすことが不安なのか、柔らかい金の髪をふわふわさせたデニスの丸い緑目は涙がこぼれそうになっている。まだ八歳のデニスがさみしがるのも無理はないが、デニスを公爵家の屋敷に返さずに守るにはこうするしかなかった。

「デニス、ここにいれば大丈夫だ。ジニーもいる。俺も休みの時は帰って来るから」

「本当？」

「本当だ。約束する。だから、お前も頑張るんだ。バルテン公爵家はお前が継ぐのだから」

「……はい、兄様」

「じゃあ、後のことは頼んだぞ、ジニー」

「はい、かしこまりました」

ぽろりと涙をこぼしたデニスに後ろ髪を引かれながら、用意された馬車に乗って学園へと向かった。これからしばらくは帰ってこれないし、休日に帰ってくるとしても泊まることはできない。俺がいなくてもデニスは一人で眠れるのだろうかと思いながら、窓の外に流れる王都の景色を眺めていた。


屋敷の管理はバルテン公爵家の家令だったジニーに任せている。家令だったというのは、二年前に辞めさせられたからだ。長年バルテン公爵家に仕えているジニーは、高齢にさしかかってはいるが、まだ引退するような年齢ではない。それが急に辞めることになったのは、ジニーが父上ではなくお祖父様が雇った使用人だったからだ。父上はお祖父様が亡くなってから、お祖父様が雇った使用人たちを口うるさくて気に入らないといって辞めさせていった。

婿養子になり公爵となった父上は、元は侯爵家の二男で何の取り柄も無い男だった。母上は公爵家の一人娘として恵まれて育ったせいか傲慢で、自分が誰よりも美しいと思い込んでいた。確かに美人ではあるのだが、その苛烈な性格のために学園内で度々問題を引き起こしていたこともあり、王族の婚約者に選ばれることはなかった。お祖父様は評判の悪い母上がこれ以上問題を起こさないようにと、学園を辞めさせて父上との結婚を決めた。お祖父様は母上に婿を受け入れて公爵家を継ぐか、平民となって修道院に入るかどちらかを選べと迫った。さすがに修道院に入るのは嫌だったのか、お祖父様が本気だとわかった母上はあきらめて父上と結婚した。

それから数年後、同じく傍若無人だったお祖母様は、王太子妃を陥れようとしたことを陛下から叱責され、公爵領の別邸に幽閉されることになった。田舎の小さな屋敷に押し込められたお祖母様は、それからすぐに風邪をこじらせてあっけなく亡くなった。今まで自分の味方だったお祖母様が亡くなり、母上の立場は一層弱いものとなった。厳しいお祖父様の監視もあり、公爵家を継いだ後も父上と母上はおとなしくするしかなかったようだ。

だが、二年前にお祖父様が亡くなったとたん、タガが外れてしまったように遊《あそ》び惚《ほう》けている。母上は好きなだけドレスを仕立て、宝石を買いあさり、大規模なお茶会を主催する。今まではおとなしかった父上も、愛人三人を別邸に囲い屋敷には帰らなくなっていた。

それでも公爵家がつぶれなかったのは俺が公爵家の仕事をしていたからだ。次期公爵としての勉強だと言われ、お祖父様から指導を受けた俺は十歳で公爵家の仕事を始めた。この国の法で十二歳になるまで仕事はできないことになっているが、嫡子が領主について仕事を覚えることは認められている。まぁ、認められているのはあくまでも手伝い程度なのだが、俺は十二歳になる頃には完全に一人で領主の仕事をするようになっていた。

だから、両親が遊び惚けて仕事をしなくてもなんとかなっていたのだが、次第に俺が金の使い方を咎めるようになると邪魔になったらしい。急に父上に呼び出されたと思ったら、廃嫡を言い渡された。

「クリス、お前はもう必要ない」

「は？」

「何度となく侍女をお前の部屋に行かせたが、一度も抱かなかった。どうやら、お前は欠陥品のようだ。跡継ぎが作れないお前を当主にするわけにはいかん。公爵家はデニスに継がせる。お前は学園を卒業したら公爵家から出ていけ」

あと半年で学園に入学するという時だった。二年くらい前からやたらと夜中に侍女が部屋を訪ねてくるとは思っていた。そういう職業の女をあてがわれたこともある。閨教育だと説明は受けていたが、どうにもその気になれなかった。面倒なことはごめんだと女には金を渡して帰ってもらったし、侍女は一度も部屋の中に入れなかった。そのことを言われているのはわかったが、そうじゃないと気がついていた。俺が閨をしないのが原因じゃない。俺が領主としての仕事をしている限り、金を自由に使えないと気がついて邪魔になっただけだ。

お祖父様には常々、「お前の両親は腐っている。近づかなくていい。クリスが成人したらすぐに当主を交代させる」とは言われていた。その教えは間違ってはいなかったが、残念ながらお祖父様は俺の卒業まで生きていてくれなかった。あくまでも公爵なのは父上で、実際に仕事をしていたのが俺だとしても力は無い。仕方ないとあきらめて受け入れることにした。

「では、領主の仕事は誰に引き継ぎますか？」

「こちらで領主代理を任命する。引き継ぎはいらん。学園に入学したら屋敷から出て行け」

「……寮に入れということですね、わかりました」

令息を学園に通わせるのは貴族の義務。さすがに学園に入学させずに出て行けとは言えないだろう。公爵家でそんな真似をしたら陛下から呼び出されるに決まっている。これ以上父上と関わる気にはなれない。引き継ぎもいらないというのなら、もうこの時点で領主としての仕事を投げ出してもいいか。税金の計算が途中で、補助金の申請など面倒なものが残っているが、領主代理が苦労するだけだ。こんな腐った公爵家、無くなっても惜しくはない。

ただ、問題はデニスのことだけだった。遊ぶことにしか興味が無い母上と屋敷に帰ってこない父上。お祖父様が生きていた頃も、子どもの面倒を見ないという点では似たようなものだった。デニスはジニーと俺が育ててきた。そのせいで母上にも父上にも懐いておらず、ジニー以外の使用人にも懐かない。どうやら俺の目の届かないところで父上の愛人だった侍女が何かしたらしい。怯えてしまって、それ以降は侍女に世話をされなくなってしまった。

学園に入学したら出て行けと言われたが、それまで公爵家の屋敷に居続ける理由はなかった。すぐさま俺の荷物をまとめて引き払い、王都の端にある小さな屋敷へと移った。辞めさせられたジニーや古参の使用人は俺が雇い入れ、この屋敷の管理を任せてあった。

特に説明もなくここに連れてこられたデニスは驚いていたが、辞めさせられたはずのジニーがいたことですぐに馴染んだ。むしろ、公爵家の屋敷にいた時には見られないほど楽しそうにしていた。よけいな者が近寄ってこないこの屋敷は俺にとっても快適で、忙しかった仕事も無くなって今までよりデニスのそばにいてやることができた。

こんな穏やかな毎日が続けばいいとは思ったが、いつまでも俺が一緒にいることはできない。父上から学園の寮に入るように指示されている以上、何かあれば学園に連絡が来る。デニスを守るためにも、父上にこの屋敷の存在を知られるわけにはいかなかった。

「ジニー、俺が持っている領地と屋敷の名義をデニスに変えてくれ。できるだろう？」

「は。できるといえばできますが、クリス様はどうなさるのですか？」

「俺ならどうにでもなる。いざとなれば他国にでも逃げられる」

「それはまぁ、クリス様ほどの実力があれば可能だとは思いますが……本当によろしいのですか？」

「ああ。これから先、デニスは公爵家に戻さない。あの屋敷にいたらどんな目にあうかわからないからな。どうせ屋敷にデニスがいなくても、あいつらは気がつかない。俺が学園に入ったから領地に送ったとでも思うだろう。もうバルテン公爵家は終わる。デニスが成人するまで、爵位と領地が必要なんだ」

「そういうことですか。わかりました。手続きをしておきます」

「ああ、頼んだ」

バルテン公爵家が無くなっても、子爵の爵位と領地があればなんとか学園を卒業できる。デニスは利発な子だ。真面目に勉強をしていれば、文官にでもなって生きていける。

学園に入学するまでの間、俺はデニスをできる限り甘やかし、その一方で領主としての勉強を教えていた。甘やかしたのはここに残してしまうことの罪悪感からで、勉強を教えたのはこれから一人で勉強を続けていくための基礎を身につけさせたかったからだ。少しでもデニスが素直に育ってくれるように願うしかなかった。

ぼんやりとしているうちに学園の敷地へと馬車は入っていく。ここが学園か。思っていた以上に広いな……。馬車着き場で降りたが、敷地内に学生は見当たらない。それもそのはず、寮に入るもの以外は入学式まで来ることは無い。入学式は一週間後。寮に入るものも入学式までに来ればよく、こんなに早くに入寮するのはめずらしい。デニスのことを思えばぎりぎりまで一緒にいてあげたほうが良かっただろうが、寮で問題が起きないとは限らない。必要な物はそろえたはずだが、他人と集団生活するということに慣れなくてはいけない。

寮の自分の部屋に向かう途中、食堂に人がいるのが見えた。銀の髪……？　どういうことだ。在学生の中に王族はいないし、王家の血をひくものもいない。これから入学する学年にも俺しかいないと聞いていたのだが。

あいつは誰なんだと思いながら部屋に入る。先ほど食堂で見た男の横顔は恐ろしく整っていて、動いているのを見るのは不思議な感じがした。花の妖精と同じで綺麗な水があれば生きていけそうな容姿なのに、焼いた肉を食べていた姿がおかしくて笑いそうになる。

そこまで考えて、自分も似たようなことを言われていたのを思い出す。部屋の鏡を見ると、男なのか女なのか判別できない銀髪の人形が映る。近づこうとすると鏡の中の人形も動くから、それが自分なのだとわかる。あいつの容姿をどうこう言えないな。

人の容姿を気にしている場合じゃなかったと思い、部屋の片づけを始める。屋敷の使用人に任せればいいのだが、侍女に荷物をさわられるのは嫌だった。何をされるかわからないし、この部屋を特定されたくない。ジニーの管理下でそういうおかしな侍女はいないとわかっていても、公爵家の侍女につきまとわれた経験から信用することができなくなってしまっていた。おかげでたいていのことは自分でできるようになっている。使用人を一人も連れて来なかったが、特に不便はない。むしろ、部屋に一人でいるのは快適で、寝台に転がったまま本を読み始める。ここではどんな格好で勉強しようと注意されることは無い。

こうして、始まった寮暮らしは問題なく一週間が過ぎ、入学の日を迎えた。


当日の朝、自室で食事をとってから学園の教室に向かう。あの時食堂で見かけた男とはそれっきり会うことは無かったが、俺の想像通りならA教室にいるだろうと探すことはしなかった。

教室に入ると、まだ時間前だというのにあいつは席に座っていた。前列の一番左の席。そこに座っているということは、首席で入学する辺境伯の三男カイル・アーレンスなのか。俺よりも優秀な者がいると思っていなかったから、次席入学だと連絡を受けて何かの間違いかと思ったくらいだった。

最初はアーレンスの三男などに負けたことが悔しかったが、その後不思議に思った。アーレンスの長男と二男が優秀だったとは聞かない。どちらも剣技は強かったとは聞いたが、長男はB教室だったし二男はA教室でも三席に入っていなかった。なぜ三男が首席なのか、どういう勉強をしてきたのか気になっていた。

「隣だな。俺はクリス・バルテン」

「あ……ああ。俺はカイル・アーレンスだ」

「よろしく頼む」

「こちらこそ」

急に話しかけたからか、驚いたような顔のまま挨拶を返された。やはりアーレンスの三男だった。ただわからないのが、どうしてカイルはアーレンスなのに銀髪青目なのか。その色は王家の色だ。国王陛下と全く同じ色……黒髪黒目しかいないアーレンスで王家の色の者が産まれてくるわけがないのに。他の者たちもカイルの色が気になるのか、ちらちらと見ているようだった。さすがに直接聞く者はいなかったが、そのうちこんな噂が流れるようになった。

「カイル・アーレンスは不貞の子らしい。そのせいでアーレンスでは離れに閉じ込められて育った」

調べてみると、噂を流した学生は上の兄弟がアーレンスの長男と同学年だった。そのつながりでアーレンスには不貞の子がいると聞いたことがあったと。それが本当なのだとしたら、大変なことだ。

今の王家には王子が三人いる。そして、陛下。この四人の誰かが辺境伯夫人と通じたということになる。それを噂することがどれだけ危ういことなのか、噂を流した本人は気がついていない。俺には関係ないと思うのだが、苛立《いらだ》ってつい言ってしまった。

「それは王族が貴族夫人を寝取ったと言っているのと同じことだ。証拠も無いのにそんなことを言って、家ごと処罰を受けなければいいがな？」

その令息は俺に言われてようやく気がついたようで真っ青になった。一緒になって話していた令息たちも皆、黙り込んでいる。

言ってしまったことは取り返せない。その令息たちはなんらかの処罰を学園から受けたようで、それからしばらく学園で見かけなくなった。きっと謹慎処分を受けていたのだろう。謹慎処分を受けて授業が出られなくても試験範囲は同じだし、補講も受けられない。次の学年で教室が落ちるのは間違いない。何も考えずに首席の者を見下すような発言をしていたのだ。当然のむくいだと思う。

隣に座るカイルを見たが、いつも通り授業を真面目に聞いている。自分の噂が流れたとしても関係ないと思っていそうだ。

魔力鑑定をしたこともなく、魔術を一つも使えない。それも噂を肯定するようなものだ。アーレンスでは幼い頃から習うはずの剣技も、学園に来て初めて習うと。どこか身体に異常があるとは思えない。俺よりも少し高い身長。長い手足、鍛えられた身体。全属性で人の数倍ある魔力。これほどまでの才能を無かったことにしてきたとしたら、辺境伯は愚かだ。いくら不貞の子だと思っていたとしても、アーレンスから逃すのは得策ではない。それでも新しい魔術を覚えてうれしそうに笑うカイルを見かけ、アーレンスから逃れて良かったんじゃないかと思うようになった。

同じように親からいらない者扱いされ、追い出されるように寮に入った俺とカイル。似ているようで似ていない。俺は、カイルのように自分を高めようとはしていない。無難にこなして、卒業したらどこかに行けばいい、それがどこなのか考えもしていない。

休日になって屋敷に戻るとデニスが抱き着いてきた。よほどさみしかったのか俺から離れようとしない。仕方ないから膝の上に乗せたままお茶を飲み、デニスの口に焼き菓子を放り込む。口いっぱいになってもぐもぐさせながら、うれしそうに笑うから頭をなでてやる。

学園の話を聞きたがるデニスに、なんとなく隣の席に座るカイルの話をした。他に話すようなことが思いつかなかったからだ。人よりも才能にあふれているのに、常識を知らないカイル。そして、毎日のように個人演習場で修行を受け、門限の頃にボロボロになって帰ってくる。考えてみたらカイルも高位貴族なので俺と同じ階に部屋があった。それほど離れていない部屋だから、カイルがいるのかいないのかくらいは気配でわかる。首席なのに、それほどまでして努力するのが不思議でならなかった。全く何を考えているのかわからない。

それを聞いていたデニスはにっこりとうれしそうに笑った。

「兄様は、その人とお友達になりたいのですね？」

「おともだち？」

「はい、兄様の話はこの前読んだ本に似ています。白い狼《おおかみ》は自分にそっくりな黒い狼に出会い、気になって仕方ないんです。どうして気になるのかわからなくて悩むんですけど、白い狼は友達になりたかったんだってわかるんです」

……俺が狼？　自分にそっくりな狼を見て、友達になりたいと思った？

「デニスはそう思うのか？」

「はい！　兄様はその人とお友達になればいいと思います！　きっととても仲良くなれると思います！」

少し離れただけなのに、しっかりしてきたデニスを誇らしいと思いながら、なんとなく寂しくも感じる。デニスの成長をそばで見ることができない。そのことが残念だけど、俺が弟離れしなくてはいけない時期なのかもしれない。

「そうだな……機会があったら話してみるよ」

そうデニスと約束したにもかかわらず、俺はカイルに話しかけていない。きっかけが無いのだ。

教養の授業では特にわからない問題がないから聞くことも無いし、カイルに聞かれることも無い。剣技の授業は組ませたら危ないという理由で先生と組まされている。魔術演習も俺は授業を免除されているために関わることができない。

放課後になった今もなんとなく個人演習場で修行しているカイルを見ていたが、呼びかける理由が思いつかなかった。デニスに謝らないといけないな。そう思いながら、帰ろうとしたらライン先生につかまった。

「お前、またカイルを見に来てたのか。気持ち悪いぞ」

「……帰ります」

何の用事もないのに修行しているカイルを見に来るというのは、確かに気持ち悪いかもしれない。もうやめておこうと心に誓い、その場を立ち去ろうとする。

「まぁ、まて。せっかく来たんだから、お前も修行していけ」

「は？」

「ほらほら、中に入れ」

半ば強制的に修行をさせられ、帰る時にはボロボロの状態になっていた。カイルはこんな修行を毎日しているのか？　驚いたと同時に恐ろしくなった。ただでさえ、カイルが首席で俺が次席なのに、差は広がっていく。俺が何もしなかったら追いつけなくなる。そう思ったら次の日も個人演習場に向かっていた。

「なんだ、一日で懲りなかったのか？」

「ライン先生、俺も修行します。カイルよりも厳しくしてもらえませんか？」

「カイルよりぃ？　……ふぅん。まぁ、いいよ。中に入れ」

昨日よりも修行は厳しかったけれど、焦りのようなものが少しずつ消えていく。これで少しは追いつけるだろうか。カイルがまっすぐに見つめているその先に何があるのか、俺にも見えるだろうか。

それから毎日ボロボロになるまで修行し、寮に帰ってきたら泥のように眠る。勉強は時間が惜しいから授業中に覚える。そしてわずかな休日はデニスに会いに行き、カイルの話をする。その繰り返しであっという間に過ぎていった。

二学年終わりの試験、全力を出したけれど次席のままだった。カイルは入学から三年まで首席を譲らず、孤高の存在となっていた。誰も話しかけられない。話しかけたとしても簡潔な答えが返ってきて、会話が続かない。他の令息たちがそんなことを言っていたが、話しかけた側の問題だと思った。令嬢たちに人気があるカイルに誰とつきあうのかなんて聞いても、カイルにその気が無いのはわかっているだろうに。

カイルの外見はユーギニスの王家の者にしか見えない。アーレンスの子だとわかっていても、魅《ひ》かれるものがあるのだろう。ただ、魅かれるとしても、結婚は別な問題だ。貧乏領地で他家と関わらないことで有名なアーレンスのカイルを婿にと望むのは無理な話だ。いくら令嬢がカイルを気に入ったとしても親がそれを許さない。だから、令嬢たちはカイルを見て楽しむだけにしているようだった。

それでも家のことを気にしない令嬢もまれにいる。妾の子で引き取られた令嬢だ。

「なぁ、令嬢に興味ないってわけじゃないだろう？」

「いや、つきあうとかが面倒なだけだ」

「面倒って、そんなこと言わないで一回くらいつきあってみたらいいだろう？　エリー・クレフとかカイルのことずっと見てたぞ？　相手してやれよ」

「エリー・クレフ？」

言われたカイルはエリーのことがわからないようだった。たくさんの令嬢から見られているから、どの子なのかわからないのも当然だ。

「ほら、薄茶色の髪に緑目のさぁ。大人しくて地味な……ってもわかんないか。あいつホントに地味だからなぁ」

「仕方ないだろう。あいつって妾の子だし。子爵がむりやり愛人と娘を引き取ったっていう話。正妻の子がいるから跡を継ぐことも無いし、追い出されないようにおとなしくしているらしいぜ」

「なるほどなぁ。で、カイル、どうなんだ？　エリーとつきあってみろよ」

「……いや、必要ない。忙しくて、そんなこと考える余裕ない」

「もったいないなぁ」

カイルがこれ以上会話につきあう気が無いとわかったのか、同じ教室の令息たちが去っていく。

女に興味がないというわけではないだろうが、あんな目で見られてつきあおうとは思わないよな。

なんというか、エリーがカイルを見る目は助けを求めているような気がする。すがりつかせてほしいというような。子爵家から連れ出してほしいとでも思っているのかもしれないが、そんな状況でつきあいたいとは思わない。気がある素振りなんて見せたら、全力でのしかかられそうな気がする。

少なくとも、俺はごめんだと思う。そしてなぜか、カイルもそんな女には引っかからないと確信していた。

◇　◇

「兄様、卒業したらこの屋敷に戻って来るんじゃないんですか!?」

「あぁ、悪い。そういうわけにはいかなくなったんだ」

卒業したらまた一緒に暮らせると思っていたデニスが泣きそうな顔になるが、その願いをかなえてやることはできない。

　学園での成績がいいことをどこかから聞いたのか、父上から使いが来た。卒業したら公爵家に戻って、デニスの補佐に回れと。あの父上のことだから、仕事が回らなくなって困っているのだろう。おそらく借金でもして、返せなくなったとか。

　もちろん公爵家に戻ることはしない。だが、この屋敷に戻ってくれば、デニスも見つかってしまう可能性が高い。あと数年、デニスが学園に入学するまでは見つかるわけにはいかない。デニスを公爵家に戻してしまえば、どういう扱われ方をされるのか目に見えている。

「兄様はどこに行くんですか？」

「王宮だ。ソフィア王女が十二歳になった時に専属護衛になることが決まった。まだ在学中だが、王宮で専属護衛にふさわしくなるために修行することになった」

「王女様の専属護衛……わかりました。兄様がそれだけ素晴らしいということです。僕は……我慢します」

「悪いな……デニス。ちゃんと今まで通り、たまに帰ってくる。俺も頑張るから、デニスもさぼらずに勉強するんだぞ？」

「わかりました！」

　涙を自分でぬぐって笑ったデニスに強くなったなと感じた。俺がいなくてももう大丈夫だろう。俺は俺で、生きる道を探さなくてはいけない。ソフィア王女の護衛騎士になるまでの三年間。俺はどこまでカイルに追いつけるだろう。

「……クリス、これからよろしく頼む」

「ああ、仕事まで一緒になるとは思ってなかったが、カイルが選ばれるのは当然だな。よろしく頼む」

「で、部屋って一緒なんだな」

「いつ呼び出されるかわからないらしい。専属護衛になったとしても、ゆっくり休む暇は無いそうだ。部屋が狭くても俺は気にしないが、カイルは気になるか？」

「いや、特に気にならない」

王宮内で俺たちに用意された待機部屋は一つだった。中で応接室と寝室に分かれていたが、寝室まで共同だった。俺たちの指導係の影に聞いてみたところ、影は三人で一つの待機部屋を使っているらしい。それを聞いて、まだ二人で使えるだけ良いと思うことにした。

「クリスはどっち側の寝台を使う？」

「あーできれば壁際のほうを使わせてほしい」

「何か理由でもあるのか？」

「熟睡すると寝相が悪いんだ。壁についていれば落ちないかと思って。カイルのほうに転がっていったら……すまん」

「あぁ、なるほど。クリスにもそういうことあるんだな。苦手っていうか、欠点というか？」

「お前、俺を何だと思ってるんだ」

逆にカイルにはそういうものが無いと思っているが、俺がそう思われているのは心外だ。何をもってそう判断したのかと思ったら、ライン先生のせいだった。

「いや、修行している時にライン先生が、クリスなら一瞬で覚えたぞ、とか言うから。クリスは何でもできるって印象が強くて」

「は？　ライン先生の修行でそんな楽勝なことあるわけないだろう。お前、嘘つかれてんぞ」

「はぁ？　俺、本当だと思って頑張ったのに」

「ライン先生、かなり嘘つきだし、人をからかうのが好きなんだって知らないのか」

「……早く知りたかったな……それ」

「ぷっ」

心底悔しそうな顔をするカイルに思わず笑ってしまった。こいつ、こんな性格だったのか。こんなに簡単に人を信用するような性格で、よく今まで無事でいたなと思う。貴族なんてどれだけうまく相手を騙すかを考えているような生き物なのに。

これから一緒に修行するわけだが、影の三人もそれなりに癖がありそうだった。王宮内には貴族出身の者たちがうろついている。そんなところでカイルが生きていけるのか心配になる。

「仕方ないな。俺が守ってやるか」

「は？」

「だって、カイルは貴族社会のこと知らないだろう？」

図星だったのかカイルは渋い顔して黙った。アーレンスで閉じ込められて育ったという噂が本当なのかは知らない。だが、王都に来てから外出していないのは知っている。休日ですら修行しているのを見かけた。夜会に出席するどころか、サロンのお茶にすら顔を出したことが無い。同じ教室の令息とだってほとんど話していなかった。カイルをこのままほっといたら危なくて仕方ない。

「俺は王都生まれの貴族だから中央貴族には詳しい。王宮内の人間関係もある程度把握している。お前をほうっておくと、何に巻き込まれるかわからない。だから、一人で行動するなよ？　女官に薬盛られて部屋に引き込まれて責任取れって言われかねない」

「……わかった。クリスと一緒にいればいいんだろう？」

「そういうこと。俺が一緒ならたいていのことは避けて通れる。慣れてるからな」

「……その顔で苦労してきたんだな」

「そりゃ、お互い様だろう」

顔なんてどっちも似たようなものだ。これで苦労してきたなんてわかりきったことを言うなよ。そろってため息をついた後、またおかしくなって笑った。

「お茶でも淹れるか」

「そうだな、休憩しよう」

二人だけの部屋がなぜか居心地良いと感じた。寮に入った時、あんなにも一人でいるのが楽だと感じたのに、今はカイルがいる空間のほうが過ごしやすい。こういうのも相性っていうのかと思いながら、灯りを消して寝台にもぐりこんだ。

次の日の朝、目が覚めたらカイルの胸の上に片足を乗せた状態で、呆れたような声が聞こえた。

「クリス、起きたんなら足を避けてくれ。さすがに重い……」

「……悪い。かなり熟睡してた」

「いや、しっかり寝れたんならいいんじゃないか？　さて、修行ってどんなことすんのかな」

「影の三人って、かなりの魔術の使い手だよな。ライン先生とどちらが上なのか」

昨日の顔合わせの後、挨拶がわりに手合わせしてもらったら、俺たちは軽く遊ばれて終わった。上には上がいるとわかっているが、こんなにも差があるとは思っていなかった。

「やらなきゃいけないことは多いな」

「ああ」

不思議と負けても悔しくなかった。きっと修行したら今の自分より強くなれる。それが楽しみで仕方ない。簡単に朝食を済ますと、部屋から出た。これからつらく大変な修行が待っている。わかっているのに、勝手に口が笑うのを感じた。

◇　◇

カイルが俺の隣にいて、二人で姫さんを守るのが当たり前になった頃、姫さんが学園に入学した。今まで王宮内にばかりいた姫さんの世界が広がる。と、それは同時に危険が増すことを意味していた。

姫さんが入学してから、情報を仕入れるために定期的にデニスと待ち合わせをするようになった一学年と三学年とは休み時間がずれる。そのため、姫さんが授業を受けている間に、デニスと会って報告を受ける。イライザのことだったり、ハイネス王子のことだったり、報告はかなり重要なものだ。ただ、今日はデニスから報告を受けるのではなく、俺からデニスに報告しなくてはいけないことがあった。

「それで、兄様は王配の一人になるんですね？」

「ああ、カイルともう一人選ばれる。姫さんがもう一人を決めるのはもう少し後になるだろうな」

「兄様とカイル様が選ばれるのは納得しますが、いいんですか？」

「何がだ？」

姫さんの王配予定者になり、公爵家の籍を抜けたことを報告すると、デニスは何かを悩んでいる。

今さら公爵家の籍を抜けたところで、学園を卒業した時点で公爵家とは縁を切っている状態だ。何も変わりはしない。王族になったことは予想外だったが、これもたいして問題はない。それでデニスが俺への態度を変えるわけもない。

十八歳のデニスはもう俺よりもはるかに大きいし、腕なんかも俺よりたくましい。見た目ではもう兄弟に見えないほど変わってしまった。それでも、俺の前では幼い時のままの笑顔で走り寄ってくる。兄様、元気でしたか！　なんて言って。そのデニスが曇った顔になっているのがめずらしくて、心配になる。

「あの……兄様はソフィア様のことがお好きなんですよね？　いくら女王になるからと言って、カイル様も夫になるのはどう思っているのかと……」

「あぁ、そういうことか」

自分の妻が他にも夫がいる。確かに、普通ならありえない状況だ。しかも、将来的には俺の他に夫が二人もいることになる。そう言われれば三人目の王配に思うところがないわけではないけれど。

「大丈夫だ。カイルに関しては気にしていない。俺は姫さんが大事で、何一つ傷をつけないように守りたい。そのためには俺一人の力じゃ足りないんだ。カイルなら、俺と一緒に姫さんを守っていける。そういう意味で、いなくてはならない存在なんだ」

「それはわかりますが……焼きもちとか苦しくなりませんか？」

「三人目の王配が決まったら、もしかしたら思うかもしれない。俺の姫さんを奪うなと。だが、不思議とカイルには思わない。カイルが姫さんの隣にいるのが当然だと思っているからかな。俺と姫さんとカイル。この三人でいるのが当たり前すぎて疑問にも思わないんだ」

どうしてなのかはうまく説明できない。カイルだから俺は何も不安に思わずにいられる。カイルが姫さんと一緒にいても、俺は奪われたとは思わない。その間に迷わずに入っていけるし、それが自然だとすら思っている。

カイルに確認したことはないけれど、カイルは少し焼きもちを感じていると思う。俺が姫さんを抱っこしていると、少しだけ視線が下がる。それでも嫌だとは思っていないようだ。俺が王配の一人だということを心から納得しているのだと思う。

「兄様がそれで幸せなのであれば、僕も納得します」

「そうか。デニス、そろそろ僕と言うのはやめといたほうがいいぞ？」

「兄様の前だけです！」

一応はわかっているのか、恥ずかしそうに叫んだデニスを見て、卒業まであと半年も無いことに気がつく。卒業したら寮を出なくてはいけないし、公爵家に戻らないわけにもいかない。

デニスの卒業前に公爵家は没落すると思っていたのに、なぜか生き残っている。父上も母上も変わらずに遊び惚けていると聞くのに、資金はどうしているのか。どこかから借金をしているのか、犯罪行為で得ているのかわからない。下手に公爵家にデニスを戻してしまったら、それに巻き込まれてしまう可能性がある。

一度、姫さんに相談してみるかと思いながらデニスと別れ、もうすぐ授業が終わる姫さんの教室へと戻った。

◇ ◇

また何かあったのか少し落ち込んでいるカイルを姫さんに任せ、訓練場で修行をする。もう少し身体を動かしたら部屋に戻ろう。その頃にはカイルも落ち着いているはずだ。護衛待機室に戻ったら、カイルはいなかった。まだ話しているのか、一緒に寝てしまっているのかと姫さんの寝室まで見に行くと、カイルは寝台ではなくソファに座っていた。覗き込んだら姫さんはカイルに抱きかかえられて眠っていた。

「もう寝ているのなら寝台のほうに寝かせなよ」

「ああ、起きてしまいそうで不安で動けなかったんだ」

「何年姫さんの面倒見ているんだよ。そんな子育て始めたばかりの父親のようなこと言って」

「……父親じゃない」

言われたのが嫌なことだったのか、顔をしかめるカイルに呆れてしまう。これだけ溺愛して甘やかそうとしている姿勢は父親にしか見えないんだが。まぁ、最近はそれでも少しは恋人らしい雰囲気に変わってきているのかもしれない。寝台に寝かされた姫さんは、手を離されるのが嫌なのかカイルの服をつかんだままだ。

「いいから、そのまま横に寝なよ。俺はこっち側に転がるから」

「ああ。わかった」

こうやって姫さんの寝台に三人で転がって寝ることも増えてきた。それだけ姫さんが忙しくなって、一人で寝かせるのが不安になってきたからでもある。虐待されて育った姫さんの傷が完全に癒えることはない。わかっているけれど、夜中に起きて泣いている姫さんを慰めるたびに元王太子とイディア妃を殺したくなる。

虐待を主導していたハンベル公爵はもうすでに処罰を受けている。姫さんには言ってないが、レンキン医師がハンベル公爵に去勢手術を行っていた。それと同時に気力が無くなる薬も処方していた。公爵夫人も似たようなものだ。

この国の表側を綺麗に見せるために、裏で手を汚している者がいることに気がついたのはかなり前のこと。お祖母様の死が病気じゃなかったと知った時だ。「あれは王族を怒らせた。だから消された」お祖父様が思い出したように言ったことを理解するのには時間がかかった。

だが、今なら事実だとわかる。王族に関わる者、王家の血筋で重大な問題を起こした者はちょうどよく病死している。王家にとって都合が良すぎる時期に、風邪をこじらせて死んでいく。

「なぁ、カイル。俺はレンキン医師について学ぶことにしたよ」

「レンキン医師に？　クリスが医師になるってことか？」

「ああ。もうすでにレンキン医師は高齢だ。ずっと姫さんを診ることはできない。だから、俺が姫さんの医師になることにした」

「確かに……それが一番いいかもしれないが、いいのか？」

「ああ。護衛はカイルのほうが腕がいい。俺はその分、違うところで頑張ることにした」

「まぁ、薬学はクリスのほうが上だったしな」

「そういうこと。お互いの得意分野を生かさないとな」

「そうだな」

カイルには裏の仕事を説明する気はない。相変わらず人を信用しすぎるカイルに、闇を見せる必要はない。いつかカイルも気がつく日が来るかもしれないが、わざわざ知らせることはしない。

このまま、俺たちに守られて眠る姫さんと、姫さんを大事に守りたい騎士のカイル。その二人を守るためなら俺はなんでもする。

カイルはいつも俺が先に寝ていると思っているが、本当は寝たふりして起きている。こうして二人が眠った後、寝顔を見ているのが好きなんだ。
この平穏な日々が、平穏な関係が続けばいいと願いながら。

電撃の新文芸

ハズレ姫《ひめ》は意外《いがい》と愛《あい》されている？〈上〉

～前世《ぜんせ》は孤独《こどく》な魔女《まじょ》でしたが、二度目《にどめ》の人生《じんせい》はちょっと周《まわ》りが過保護《かほご》なようです～

著者／gacchi《ガッチ》
イラスト／珠梨《しゅり》やすゆき

2023年11月17日　初版発行

発行者／山下直久
発行／株式会社ＫＡＤＯＫＡＷＡ
〒102-8177　東京都千代田区富士見2-13-3
0570-002-301（ナビダイヤル）
印刷／図書印刷株式会社
製本／図書印刷株式会社

【初出】……

本書は、「小説家になろう」に掲載された『ハズレ姫は意外と愛されている?』を加筆・修正したものです。
※「小説家になろう」は株式会社ヒナプロジェクトの登録商標です。

ISBN978-4-04-915170-1　C0093　Printed in Japan

ファンレターあて先
〒102-8177
東京都千代田区富士見2-13-3
電撃の新文芸編集部

「gacchi先生」係
「珠梨やすゆき先生」係

転生令嬢、日本食で異世界人の胃袋を摑んじゃいます！

敵国の俺様王子とクールで寡黙な兄からプロポーズされました

著／七福さゆり
イラスト／切符

「大好きな日本の家庭料理をこの世界でも楽しみたいっ！」

次期国王の婚約者だった公爵令嬢エミリア。暴漢に襲われ三年間の眠りから目覚めると、妹が自分の婚約者と結婚していた。眠っている間に前世の記憶――料理に関する知識を取り戻し、日々を充実させていく。そんなエミリアの元に前世から縁のある敵国の王子と血の繋がり兄から告白され――！？　自由を手にした令嬢が日本食で人々を幸せにする、異世界転生ファンタジー！

電撃の新文芸